Widmung

E. E. G.
Von den wenigen,
ein Freund in Zeiten der Not

T. Lobsang Rampa

Das dritte Auge

Originalausgabe unter dem Titel:
«THE THIRD EYE» by T. Lobsang Rampa
© 1956 Secker & Warburg · Great Britain

Deutsche Erstausgabe unter dem Titel:
«Das dritte Auge · Ein tibetanischer Lama erzählt sein Leben»
© 1957 Piper Verlag · München

Autor: Tuesday Lobsang Rampa
Titel: Das dritte Auge
Überarbeitete Ausgabe: Mai 2026
Erweiterte Ausgabe mit zusätzlichen Illustrationen aus der englischen Originalfassung
Illustrationen: Tessa Theobald
Titelbild (Original): BArch, Bild 135-S-16-09-12 · Ernst Schäfer

Bibliografische Information der Deutschen Nationalbibliothek: Die Deutsche Nationalbibliothek verzeichnet diese Publikation in der Deutschen Nationalbibliografie; detaillierte bibliografische Daten sind im Internet über dnb.dnb.de abrufbar.

© 2026 T. Lobsang Rampa
Verlag: BoD · Books on Demand GmbH, Überseering 33, 22297 Hamburg, bod@bod.de
Druck: Libri Plureos GmbH, Friedensallee 273, 22763 Hamburg
ISBN: 978-3-7597-8572-5

Inhaltsverzeichnis

Vorwort des Verlegers zur englischen Ausgabe

Diese Autobiographie eines tibetischen Lamas ist eine einzigartige Aufzeichnung von Erfahrungen, die als solche zwangsläufig schwer zu bestätigen sind. Um die Aussagen des Autors zu überprüfen, legte der Verleger das Manuskript fast zwanzig Lesern vor, allesamt intelligente und erfahrene Menschen, von denen einige besondere Kenntnisse des Themas hatten. Ihre Meinungen gingen jedoch derart weit auseinander, dass kein positives Ergebnis dabei herauskam. Einige bezweifelten die Richtigkeit des einen Kapitels, während andere ein anderes Kapitel in Frage stellten. Was der eine Experte anzweifelte, wurde von einem anderen bedingungslos akzeptiert. Der Verleger fragte sich schließlich, ob es überhaupt einen Experten gab, der das Studium eines tibetischen Lamas in der höchsten Entwicklungsstufe durchlaufen hatte. Gab es unter ihnen überhaupt jemanden, der in einer tibetischen Familie aufgewachsen war?

Lobsang Rampa hat Dokumente vorgelegt, die belegen, dass er das Medizinstudium an der Universität von Chungking abgeschlossen hat. Diese Dokumente weisen ihn als Lama des Potala-Klosters von Lhasa aus. Die vielen persönlichen Gespräche, die wir mit ihm geführt haben, zeigten uns, dass er ein Mann mit ungewöhnlichen Fähigkeiten und Kenntnissen ist. Große Zurückhaltung erbat er sich hinsichtlich seines persönlichen Lebens. Manchmal war das für uns nicht einfach zu verstehen, aber jeder hat das Recht auf seine Privatsphäre. Lobsang Rampa erklärte, dass ihm zum Schutz seiner Familie in dem von den Kommunisten besetzten Tibet ein gewisses Maß an Geheimhaltung auferlegt worden sei. So wurden gewisse Details, wie zum Beispiel die tatsächliche Position seines Vaters in der tibetischen Hierarchie, absichtlich verschleiert.

Aus diesem Grund muss der Autor die alleinige Verantwortung für die in seinem Buch gemachten Aussagen tragen – die er willig auf sich nimmt. Wir mögen vielleicht bei dem einen oder anderen Thema das Gefühl haben, dass er die Grenzen der westlichen Leichtgläubigkeit überschreitet, obwohl westliche Ansichten zu den hier behandelten Themen kaum ausschlaggebend sein können. Nichtsdestotrotz glaubt der Verleger, dass «Das dritte Auge» in seinem Kern ein authentischer Bericht über die Erziehung und Schulung eines tibetischen Jungen in seiner Familie und im Lamakloster ist. In diesem Sinne publizieren wir das Buch. Jeder, der anderer Meinung ist als wir, wird, so glauben wir, zumindest zustimmen, dass der Autor über eine außergewöhnliche Erzählergabe verfügt und die Fähigkeit besitzt, Szenen und Charaktere so zu beschreiben, dass sie fesselnd und interesseweckend sind.

Vorwort des Autors

Ich bin Tibeter. Einer der wenigen, die in diese fremdartige westliche Welt gekommen sind. Satzbildung und Grammatik dieses Buches lassen viel zu wünschen übrig, doch ich hatte nie herkömmlichen Unterricht in der englischen Sprache. Mein «Englischunterricht» erhielt ich in einem japanischen Gefangenenlager, wo ich die Sprache, so gut es ging, von englischen und amerikanischen Patienten lernte, die ebenfalls Gefangene waren. Englisch schreiben lernte ich hauptsächlich durch «Versuch und Irrtum».

Jetzt ist meine geliebte Heimat, wie vorausgesagt wurde, von kommunistischen Horden eingenommen worden. Nur aus diesem Grund habe ich meinen wirklichen Namen und die Namen meiner Freunde verschwiegen. Ich habe so viel gegen den Kommunismus unternommen, und ich weiß, dass meine Freunde in den kommunistischen Ländern sehr zu leiden hätten, wenn meine wahre Identität zurückverfolgt werden könnte. Da ich sowohl in kommunistischer als auch in japanischer Gewalt war, weiß ich aus eigener Erfahrung, was Folter anrichten kann. Aber in diesem Buch geht es nicht um Folter, sondern um ein friedliebendes Land, das so lange missverstanden und falsch dargestellt wurde.

Man sagte mir, die Leser würden manche meiner Aussagen vielleicht nicht glauben. Das ist ihr gutes Recht, doch Tibet ist für die übrige Welt ein unbekanntes Land. Der Mann, der über ein anderes Land schrieb: «Die Leute reiten dort auf Schildkröten im Meer», wurde verlacht und verspottet. Ebenso erging es den Menschen, die «lebende fossile Fische» gesehen hatten. Diese wurden erst neulich entdeckt, und ein Exemplar davon wurde mit einem gekühlten Flugzeug zum Studium in die Vereinigten Staaten gebracht. Den Aussagen dieser Männer glaubte man nicht. Sie erwiesen sich aber letzten Endes als wahr und korrekt. Und meine Aussagen werden das auch.

T. Lobsang Rampa · geschrieben im Jahre des Holz-Schafes

Tibet

Tibet: Ein Land aus Gold und Armut. Ein Land aus verblüffenden sowie einfachen Seelen, wo nur ein paar wenige Auserwählte über die Gabe verfügen, mit nur einem kurzen Blick tief in die geheimsten Gedanken anderer Menschen einzudringen, ihren Unwillen oder ihre Freude zu sehen, und selbst ihre Krankheiten zu erkennen. Das entspringt der Kraft des «dritten Auges». Lobsang Rampa selbst hat diese schmerzvolle Operation, bei der das dritte Auge geöffnet wird, erduldet.

In diesem fesselnden Buch erzählt er außerdem, wie er, gerade mal sieben Jahre alt, seine Eltern und sein Zuhause verließ und ins Chakpori-Lamakloster, der Stätte der tibetischen Medizin, eintrat. Er studierte unter den größten Lehrmeistern und erlernte von ihnen die verschiedensten mystischen Künste, wie zum Beispiel, das Hellsehen, die Levitation, die Astralprojektion (eine Versetzung in die Astralebene) und das Drachenfliegen.

Seine Geschichte ist eine der faszinierendsten, die jemals geschrieben wurde.

Skizze von Lhasa

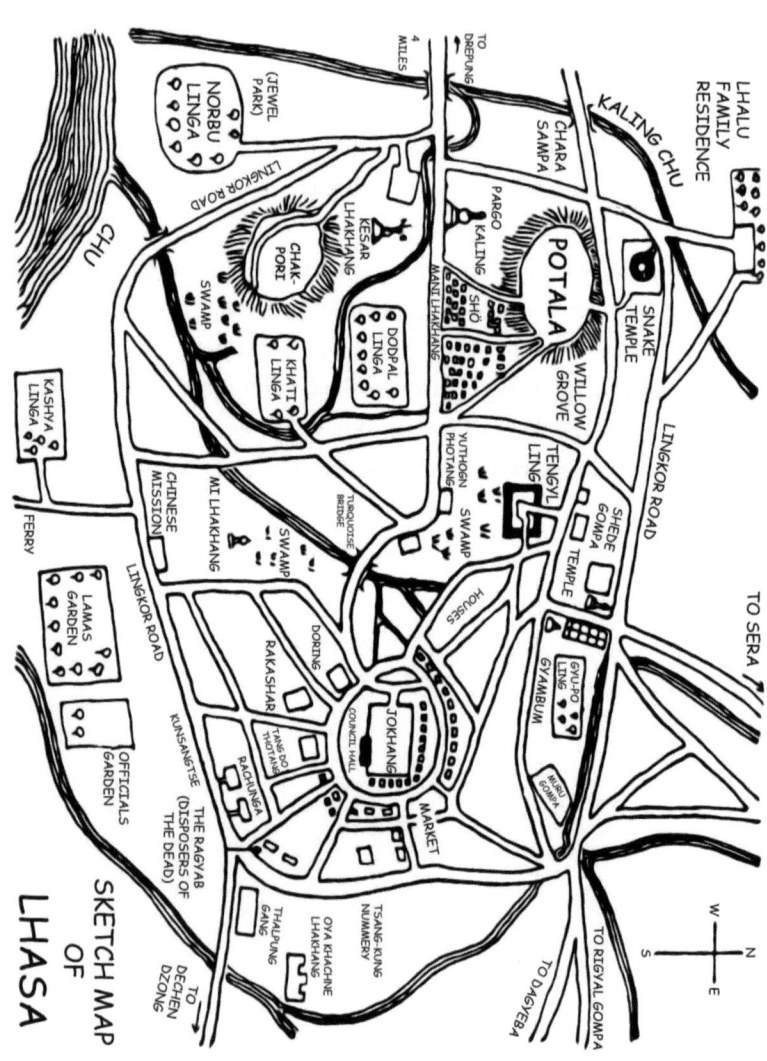

Kapitel 1
Die frühen Tage daheim

«Oh nein, oh nein! Vier Jahre alt und kann sich immer noch nicht auf dem Pferd halten! Aus dir wird nie ein richtiger Mann werden! Was wird dein edler Herr Vater dazu sagen?» Mit diesen Worten verpasste der alte Tzu dem Pony – und dem unglücklichen Reiter – einen kräftigen Schlag auf den Hinterteil und spuckte in den Staub.

Die goldenen Dächer und Kuppeln des Potala glänzten im hellen Sonnenschein. Etwas näher im Vordergrund kräuselte sich das blaue Wasser des Schlangentempelsees und markierte den eingeschlagenen Weg eines Wasservogels. Vom steinigen Pfad weiter hinten ertönten die Rufe und Schreie der Männer, die die trägen Yaks, die gerade aus Lhasa auszogen, zur Eile antrieben. In der Nähe erklang das tiefe, brusterschütternde «Bmmn, Bmmn, Bmmn» der Basstuben, mit denen die Musikanten-Mönche etwas abseits von der Menschenmenge auf dem Feld übten.

Doch für solche alltäglichen Dinge hatte ich keine Zeit. Ich musste die schwierige Aufgabe lösen, mich auf meinem widerspenstigen Pony zu halten. Nakkim hatte anderes im Sinn. Er wollte frei von seinem Reiter sein, frei, um zu grasen, sich auf dem Rücken zu wälzen und die Beine in die Luft zu strecken.

Der alte Tzu war ein grimmiger, strenger Zuchtmeister. Sein ganzes Leben lang war er mürrisch und hart gewesen. Nun, als Aufpasser und Reitlehrer eines kleinen Jungen von vier Jahren, verlor er bei seinen Bemühungen oft die Geduld. Als einer der Männer aus Kham war er, wie die anderen, wegen seiner Größe und Körperkraft ausgewählt worden. Er war über zwei Meter groß und dementsprechend breit. Dick ausgepolsterte Schultern verstärkten noch den Eindruck seiner Breite. Im Osten von Tibet gibt es eine Gegend, in der die Männer ungewöhnlich hochgewachsen und stark sind. Viele waren über zwei Meter groß, und diese Männer wurden ausgesucht, um in allen Lamaklöstern als Polizeimönche eingesetzt zu werden. Sie polsterten ihre Schultern aus, um noch mächtiger zu erscheinen, und um noch grimmiger auszusehen, schwärzten sie ihre Gesichter. Sie trugen lange Stäbe bei sich, die sie gegen jeden unglücklichen Missetäter einzusetzen bereit waren.

Tzu war ein Polizeimönch gewesen, jetzt aber versah er als Kinderbetreuer eines Adligen seinen Dienst. Viel zu behindert, um lange zu Fuß gehen zu können, machte er alle seine Wege zu Pferd. Im Jahre 1904 waren die Engländer unter Oberst Younghusband in Tibet eingefallen und hatten viel Schaden angerichtet. Offenbar meinten sie, die einfachste Art, wie man sich unsere Freundschaft sichern könnte, sei, unsere Häuser zu zerstören und unsere Leute zu töten. Tzu war einer der Verteidiger gewesen, und im Gefecht war ihm ein Stück von seiner linken Hüfte weggeschossen worden.

Mein Vater war einer der führenden Männer in der tibetischen Regierung. Seine Familie und die meiner Mutter gehörten zu den oberen zehn Familien, daher hatten meine Eltern einen bedeutenden Einfluss auf die Angelegenheiten des Landes. Später werde ich noch etwas eingehender auf unsere Regierungsform eingehen.

Mein Vater war ein großgewachsener, stattlicher Mann und über einen Meter achtzig groß. Er durfte auf seine Stärke stolz sein. In seiner Jugend konnte er ein Pony vom Boden aufheben, und er war einer der wenigen, die es mit den Männern aus Kham im Ringkampf aufnehmen konnten und dabei sehr gut abschnitten.

Die meisten Tibeter haben schwarzes Haar und dunkelbraune Augen. Vater war eine Ausnahme, sein Haar war kastanienbraun und seine Augen grau. Oft brach er plötzlich in Wut aus, ohne dass wir wussten warum.

Wir sahen unseren Vater selten. Tibet hatte unruhige Zeiten durchgemacht. Als die Engländer bei uns eindrangen, flüchtete der Dalai Lama in die Mongolei und ließ meinen Vater und andere Mitglieder des Kabinetts zurück, um in seiner Abwesenheit die Regierungsgeschäfte zu führen. 1909 kehrte der Dalai Lama nach Lhasa zurück, nachdem er Peking besucht hatte. Durch den Erfolg des englischen Einmarsches ermutigt, erstürmten 1910 die Chinesen Lhasa. Wieder zog sich der Dalai Lama zurück, diesmal nach Indien. Die Chinesen wurden 1911, in der Zeit der chinesischen Revolution, aus Lhasa vertrieben, doch zwischenzeitlich hatten sie furchtbare Frevel gegen unser Volk begangen.

1912 kehrte der Dalai Lama wieder nach Lhasa zurück. Während seiner ganzen Abwesenheit, in jenen äußerst schwierigen Tagen, mussten mein Vater und die anderen Kabinettsmitglieder die volle Verantwortung für Tibet übernehmen. Unsere Mutter pflegte zu sagen, Vater sei danach nie mehr derselbe gewesen. Jedenfalls hatte er keine Zeit für uns Kinder, und wir kamen nie in den Genuss von väterlicher Zuneigung. Vor allem ich schien seinen Unwillen zu erregen und wurde den harten Händen Tzus überlassen, «auf Biegen und Brechen», wie mein Vater sagte.

Tzu empfand meine armselige Leistung auf dem Pony als persönliche Beleidigung. In Tibet lernen kleine Jungen der Oberschicht schon reiten, bevor sie richtig gehen können. Die Fertigkeit im Sattel ist in einem Land, in dem es keinen Verkehr auf Rädern gibt und wo man alle Reisen zu Fuß oder zu Pferd bewältigen muss, etwas Wesentliches. Tibetische Adlige üben sich Stunde um Stunde, Tag um Tag in der Reitkunst. Sie können auf dem schmalen, hölzernen Sattel eines galoppierenden Pferdes stehend zuerst mit dem Gewehr auf eine sich bewegende Scheibe schießen und es dann gegen

Pfeil und Bogen austauschen. Manchmal galoppieren geschickte Reiter in Formation quer über die Ebenen und wechseln die Pferde, indem sie von Sattel zu Sattel springen. Ich allerdings fand es im Alter von vier Jahren schwer, mich überhaupt auf einem einzigen Sattel zu halten.

Nakkim, mein Pony, war gescheckt. Er hatte einen langen Schwanz und einen kleinen, intelligenten Kopf. Er kannte erstaunlich viele Methoden, um einen unsicheren Reiter abzuwerfen. Einer seiner liebsten Tricks war, eine kurze Strecke vorwärtszulaufen, dann abrupt stehenzubleiben und den Kopf zu senken. Wenn ich dann hilflos über seinen Nacken und weiter bis zu seinem Kopf rutschte, pflegte er ihn mit einem Ruck hochzuheben, sodass ich regelrecht einen Purzelbaum schlug, bevor ich den Boden erreichte. Dann stand er da und betrachtete mich mit einer heuchlerischen Liebenswürdigkeit.

Tibeter reiten nie im Trab, die Ponys sind klein, und ein Reiter auf einem trabenden Pony sieht lächerlich aus. Meistens genügt ein guter Passgang, und der Galopp wird nur zu Übungszwecken geritten.

Tibet war ein theokratisches Land. Wir hatten kein Verlangen nach dem «Fortschritt» der Außenwelt. Wir begehrten nichts anderes, als uns der Meditation widmen zu können und die Beschränkungen des physischen Körpers zu überwinden. Unseren weisen Männern war seit langem klar, dass der Westen die Schätze Tibets begehrte, und sie wussten, dass der Friede das Land verlassen würde, wenn es die Fremden betraten. Das Eindringen der Kommunisten in Tibet hat jetzt bewiesen, dass das richtig erkannt worden war.

Unser Anwesen in Lhasa lag im vornehmen Ortsteil Lingkhor neben der Ringstraße, die rings um Lhasa herum und in den Schatten der Berggipfel führte. Es gibt drei Straßengürtel, von denen die äußere, die Lingkhorstraße, vor allem von Pilgern genutzt wird. Wie alle Häuser in Lhasa war auch das unsere zur Zeit meiner Geburt auf der zur Straße gewandten Seite zwei Stockwerke hoch. Niemand darf auf den Dalai Lama herabschauen, daher beträgt die höchste erlaubte Höhe eines Hauses zwei Etagen. Da sich das

Höhenverbot jedoch nur auf eine einzige Prozession im Jahr beschränkte, haben viele Häuser für ungefähr elf Monate einen leicht abnehmbaren Holzaufbau auf ihren flachen Dächern.

Unser Haus war vor vielen Jahren aus Stein gebaut worden. Es hatte die Form eines hohlen Würfels und umschloss einen sehr großen Innenhof. Unsere Tiere waren im Erdgeschoss untergebracht, und wir wohnten oben. Wir waren sehr begünstigt, denn wir besaßen eine Treppe aus Steinstufen, die in die oberen Zimmer führte. Die meisten tibetischen Häuser haben eine Leiter oder, in den Bauernhöfen, eine mit Kerben versehene Pfostenleiter, die man mit großem Risiko für seine Schienbeine benutzte. Denn diese eingekerbten Pfostenleitern wurden durch den Gebrauch sehr glatt und rutschig. Die mit Yakbutter eingefetteten Hände übertrugen das Fett auf den Pfosten, und wenn der Bauer das nicht bedachte, kam er mit ungeheurer Geschwindigkeit unten auf dem Boden an.

Während der Invasion der Chinesen im Jahre 1910 war unser Haus teilweise zerstört worden. Die Innenmauern des Gebäudes waren beschädigt. Mein Vater ließ es vier Stockwerke hoch wieder aufbauen. Da es keinen Ausblick über die Ringstraße bot und wir folglich nicht auf den Kopf des Dalai Lama hinabschauen konnten, wenn er in der Prozession an unserem Haus vorbeizog, wurden keine Einwände erhoben.

Das Tor, durch das man unseren zentralen Innenhof betrat, war schwer und vor Alter schwarz. Die chinesischen Angreifer hatten die massiven Holzbalken nicht bezwingen können, also rissen sie stattdessen eine Mauer nieder. Direkt über diesem Eingangstor lag der Raum des Verwalters. Er konnte alle sehen, die ein- und ausgingen. Er stellte Personal ein und entließ es und sorgte dafür, dass der Haushalt gut geführt wurde. Hier, an seinem Fenster, kamen bei Sonnenuntergang, wenn die Trompeten aus den Lamaklöstern ertönten, die Bettler von Lhasa vorbei und erhielten eine Mahlzeit zur Stärkung für die Nacht. Alle Adligen von Rang sorgten für die Armen ihres Bezirks. Auch die in Ketten gelegten Missetäter kamen vorbei, denn in

Tibet gibt es nur wenige Gefängnisse; so wanderten sie durch die Straßen und erbettelten sich ihr Essen.

In Tibet verachtet man Missetäter nicht. Sie werden auch nicht als Ausgestoßene betrachtet. Wir waren uns dessen bewusst, dass die meisten von uns Straftäter wären, wenn man uns durchschaute, deshalb wurden die Unglücklichen vernünftig behandelt.

In den Zimmern zur Rechten des Verwalters wohnten zwei Mönche; sie waren unsere Hauspriester, die täglich um die göttliche Billigung unseres Tuns beteten. Die, die dem niederen Adel angehörten, hatten nur einen Priester, doch unser gesellschaftlicher Rang erforderte zwei. Vor jedem wichtigen Ereignis wurden diese Priester befragt und ersucht, um im Gebet die Gunst der Götter zu erbitten. Alle drei Jahre kehrten die Priester in die Lamaklöster zurück und wurden durch andere ersetzt.

In jedem Flügel unseres Hauses befand sich eine Kapelle. Es wurde stets darauf geachtet, dass die Butterlampen vor den geschnitzten Holzaltären brannten. Die sieben Schalen des heiligen Wassers wurden mehrere Male am Tage gereinigt und neu aufgefüllt. Sie mussten rein sein für den Fall, dass die Götter kämen und aus ihnen trinken wollten. Die Priester wurden gut verpflegt, sie aßen die gleiche Kost wie die Familie, sodass sie besser beten und den Göttern bestätigen konnten, wie gut unser Essen war.

Links vom Verwalter wohnte der Gesetzeskundige, dessen Aufgabe es war, dafür zu sorgen, dass der Haushalt rechtmäßig und geordnet geführt wurde. Tibeter halten sich streng an die Gesetze, und mein Vater musste in der Befolgung der Gesetze ein besonders gutes Beispiel geben.

Wir Kinder, Bruder Paljör, Schwester Yasodhara und ich, wohnten im neuen Teil des Hauses, auf der Seite, die weiter von der Straße entfernt lag. Zu unserer Linken befand sich die Kapelle, zur Rechten der Schulraum, den auch die Kinder unserer Bediensteten besuchen durften. Unsere Unterrichtsstunden waren lang und abwechslungsreich. Paljör lebte und bewohnte seinen Körper nicht sehr lange. Er war schwächlich und ungeeignet für das harte Leben, das wir beide führen mussten. Er verließ uns kurz vor seinem siebten Geburtstag und kehrte in das Land der vielen Tempel zurück. Yaso war knapp sechs, als er hinüberging, und ich war vier. Ich erinnere mich noch, wie er, eine leere Hülle, dalag, als sie ihn holen kamen, und wie die Männer des Todes ihn forttrugen, um ihn nach althergebrachter Sitte zu zerstückeln und den Geiern als Nahrung vorzusetzen.

Nun, als nachfolgender Erbe der Familie, wurde meine Ausbildung vorangetrieben. Ich war vier Jahre alt und ein sehr mittelmäßiger Reiter. Mein Vater war ein wirklich strenger Mann, und als Kirchenfürst war er sehr darauf bedacht, dass sein Sohn eine strenge Disziplin und Erziehung erhielt, um ein Beispiel dafür zu sein, wie andere Kinder erzogen werden sollten.

In meiner Heimat wird ein Junge umso strenger erzogen, je höher sein Rang ist. Einige Adlige begannen zu glauben, dass Jungen es in ihrer Jugend etwas leichter haben sollten, nicht aber mein Vater. Seine Einstellung war die: Ein Junge aus armen Verhältnissen hätte keine Hoffnung auf spätere Annehmlichkeiten, also sollte man ihm Güte und Rücksicht angedeihen lassen, solange er jung war. Ein Junge aus der Oberschicht dagegen erwartete in späteren Jahren alle Reichtümer und Annehmlichkeiten; daher sollte man mit ihm in seiner Kindheit und Jugend sehr unnachgiebig sein, damit er Ungemach kennenlerne und Rücksicht gegenüber anderen übe. Dies war im ganzen Land auch die allgemein vorherrschende Meinung. Bei einem solchen Erziehungssystem blieben Schwächlinge nicht am Leben, doch diejenigen, die es überlebten, konnten beinahe alles überstehen.

Tzu bewohnte ein Zimmer im Erdgeschoss, ganz in der Nähe des Haupteingangstores. Jahrelang hatte er es als Polizeimönch mit Menschen aller Art zu tun gehabt, und jetzt tat er sich schwer damit, zurückgezogen zu leben und von all dem fern zu sein. Er wohnte neben den Ställen, in denen mein Vater seine zwanzig Pferde, alle Ponys und die Arbeitstiere hielt.

Die Stallknechte mochten Tzu nicht, weil er übereifrig war und sich immer in ihre Verrichtungen einmischte. Wenn mein Vater ausritt, mussten ihm sechs bewaffnete Männer das Geleit geben. Diese Männer trugen Uniformen, und Tzu fand ständig etwas an ihnen auszusetzen, denn er vergewisserte sich stets, dass ihre Ausrüstung in Ordnung war.

Aus irgendeinem Grund pflegten diese sechs Männer, sich mit ihren Pferden an einer Wand aufzustellen, um dann, sobald mein Vater angeritten kam, vorzupreschen und sich ihm anzuschließen. Ich entdeckte, dass ich einen der Reiter auf seinem Pferd erreichen konnte, wenn ich mich aus dem Fenster eines Vorratsraums hinauslehnte. Eines Tages zog ich in einer müßigen Minute, während er an seiner Ausrüstung herumhantierte, vorsichtig einen Strick durch seinen Ledergürtel. Die beiden Enden verknüpfte ich und hängte den Strick an einen Haken an der Innenseite des Fensters. In dem Getue und dem Gerede beachtete man mich nicht. Mein Vater erschien, und die Reiter preschten vor. Fünf von ihnen. Der Sechste wurde von seinem Pferd herunter und nach hinten gerissen. Gellend schrie er auf, die Dämonen hätten ihn gepackt. Sein Gürtel zerriss, und in der ganzen Aufregung gelang es mir, den Strick wegzuziehen und mich unentdeckt davonzustehlen.

Später bereitete es mir immer viel Vergnügen, zu sagen: «Siehst du, Netuk, auch du kannst dich nicht auf dem Pferd halten!»

Unsere Tage waren hart und streng; von den vierundzwanzig Stunden waren wir achtzehn wach. Die Tibeter glauben, es sei nicht das Klügste, zu schlafen, solange es noch hell ist, denn die Dämonen des Tages könnten kommen und einen ergreifen. Sogar ganz kleine Kinder werden wachgehalten, damit die Dämonen sich ihrer nicht bemächtigen. Auch Kranke müssen wachgehalten werden, was ein Mönch ausführt, den man eigens für diese Aufgabe herbeiholt. Niemand ist davon ausgenommen, sogar Sterbende müssen so lange wie möglich bei Bewusstsein gehalten werden, damit sie den rechten Weg durch die Zwischenreiche in die nächste Welt finden.

In der Schule lernten wir Sprachen, Tibetisch und Chinesisch. Es gibt zwei verschiedene tibetische Sprachen, die gewöhnliche und die gehobene Sprache. Die gewöhnliche Sprache benutzten wir, wenn wir mit Bediensteten und Personen von niederem Rang sprachen, und die Gehobene mit denen von gleichem oder höherem Rang. Das Pferd eines Höhergestellten musste in der gehobenen Sprache angesprochen werden. Unsere selbstherrliche Katze musste, wenn sie durch den Hof schlenderte und irgendwelchen geheimnisvollen Geschäften nachging, von einem Bediensteten in folgendem Wortlaut angesprochen werden: «Würde es Ihnen, edle Miezekatze, etwas ausmachen, zu kommen, um diese unwerte Milch zu trinken?» Doch egal, wie die «edle Miezekatze» auch immer angesprochen wurde, sie kam nie früher, als sie wollte.

Unser Schulzimmer war sehr groß. Eine Zeit lang hatte man den Raum als Speisesaal für durchreisende Mönche benutzt, doch seit die neuen Gebäudeteile des Hauses fertig waren, war dieser besonders große Raum in eine Schule für unser Anwesen umgewandelt worden. Ständig besuchten sie ungefähr sechzig Kinder. Wir saßen im Schneidersitz auf dem Boden vor einem Tisch, beziehungsweise vor einer langen Bank von ungefähr fünfundvierzig Zentimetern Höhe. Wir saßen mit dem Rücken zum Lehrer, sodass wir nie wussten, wann er uns beobachtete. Das veranlasste uns, immer konzentriert zu arbeiten.

Papier wird in Tibet von Hand hergestellt und ist sehr teuer, viel zu teuer, um es an Kinder zu verschwenden. Wir benutzten Schiefertafeln, große, dünne Platten von ungefähr dreißig auf fünfunddreißig Zentimeter. Unsere «Bleistifte» waren eine Art Kreide, die in den Tsu-La-Bergen gefunden wurde, ungefähr dreitausendsechshundert Meter höher gelegen als Lhasa, das selbst schon auf dreitausendsechshundert Metern über dem Meeresspiegel liegt. Ich versuchte immer, rötlich getönte Kreide zu bekommen, doch meine Schwester Yaso liebte besonders die zarten purpurfarbenen. Es gab eine ganze Reihe von Farben: rot, gelb, blau und grün. Manche Farben, wenn ich mich nicht irre, waren auf das Vorhandensein von metallischen Erzen im weichen Kalkboden zurückzuführen. Was immer auch der Grund gewesen sein mag, wir waren froh, sie zu haben.

Das Rechnen bereitete mir wirklich Schwierigkeiten. Wenn siebenhundertdreiundachtzig Mönche je zweiundfünfzig Tassen Tsampa am Tag tranken und jede Tasse fünf Achtel von einem halben Liter enthielt, wie groß muss dann ein Behälter für eine Wochenration sein? Schwester Yaso konnte solche Aufgaben lösen, ohne dabei nachzudenken. Nun, ich war nicht so klug.

Ich kam auf meine Kosten, wenn wir schnitzten. Das war ein Fach, das ich liebte und in dem ich recht geschickt war. In Tibet werden jegliche Schriften mit geschnitzten Holzplatten gedruckt, daher betrachtete man das Schnitzen als eine besondere Fertigkeit. Wir Kinder bekamen für unsere Schnitzübungen kein Holz. Holz war teuer, da es den weiten Weg von Indien hierher transportiert werden musste. Tibetisches Holz war zu hart und hatte nicht die richtigen Fasern. Wir bedienten uns einer weichen Sorte des Seifensteins, den man mit einem scharfen Messer leicht bearbeiten konnte. Manchmal verwendeten wir auch alten Yakkäse!

Etwas, das nie vergessen werden durfte, waren die Wiederholungen der Gesetze. Wir mussten sie aufsagen, sobald wir das Schulzimmer betraten, und bevor wir es verlassen durften, noch ein zweites Mal. Diese Gesetze lauteten:

- Vergelte Gutes mit Gutem
- Kämpfe nicht gegen freundliche Menschen
- Lies die Heiligen Schriften und verstehe sie
- Hilf deinen Nächsten
- Das Gesetz ist hart gegen die Reichen, um sie Verständnis und Gerechtigkeit zu lehren
- Das Gesetz ist milde gegen die Armen, um ihnen Mitleid zu zeigen
- Zahle deine Schulden pünktlich

Damit wir sie nicht vergaßen, hatte man diese Gesetze auf Spruchtafeln geschnitzt und an den vier Wänden unseres Schulzimmers aufgehängt. Dennoch war unser Leben nicht nur von Lernen und Trübsinn ausgefüllt, wir spielten genauso eifrig, wie wir lernten. Alle unsere Spiele hatten den Zweck, uns abzuhärten und uns für das Leben in dem rauen Tibet mit seinen extremen Temperaturen zu stählen. Im Sommer konnte die Temperatur zur Mittagszeit bis zu dreißig Grad betragen, doch in derselben Sommernacht konnte sie bis zu vierzig Grad unter Null fallen. Im Winter war es oft noch viel, viel kälter.

Das Bogenschießen machte uns viel Spaß und es stärkte die Muskeln. Wir fertigten Bögen aus Eibenholz an, das aus Indien eingeführt wurde, und manchmal machten wir auch Armbrüste aus tibetischem Holz. Als Buddhisten schossen wir nie auf etwas Lebendes. Verborgene Bedienstete zogen eine Zielscheibe an einer langen Schnur auf und ab, sodass sie unerwartet auftauchte oder wieder verschwand – wir wussten nie, wann sie zu erwarten war. Die meisten Jungen konnten die Zielscheibe stehend auf dem Sattel eines galoppierenden Ponys treffen. Ich konnte mich nie so lange oben halten! Weitspringen war etwas anderes. Da musste man sich nicht mit einem Pferd herumschlagen. Wir hielten eine gegen vier Meter lange Stange und liefen so schnell wir konnten, wenn unsere Geschwindigkeit ausreichend war, sprangen wir mit Hilfe dieser Stange ab. Ich pflegte zu sagen, die anderen säßen schon so lange auf ihren Pferden, dass sie keine Kraft in den Beinen hatten, doch ich, der die Beine gebrauchen musste, konnte tatsächlich weit springen. Sogar Flüsse konnte man auf diese Weise überqueren, und es war sehr befriedigend für mich, zu sehen, wie die Jungen, die mir zu folgen versuchten, einer nach dem anderen ins Wasser fielen.

Ein weiterer Zeitvertreib von uns war es, auf Stelzen zu gehen. Wir kostümierten uns und wurden zu Riesen. Oft fochten wir auf Stelzen Kämpfe aus – und wer herunterfiel, hatte verloren. Unsere Stelzen waren selbstgemacht; wir konnten nicht einfach in den nächstbesten Laden gehen und uns welche kaufen. Wir boten immer unsere ganze Überredungskunst auf, bis uns die Aufsichtsperson über die Vorräte – meist der Verwalter – ein paar geeignete Holzstangen gab. Die Fasern mussten genau richtig liegen und es durften keine Astlöcher darin sein. Dann brauchten wir noch die entsprechenden keilförmigen Holzstücke als Fußstützen. Weil Holz zu rar war, um es zu verschwenden, mussten wir immer eine gute Gelegenheit abwarten und im richtigen Augenblick darum bitten.

Die Mädchen und jungen Frauen spielten eine Art Federball. An einer der oberen Kanten eines kleinen Holzstückes wurden Löcher gebohrt, in die Federn gesteckt wurden. Man hielt den Federball mit Hilfe der Füße in der Luft. Das Mädchen hob den Rock auf eine angemessene Höhe an, um ungehindert mit dem Fuß abstoßen zu können. Von da an gebrauchte sie nur noch die Füße. Den Federball mit der Hand zu berühren, hätte zur Disqualifikation geführt. Ein geschicktes Mädchen konnte den Federball zehn Minuten lang ununterbrochen in der Luft halten, bevor sie einen Stoß verfehlte.

Etwas vom Interessantesten in Tibet, oder zumindest im Bezirk Ü, zu dem Lhasa gehört, war das Drachensteigenlassen. Man könnte es als einen Nationalsport ansehen. Es durfte aber nur zu bestimmten Zeiten des Jahres betrieben werden. Man hatte vor Jahren herausgefunden, dass es immer in Strömen regnete, wenn in den Bergen Drachen aufstiegen. Damals hatte man geglaubt, die Regengötter seien böse darüber. Daher war das Drachensteigenlassen in Tibet nur in der trockenen Jahreszeit, im Herbst, erlaubt. Zu gewissen Jahreszeiten schreien die Menschen in den Bergen auch nie laut, da der Widerhall ihrer Stimmen die schweren, von Indien herkommenden Wolken erschüttert und bewirkt, dass sie ihre Last viel zu schnell und an den falschen Stellen abladen und heftige Niederschläge verursachen. Am ersten Herbsttag wurde vom Dach des Potala ein einsamer Drache emporgeschickt, und innerhalb von wenigen Minuten tummelten sich über ganz Lhasa unzählige Drachen in allen Formen, Größen und Farben in der Luft. Sie wanden sich hin und her und drehten sich im heftigen Wind.

Ich liebte es, Drachen steigen zu lassen, und achtete darauf, dass sich mein Drache immer als einer der ersten in die Luft erhob. Wir alle fertigten unsere Drachen selbst an, meist mit einem Bambusrahmen und fast immer mit feiner Seide bezogen. Wir erhielten dieses gute Material ohne Schwierigkeiten, denn es war für den Haushalt eine Ehrensache, wenn der Drache erstklassig war. Diese rechteckige Kastenform statteten wir häufig mit einem wild aussehenden Drachenkopf sowie mit Schwingen und einem Schweif aus.

Wir lieferten uns auch Schlachten, in denen wir versuchten, die Drachen unserer Rivalen herunterzuholen. Wir steckten Glasscherben in die Drachenschnur, überzogen sie teilweise mit Leim und bestreuten sie mit Glassplittern in der Hoffnung, damit die Schnüre der anderen durchzuschneiden und so den abstürzenden Drachen erbeuten zu können.

Manchmal schlichen wir uns nachts ins Freie und ließen unsere Drachen mit kleinen Butterlampen im Inneren des Kopfes und Rumpfes aufsteigen. Die Augen leuchteten dann vielleicht rot, und der Rumpf zeigte verschiedene Farben am Nachthimmel. Besonders gerne taten wir das, wenn die mächtigen Yak-Karawanen aus dem Lho-Dzong-Bezirk erwartet wurden. In unserer kindlichen Unschuld dachten wir, die unerfahrenen Bewohner weit entfernter Orte wüssten nichts von solchen «modernen» Erfindungen wie unseren Drachen. Also zogen wir los, um sie in Schrecken zu versetzen.

Einer unserer Einfälle war, drei verschieden große Muscheln auf eine bestimmte Weise im Drachenrumpf anzubringen, sodass sie einen geheimnisvollen, klagenden Ton hervorbrachten, wenn der Wind durch sie hindurchblies. Wir verglichen ihn mit dem Schrei feuerspeiender Drachen in der Nacht und hofften, er würde den Handelsleuten einen heilsamen Schrecken einjagen. Manchmal lief uns vor Gruseln selbst ein köstlicher Schauer über den Rücken, wenn wir an diese Männer dachten, die jetzt angstvoll unter ihren Decken lagen, während unsere Drachen über ihnen kreisten.

Mein Spielen mit Drachen sollte mir, obwohl ich das damals noch nicht wusste, im späteren Leben sehr zugutekommen, dann nämlich, als ich tatsächlich in ihnen flog. Jetzt war es nur ein Zeitvertreib, wenn auch ein aufregender. Wir hatten ein besonderes Spiel, das recht gefährlich hätte werden können: Wir fertigten riesige Drachen an – große Dinger, ungefähr zwei bis zweieinhalb Meter im Geviert, mit nach zwei Seiten hin ausladenden Flügeln. Wir stellten sie auf eine ebene Stelle unweit von einer Schlucht, wo ein besonders starker Aufwind wehte. Dann stiegen wir auf unsere Ponys, schlangen das Ende der Drachenleine um unsern Leib und galoppierten los, so schnell unsere Ponys laufen konnten. Der Drache stieg in die Luft und immer höher und höher hinauf, bis er in diesen besonderen Aufwind geriet. Da gab es einen Ruck und der Reiter wurde plötzlich von seinem Pony abgehoben, vielleicht drei Meter hoch in die Luft und sank dann langsam und schwingend wieder zu Boden. Einige arme Wichte wurden dabei beinahe entzweigerissen, wenn sie vergaßen, ihre Füße aus den Steigbügeln zu ziehen, doch ich, der nie ein guter Reiter war, konnte immer vom Pferd loskommen, und das Emporgehobenwerden war ein richtiges Vergnügen für mich. Ich war ungemein abenteuerlustig, ich entdeckte, dass es mich noch höher trug, wenn ich im Augenblick des Aufsteigens fest an der Leine zog, und durch ein weiteres geschicktes Ziehen konnte ich meine Flüge um Sekunden verlängern.

Einmal zog ich besonders stark, wobei der Wind das seine dazu beitrug und mich auf das Flachdach eines Bauernhauses verfrachtete, auf dem das ganze Brennmaterial für den Winter gelagert war.

Tibetische Bauernhäuser haben flache Dächer mit einer kleinen Dachbrüstung, wo der getrocknete und als Brennmaterial verwendete Yakdung lagerte. Dieses Haus aber war nicht, wie es sonst üblich ist, aus Stein gebaut, sondern aus getrockneten Lehmziegeln. Es gab auch keinen Kamin; eine Öffnung im Dach diente dazu, den Rauch des Feuers unten abziehen zu lassen. Meine plötzliche Landung am Ende der Drachenleine brachte das Brennmaterial durcheinander, und als ich über das Dach geschleift wurde, fegte ich den größten Teil davon durch das Loch auf die unglücklichen Bewohner darunter.

Ich machte mich dadurch nicht beliebt. Mein Erscheinen, noch dazu durch das Loch, wurde mit Zornesausbrüchen begrüßt, und nachdem ich von dem wütenden Hausherrn die erste Tracht Prügel bekommen hatte, wurde ich zu meinem Vater geschleppt, um einen weiteren Nachschlag der Besserungsmedizin zu erhalten. In jener Nacht lag ich auf dem Bauch!

Am nächsten Tag hatte ich die unangenehme Aufgabe, durch die Ställe zu gehen, um Yakdung einzusammeln, den ich zu dem Bauernhaus tragen und wieder auf dem Dach aufschichten musste. Eine schwere Arbeit, denn ich war damals noch nicht einmal ganz sechs Jahre alt. Doch alle, außer mir, waren zufrieden: Die anderen Jungen hatten etwas zum Lachen, der Bauer hatte nun zweimal so viel Brennmaterial, und mein Vater hatte bewiesen, dass er ein strenger, gerechter Mann war. Und ich! Ich verbrachte auch die nächste Nacht auf dem Bauch, und ich war nicht wund vom Reiten!

Man könnte meinen, das sei eine sehr raue Erziehungsmaßnahme, doch in Tibet ist kein Platz für Schwächlinge. Lhasa liegt dreitausendsechshundert Meter über dem Meeresspiegel und unterliegt extremen Temperaturschwankungen. Andere Bezirke liegen noch höher. Ihre Lebensbedingungen sind noch härter, und Schwächlinge konnten andere sehr leicht gefährden. Aus diesem Grund und nicht aus grausamer Absicht, war die Erziehung so hart.

In noch höheren Lagen tauchen die Eltern ihre neugeborenen Kinder in eisige Flüsse, um zu prüfen, ob sie stark genug sind, um weiterleben zu dürfen. Sehr oft sah ich in Höhen von mehr als fünftausend Metern über dem Meeresspiegel kleine Prozessionen, sich solch einem Fluss nähern. An seinem Ufer macht die Prozession halt, und die Großmutter übernimmt das Kind. Um sie herum gruppiert sich die Familie: Vater, Mutter und die nächsten Verwandten. Das Kind wird entkleidet, die Großmutter beugt sich vor und taucht den kleinen Körper ins Wasser, sodass nur der Kopf und der Mund der Luft ausgesetzt bleiben. In der schneidenden Kälte wird das Kind zuerst rot, dann blau, und seine Protestschreie hören auf. Es sieht aus wie tot; doch die Großmutter hat viel Erfahrung in solchen Dingen. Das Kleine wird aus dem Wasser gehoben, getrocknet, angezogen und eingewickelt. Wenn das Kind am Leben bleibt, dann ist es Gottes Fügung, wenn es stirbt, dann wurde ihm viel Leid auf der Erde erspart. Das ist eigentlich die humanste Methode in einem so eiskalten Land. Weit besser, wenn einige Kinder sterben, als wenn sie in einem Land, in dem es nur wenig medizinische Versorgung gibt, zu unheilbaren Kranken werden.

Nach dem Tode meines Bruders musste ich noch intensiver lernen, denn sobald ich sieben Jahre alt war, sollte meine Schulung für die Laufbahn beginnen, welche die Astrologen mir vorschlugen. In Tibet hängt jede Entscheidung von der Astrologie ab, vom Kauf eines Yaks angefangen bis zur Entscheidung über die Berufswahl. Nun näherte sich dieser Zeitpunkt. Kurz vor meinem siebten Geburtstag wollte meine Mutter ein wirklich großes Fest veranstalten, zu dem Adelige und Personen von Rang und Namen eingeladen werden sollten, um die Voraussagen der Astrologen mitanzuhören.

Meine Mutter war etwas korpulent, sie hatte ein rundliches Gesicht und schwarzes Haar. In Tibet tragen die Frauen eine Art Holzrahmen auf dem Kopf, über den das Haar so wirkungsvoll wie möglich drapiert wird. Die Rahmen sind sehr kunstvoll bearbeitet und bestehen häufig aus rotlackiertem Holz, das mit Jade, Korallen und Halbedelsteinen verziert ist. Das gut geölte Haar wirkte sehr prächtig darauf.

Die Frauen in Tibet tragen sehr bunte Gewänder mit viel Rot, Grün und Gelb. Meistens tragen sie eine einfarbige Schürze mit einem kontrastreichen Querstreifen, der mit den anderen Farben dennoch harmoniert. Am linken Ohr wird ein Ohrring getragen, dessen Größe vom Rang der Trägerin abhängt. Meine Mutter hatte ein über fünfzehn Zentimeter langes Ohrgehänge.

Nach unserer Meinung sollten Frauen durchaus die gleichen Rechte haben wie die Männer. Doch in der Haushaltsführung ging meine Mutter noch weiter: Sie war die uneingeschränkte Herrscherin, eine Autokratin, die wusste, was sie wollte, und es immer erreichte.

In der Geschäftigkeit und Unruhe der Vorbereitungen im Hause und in den Gärten war sie tatsächlich in ihrem Element. Alles musste organisiert werden, Befehle erteilt und neue Einfälle ausgedacht werden, um die Nachbarn an Glanz zu übertreffen. Darin war sie einmalig. Da sie mit meinem Vater weite Reisen nach Indien, nach Peking und Shanghai unternommen hatte, stand ihr eine Fülle von ausländischen Ideen zur Verfügung.

Sobald der Termin für das Fest bestimmt war, begannen die schriftkundigen Mönche, die Einladungen sorgfältig auf dem dicken, handgemachten Papier zu schreiben, das für sehr wichtige Mitteilungen immer verwendet wurde. Jede Einladung war ungefähr dreißig Zentimeter breit und über einen halben Meter lang. Jede Einladung trug das Familiensiegel meines Vaters, und da meine Mutter ebenfalls aus den oberen zehn Familien stammte, musste auch ihr Siegel darauf sein. Außerdem hatten Vater und Mutter ein gemeinsames Siegel, das machte zusammen drei. Dadurch wurden die Einladungen zu imposanten Dokumenten. Der Gedanke, dass dies alles nur um meinetwillen veranlasst wurde, ängstigte mich sehr. Ich wusste nicht, dass ich dabei nur eine untergeordnete Rolle spielte und das gesellschaftliche Ereignis im Vordergrund stand. Wenn man mir erklärt hätte, dass die Pracht dieses Festes das Ansehen meiner Eltern noch vergrößern würde, dann hätte mir das überhaupt nichts gesagt; so aber hielt meine Angst an.

Wir hatten für die Zustellung dieser Einladungen besondere Boten ein-gestellt. Jeder Mann saß auf einem Vollblutpferd. Jeder trug einen gespalte-nen Botenstab, in dem die Einladung steckte. Den Stab krönte eine Repro-duktion des Familienwappens. Die Stäbe waren mit gedruckten Gebetsfahnen geschmückt, die im Winde flatterten.

Im Hof herrschte ein heilloses Durcheinander, da sich alle Boten gleich-zeitig zum Aufbruch bereit machten. Die Dienstleute waren heiser vom Schreien, Pferde wieherten, und die riesigen schwarzen tibetischen Doggen bellten wie irrsinnig. Nach einem letzten Schluck tibetischen Biers stellten die Boten ihre Krüge klirrend nieder. Die schweren Tore öffneten sich ras-selnd, und der Trupp Männer galoppierte mit wildem Geschrei hinaus.

In Tibet überbringen Boten eine schriftliche Botschaft und fügen eine mündliche Version hinzu, die oft ganz anders lauten kann. In alten Tagen lauerten Banditen den Boten auf und machten sich die geschriebenen Mit-teilungen zunutze, um vielleicht ein ungeschütztes Haus oder eine Prozes-sion zu überfallen. So entstand die Gepflogenheit, eine irreführende Bot-schaft niederzuschreiben, die die Banditen oft an Orte lockte, wo man sich ihrer habhaft werden konnte. Und diese alte Sitte der schriftlichen und mündlichen Mitteilungen ist ein Überbleibsel aus der Vergangenheit. Selbst heute noch können die beiden Botschaften manchmal voneinander abwei-chen, wobei immer die mündliche Version als die richtige galt.

Im ganzen Haus herrschte Hektik und Unruhe. Die Wände wurden gereinigt und neu gestrichen, die Böden geputzt und ihre Holzbretter poliert, bis es beinahe gefährlich wurde, darüberzugehen. Die geschnitzten Holzaltäre in den Haupträumen wurden glänzend gerieben und frisch lackiert, und viele neue Butterlampen wurden aufgestellt. Manche dieser Lampen waren aus Gold und manche aus Silber, doch sie waren alle so hochglanzpoliert, dass es schwer war, die silbernen von den goldenen zu unterscheiden. Meine Mutter und der Hauptverwalter eilten die ganze Zeit hin und her, tadelten hier und gaben dort Anweisungen weiter und machten den Bediensteten das Leben schwer. Zu dieser Zeit hatten wir über fünfzig Bedienstete, und für den bevorstehenden Anlass wurden noch weitere eingestellt. Sie hatten alle Hände voll zu tun, doch sie arbeiteten voller Eifer. Selbst der Innenhof wurde gescheuert, bis die Steine glänzten, als wären sie gerade erst verlegt worden. Die Zwischenräume wurden mit einem farbigen Material ausgefüllt, um das Erscheinungsbild zu verbessern. Als alles fertig war, wurden die unglücklichen Bediensteten vor meine Mutter zitiert und bekamen den Befehl, nur die allersaubersten Gewänder anzuziehen.

In den Küchen herrschte Hochbetrieb. Die Speisen wurden in riesigen Mengen vorbereitet. Tibet ist ein natürlicher Kühlschrank. Nahrungsmittel können dort zubereitet und beinahe unbegrenzt lange aufbewahrt werden. Das Klima ist sehr, sehr kalt und trocken. Doch selbst wenn die Temperaturen steigen, bleiben die gelagerten Lebensmittel aufgrund der Trockenheit haltbar. Fleisch bleibt etwa ein Jahr lang haltbar, während Getreidekörner jahrhundertelang gelagert werden können.

Buddhisten töten nicht, daher darf nur das Fleisch von Tieren gegessen werden, die von den Felsen hinabstürzen oder durch Zufall getötet wurden. Unsere Vorratskammern waren wohlversorgt mit solchem Fleisch. Es gibt in Tibet auch Metzger, doch sie gehören einer «unberührbaren» Kaste an, und die strengen, orthodoxen Familien haben mit ihnen überhaupt nichts zu tun.

Meine Mutter hatte beschlossen, die Gäste mit seltenen und teuren Speisen zu bewirten. Sie wollte ihnen eingelegte Rhododendronblüten servieren. Schon vor Wochen waren Bedienstete aus unserem Hof in die Vorberge des Himalaya geritten, wo man die auserlesensten Blüten fand. In unserem Land wachsen Rhododendren zu großen Bäumen heran, und es gibt erstaunlich viele Farbsorten und Blütendüfte. Die noch nicht voll erblühten Knospen werden gepflückt und sehr sorgfältig gewaschen. Sorgfältig, weil man sie nicht konservieren kann, wenn sie gequetscht werden. Dann wird jede Blüte in ein großes Glasgefäß mit einer Mischung aus Wasser und Honig gelegt, wobei man sehr darauf achten muss, dass es luftdicht verschlossen wird. Die Gläser werden anschließend an die Sonne gestellt und wochenlang täglich in regelmäßigen Abständen gedreht, sodass alle Blütenteile dem Licht hinlänglich ausgesetzt werden. Die Blüte wächst sich langsam aus und sättigt sich mit dem Nektar aus dem Honigwasser. Manche Leute setzen die Blüten vor dem Essen gerne einige Tage lang der Luft aus, sodass sie trocknen und ein wenig knusprig werden, ohne dabei ihr Aroma oder ihre Form zu verlieren. Man streut dann ein wenig Zucker auf die Blütenblätter, um Schnee vorzutäuschen. Vater murrte über die Kosten dieser Konserven: «Wir hätten zehn Yaks samt Kälbern kaufen können für die Summe, die du für diese hübschen Blumen ausgegeben hast», sagte er.

Die Antwort meiner Mutter war typisch weiblich: «Sei kein Narr! Wir müssen Staat machen, und außerdem ist der Haushalt meine Sache.»

Ein weiterer Leckerbissen waren Haifischflossen. Sie wurden aus China importiert, in Stücke geschnitten und zu einer Suppe verarbeitet. Jemand sagte, Haifischflossensuppe sei der größte kulinarische Genuss der Welt. Ich aber fand das Zeug schrecklich. Es war eine Qual, es hinunterzuwürgen, zumal der ursprüngliche Haibesitzer es nicht mehr erkannt hätte, als es Tibet erreichte. Um es milde auszudrücken, sie waren ein wenig «hinüber». Das aber schien bei manchen den Wohlgeschmack noch zu erhöhen.

Mein Lieblingsgericht waren saftige, junge, ebenfalls aus China eingeführte Bambusschösslinge. Man konnte sie auf verschiedene Arten zubereiten, doch ich aß sie am liebsten roh mit einer kleinen Prise Salz. Vor allem liebte ich die aufgehenden gelblichgrünen Spitzen. Ich fürchte, viele Schösslinge verloren ihre Spitzen auf eine Art, die der Koch, bevor er sie kochte, nur ahnen und nicht beweisen konnte! Eigentlich schade, denn auch der Koch liebte sie.

Das Kochen besorgen in Tibet Männer. Frauen eignen sich nicht zum Tsamparühren oder zur Herstellung der richtigen Mischung. Frauen nehmen eine Handvoll von diesem, werfen ein Stück von jenem hinein und würzen das Ganze in der Hoffnung auf gutes Gelingen. Männer hingegen sind gründlicher, sorgfältiger und daher die besseren Köche. Frauen sind gut im Abstauben, im Reden und natürlich noch in ein paar anderen Dingen, aber nicht in der Zubereitung von Tsampa.

Tsampa ist die Hauptnahrung der Tibeter. Manche Menschen leben von ihrer ersten bis zu ihrer letzten Mahlzeit nur von Tsampa und Tee. Tsampa wird aus Gerste hergestellt, die schön knusprig und goldbraun geröstet wird. Dann werden die Gerstenkörner zu Mehl gemahlen, das noch einmal geröstet wird. Dieses Mehl wird dann in eine Schale geschüttet und heißer, gebutterter Tee hinzugegeben. Die Mischung wird so lange umgerührt, bis sie eine teigartige Konsistenz erreicht. Damit es einen Geschmack bekommt, fügt man noch Salz, Borax und Yakbutter hinzu. Das Ergebnis – Tsampa – kann dann zu Fladen ausgerollt, zu Bällchen geformt oder sogar zu hübschen Formen geknetet werden. Nur Tsampa ist eine monotone, aber tatsächlich eine sehr kräftige und reichhaltige Nahrung, mit der man sein Leben in jeder Höhe und unter allen Bedingungen fristen kann.

Während einige Bedienstete Tsampa zubereiteten, stellten andere Butter her. Unsere Butterherstellungsmethoden könnten nicht gerade als hygienisch bezeichnet werden. Die Butterbehälter waren große Ziegenfellsäcke, deren Haare nach innen gekehrt waren. Sie wurden mit Yak- oder Ziegenmilch gefüllt, dann wurde der Sackhals zugedreht, umgeschlagen und zusammengebunden, sodass nichts auslaufen konnte. Der Sack wurde dann auf- und abgeschlagen, bis sich Butter bildete. Wir hatten einen speziellen

Butterherstellungsboden, der aus einem etwa fünfundvierzig Zentimeter hohen Steinabsatz bestand. Man hob die mit Milch gefüllten Säcke auf und ließ sie auf diese Absätze niederfallen, was das «Buttern» der Milch bewirkte. Es war eine monotone Arbeit, zuzusehen und zuzuhören, wie gegen zehn Bedienstete Stunde um Stunde die Säcke hoben und wieder fallen ließen. Beim Heben des Sackes hörte man ein eingezogenes «Uhhh», und beim Fallenlassen ein matschiges «Zonk». Manchmal konnte auch ein alter oder unachtsam gehandhabter Sack platzen. Ich erinnere mich noch an einen Zwischenfall mit einem sehr starken Burschen, der seine Kraft zur Schau stellen wollte. Er arbeitete doppelt so schnell wie alle anderen, und an seinem Hals standen vor lauter Anstrengung die Adern heraus. Jemand sagte: «Du wirst alt, Timon, du wirst immer langsamer.»

Timon knurrte vor Ärger und packte mit seinen mächtigen Händen den Sack noch einmal fester am Hals. Er hob ihn auf und ließ ihn nach unten sausen, aber seine enorme Kraft tat ihr Übriges. Der Sack prallte auf, doch Timon hielt die Hände – mitsamt dem Sackhals – immer noch in der Luft. Der Sack war rechtwinklig auf den Steinabsatz gefallen, und ein Strahl halbfertiger Butter schoss aus ihm heraus, mitten in das verdutzte Gesicht von Timon, in seinen Mund, in die Augen, in die Ohren und in sein Haar. Sie rann seinen Körper hinab und hüllte ihn in fünfzig bis sechzig Liter goldenen Breis ein.

Durch den Lärm angelockt, stürzte meine Mutter herbei. Das war das einzige Mal, dass ich sie sprachlos erlebte. Vielleicht war es der Ärger über den Verlust der Butter oder die Sorge, dass der arme Bursche ersticken könnte, doch sie packte das zerrissene Ziegenfell und schlug es dem armen Timon über den Kopf. Daraufhin verlor er den Halt auf dem schlüpfrigen Boden und fiel in die sich ausbreitende Buttersoße.

Ungeschickte Arbeiter wie Timon konnten die Butter verderben. Wenn sie beim Aufschlagen der Säcke auf die Steinabsätze unachtsam waren, konnten sich die Fellhaare an der Innenseite der Säcke ablösen und sich mit der Butter vermischen. Ein oder zwei Dutzend Haare aus der Butter herauszuklauben, störte niemanden, doch bei ganzen Büscheln runzelte man schon die Stirn. Solche Butter wurde dann beiseitegelegt und als Brennstoff für die Butterlampen verwendet oder an Bettler verteilt, die sie erwärmten und durch einen Lappen seihten. Auch die kulinarischen Speisen, die bei der Zubereitung «missglückten», wurden für die Bettler beiseitegelegt. Wenn eine Familie ihre Nachbarn wissen lassen wollte, wie gut es ihr ging, wurden besonders gute Speisen gekocht und den Bettlern als «missglückt» verteilt. Diese glücklichen, wohlverpflegten Herren Bettler machten dann die Runde bei den anderen Häusern und erzählten, wie gut sie gegessen hätten. Die Nachbarn reagierten darauf und bewirteten die Bettler ebenfalls gut. Es gäbe noch vieles zu erzählen über das Leben der Bettler in Tibet. Sie leiden nie Mangel. Wenn sie die «Tricks ihres Gewerbes» verstehen, leben sie außerordentlich gut. Betteln ist in den meisten östlichen Ländern keine Schande. Viele Mönche, die unterwegs sind, betteln sich auf ihrem Weg von Lamakloster zu Lamakloster durch. Es ist ein anerkannter Brauch und wird nicht anders betrachtet als, sagen wir, in anderen Ländern Spenden für Hilfswerke zu sammeln. Einen Mönch auf seiner Wanderung zu verpflegen, gilt als eine gute Tat. Doch auch die Bettler unterliegen Gesetzen. Wenn zum Beispiel jemand einem Bettler etwas gibt, bleibt dieser Bettler dem Spender eine Weile fern und behelligt ihn für eine bestimmte Zeit nicht mehr.

Auch unsere beiden Hauspriester trugen ihren Teil zu den Vorbereitungen für das kommende Ereignis bei. Sie begaben sich in unsere Vorratskammern, gingen zu jedem Tier, das ums Leben gekommen war, und sprachen Gebete für die Seelen der Tiere, die diese Körper einmal bewohnt hatten. Nach unserem Glauben sind Menschen, die ein Tier essen, das gestorben ist, wenn auch durch Zufall, mit einer Schuld belastet. Solch eine Schuld wurde durch das Gebet eines Priesters über dem Tierkörper getilgt, und man hoffte, dem Tier dadurch eine höhere Reinkarnation im nächsten Leben auf der Erde zu sichern. In Lamaklöstern und Tempeln verbrachten manche Mönche ihre ganze zur Verfügung stehende Zeit mit Gebeten für die Tiere. Unseren Priestern oblag es auch, vor einer langen Reise Gebete für die

Pferde zu sprechen. Gebete, um sie vor zu großer Ermüdung zu bewahren. Übrigens, unsere Pferde wurden nie zwei Tage nacheinander eingesetzt. Wenn ein Pferd an einem Tag geritten wurde, musste es am nächsten Tag ruhen. Dieselbe Regel galt auch für die Arbeitstiere. Das wussten sie alle. Wenn man zufällig ein Pferd zum Reiten auswählte, das am vorgehenden Tag geritten worden war, stand es einfach still und weigerte sich weiterzugehen. Wurde ihm dann der Sattel wieder abgenommen, drehte es sich um und ging mit einem Kopfschütteln weg, als wollte es sagen: «Bin ich aber froh, dass man mir diese Ungerechtigkeit abgenommen hat.» Esel waren noch schlimmer. Sie warteten, bis sie beladen waren, dann legten sie sich hin und versuchten, sich auf die Last zu wälzen.

Wir hatten drei Katzen, die dauernd beschäftigt waren. Eine lebte in den Ställen und übte dort eine sehr strenge Disziplin über die Mäuse aus. Die Mäuse mussten sehr vorsichtig sein, wenn sie Mäuse bleiben und nicht Katzenfutter werden wollten. Des Weiteren wohnte ein Kater in der Küche. Er war ältlich und ein wenig einfältig. Seine Mutter war von den Geschossen der Younghusband-Expedition im Jahre 1904 erschreckt worden. Er wurde zu früh geboren und war der einzige Überlebende des Wurfs. Deshalb wurde er «Younghusband» genannt. Die dritte Katze war eine sehr ehrwürdige ältere Dame, die bei uns im Haus wohnte. Sie war ein Muster an mütterlicher Pflichterfüllung und gab alles, um das Geschlecht der Katzen nicht aussterben zu lassen. Wenn sie nicht mit ihren Jungen beschäftigt war, pflegte sie, meiner Mutter von einem Raum in den anderen zu folgen. Sie war klein und schwarz, und trotz ihres gesunden Appetits sah sie immer wie ein wandelndes Skelett aus. Tiere sind in Tibet keine Schoßtiere, sie sind auch keine Sklaven; sie sind Lebewesen, die einem nützlichen Zweck dienen. Lebewesen, die Rechte haben, so wie menschliche Wesen auch. Nach buddhistischer Lehre haben alle Tiere, alle Tiergeschöpfe, Seelen und werden nach und nach auf immer höheren Stufen auf der Erde wiedergeboren.

Bald trafen die Antworten auf unsere Einladungen ein. Männer kamen im Galopp zu unseren Toren geritten und schwenkten die gespaltenen Botenstäbe. Jedes Mal stieg der Verwalter von seinen Räumlichkeiten herab, um den Boten der Adligen würdig zu empfangen. Der Mann riss hastig seinen Brief aus dem Stab und keuchte die mündliche Botschaft hervor. Dann sank er in die Knie und stürzte mit großer darstellerischer Kunst zu Boden, um zu zeigen, dass er all seine Kräfte aufgeboten hatte, um dem Hause Rampa seine Botschaft zu überbringen. Auch unsere Bediensteten spielten ihre Rolle, indem sie ihn umringten und immer wieder mit klagender Stimme sagten: «Armer Bursche, er hat sich so sehr beeilt. Sicher ist sein Herz stehengeblieben vom schnellen Reiten. Armer, prächtiger Bursche!»

Ich blamierte mich einmal schrecklich, als ich einwarf: «Oh nein, das hat er nicht. Ich sah ihn dort unten rasten, darum konnte er das letzte Stück so schnell reiten.» Ich hülle mich jetzt lieber in ein diskretes Schweigen über das schmerzhafte Nachspiel, das folgte.

Endlich kam der Tag. Der gefürchtete Tag, an dem die Entscheidung über meine Laufbahn fallen sollte, ohne dass ich sie selbst wählen durfte. Die ersten Sonnenstrahlen tauchten über den weit entfernten Bergen auf, als ein Bediensteter in mein Zimmer stürzte. «Was? Du bist noch nicht auf, Tuesday Lobsang Rampa? Du meine Güte, bist du aber ein Langschläfer! Es ist vier Uhr und heute gibt's viel zu tun. Aufstehen!»

Ich schob meine Decke zur Seite und stand auf. Für mich war heute der Tag, der mir meinen Weg im Leben weisen würde.

In Tibet werden einem Kind zwei Namen gegeben. Der erste ist der des Wochentags, an dem es geboren wurde. Ich war an einem Dienstag (engl. Tuesday, Anm. d.Ü.) geboren, daher war mein erster Name Tuesday. Dann Lobsang, das war der Name, den mir meine Eltern gegeben hatten. Doch wenn ein Knabe einem Lamakloster beitrat, bekam er noch einen weiteren Namen, seinen «Mönchsnamen». Würde mir noch ein weiterer Name gegeben werden? Erst die nächsten Stunden würden das klären. Ich war damals sieben Jahre alt, ich wollte Bootsmann werden, der auf dem fünfundsechzig Kilometer langen Fluss Tsang-Po schaukelnd auf- und abfuhr. Aber Moment mal, wollte ich das wirklich? Bootsleute gehören einer niederen Kaste an, weil sie Boote aus Yakhaut benutzen, die über ein Spantengerüst gespannt werden. Bootsmann? Niedere Kaste? Nein! Ich wollte Drachenflieger von Beruf werden. Das war besser, so frei zu sein wie die Luft, und viel besser, als in einem entwürdigenden kleinen Boot aus Häuten auf einem reißenden Fluss dahinzutreiben. Ein Drachenflieger, das war es, das wollte ich werden. Ich könnte wunderschöne Drachen bauen, mit riesigen Köpfen und leuchtenden Augen. Doch heute hatten die Priester-Astrologen das Sagen. Vielleicht hatte ich mir etwas zu lange Zeit gelassen, jetzt konnte ich nicht mehr durchs Fenster steigen und entkommen. Mein Vater würde sogleich Männer losschicken, um mich zurückzuholen. Nein, schließlich und endlich war ich ein Rampa und musste der Tradition folgen. Vielleicht würden die Astrologen ja sagen, ich solle ein Drachenflieger werden. Ich konnte nur abwarten.

Kapitel 2
Das Ende meiner Kindheit

«Oh! Yulgye, du reißt mir ja den Kopf ab! Wenn du nicht aufhörst, werde ich bald so kahl sein wie ein Mönch.»

«Sei still, Tuesday Lobsang! Dein Zopf muss straff und gut gebuttert sein, sonst gerbt mir deine edle Frau Mutter das Fell.»

«Aber Yulgye, du musst doch nicht so grob sein, du renkst mir noch den Kopf aus.»

«Ach, darum kann ich mich jetzt nicht kümmern, ich muss mich beeilen.»

Ich saß auf dem Fußboden, und ein Bediensteter zog mich grob an meinem Zopf in die Höhe! Endlich war der unglückselige Zopf so steif wie ein gefrorener Yak und glänzte wie der Mondschein auf dem See.

Meine Mutter hatte alle Hände voll zu tun, sie lief so schnell hierhin und dorthin, dass ich beinahe meinte, ich hätte mehrere Mütter. Die letzten Anweisungen und Vorbereitungen waren noch zu erledigen, und mittendrin führte sie viele aufgeregte Gespräche. Yaso, die zwei Jahre älter war als ich, hastete genauso geschäftig umher wie eine vierzigjährige Frau. Unser Vater hatte sich in sein Zimmer eingeschlossen und entging so dem ganzen Rummel. Am liebsten wäre ich bei ihm gewesen.

Meine Mutter wünschte, dass wir den Jokhang, die Kathedrale von Lhasa, besuchten. Offenbar sollte das der späteren Feierlichkeit eine religiöse Atmosphäre verschaffen. Etwa gegen zehn Uhr in der Früh (tibetische Zeit ist sehr dehnbar) erklang ein dreistimmiger Gong, um uns zu unserem Sammelplatz zu rufen. Wir stiegen alle auf unsere Ponys: Vater, Mutter, Yaso und ungefähr fünf andere, und unter ihnen, äußerst widerstrebend, auch ich. Wir schlugen den Weg über die Lingkhorstraße ein und verließen sie am Fuße des Potala. Das ist ein Berg von Gebäuden. Er ist über hundertzwanzig Meter hoch und mehr als dreihundertfünfzig Meter lang. Wir ritten an der Ortschaft Shö vorbei und der Kyi-Chu-Ebene entlang, bis wir nach einer halben Stunde vor dem Jokhang stehen blieben. Rund um ihn herum standen kleine Häuser, Kaufläden und Marktbuden, um die Pilger anzulocken. Seit dreizehnhundert Jahren stand die Kathedrale hier und hieß ihre Gläubigen willkommen. In ihrem Innern waren die Steinböden mehrere Zentimeter tief ausgetreten von den Füßen der vielen Tempelgänger. Die Pilger absolvierten ehrerbietig den inneren Rundgang, wobei jeder im Vorübergehen die Hunderten von Gebetsmühlen drehte und unablässig das Mantra wiederholte: Om! Mani padme Hum!

Riesige Holzbalken, schwarz vor Alter, schützten das Dach, und der starke Geruch des ständig brennenden Weihrauchs schwebte über allem wie leichte Sommerwolken auf einem Gebirgskamm. Überall an den Wänden entlang standen goldene Statuen der Gottheiten unseres Glaubens. Starke Metallgitter aus grobmaschigen Netzen, die die Sicht nicht hinderten, schützten die Statuen vor den Menschen, deren Begierde größer war als ihre Ehrfurcht. Die meisten der bekannteren Statuen waren zum Teil mit kostbaren Edelsteinen und Geschmeide bedeckt, die von den um Gunst bemühten Gläubigen um sie herum aufgehäuft worden waren. Kerzenleuchter aus purem Gold trugen Kerzen, die ständig brannten und deren Lichter während der vergangenen dreizehnhundert Jahre nicht erloschen waren. Aus dunklen Nischen ertönten die Klänge der Glocken, Gongklänge und das tiefe Dröhnen der Schneckenhörner. Wir absolvierten unseren Rundgang, wie es die Tradition erforderte.

Nach Beendigung unserer Verehrung stiegen wir auf das flache Dach hinauf. Nur wenige Bevorzugte durften es besuchen; mein Vater, als einer der Kuratoren, ging immer hinauf.

Vor allem unsere Regierungsformen (ja, Mehrzahl) dürften von Interesse sein.

An der Spitze des Staates und der Kirche stand als oberste Instanz der Dalai Lama. Jeder im Lande durfte ein Bittgesuch an ihn richten. Wenn der Antrag oder das Bittgesuch begründet war, oder wenn eine Ungerechtigkeit vorgekommen war, sorgte der Dalai Lama dafür, dass die Bitte gewährt oder die Ungerechtigkeit ausgeglichen wurde. Es ist nicht unverhältnismäßig zu sagen, dass ihn alle im Lande, wahrscheinlich ohne Ausnahme, entweder liebten oder verehrten. Er war ein Autokrat. Er bediente sich der Macht und der Herrschaft, doch er wandte sie nie zu seinem eigenen Vorteil an, sondern nur zum Wohle des Landes. Er wusste über den künftigen Einmarsch der Kommunisten und die zeitweilige Einschränkung der Freiheit Bescheid. Obwohl das noch in ferner Zukunft lag, ließ er einige Wenige von uns besonders ausbilden, damit das Wissen der Priester nicht in Vergessenheit geriete.

Als Nächstes, nach dem Dalai Lama, folgten zwei Behörden, deshalb schrieb ich «Regierungen». Die erste Behörde bestand aus dem Kirchenrat, dessen vier Ratsmitglieder-Mönche im Range eines Lama waren. Sie waren unter dem Erhabenen verantwortlich für sämtliche Angelegenheiten der Lama- und Nonnenklöster, das heißt, ihnen unterstanden alle kirchlichen Belange.

Als Nächstes kam der Ministerrat. Diese Behörde bestand ebenfalls aus vier Ratsmitgliedern, drei Laien und einem Geistlichen. Sie befassten sich mit den Angelegenheiten des ganzen Landes und waren verantwortlich für die Integration von Kirche und Staat.

Zwei Amtsvorsteher, die man als Premierminister bezeichnen könnte, denn das ungefähr waren sie, amtierten als «Vermittler» zwischen den beiden Behörden und trugen dem Dalai Lama deren Meinungen vor. Sie spielten eine besonders wichtige Rolle bei den seltenen Zusammenkünften der Nationalversammlung. Diese Versammlung war ein Verwaltungsorgan mit etwa fünfzig Delegierten, die die bedeutendsten Familien und die Lamaklöster in Lhasa vertraten. Sie trafen sich nur bei sehr ernsten Ereignissen, wie im Jahr 1904, als sich der Dalai Lama während des britischen Einmarsches aus Lhasa in die Mongolei absetzte. Diesbezüglich haben viele Leute im Westen die sonderbare Vorstellung, der Erhabene sei feige «davongelaufen». Er lief nicht davon. Kriege um Tibet könnten mit einer Schachpartie verglichen werden. Wer den König einnimmt, hat das Spiel gewonnen. Der Dalai Lama war unser «König». Ohne ihn wäre jeder Kampf sinnlos geworden: Er musste sich in Sicherheit bringen, um den Zusammenhalt unseres Landes zu gewährleisten. Jene, die ihn in irgendeiner Weise als feige bezichtigen, wissen schlicht nicht, wovon sie sprechen.

Die Nationalversammlung konnte auf beinahe vierhundert Parlamentarier anwachsen, wenn alle Abgeordneten aus den Provinzen anwesend waren. Es gibt fünf Provinzen: Die Hauptstadt, wie Lhasa oft genannt wird, lag in der Provinz Ü-Tsang. Shigatze liegt im selben Bezirk. Gartok ist die westliche und Chang die nördliche Provinz Tibets, während die Provinzen Kham und Lho-Dzong im Osten, beziehungsweise im Süden liegen. Im Laufe der Jahre wuchs die Macht des Dalai Lama. Seine Entscheidungen traf er in zunehmendem Maße ohne Hilfe der Behörden oder der Nationalversammlung. Und nie war das Land besser regiert.

Vom Dach des Jokhangs hatte man eine herrliche Aussicht. Im Osten erstreckte sich die Lhasaebene, grün, üppig und überall standen Bäume. Das Wasser glitzerte zwischen den Bäumen hindurch. Die Flüsse von Lhasa flossen dahin, um sich mit dem sechzig Kilometer weit entfernten Tsang-Po zu vereinen. Im Norden und im Süden ragte das mächtige Bergmassiv empor, das unser Tal umgab und uns den Eindruck der Abgeschiedenheit von der übrigen Welt vermittelte. An seinem Fuße lagen zahllose Lamaklöster. Höher oben, thronten an den schwindelerregendsten Steilhängen die kleinen Einsiedeleien. Westlich ragten die Zwillingsberge Potala und Chakpori auf. Letzterer war als Tempel der Heilkunde bekannt. Zwischen ihnen glänzte das Westtor im kalten Morgenlicht. Der Himmel leuchtete in tiefem Purpurrot, das neben dem reinen Weiß des Schnees auf den entfernten Berggipfeln noch intensiver wirkte. Hoch oben trieben leichte, zarte Wolken dahin. Etwas näher, in der Stadt selbst, sahen wir direkt auf die Ratshalle hinab, die sich an die Nordwand der Kathedrale anschmiegte. Gleich daneben befand sich das Finanzamt, und ringsherum auf dem Marktplatz standen die Marktbuden der Händler, wo man fast alles kaufen konnte. In der Nähe, ein wenig östlich davon, lag ein Nonnenkloster, das an den Bezirk der Leichenzerleger angrenzte.

Auf dem Gelände der Kathedrale, einem der heiligsten Plätze des Buddhismus, verstummte das Gemurmel der Besucher nie. Die sich unterhaltenden Pilger waren von weither angereist. Sie brachten Geschenke mit, in der Hoffnung, eine heilige Segnung zu erhalten. Einige von ihnen brachten auch Tiere mit, die sie vor den Metzgern gerettet und mit ihrem kärglichen Geld gekauft hatten. Es gilt als eine sehr große Tugend, das Leben von Tieren oder Menschen zu retten, was großen Verdienst einbringt.

Während wir dort oben standen und auf die alten, aber doch immer wieder neuen Szenen hinabblickten, hörten wir das Ansteigen und Verebben psalmodierender Mönchsstimmen; die tiefen Bässe der älteren Männer und die hohen Diskantstimmen der Akoluthen. Dann drang das Rollen und Dröhnen der Trommeln und der herrliche Klang der Tempeltrompeten bis zu uns hinauf. Auffahrende, schrille und gedämpft pochende Klänge erfassten einen sowie das Gefühl, als sei man in einem hypnotischen Gefühlsnetz gefangen.

Geschäftige Mönche eilten umher und kümmerten sich um ihre verschiedenen Obliegenheiten, manche in gelben, manche in purpurroten Roben. Sehr viele von ihnen trugen eine bräunlich-rote Robe; diese waren die «gewöhnlichen» Mönche. Die Priester aus dem Potala trugen goldene Gewänder, ebenso kirschrote. Akoluthen in Weiß und Polizeimönche in dunklem Braun eilten umher. Alle, oder beinahe alle, hatten eines gemeinsam: Egal, ob ihre Roben neu oder alt waren, beinahe alle waren mit aufgenähten Flickstücken versehen, als Erinnerung an die Flickstücke auf Buddhas Robe. Fremde, die tibetische Mönche oder Abbildungen davon gesehen haben, erwähnen manchmal diese «Flickstücke». Diese Flickstücke sind jedoch Teil des Gewandes. Die Mönche des zwölfhundert Jahre alten Ne-Sar-Lamaklosters machen es richtig, sie wählen ihre Flickstücke immer in einem helleren Farbton aus.

Mönche tragen die roten Ordensroben, doch es gibt viele Rotfarbtöne, die sich je nach Färbung des Wollstoffes ergeben: vom Kastanienrot bis zum Ziegelrot gilt alles noch als «rot». Bestimmte, nur im Potala angestellte Beamten-Mönche tragen ein goldfarbenes, ärmelloses Ornat über ihren roten Gewändern. Gold ist in Tibet eine heilige Farbe – Gold ist unveränderlich und daher immer rein – und es ist die offizielle Farbe des Dalai Lama. Einige Mönche oder hohe Lamas, in seinem persönlichen Dienst, dürfen goldfarbene Roben über ihren gewöhnlichen roten tragen.

Während wir vom Dach des Jokhangs hinunterblickten, konnten wir viele Personen mit solchen goldfarbenen Ornaten sehen, aber nur selten einen Potala-Beamten. Wir schauten zu den flatternden Gebetsfahnen hinauf und zu den glänzenden Kuppeln der Kathedrale. Der Himmel sah prächtig aus, purpurrot, mit schmalen, dünnen Wolkenfetzen, so als hätte ein Maler seinen Pinsel ins Weiß getaucht und damit ganz leicht über das Himmelsgemälde gewischt. Meine Mutter brach den Zauber: «Wir vergeuden Zeit. Ich bin beunruhigt, wer weiß, was die Angestellten daheim alles anstellen. Wir müssen uns beeilen!»

So brachen wir auf und ritten im Schritt auf unseren geduldigen Ponys die Lingkhorstraße entlang, und mit jedem Schritt kamen wir näher an das heran, was ich «Tortur» und meine Mutter ihren «Großen Tag» nannte.

Nach unserer Rückkehr nach Hause kontrollierte unsere Mutter noch mit einem letzten Blick, ob alles in Ordnung war. Dann aßen wir, um uns für das bevorstehende Ereignis zu stärken. Wir wussten nur zu gut, dass bei solchen Anlässen die Gäste immer gut verpflegt und bewirtet wurden, während die armen Gastgeber leer ausgingen. Später hätten wir keine Zeit mehr gehabt zu essen.

Weithin hörbar kamen die Musikanten-Mönche mit ihren Instrumenten an und wurden mit ihren Trompeten, Klarinetten, Gongs und Trommeln in den Garten geführt. Ihre Zimbeln trugen sie um den Hals gehängt. Mit lautem Geplapper gingen sie in den Garten und verlangten nach Bier, das sie in die richtige Stimmung bringen sollte, um gut spielen zu können. Während der nächsten halben Stunde hörte man schreckliche Laute und schrille Trompetenklänge, als sie ihre Instrumente stimmten.

Als die ersten Gäste gesichtet wurden, brach im Hof Aufregung aus. Mit wehenden Wimpeln ritt ein Reiterzug von bewaffneten Männern heran. Die Eingangstore wurden aufgerissen, und unsere Bediensteten standen in Zweierreihen auf beiden Seiten Spalier, um die Ankömmlinge zu begrüßen. Der Verwalter stand bereit, und neben ihm seine beiden Gehilfen, die mit einer Auswahl an Seidenschärpen beladen waren, die in Tibet als eine Form von Begrüßung verwendet werden. Es gibt acht Arten von Schärpen, und jedes Mal muss die richtige dargeboten werden, sonst wäre es eine Beleidigung. Der Dalai Lama gibt und empfängt nur Schärpen erster Wahl. Wir nennen diese Schärpen «Khata», und die Art und Weise, wie sie dargereicht werden, ist folgendermaßen: Der Geber, wenn er von gleichem Range ist, hält einen Abstand ein, mit voll nach vorne ausgestreckten Armen. Der Empfänger hält den Abstand ebenso mit ganz nach vorn ausgestreckten Armen ein. Der Geber verbeugt sich kurz und legt die Schärpe über die Handgelenke des Empfängers, der sich verneigt, die Schärpe von seinen Handgelenken nimmt, sie anerkennend umdreht und einem Bediensteten weitergibt. Wenn der Geber einer Persönlichkeit von viel höherem Rang eine Schärpe überreicht, kniet er oder sie mit herausgestreckter Zunge (ein tibetischer Gruß

ähnlich dem Abnehmen des Hutes) und legt den Khata zu Füßen des Empfängers nieder. In einem solchen Fall legt der Empfänger die Schärpe um
den Hals des Gebers. In Tibet müssen Geschenke sowie Gratulationsbriefe
immer mit dem entsprechenden Khata versehen werden. Die Regierung verwendet gelbe Schärpen statt der sonst üblichen weißen. Der Dalai Lama
legte, wenn er jemandem die allerhöchste Ehre erweisen wollte, einen Khata
um dessen Hals und band einen roten Seidenfaden mit einem Dreifachkno-
ten um den Khata. Zeigte er zugleich seine Hände mit den Handflächen
nach oben, war man in der Tat geehrt. Wir Tibeter sind der festen Meinung,
dass die ganze Lebensgeschichte eines Menschen in den Handflächen geschrieben steht, und der Dalai Lama bewies jemandem, dem er seine Hände
so herzeigte, die freundlichsten Absichten. In späteren Jahren wurde mir
diese Ehre zweimal zuteil.

Unser Verwalter stand beim Eingangstor, und rechts und links von ihm
seine beiden Helfer. Er verbeugte sich vor den eben angekommenen Gäs-
ten, nahm ihren Khata entgegen und reichte ihn dem Helfer zu seiner Linken weiter. Gleichzeitig händigte ihm der andere Helfer von rechts her die
entsprechende Schärpe aus, mit der er die Begrüßung erwiderte. Er nahm
sie und legte sie über die Handgelenke oder (je nach Rang) um den Hals des
Gastes. Alle diese Schärpen wurden immer wieder verwendet.

Der Verwalter und seine Gehilfen hatten immer mehr zu tun. Die Gäste
trafen nun in großer Zahl ein, von den benachbarten Anwesen, aus der Stadt
Lhasa und aus den entfernteren Bezirken. Alle kamen sie über die Lingkhorstraße angeritten und bogen in unseren Privatweg im Schatten des Potala
ein. Damen, die eine lange Strecke geritten waren, trugen eine Gesichts-
maske aus Leder, um die Haut und den Teint vor dem sandbeladenen Wind
zu schützen. Oft waren auf den Masken in groben Umrissen die Züge der
Trägerin gemalt. An Ort und Stelle angekommen, legten die Damen ihre
Masken und ihre Yakfellmäntel ab. Mich faszinierten immer die gemalten
Züge auf den Masken. Je hässlicher oder älter die Frau war, desto schöner
und jünger waren ihre gemalten Züge auf der Maske.

Im Haus herrschte Hochbetrieb. Immer mehr Sitzkissen wurden aus den Lagerräumen hergebracht. Wir benutzen in Tibet keine Stühle, sondern wir sitzen mit gekreuzten Beinen auf Kissen, die ungefähr siebzig auf siebzig Zentimeter groß sind und zwanzig Zentimeter hoch. Dieselben Kissen verwenden wir auch, um darauf zu schlafen, doch dann werden mehrere aneinandergelegt. Uns sind sie weitaus bequemer als Stühle oder hohe Betten.

Die angekommenen Gäste wurden mit gebuttertem Tee bewirtet und in einen großen Raum geführt, der in einen Speisesaal umgewandelt worden war. Hier konnten sie sich mit Erfrischungen bedienen und sich vor dem Beginn des eigentlichen Festes stärken. Gegen vierzig Frauen aus den führenden Familien waren mit ihren Begleiterinnen angekommen. Einige der Damen unterhielten sich mit meiner Mutter, während andere ungeniert im Haus herumschlenderten, sich die Möblierung ansahen und ihren Wert schätzten. Das ganze Anwesen schien von Frauen jeden Alters, jeder Größe und Form überlaufen zu sein. Sie tauchten aus den entlegensten Räumen auf und zögerten auch keinen Augenblick, die vorbeigehenden Bediensteten nach dem Preis und Wert des einen oder anderen Gegenstandes zu fragen. Kurzum, sie benahmen sich wie Frauen auf der ganzen Welt. Schwester Yaso stolzierte in neuen Kleidern herum. Ihr Haar war in der neuesten Mode frisiert, was mir ziemlich entsetzlich vorkam. Doch was Frauen anbetraf, war ich immer schon voreingenommen. Eines aber war an diesem Tag sicher: Sie alle schienen mir im Weg zu stehen.

Es gab noch eine weitere Gruppe Frauen, die das Ganze noch komplizierter machte. In Tibet erwartet man von einer Frau des Hochadels, dass sie ein riesiges Lager an Kleidern und reichlich Schmuck besitzt. Beides musste sie vorzeigen, und da dies ein langes Um- und Ankleiden erfordert hätte, stellte man besondere Mädchen ein, sogenannte «Chung-Mädchen», die als eine Art Mannequins dienten. Sie spazierten herum und trugen Mutters Kleider zur Schau, saßen und tranken unzählige Tassen Buttertee. Dann zogen sie sich zurück, um die Kleider und den Schmuck zu wechseln. Sie mischten sich unter die Gäste und standen meiner Mutter bei allen Verrichtungen als Ersatzfrauen zur Seite. Während dieses Tages kleideten sie sich vielleicht fünf- oder sechsmal um.

Die Männer interessierten sich mehr für die Unterhaltungskünstler in den Gärten. Eine Gruppe Akrobaten war engagiert worden, um dem Fest einen Hauch von Heiterkeit zu verleihen. Drei von ihnen hielten eine über vier Meter lange Stange aufrecht, und ein weiterer Akrobat kletterte hinauf und machte oben auf der Stange einen Kopfstand. Dann rissen die anderen die Stange unter ihm weg, er fiel, überschlug sich und landete katzenartig wieder auf den Füßen. Ein paar kleine Jungen, die zugesehen hatten, liefen unverzüglich in eine entlegene Ecke, um dort die Vorführung nachzuahmen. Sie fanden eine ungefähr zweieinhalb oder drei Meter lange Stange, stellten sie auf, und der Kühnste unter ihnen kletterte hinauf und versuchte, oben auf dem Kopf zu stehen. Doch er kam geradewegs wieder herunter und landete mit einem furchtbaren «Gepolter» auf den anderen. Aber abgesehen von ein paar geschwollenen Gesichtern und hühnereigroßen Beulen war nichts passiert.

Meine Mutter betrat mit einigen Damen den Garten, um der Unterhaltung beizuwohnen und der Musik zuzuhören. Letzteres war nicht schwer, denn die Musikanten waren inzwischen von den reichlichen Mengen tibetischen Biers in guter Stimmung.

Bei diesem Anlass war meine Mutter besonders elegant gekleidet. Sie trug einen dunkelrötlichbraunen Yakwollrock, der beinahe bis zu den Fußknöcheln reichte. Ihre hohen Stiefeletten aus tibetischem Filz waren von reinstem Weiß mit blutroten Sohlen und geschmackvoll verarbeiteten roten Schäften.

Ihre boleroartige Jacke war rötlich-gelb, beinahe wie das Mönchsgewand meines Vaters. Später, in meinen Medizinerjahren, hätte ich sie als «jodgetränkten Verband» beschrieben! Darunter trug sie eine purpurrote Seidenbluse. Die Farben waren alle harmonisch aufeinander abgestimmt und wurden auch dementsprechend gewählt, um die verschiedenen Grade der Mönchsgewänder zu repräsentieren.

Über ihrer rechten Schulter hing eine Seidenbrokatschärpe, die an der linken Seite der Taille von einem massiven Goldring gehalten wurde. Von der Schulter bis zum Taillenknoten war das Schärpenband blutrot, danach wechselten die Farbtöne von einem zarten Zitronengelb bis zum tiefen Safrangelb am Saum des Rockes.

Um ihren Hals hing eine Goldschnur mit drei Amulettsäckchen, die sie immer trug. Sie waren ihr zur Hochzeit mit meinem Vater geschenkt worden: eines von ihrer Familie, eines von der Familie meines Vaters und eines – eine außergewöhnliche Ehre – vom Dalai Lama. Sie trug sehr viel Geschmeide, da tibetische Frauen Schmuck und Zierde entsprechend ihrer Stellung im Leben tragen. Von einem Ehemann wird erwartet, dass er, sooft er im Rang aufstieg, Geschmeide oder Schmuckstücke kauft.

Meine Mutter war tagelang damit beschäftigt gewesen, ihr Haar in hundertacht Zöpfchen flechten zu lassen, jedes davon ungefähr so dick wie eine Peitschenschnur. Hundertacht ist in Tibet eine heilige Zahl, und Frauen, die genügend Haar hatten, um es in so viele Zöpfe zu teilen, galten als vom

Glück begünstigt. Das madonnenhaft gescheitelte Haar wurde über einen Holzrahmen gespannt, den man wie einen Hut auf dem Kopf trug. Dieser bestand aus rotlackiertem Holz und war mit Diamanten, Jade und Goldplättchen verziert. Das Haar lag auf ihm wie Kletterrosen an einer Pergola. An Mutters Ohr hing ein Ohrgehänge aus Korallenstücken, das ihr fast bis zur Taille reichte. Es war so schwer, dass sie es mit einem roten Faden auf ihrem Ohr aufhängen musste, um nicht Gefahr zu laufen, ihr Ohrläppchen zu zerreißen. Ich beobachtete sie immer gespannt, um zu sehen, wie sie den Kopf zur linken Seite drehen konnte!

Die Gäste schlenderten herum, bewunderten die Gärten oder saßen in Gruppen beisammen und besprachen gesellschaftliche Ereignisse. Insbesondere die Damen unterhielten sich angeregt: «Ja, meine Liebe, Lady Doring lässt einen neuen Fußboden legen. Fein geschliffene Steinplatten auf hochglanzpoliert.»

«Hast du gehört, dass dieser junge Lama, der bei Lady Rakasha wohnt …» und so fort.

Doch im Grunde warteten alle nur auf das Hauptereignis des Tages. Das Ganze war nur ein Aufwärmen für die kommenden Ereignisse, die Weissagungen meiner Zukunft durch die Astrologen-Priester und die Entscheidung, welchen Weg ich in meinem Leben einschlagen sollte. Von ihnen hing mein künftiger Werdegang ab.

Als sich der Tag seinem Ende zuneigte und die Schatten immer schneller über den Boden krochen, ließ die Unternehmungslust der Gäste nach. Die Erfrischungen hatten sie gesättigt und sie waren in einer empfänglichen Stimmung. Während die großen Mengen an Speisen immer weniger wurden, brachten müde Bedienstete immer wieder neue herbei, die ebenfalls mit der Zeit aufgegessen wurden. Auch die für die Unterhaltung engagierten Personen zogen sich nach und nach in die verschiedenen Küchen zurück, um sich ein wenig auszuruhen und Bier zu trinken.

Die Musikanten dagegen waren immer noch beschwingt, sie bliesen ihre Trompeten, stießen die Zimbeln zusammen und schlugen hingebungsvoll und vergnügt auf ihre Trommeln. Der ganze Lärm und das Getöse hatten die Vögel von ihren gewohnten Schlafplätzen in den Bäumen verscheucht. Aber nicht nur die Vögel hatte es verscheucht, sondern auch die Katzen zogen sich bei der Ankunft der ersten geräuschvollen Gäste schnell an irgendeinen sicheren Ort zurück. Sogar die schwarzen Riesendoggen, die das Haus bewachten, schwiegen. Sie waren so lange gefüttert worden, bis sie nichts mehr fressen konnten und ihr tiefes Gebell im Schlaf verstummte.

Als es dunkler wurde, flitzten in den ummauerten Gärten kleine Knaben wie Gnome zwischen den gepflegten Bäumen umher und schwenkten brennende Butterlampen und rauchende Weihrauchgefäße und mitunter sprangen sie in sorgloser Fröhlichkeit an die niederen Äste.

Überall auf dem ganzen Gelände standen goldene Weihrauchschalen, aus denen dichte, duftende Rauchsäulen aufstiegen. Alte Frauen bedienten sie und drehten dabei klappernd die Gebetsmühlen, die mit jeder Umdrehung Tausende von Gebeten zum Himmel hinaufsandten.

Mein Vater befand sich in stetiger Sorge um seine ummauerten Gärten. Sie waren aufgrund der kostspieligen ausländischen Pflanzen und Sträucher im ganzen Land bekannt. Jetzt sah das Ganze seiner Meinung nach eher wie ein schlecht geführter Zoo aus. Er wanderte händeringend umher und stieß kurze verzweifelte Seufzer aus, wenn Gäste stehenblieben und eine Knospe berührten. Vor allem für die Aprikosen-, Birnen- und die kleinen Zwergapfelbäume bestand eine Gefahr. Die größeren und höheren Bäume, Pappeln, Weiden, Wacholder, Birken und Zypressen, waren mit Gebetsfahnenbändern geschmückt, die sanft und leise im Abendwind flatterten.

Schließlich ließ das Tageslicht nach, während die Sonne weit entfernt hinter den Gipfeln des Himalaya unterging. Aus den Lamaklöstern erklangen die Trompeten, die das neuerliche Schwinden eines Tages verkündeten. Unmittelbar danach wurden Hunderte von Butterlampen angezündet. Sie hingen von den Ästen der Bäume herab, schwangen sich an den vorspringenden Dachtraufen der Häuser entlang, und andere schwammen auf dem ruhigen Wasser des schmückenden Teiches. Hier wurden sie von den Wasserlilienblättern aufgehalten, so wie Boote von einer Sandbank, und dort trieben sie auf die schwimmenden Schwäne zu, die in der Nähe der Insel Schutz suchten.

Ein tief klingender Gong ertönte. Alle wandten sich um, und ihre Blicke richteten sich auf die herannahende Prozession. Im Garten war ein Zelt errichtet worden, das nach einer Seite hin vollständig offen war. Darin befand sich ein Podium, auf dem vier von unseren tibetischen Sitzkissen lagen. Nun näherte sich die Prozession dem Zelt. Vier Bedienstete trugen je eine Stange, an denen große Fackeln befestigt waren. Dann kamen vier Trompetenbläser, die auf silbernen Trompeten eine Fanfare bliesen. Ihnen folgten meine Eltern, die zum Podium hinaufstiegen, nachdem sie das Zelt erreicht hatten. Nach ihnen folgten zwei alte Männer, sehr alte Männer, aus dem Lamakloster des Staatsorakels. Diese zwei alten Männer aus Nechung waren die erfahrensten Astrologen des Landes. Ihre Weissagungen erwiesen sich immer wieder als richtig. Vor einer Woche wurden sie zum Dalai Lama gerufen, um ihm Weissagungen zu machen. Nun sollten sie dasselbe für einen siebenjährigen Knaben tun. Tagelang hatten sie sich mit ihren Sternenkarten und Berechnungen auseinandergesetzt. Lange hatten sie über die Trigonalaspekte, die Eklipsen und die Anderthalbquadraturen diskutiert und über den gegensätzlichen Einfluss von diesem und jenem. Ich werde in einem späteren Kapitel nochmals auf die Astrologie zurückkommen.

Zwei Lamas trugen die Aufzeichnungen mit den erläuternden Angaben, und die Sternenkarten der Astrologen. Zwei andere traten vor und halfen den alten Sehern die Stufen zum Podium hinaufzusteigen. Seite an Seite standen sie da wie zwei alte geschnitzte Elfenbeinfiguren. Ihre kostbaren Roben aus gelber chinesischer Brokatseide hob ihr Alter nur noch mehr hervor. Auf dem Kopf trugen sie große Priesterhüte, und ihre runzeligen Nacken schienen sich unter deren Last zu beugen.

Die Gäste versammelten sich um das Zelt und setzten sich auf den Boden auf die Kissen, die die Bediensteten herbeibrachten. Alle Gespräche verstummten, da sich die Leute sehr anstrengen mussten, um die schrille, piepsige Stimme des Oberastrologen überhaupt verstehen zu können.

«Lha dre mi cho-nang-chig» (Götter, Teufel und Menschen verhalten sich alle auf die gleiche Weise), sagte er. «Auf diese Weise kann die wahrscheinliche Zukunft vorhergesagt werden.»

Eine ganze Stunde lang redete er, dann unterbrach er zehn Minuten lang, um auszuruhen. Darauf fuhr er fort und erläuterte nochmals eine weitere Stunde lang die Zukunft.

«Ha-le! Ha-le!» (Außerordentlich! Außerordentlich!), riefen die gebannten Zuhörer.

Und so wurde es geweissagt: Ein Knabe von sieben Jahren sollte nach einem harten Ausdauertest in ein Lamakloster eintreten und dort zum Priester-Arzt ausgebildet werden. Er sollte sehr viel Schweres erdulden, seine Heimat verlassen und unter fremde Menschen gehen. Er sollte alles verlieren und neu beginnen müssen und schließlich erfolgreich sein.

Nach und nach löste sich die Gesellschaft auf. Die Gäste, die von weither gekommen waren, verbrachten die Nacht bei uns und reisten erst am Morgen ab. Andere brachen gleich mit ihrem Gefolge auf und mit Fackeln, die ihnen den Weg beleuchteten. Mit viel Hufgeklapper und den heiseren Rufen der Männer versammelten sie sich im Hof. Wieder öffneten sich die schweren Tore, und die Gesellschaft ritt hinaus. Das Pferdegetrampel und die Stimmen der Reiter verloren sich in der Ferne, bis sich draußen in der Nacht nur noch die Stille ausbreitete.

Kapitel 3
Die letzten Tage im Elternhaus

Im Hause herrschte immer noch reges Leben. Immer noch wurden Unmengen von Tee getrunken und die Speisen in letzter Minute aufgezehrt, da sich die Gäste für die kommende Nacht noch etwas stärken wollten. Alle Zimmer waren besetzt, und für mich war nirgends Platz. Freudlos wanderte ich umher und stieß achtlos gegen Steine und alles, was mir sonst in den Weg kam, doch auch das brachte keine Hilfe. Niemand nahm Notiz von mir, die Gäste waren satt und zufrieden, die Bediensteten müde und reizbar.

«Die Pferde haben mehr Mitgefühl», klagte ich im Stillen. «Ich werde hinübergehen und bei ihnen schlafen.»

In den Ställen war es warm, und das Heu war weich, doch ich konnte lange nicht schlafen. Jedes Mal, wenn ich eindöste, stieß mich ein Pferd an oder es weckte mich ein plötzlicher Lärm aus dem Haus. Nach und nach verklangen die Geräusche. Ich stützte mich auf einen Ellenbogen und blickte hinaus. Draußen erloschen die flackernden Lichter eines nach dem anderen. Es wurde dunkel und bald war nur noch das kalte, blaue Mondlicht zu sehen, das lebhaft von den schneebedeckten Bergen zurückstrahlte. Die

Pferde schliefen, manche standen, manche lagen auf der Seite. Schließlich überwältigte auch mich die Müdigkeit.

Am nächsten Morgen wurde ich unsanft aus dem Schlaf gerüttelt: «Steh auf, Tuesday Lobsang. Ich muss die Pferde bereit machen. Du bist hier im Weg.»

Also stand ich auf und ging ins Haus, um nach etwas Essbarem zu suchen. Dort herrschte bereits rege Betriebsamkeit. Die Gäste bereiteten sich auf die Abreise vor, und meine Mutter eilte von einer Gruppe zur anderen, um sich kurz vor deren Abschied noch mit ihnen zu unterhalten. Unser Vater sprach von Verbesserungen, die er in Haus und Garten vornehmen wollte. Er erzählte einem seiner alten Freunde, dass er beabsichtige, Scheibenglas aus Indien kommen zu lassen, um die Fenster in unserem Haus zu verglasen. In Tibet gab es kein Glas, in unserem Land wurde keines hergestellt, sodass die Einfuhrkosten aus Indien ungemein hoch waren. In Tibet bestanden die Fenster aus einem Rahmen, der mit gewachstem Papier bespannt war. Dieses Papier war zwar durchscheinend, aber nicht durchsichtig. Vor den Fenstern hingen schwere Holzläden, nicht so sehr zum Schutz vor Einbrechern, sondern vielmehr, um das Eindringen des groben Sands zu verhindern, den die heftigen Winde mit sich führten. Dieser Sand (manchmal glich er eher kleinen Kieselsteinen) drang durch jedes ungeschützte Fenster ein und konnte Gesicht und Hände verletzen, wenn man ihm ausgesetzt war. Das Reisen während der Jahreszeit der starken Winde barg daher erhebliche Gefahren. Die Bewohner von Lhasa behielten den Berg stets genau im Auge, und wenn ihn plötzlich ein schwarzer Nebel einhüllte, versuchten sich alle in Sicherheit zu bringen, bevor sie der peitschende Wind erreichte, der blutige Wunden schlug. Doch nicht nur die Menschen waren auf der Hut, auch die Tiere waren wachsam. Es war nicht ungewöhnlich, Pferde und Hunde zu sehen, die den Menschen auf der Suche nach einem schützenden Obdach vorauseilten. Katzen wurden nie von einem Sturm erwischt, und die Yaks waren völlig unempfindlich dagegen.

Nach der Abreise der letzten Gäste wurde ich zu meinem Vater gerufen. Er sagte: «Geh ins Marktviertel und kaufe, was du brauchst. Tzu weiß, was erforderlich ist.»

Ich überlegte, was ich brauchte: eine Tsampaschale aus Holz, einen Becher und eine Gebetskette. Der Becher müsste aus drei Teilen bestehen: einem Ständer, dem Becher selbst und einem Deckel. Dieser sollte aus Silber sein. Die Gebetskette müsste aus hundertacht glänzend polierten Holzperlen bestehen. Die Zahl hundertacht, eine heilige Zahl, weist auf die Dinge hin, an die sich ein Mönch erinnern sollte.

Wir brachen auf, Tzu auf seinem Pferd und ich auf meinem Pony. Sobald wir den Innenhof verlassen hatten, ritten wir nach rechts und später wieder nach rechts, als wir nach dem Potala die Ringstraße verließen und zum Marktplatz abbogen. Ich schaute mich um, so als sähe ich die Stadt zum ersten Mal. Ich fürchtete, ich sollte sie heute zum letzten Mal sehen! In den Läden wimmelte es nur so von feilschenden Handelsleuten, die eben in Lhasa angekommen waren. Einige hatten Tee aus China gebracht, andere Stoffe aus Indien. Wir drängten uns durch die vielen Menschen zu den Läden, die wir aufsuchen wollten, und immer wieder mal rief Tzu einem alten Freund aus früheren Tagen einen Gruß zu.

Ich brauchte eine bräunlichrote Robe. Sie sollte recht weit sein, nicht nur, weil ich noch im Wachstum war, sondern auch noch aus einem anderen, ebenso praktischen Grund. In Tibet tragen die Männer sehr weite Roben, die um die Taille fest zusammengebunden werden. Der obere Teil wird dann hinaufgezogen und bildet eine Tasche, in der der Tibeter alles aufbewahrt, was er für notwendig hält. Der gewöhnliche Mönch bewahrt darin beispielsweise seine Tsampaschale auf, einen Becher, ein Messer, verschiedene Amulette, eine Gebetskette, ein Säckchen mit gerösteter Gerste und nur ganz selten eine Portion schon fertig zubereitetes Tsampa. Dabei sollte man nicht vergessen, dass der Inhalt dieser Tasche sein ganzer irdischer Besitz ist.

Tzu behielt die Aufsicht über meinen armseligen kleinen Einkauf. Er erlaubte mir nur das Allernötigste zu kaufen, und auch das durfte nur von mittelmäßiger Qualität sein, wie es sich für einen «armen Akoluthen» gehörte. Das Gekaufte beinhaltete: Sandalen mit Yakledersohlen, ein kleiner Ledersack für die geröstete Gerste, eine hölzerne Tsampaschale, ein Holzbecher – nicht einen silbernen, wie ich gehofft hatte! – und ein Schnitzmesser. Das sollten nebst einer sehr einfachen Gebetskette, die ich selbst glänzend reiben musste, mein einziger Besitz sein. Mein Vater war mehrfacher Millionär. Er besaß Besitztümer im ganzen Land, Juwelen und sehr viel Gold. Doch ich sollte, solange meine Ausbildung dauerte und solange mein Vater lebte, nur ein sehr armer Mönch sein.

Noch einmal betrachtete ich die Straße, die zweigeschossigen Häuser mit den langen, überhängenden Dachtraufen. Ich schaute mir die Läden an, mit ihren Verkaufsständen vor den Türen, auf denen Haifischflossen bis hin zu Satteldecken alles ausgelegt war. Noch einmal hörte ich den munteren Neckereien der Händler und ihren Kunden zu, die gutmütig scherzend um die Preise der Waren feilschten. Nie hatte die Straße je anziehender gewirkt als jetzt, und ich dachte an die Glücklichen, die sie täglich sahen und sie auch weiterhin täglich sehen würden.

Streunende Hunde liefen herum, beschnüffelten mal dieses und mal jenes und begrüßten einander mit Knurren. Pferde wieherten einander leise zu, während sie geduldig auf ihre Herren warteten. Yaks stießen kehlig-raue Laute aus, während sie sich durch das Gedränge der Fußgänger schoben. Welche geheimnisvollen Dinge mochten wohl hinter den papierbespannten Fenstern verborgen liegen? Was für wunderbare Waren aus aller Welt waren doch durch diese starken Holztüren geschafft worden? Und was hätten die offenen Läden alles zu erzählen gehabt, wenn sie sprechen könnten?

All dies betrachtete ich wie ein alter Freund. Es kam mir nicht in den Sinn, dass ich sie wiedersehen würde, wenn auch nur selten. Ich dachte an die Dinge, die ich gerne getan, und an die Dinge, die ich gerne gekauft hätte. Meine Träumerei wurde jäh unterbrochen. Eine riesige, drohende Hand senkte sich auf mich herab, fasste mein Ohr, drehte es heftig um und ließ es nicht mehr los, während Tzus Stimme laut und für alle Welt hörbar schrie: «Los, komm schon, Tuesday Lobsang! Bist du eingeschlafen? Ich weiß nicht, was heutzutage mit der Jugend los ist. Zu meiner Zeit war das nicht so.»

Tzu schien es egal zu sein, ob ich ohne Ohr hinter ihm zurückblieb oder ob ich es behielt, indem ich ihm folgte. Ich hatte keine andere Wahl, als «vorwärts» zu gehen. Den ganzen Heimweg ritt Tzu voraus, brummte und seufzte über die «heutige Jugend. Nichtsnutze. Bis auf die Knochen faule Herumlungerer, die in einem Luftschloss leben». Wenigstens brachte mir Tzu einen Vorteil; als wir in die Lingkhorstraße einbogen, blies dort ein schneidender Wind, und Tzus mächtige Gestalt vor mir bot mir Schutz auf dem Weg.

Zu Hause sah sich meine Mutter die gekauften Waren an. Zu meinem Bedauern war sie damit einverstanden und fand, sie seien gut genug. Ich hatte im Stillen gehofft, sie wäre unzufrieden mit Tzu und würde sagen, ich sollte eine bessere Qualität bekommen. So wurde meine Hoffnung auf einen Silberbecher aufs Neue zerstört, und ich musste mich mit dem Hölzernen zufriedengeben, der auf einer Handdrehbank auf den Basaren von Lhasa gedrechselt worden war.

Auch meine letzte freie Woche durfte ich nicht für mich sein. Meine Mutter schleppte mich von einem Adels-Haus zum nächsten in Lhasa, damit ich ihnen meine Hochachtung erweisen konnte. Ich fühlte mich aber ganz und gar nicht hochachtungsvoll! Meine Mutter liebte diese Besuche, die gesellschaftlichen Unterhaltungen und das höfliche Geschwätz, das ihren Tagesablauf bestimmte. Mich hingegen langweilten sie tödlich. Für mich waren sie eine echte Qual, da ich eindeutig nicht mit den Eigenschaften geboren war, gerne als Narr dazustehen. Ich wollte lieber draußen spielen und die wenigen restlichen Tage noch etwas Spaß haben. Ich wollte draußen sein, meine Drachen steigen lassen, mit meinem Stab springen und mit der Armbrust schießen. Stattdessen wurde ich wie ein preisgekrönter Yakbulle herumgeschleppt und alten, garstigen Frauen vorgeführt, die nichts Besseres zu tun hatten, als den ganzen Tag auf ihren Seidenkissen zu sitzen und den Bediensteten zu rufen, damit diese ihnen, je nach Laune, ihre noch so kleinen Wünsche erfüllten.

Doch es war nicht nur meine Mutter, die mir große Herzschmerzen bereitete. Mein Vater musste zu einer Besprechung ins Drepung-Lamakloster gehen und nahm mich mit, damit ich es mir anschauen konnte. Drepung ist das größte Lamakloster der Welt mit seinen zehntausend Mönchen, seinen hochragenden Tempeln, den kleinen Steinhäusern und den Reihen über Reihen übereinander gebauten Terrassenhäusern. Diese Gemeinschaft glich einer ummauerten Stadt, und wie eine richtige Stadt auch, war sie autark. Drepung bedeutet «Reishaufen», und aus einiger Entfernung sah sie wirklich wie ein Reishaufen aus, wenn ihre Türme und Kuppeln im Licht glänzten. Damals aber war ich nicht gerade in der Stimmung, die Schönheiten der Baukunst zu würdigen. Ich war äußerst verdrossen, meine wertvolle Zeit auf diese Weise vergeuden zu müssen.

Mein Vater war mit dem Abt und dessen Assistent verabredet, und ich schlenderte wie ein verlorenes Kind im Sturm trostlos herum. Ich erschauerte vor Angst, als ich sah, wie einige der kleinen Novizen behandelt wurden. Der Reishaufen setzte sich eigentlich aus sieben Lamaklöstern zusammen.

Er bestand aus sieben verschiedenen Orden und sieben getrennten Hochschulen. Er war derart groß, dass er nicht von einer einzigen Person geleitet werden konnte. Vierzehn Äbte hatten hier das Sagen und hielten strenge Zucht. Ich war froh, als dieser «schöne Ausflug durch sonnige Gegenden» – um meinen Vater zu zitieren – ein Ende nahm. Noch erfreuter war ich, dass ich nicht nach Drepung oder nach Sera, das fünf Kilometer nördlich von Lhasa lag, geschickt werden sollte.

Schließlich neigte sich die Woche ihrem Ende zu. Mein Drache wurde mir weggenommen und weggegeben. Meine Bögen und Pfeile mit den wunderschönen Federn wurden zerbrochen, als Zeichen dafür, dass ich nun kein Kind mehr war, und für solche Sachen keine Verwendung mehr hatte. Ich hatte das Gefühl, dass man mir damit auch mein Herz zerbrochen hatte, aber darüber schien sich niemand Gedanken zu machen.

Bei Einbruch der Nacht ließ mich mein Vater zu sich rufen. Ich betrat sein Zimmer, das mit schönen Verzierungen und alten, wertvollen Büchern geschmückt war, die in Reih und Glied die Wände zierten. Er saß neben dem Hauptaltar, der sich in seinem Zimmer befand, und hieß mich, vor ihm niederzuknien. Mit diesem Akt begann das Öffnungszeremoniell des Familienbuches. In diesem dicken, über neunzig Zentimeter langen und gegen dreißig Zentimeter breiten Buch waren alle Einzelheiten unserer Familie über die vergangenen Jahrhunderte hinweg ausführlich aufgezeichnet worden. Die Namen der Ersten unserer Abstammungslinie waren darin eingetragen. Detaillierte Berichte beschrieben die Taten und Handlungen, aufgrund derer sie in den Adelsstand erhoben worden waren. Weiter wurden auch hier die Verdienste festgehalten, die wir unserem Lande und unserem Herrscher erwiesen hatten. Auf den alten, vergilbten Blättern las ich Geschichte. Heute wurde das Buch zum zweiten Mal für mich aufgeschlagen. Zum ersten Mal war es geöffnet worden, um meine Empfängnis und Geburt einzutragen. Hier waren die Details aufgeführt, auf deren Grundlage die Astrologen ihre Voraussagen machten, und die astrologischen Karten, die sie damals erstellt hatten. Nun musste ich selbst meine Unterschrift in das Buch setzen, denn

morgen würde ein neues Leben für mich beginnen, wenn ich dem Lamakloster beitrat.

Der schwere, geschnitzte Holzdeckel wurde langsam auf die Blätter zu-
rückgelegt und die goldenen Klammern darüber geklemmt, um die dicken,
handgefertigten Bögen aus Wacholderpapier zusammenzuhalten. Das Buch
war schwer, selbst mein Vater wankte ein wenig unter seiner Last, als er
aufstand, um es in das goldene Behältnis zurückzulegen, das es schützte.
Ehrfürchtig wandte er sich um und ließ das Behältnis in eine Steinvertiefung
unter dem Altar hinab. Über einem kleinen silbernen Brenner erwärmte er
Wachs, goss es auf den Steindeckel, der die Nische verschloss, und drückte
sein Siegel darauf, damit das Buch unangetastet bliebe.

Er wandte sich wieder an mich und machte es sich auf seinem Kissen
bequem. Er berührte einen Gong, der sich neben seinem Ellbogen befand,
und ein Bediensteter brachte ihm gebutterten Tee.

Lange herrschte Schweigen, dann begann er, mir von der geheimen Geschichte Tibets zu erzählen. Eine Geschichte, die Tausende und Abertau-
sende von Jahren zurückreicht, eine Geschichte, die schon zu Zeiten der
Großen Sintflut alt war. Er sprach von der Zeit, als Tibet einst von einem
Meer umgeben war, und wie Ausgrabungen dies bewiesen hätten. Selbst jetzt
noch, sagte er, könne jeder, der in der Nähe von Lhasa grub, versteinerte
Meerestiere und unbekannte Muscheln ans Tageslicht befördern. Man habe
auch von Menschenhand hergestellte Werkzeuge aus seltsamen Metallen gefunden. Wozu sie gebraucht wurden, hätte man nicht herausgefunden. Oft
hätten Mönche in Höhlen verschiedener Bezirke solche Funde entdeckt und
sie meinem Vater gebracht. Er zeigte mir einige davon. Dann änderte er
seinen Ton.

«Nach dem Gesetz», sagte er, «soll ein junger Adeliger mit Strenge erzogen werden, ein Sohn armer Leute dagegen mit Milde. Du wirst einer sehr
schweren Aufnahmeprüfung unterzogen werden, bevor du die Erlaubnis erhältst, das Lamakloster zu betreten.»

Als unerlässliche Notwendigkeit schärfte er mir unbedingten Gehorsam gegenüber allen Befehlen ein, die mir gegeben würden. Seine abschließende Bemerkung aber war nicht gerade förderlich für einen guten Schlaf in der Nacht, denn er sagte: «Mein Sohn, du meinst, ich sei hart und rücksichtslos zu dir, doch meine ganze Sorge gilt dem Namen der Familie. Ich sage dir, wenn du die Aufnahmeprüfung ins Lamakloster nicht bestehst, dann kehre nicht mehr hierher zurück. Du wirst in diesem Haus, wie ein Fremder sein.»

Darauf gab er mir, ohne ein weiteres Wort zu sagen ein Zeichen, ihn zu verlassen.

Schon früher am Abend hatte ich meiner Schwester Yaso Lebewohl gesagt. Sie war sehr traurig gewesen, denn wir hatten so oft miteinander gespielt. Sie war jetzt bereits neun Jahre alt, während ich sieben wurde – morgen. Meine Mutter war nicht auffindbar. Sie war schon zu Bett gegangen, und ich konnte nicht Abschied nehmen von ihr. Zum letzten Mal ging ich einsam in mein Zimmer. Zum letzten Mal legte ich die Kissen zurecht, die mir als Bett dienten. Ich legte mich nieder, doch schlafen konnte ich nicht, ich lag lange wach und dachte über alles nach, was mir mein Vater an diesem Abend gesagt hatte. Ich dachte an die große Abneigung meines Vaters gegen Kinder und an den gefürchteten Morgen, an dem ich zum ersten Mal fern von daheim schlafen würde. Langsam wanderte der Mond über den Himmel. Draußen flatterte ein Nachvogel auf den Fenstersims. Vom Dach drangen die Geräusche der Gebetsfahnen herab, die gegen ihre Holzstangen schlugen. Schließlich schlief ich ein, doch als die ersten schwachen Sonnenstrahlen das Mondlicht ablösten, wurde ich von einem Bediensteten geweckt, der mir eine Schale mit Tsampa und einen Becher gebutterten Tee brachte.

Während ich diese magere Kost verzehrte, polterte Tzu in mein Zimmer. «Nun, Junge», sagte er, «unsere Wege trennen sich hier. Dem Himmel sei Dank dafür. Nun kann ich zu meinen Pferden zurückkehren. Aber mach deine Sache gut und vergiss nichts von allem, was ich dich gelehrt habe.»

Damit machte er auf den Fersen kehrt und verließ das Zimmer.

Obwohl ich es damals nicht zu schätzen wusste, war dies doch die freundlichste Art, Abschied zu nehmen. Bewegte Abschiedsszenen hätten es mir um einiges schwerer gemacht, mein Zuhause zu verlassen – zum ersten Mal und für immer, wie ich dachte. Wäre meine Mutter wach gewesen, um sich von mir zu verabschieden, hätte ich sie zweifellos überreden wollen, mir zu erlauben, daheimzubleiben. Viele tibetische Kinder führen ein sehr leichtes Leben, meines hingegen war nach heutigen Maßstäben sehr hart, und dass mir niemand Lebewohl sagte, war, wie ich später herausfand, eine Anordnung meines Vaters gewesen, damit ich früh im Leben Selbstbeherrschung und Entschlossenheit lernte.

Ich beendete mein Frühstück, schob die Tsampaschale und den Becher vorne in meine Robe und rollte eine zweite Robe sowie ein Paar Filzstiefel zu einem Bündel. Als ich durch das Zimmer und dem Flur entlangging, bat mich ein Bediensteter, leise zu sein, um die Schlafenden im Haus nicht zu wecken. Und während die Dunkelheit der Scheindämmerung der echten Morgendämmerung wich, machte ich mich auf den Weg, stieg die Stufen hinab und weiter zur Straße. So verließ ich mein Elternhaus – einsam, voller Angst und mit schwerem Herzen.

Kapitel 4
An den Toren des Tempels

Die Straße führte geradeaus weiter zum Chakpori-Lamakloster, dem Tempel der tibetischen Medizin. Sie war eine sehr, sehr streng geführte Schule! Ich lief die wenigen Kilometer, während es heller wurde. Am Eingangstor stieß ich auf zwei andere Jungen, die, wie ich, Einlass begehrten. Wir betrachteten einander prüfend, und keiner von uns, glaube ich, war sehr erbaut von dem, was er an den anderen sah. Doch wir entschieden uns, verträglich zu sein, wenn wir schon dieselbe Ausbildung durchlaufen mussten.

Zaghaft klopften wir ab und zu an das Tor, doch nichts geschah. Schließlich bückte sich einer der anderen Jungen, hob einen großen Stein auf und es gelang ihm wirklich, genügend Lärm zu machen, um die Aufmerksamkeit auf uns zu ziehen. Ein Mönch erschien und schwang einen Stock in der Luft, der für unsere erschrockenen Augen so groß wie ein junger Baum aussah.

«Was wollt ihr hier, ihr jungen Teufel?», rief er. «Glaubt ihr eigentlich, ich hätte nichts Besseres zu tun, als für solche wie euch das Tor aufzusperren?»

«Wir möchten gerne Mönche werden», antwortete ich.

«Ihr seht mir eher aus wie Affen», sagte er. «Wartet dort und rührt euch nicht von der Stelle. Sobald der Akoluthen-Meister Zeit hat, wird er vorbeikommen.»

Das Tor flog zu und hätte beinahe einen der anderen Jungen, der sich etwas unvorsichtig weit vorgewagt hatte, rücklings zu Boden geworfen. Wir setzten uns auf den Boden, unsere Beine waren müde vom langen Stehen. Leute kamen und gingen durch das Tor des Lamaklosters. Ein angenehmer Essensgeruch drang durch ein kleines Fenster bis zu uns und quälte uns mit den Gedanken an unseren wachsenden Hunger. Essen, so nahe und doch so unerreichbar.

Endlich wurde das Tor heftig aufgestoßen und ein großgewachsener, hagerer Mann stand auf der Schwelle.

«Nun!», schrie er, «und was wollt ihr hier, ihr elenden Taugenichtse?»

«Wir möchten Mönche werden», sagten wir.

«Du meine Güte», rief er, «was für ein Gezücht kommt heutzutage in die Lamaklöster!»

Er gab uns einen Wink, die riesige ummauerte Anlage zu betreten, die das ganze Lamakloster umgab. Er fragte uns, woher wir kämen, wer wir waren, und sogar, warum wir wären! Wir merkten ohne Schwierigkeit, dass er von uns nicht sonderlich viel hielt. Zum ersten, dem Sohn eines Hirten, sagte er: «Schnell, geh hinein. Wenn du deine Prüfung bestehst, kannst du hierbleiben.»

Zum nächsten sagte er: «Du, Junge. Was hast du gesagt? Du wärst der Sohn eines Metzgers? Eines Fleischschneiders? Ein Übertreter der Gesetze Buddhas? Und du wagst es, hierherzukommen? Fort mit dir, schnell, sonst lasse ich dich um die Ringstraße herumpeitschen.»

Der arme, unglückliche Junge vergaß plötzlich seine Müdigkeit und rettete sich mit einem schnellen Sprung zur Seite, als der Mönch nach ihm schlug. Blitzschnell rannte er weg und ließ hinter seinen Füßen, die in Eile den Boden berührten, kleine aufwirbelnde Staubwolken zurück.

Nun blieb nur noch ich übrig, allein an meinem siebten Geburtstag. Der hagere Mönch richtete seinen grimmigen Blick auf mich, und ich meinte beinahe, vor Angst zusammenzuschrumpfen. Drohend hob er seinen Stock. «Und du? Wen haben wir denn da? Oh! Ein junger Prinz, der geistlich werden will. Wir müssen zuerst sehen, wie du dich machst, mein feiner Herr. Erst sehen, aus welchem Holz du geschnitzt bist. Hier ist kein Ort für Weichlinge und verhätschelte adelige Muttersöhnchen. Geh vierzig Schritte zurück und bleibe dort so lange in der Kontemplationsstellung sitzen, bis ich dir andere Anweisungen gebe, und zucke nicht mit der Wimper!»

Mit diesen Worten wandte er sich unvermittelt um und ging davon. Betrübt hob ich mein armseliges kleines Bündel auf und ging die vierzig Schritte zurück. Ich ließ mich auf die Knie nieder und setzte mich, wie befohlen, mit überkreuzten Beinen hin. So saß ich den ganzen Tag. Bewegungslos. Der Sandstaub wehte über mich hinweg, sammelte sich in meinen nach oben gerichteten Handflächen, auf meinen Schultern und in meinem Haar. Als die Sonne langsam unterging, wuchs mein Hunger und meine Kehle war rau vor Durst, denn ich hatte seit dem Morgengrauen weder etwas gegessen noch getrunken. Die vorbeigehenden Mönche, und es waren viele, beachteten mich nicht. Herumstreunende Hunde blieben eine Weile stehen, beschnüffelten mich neugierig und gingen dann wieder ihres Weges. Eine Rotte kleiner Jungen schlenderte vorbei. Einer warf unbekümmert einen Stein nach mir, der mich an der Seite des Kopfes traf, sodass es zu bluten anfing. Ich wagte es nicht, mich zu bewegen. Wenn ich meine Ausdauerprüfung nicht bestand, würde mein Vater mir nicht mehr erlauben, das Haus zu betreten, das mein Zuhause gewesen war. Es gab keinen Ort, wohin ich hätte gehen können. Was hätte ich dann machen sollen? Mir blieb nichts anderes übrig, als da, wo ich saß, bewegungslos sitzenzubleiben, mit schmerzenden Muskeln und steifen Gelenken.

Die Sonne versank hinter den Bergen, und der Himmel verdunkelte sich. Hell leuchteten die Sterne in der Finsternis. Aus den Fenstern des Lamaklosters flackerten die Flämmchen tausender kleiner Butterlampen auf. Ein kalter Wind blies, die Blätter der Weiden rauschten und raschelten, und rings um mich herum waren all die leisen Laute zu vernehmen, aus denen sich die seltsamen Nachtgeräusche zusammensetzten.

Aus den allerzwingendsten Gründen rührte ich mich noch immer nicht. Ich hatte zu große Angst, mich zu bewegen, und ich war zu steif dazu. Alsbald hörte ich ein leises Schlurfen. Ein Mönch kam näher, seine Sandalen glitten über den groben Sand am Boden. Die Schritte eines alten Mannes, der tastend seinen Weg in der Dunkelheit suchte. Eine Gestalt tauchte vor mir auf, die Gestalt eines alten, vom Verlauf harter Jahre gebeugten und krumm gewordenen Mönches. Seine Hände zitterten vor Alter, ein Umstand, der mich sehr beunruhigte, als ich sah, wie er den Tee verschüttete, den er in der einen Hand hielt. In der anderen hielt er eine kleine Schale mit Tsampa. Beides reichte er mir. Zuerst griff ich nicht danach. Er ahnte offenbar, was ich dachte, und sagte: «Nimm es, mein Sohn, denn während der Stunden der Dunkelheit darfst du dich bewegen.»

Also trank ich den Tee und schüttete das Tsampa in meine eigene Schale. «Nun schlafe», sagte der alte Mönch, «doch beim ersten Sonnenstrahl nimm deinen Platz hier in derselben Stellung wieder ein. Das ist eine Prüfung, nicht eine mutwillige Grausamkeit, wie du jetzt vielleicht denken magst. Nur die, die diese Prüfung bestehen, können die höheren Grade unseres Ordens erlangen.»

Mit diesen Worten nahm er den Becher und die Schale wieder an sich und ging weg. Ich stand auf und streckte die Beine, dann legte ich mich auf die Seite und aß den Rest des Tsampa. Nun war ich wirklich müde. Ich grub eine Vertiefung für mein Hüftbein in den Boden, schob meine zweite Robe unter den Kopf und legte mich hin.

Die sieben Jahre meines Lebens waren nicht leicht gewesen. Mein Vater war immer streng, furchtbar streng gewesen, doch dies war meine erste Nacht fern von Zuhause und den ganzen Tag hatte ich bewegungslos in einer Stellung verbracht, hungrig und durstig. Ich hatte keine Ahnung, was mir der morgige Tag bringen würde und was man noch alles von mir abverlangte. Jetzt aber musste ich allein unter dem eiskalten Himmel schlafen, allein mit meiner Angst vor der Dunkelheit, allein mit meinen Ängsten vor den kommenden Tagen.

Eben meinte ich noch, ich hätte gerade erst die Augen geschlossen, als mich der Klang einer Trompete weckte. Ich schlug die Augen auf und sah, dass die Morgendämmerung bereits angebrochen war und sich das erste Licht des nahenden Tages am Himmel hinter den Bergen abzeichnete. Hastig setzte ich mich auf und nahm wieder die Kontemplationsstellung ein. Nach und nach erwachte das Lamakloster vor mir zum Leben. Zuerst hatte es ausgesehen wie eine schlafende Stadt, es wirkte wie ein toter, unbelebter Koloss. Nun vernahm ich so etwas wie ein leises Klagen, so wie, wenn ein Schlafender erwachte. Allmählich wurde es zu einem Gemurmel und schwoll zu einem tiefen Summen an, wie das Dröhnen von Bienen an einem heißen Sommertag. Gelegentlich war der Klang einer Trompete zu hören, gleich dem gedämpften Gezwitscher eines entfernten Vogels, und dann das tiefe Brummen eines Muschelhorns, so als ob im Sumpf ein Ochsenfrosch quakte. Als es heller wurde, gingen kleine Gruppen geschorener Köpfe hinter den offenen Fenstern hin und her. Fenster, die im frühmorgendlichen Vordämmerlicht wie leere, von den Geiern sauber ausgepickte Augenhöhlen in einem Schädel ausgesehen hatten.

Der Tag nahm seinen Lauf. Ich wurde zunehmend steifer, doch ich wagte es nicht, mich zu bewegen, und ich hatte Angst, einzuschlafen, denn wenn ich mich bewegte und meine Prüfung nicht bestand, dann hätte ich keinen Ort gehabt, wo ich hingehen konnte. Mein Vater hatte mir unmissverständlich klargemacht, dass auch er mich nicht mehr haben wollte, wenn mich das Lamakloster nicht aufnahm. In kleinen Gruppen kamen Mönche aus den verschiedenen Gebäuden und machten sich an ihre geheimnisvollen Tätigkeiten. Kleine Jungen streiften umher, manchmal warfen sie eine Handvoll Sand und kleine Kiesel nach mir, oder sie machten unanständige Bemerkungen. Da ich keine Antwort gab, wurden sie ihres abscheulichen Spiels bald müde und entfernten sich, um ein geeigneteres Opfer zu suchen.

Als es gegen Abend zu dunkeln begann, flackerten in den Gebäuden des Lamaklosters nach und nach wieder die kleinen Butterlampen auf. Bald darauf war die Dunkelheit nur noch von dem schwachen Sternenlicht erhellt, denn es war die Jahreszeit, in der der Mond spät aufging. Er war nun jung und konnte nicht schnell reisen, wie man bei uns sagt.

Mir wurde übel vor Angst. Hatte man mich vergessen? War dies vielleicht eine weitere Prüfung, eine, bei der ich ohne Nahrung ausharren musste? Den ganzen langen Tag hatte ich mich nicht gerührt, und jetzt war ich schwach vor Hunger. Plötzlich stieg eine Hoffnung in mir auf, und ich wäre beinahe aufgesprungen. Da war wieder das schlurfende Geräusch. Eine dunkle Silhouette näherte sich mir. Doch nun sah ich, dass es nur ein großer schwarzer Hund war, der etwas hinter sich herzog. Er nahm keine Notiz von mir. Ohne sich um mein Befinden zu kümmern, ging er seinen nächtlichen Weg weiter. Meine Hoffnung schwand. Ich hätte weinen können, aber so schwach wollte ich auch wieder nicht sein, und ich hielt mir vor Augen, dass nur Mädchen und Frauen derart töricht sind.

Endlich hörte ich den alten Mann kommen. Diesmal blickte er mich gütiger an und sagte: «Hier ist etwas zu Essen und zu Trinken, mein Sohn, doch es ist noch nicht zu Ende. Es steht noch der morgige Tag an und du musst durchhalten. Nimm dich in Acht, dass du dich nicht bewegst, denn sehr viele scheitern in der elften Stunde.»

Mit diesen Worten machte er kehrt und ging weg. Während er geredet hatte, hatte ich den Tee getrunken und das Tsampa wieder in meine eigene Schale geleert. Wieder legte ich mich hin, keineswegs glücklicher als in der vorherigen Nacht. Als ich so dalag, dachte ich über die Ungerechtigkeit all dessen nach. Ich wollte doch gar kein Mönch von irgendeiner Religionsgemeinschaft oder von irgendeinem Grad werden. Doch ich hatte genauso wenig eine Wahl wie ein Lasttier, das über einen Gebirgspass getrieben wird. Mit diesen Gedanken schlief ich ein.

Am nächsten Tag, dem dritten Tag, als ich wieder in meiner Kontemplationsstellung dasaß, spürte ich, dass ich schwächer wurde und mir schwindelig war. Das ganze Lamakloster schien in einem Wirrwarr von Gebäuden, hellfarbigen Lichtern, purpurnen Flecken mit Bergen und Mönchen zusammen zu verschwimmen. Mit der Aufbietung meiner ganzen Kraft gelang es mir, diesen Schwindelanfall abzuwenden. Ich hatte wirklich große Angst bei dem Gedanken, dass ich jetzt, nach all dem Leiden, das ich durchgemacht hatte, scheitern könnte.

Inzwischen schienen sich die Steine unter mir allmählich in Messerschneiden verwandelt zu haben, die mich an ungelegenen Stellen wunddrückten. In einem meiner lichten Momente dachte ich daran, wie glücklich ich mich schätzen konnte, dass ich keine Henne war, die Eier ausbrüten und noch länger sitzen bleiben musste als ich.

Die Sonne schien stillzustehen, der Tag erschien mir endlos. Doch zu guter Letzt nahm das Licht langsam ab, und der Abendwind begann mit einer Feder zu spielen, die ein Vogel beim Vorbeifliegen verloren hatte. Einmal mehr erschienen die kleinen Lichter in den Fenstern, eines nach dem anderen.

«Hoffentlich sterbe ich heute Nacht», dachte ich. «Ich kann das nicht mehr länger aushalten.»

In diesem Augenblick erschien die große Gestalt des Akoluthen-Meisters drüben am Eingangstor. «Komm her, Junge!», rief er.

Doch bei dem Versuch, mit meinen steif gewordenen Beinen aufzustehen, taumelte ich und fiel nach vorne auf mein Gesicht.

«Junge, wenn du Ruhe brauchst, kannst du noch eine weitere Nacht hierbleiben. Ich warte nicht länger.»

Hastig ergriff ich mein Bündel und wankte auf ihn zu.

«Geh hinein, nimm an der Abendandacht teil und morgen früh erwarte ich dich bei mir.»

Drinnen war es warm, und es roch angenehm nach Weihrauch. Meine vom Hunger geschärften Sinne verrieten mir, dass es ganz in der Nähe etwas zu essen gab, also folgte ich einer Schar, die sich nach rechts bewegte. Essen, Tsampa, gebutterter Tee. Ich drängelte mich bis zur ersten Reihe vor, so als ob ich schon lebenslang darin Übung hätte. Ein paar Mönche machten fruchtlose Versuche, nach meinem Zopf zu greifen, als ich zwischen ihren Beinen hindurchkroch, doch ich war nach Essen aus, und jetzt konnte mich nichts mehr aufhalten.

Mit gefülltem Bauch fühlte ich mich schon etwas besser. Ich folgte dem Zug der Mönche zum Inneren Tempel und zur Abendandacht. Ich war zu müde, um davon noch irgendetwas zu erfassen, doch niemand beachtete mich. Als die Mönche hinausgingen, schlüpfte ich hinter einen riesigen Pfeiler und legte mich mit meinem Bündel unter dem Kopf auf den Steinboden. Ich schlief.

Ein ohrenbetäubender Krach weckte mich – ich meinte, mein Kopf sei geborsten – um mich herum herrschte ein Stimmengewirr.

«Ein neuer Junge. Ein Adeliger. Kommt, gehen wir ihm an den Kragen!»

Einer aus der Schar der Akoluthen schwang meine zweite Robe hin und her, die er mir unter dem Kopf weggezogen hatte, und ein anderer hielt meine Filzstiefel in den Händen. Eine weiche, breiige Masse aus Tsampa flog mir ins Gesicht. Es hagelte Schläge und Stöße auf mich herab, doch ich wehrte mich nicht. Ich dachte, es könnte vielleicht ein Teil der Prüfung sein, und ich müsste zeigen, dass ich das sechzehnte Gebot befolgte: Ertrage Leiden und Pein mit Geduld und Sanftmut.

Plötzlich war eine laute brüllende Stimme zu vernehmen: «Was ist hier los?»

Ein Junge flüsterte erschrocken: «Oh, der alte Knochenrassler ist auf Streife!»

Als ich das Tsampa aus meinen Augen wischte, griff der Akoluthen-Meister nach mir und zerrte mich an meinem Zopf auf die Füße.

«Memme, Schwächling! Du, einer der künftigen Führer? Bah! Da hast du, und da!» Schläge, harte Schläge hagelten auf mich herab. «Nichtsnutziger Schwächling, kann sich nicht einmal verteidigen!»

Die Schläge schienen kein Ende nehmen zu wollen. Ich glaubte, die Abschiedsworte des alten Tzu noch zu hören: «Mach deine Sache gut und vergiss nichts von allem, was ich dich gelehrt habe.» An nichts denkend, drehte ich mich um und übte an ihm einen kleinen Druck aus, so wie Tzu es mir beigebracht hatte. Der Meister, davon überrascht, flog mit einem Schmerzensschrei über meinen Kopf hinweg, fiel auf den Steinboden, schlitterte auf seiner Nase entlang, deren Haut sich abschürfte, und kam erst zum Stillstand, nachdem sein Kopf mit einem lauten «Zonk» gegen einen Steinpfeiler geprallt war!

«Das ist der Tod für mich», dachte ich. «Das ist das Ende all meiner Sorgen.»

Die Welt schien stillzustehen. Die anderen Jungen hielten den Atem an. Mit einem lauten Gebrüll sprang der großgewachsene, knochige Mönch auf die Füße. Blut rann ihm aus der Nase. Er brüllte tatsächlich. Er brüllte vor Lachen. «Ein junger Kampfhahn, wie? Oder eine bissige Ratte – welches von beiden? Ah, das müssen wir noch herausfinden!»

Er wandte sich um, zeigte auf einen großen, linkischen, vierzehnjährigen Burschen und sagte: «Du, Ngawang, du bist der stärkste Raufbold hier im Lamakloster, zeig uns, wer besser ist, wenn es zum Kampf kommt; der Sohn eines Yak-Treibers oder der Sohn eines Fürsten.»

Zum ersten Mal war ich Tzu, dem alten Polizeimönch, dankbar. In seiner Jugend war er Judo-Meister und Kampf-Experte von Kham gewesen. Er hatte mich «alles gelehrt, was er wusste» – wie er sagte (das tibetische System ist anders und entwickelter, doch ich will es in diesem Buch «Judo» nennen, da die tibetische Bezeichnung den Lesern des Westens nichts sagen würde).

Ich musste mit erwachsenen Männern kämpfen und war in dieser Kunstfertigkeit, bei der Kraft oder Alter keine Rolle spielt, tatsächlich sehr tüchtig geworden. Jetzt, wo mir klar wurde, dass meine Zukunft vom Ausgang dieses Kampfes abhing, war ich doch sehr froh über diese Schulung.

Ngawang war ein starker, gut gebauter Junge, doch sehr unbeholfen in seinen Bewegungen. Ich sah, dass er gewohnt war, wild und stürmisch zu kämpfen, wobei ihm seine Kraft zugutekam. Er stürzte auf mich los, in der Absicht, mich zu packen und wehrlos zu machen. Dank Tzu und seinem zeitweise brutalen Training hatte ich keine Angst. Als Ngawang vorpreschte, sprang ich zur Seite und verdrehte ihm kurzum den Arm. Seine Füße rutschten unter ihm weg, er machte eine halbe Drehung und landete auf dem Kopf. Einen Augenblick lang lag er stöhnend da. Dann sprang er wieder auf und stürzte sich erneut auf mich. Ich ließ mich zu Boden fallen und verrenkte ihm ein Bein, als er sich über mir befand. Dieses Mal überschlug er sich und landete auf seiner linken Schulter. Noch immer hatte er nicht genug. Er umkreiste mich vorsichtig, sprang dann zur Seite und ergriff einen schweren Weihrauchkessel, den er an den Ketten gegen mich schwang. Einer so langsamen, schwerfälligen Waffe kann man sehr leicht ausweichen. In einem günstigen Moment trat ich unter seinen kreisenden Arm und bohrte ihm, so wie Tzu es mir oft gezeigt hatte, mühelos einen Finger in den unteren Teil seines Nackens. Wie ein Felsen, der einen Berghang hinunterkullert, stürzte er zu Boden. Seine kraftlos gewordenen Finger ließen die Ketten los, und der Weihrauchkessel wurde mitten in die Gruppe der zuschauenden Jungen und Mönche katapultiert.

Ngawang war etwa eine halbe Stunde bewusstlos. Dieser besondere «Griff» wird oft angewendet, um den Geist zu Zwecken des Astralreisens oder ähnlichen Vorhaben vom physischen Körper zu befreien.

Der Akoluthen-Meister trat auf mich zu und klopfte mir so kräftig auf den Rücken, dass mich der Schlag beinahe vornüber aufs Gesicht geworfen hätte, und er machte die etwas widersprüchliche Aussage: «Junge, du bist ein Mann!»

Meine äußerst verwegene Antwort war: «Habe ich mir dann etwas zu Essen verdient, Meister? Ich bekam sehr wenig in der letzten Zeit.»

«Mein Junge, iss und trink so viel du magst, und nachher sag einem dieser Rabauken hier – du bist jetzt ihr Meister – er soll dich zu mir führen.»

Der alte Mönch, der mir das Essen gebracht hatte, bevor ich ins Lamakloster aufgenommen wurde, kam zu mir und sprach: «Mein Sohn, das hast du sehr gut gemacht. Ngawang war der Rüpel unter den Akoluthen. Nun sollst du seinen Platz einnehmen und die Aufsicht mit Güte und Freundlichkeit führen. Du bist gut geschult worden, sieh zu, dass du deine Kenntnisse nicht auf die falsche Weise einsetzt und dass sie nicht in falsche Hände geraten. Jetzt komm mit mir, ich werde dafür sorgen, dass du Essen und Trinken bekommst.»

Der Akoluthen-Meister begrüßte mich freundlich, als ich später sein Zimmer betrat. «Setz dich, Junge, setz dich! Ich will nun sehen, ob deine schulischen Fähigkeiten genauso gut sind wie deine körperlichen. Ich werde dir Fangfragen stellen, also sei auf der Hut!»

Er stellte mir erstaunlich viele Fragen, die einen mündlich, die anderen schriftlich. Sechs Stunden lang saßen wir uns auf unseren Kissen gegenüber, dann erklärte er, er sei zufrieden. Ich fühlte mich wie eine schlecht gegerbte Yakhaut, feucht und schlaff. Er erhob sich. «Junge», sagte er, «folge mir, ich werde dich gleich dem Abt vorstellen. Das ist eine sehr seltene Ehre, doch du wirst noch erfahren, warum. Komm!»

Ich folgte ihm durch die weitläufigen Korridore, vorbei an den Amtsräumen des Lamaklosters, an den Inneren Tempeln und den Schulräumen. Über Treppen ging es weiter hinauf, dann abermals durch noch mehr gewundene Korridore, an den Hallen der Götter vorbei und an den Vorratskammern für Kräuter. Wir stiegen noch weitere Treppen hinauf, bis wir schließlich auf dem flachen Dach ankamen, wo sich die Räumlichkeiten des Abtes befanden. Wir gingen durch das vergoldete Tor, vorbei am goldenen Buddha und rund um das Sinnbild der Medizin, bis wir das Privatgemach des Abtes erreichten.

«Verbeuge dich, Junge, verneige dich und tue dasselbe wie ich. Herr Abt, hier ist der Knabe Tuesday Lobsang Rampa.»

Mit diesen Worten verbeugte sich der Akoluthen-Meister dreimal und warf sich dann auf den Boden nieder. Ich tat dasselbe, schwer atmend vor Eifer, das Richtige auf die richtige Weise zu tun.

Der Abt blickte uns ungerührt an und sagte: «Nehmt Platz!»

Wir setzten uns nach tibetischer Art mit überkreuzten Beinen auf die Kissen.

Eine lange Zeit betrachtete mich der Abt, ohne zu sprechen. Dann sagte er: «Tuesday Lobsang Rampa, ich weiß alles über dich, auch alles, was dir prophezeit ist. Deine Ausdauer-Prüfung war sehr hart, doch das aus gutem Grund. Diesen Grund wirst du in späteren Jahren noch erfahren. Jetzt erfahre, dass von tausend Mönchen immer nur einer tauglich für eine höhere Bildung und eine höhere Entwicklung ist. Die anderen treiben dahin und verrichten ihre täglichen Aufgaben. Sie sind die Arbeiter, jene, die die Gebetsmühlen drehen, ohne darüber nachzudenken, warum. An ihnen mangelt es uns nicht, doch es fehlt uns an solchen, die unser Wissen weitertragen werden, wenn unser Land später einmal unter einem fremden Schatten stehen wird. Du wirst speziell geschult und intensiv ausgebildet werden, und in wenigen Jahren wird dir mehr Wissen vermittelt werden, als ein Lama normalerweise in einem ganzen Leben erwirbt. Es wird ein harter und oft sehr beschwerlicher Weg sein. Das Hellsehen zu forcieren ist schmerzvoll, und sich in den astralen Ebenen zu bewegen, erfordert eine sehr robuste nervliche Konstitution, die nichts erschüttern kann, und eine Entschlossenheit, die so hart ist wie ein Fels.»

Ich hörte ihm aufmerksam zu und nahm jedes seiner Worte in mich auf. Das alles schien mir viel zu schwer zu sein. Ich war nicht so ehrgeizig.

Er fuhr fort: «Du wirst hier in der Medizin und in der Astrologie ausgebildet werden. Es wird dir jede Hilfe gewährt werden, die wir dir geben können. Du wirst auch in den esoterischen Wissenschaften ausgebildet werden. Dein Weg ist dir vorgezeichnet, Tuesday Lobsang Rampa. Obwohl du erst sieben Jahre alt bist, spreche ich zu dir wie zu einem Mann, denn so bist du erzogen worden.»

Er senkte den Kopf. Der Akoluthen-Meister stand auf und verbeugte sich tief. Ich tat es ihm nach, und wir verließen zusammen den Raum.

Erst als wir wieder im Zimmer des Meisters waren, brach er das Schweigen. «Junge, du wirst stets intensiv lernen müssen. Doch wir wollen dir dabei so viel wie möglich helfen. Jetzt werde ich dich zum Friseur bringen, dein Kopf muss geschoren werden.»

Wenn in Tibet ein Junge den Werdegang zum Priester einschlägt, wird ihm sein Haar bis auf eine Locke abgeschnitten. Diese Locke wird ihm entfernt, sobald er den «Priesternamen» erhält. Sein früherer Name wird abgelegt, doch dazu später mehr.

Der Akoluthen-Meister führte mich durch gewundene Gänge in einen kleinen Raum, den «Barbierladen». Hier hieß er mich, auf dem Boden Platz zu nehmen. «Tam-chö, schere diesem Jungen den Kopf», sagte der Meister, «und entferne die Namenslocke auch gleich, denn er bekommt seinen Namen sogleich.»

Tam-chö trat vor, ergriff meinen Zopf mit der rechten Hand und hob ihn senkrecht in die Höhe. «Ah! Mein Junge, ein schöner Zopf, gut gebuttert und gut gepflegt. Ein Vergnügen, ihn abzuschneiden.»

Von irgendwoher holte er eine riesige Schere – so eine, wie sie unsere Bediensteten zum Bäumeschneiden verwendeten.

«Tishe», schrie er, «komm her und halte dieses Tauende hoch!»

Tishe, der Gehilfe, kam herbeigeeilt und hielt meinen Zopf so straff nach oben, dass er mich fast vom Boden abgehoben hätte. Mit vorgeschobener Zunge und vielen kleinen Grunzlauten handhabte Tam-chö die jämmerlich stumpfe Schere, bis mein Zopf abgeschnitten war. Das war aber nur der Anfang. Der Gehilfe brachte eine Schale mit heißem Wasser, so heiß, dass ich vor Schmerz vom Boden aufsprang, als er es mir über den Kopf goss. «Was ist los, Junge, hast du dich verbrannt?»

Als ich bejahte, meinte er: «Mach dir nichts daraus, mit heißem Wasser lassen sich die Haare viel leichter entfernen!»

Er nahm ein dreikantiges Rasiermesser, das sehr an die Geräte erinnerte, mit denen zu Hause die Böden geschrubbt wurden. Endlich, nach einer Ewigkeit, wie mir schien, war mein Kopf seiner Haare entledigt.

«Komm mit», sagte der Akoluthen-Meister. Er führte mich in sein Zimmer und holte ein großes Buch hervor. «Nun, wie sollen wir dich nennen?» Eine Weile führte er Selbstgespräche, dann sagte er: «Ah, jetzt weiß ich es: Von nun an wirst du Yza-mig-dmar Lah-lu heißen.» Hier in diesem Buch werde ich jedoch den Namen Tuesday Lobsang beibehalten, da dieser Name für die Leser einfacher zu lesen ist.

Ich fühlte mich so nackt wie ein frischgelegtes Ei und wurde nun in ein Klassenzimmer geführt. Da ich zu Hause eine so gute Erziehung bekommen hatte, nahm man an, ich wüsste mehr als ein durchschnittlicher Schüler, und ich wurde in die Klasse der siebzehnjährigen Akoluthen eingereiht. Unter ihnen fühlte ich mich wie ein Zwerg unter Riesen. Die anderen hatten gesehen, wie ich Ngawang abgefertigt hatte, so hatte ich keine Schwierigkeiten mit ihnen außer dem Zwischenfall mit einem großen, einfältigen Burschen.

Er stellte sich hinter mich und legte mir seine großen, schmutzigen Hände auf meinen wunden Schädel. Es war nur ein kleiner Handgriff; ich langte hinauf an seine Ellenbogen und rammte meine Finger an einer bestimmten Stelle in sie hinein, sodass er mit einem lauten Schmerzensschrei von mir abließ. «Versuche die beiden ‹Narrenbeine› gleichzeitig zu treffen, und du wirst sehen, was passiert›»! Tzu hatte mich wirklich gut vorbereitet. Die Judo-Lehrer, denen ich in derselben Woche noch vorgestellt wurde, kannten Tzu alle. Sie sagten, er sei der beste Judo-Meister in ganz Tibet. Von da an hatte ich keine Probleme mehr mit den Jungen. Unser Lehrer, der uns gerade den Rücken zugekehrt hatte, als der Bursche mir seine Hände auf den Kopf legte, hatte bald gemerkt, was vorgefallen war. Er lachte so sehr über den Ausgang, dass er uns früher gehen ließ.

Es war jetzt etwa halb neun Uhr abends, also blieb uns noch eine knappe Dreiviertelstunde bis zum Beginn der Tempelandacht um neun Uhr fünfzehn. Doch meine Freude darüber war nur von kurzer Dauer; als wir den Raum verließen, winkte mir ein Lama. Ich ging auf ihn zu, und er sagte: «Komm mit mir!»

Während ich ihm folgte, fragte ich mich, welche neuen Schwierigkeiten wohl auf mich warten mochten. Er bog ab und betrat ein Musikzimmer, in dem sich etwa zwanzig Jungen befanden, von denen ich wusste, dass sie, wie ich, Neueingetretene waren. Drei Musiker saßen mit ihren Instrumenten da. Einer saß vor einer Pauke, einer hatte ein Muschel- oder Schneckenhorn (Conch) und der dritte eine silberne Trompete. Der Lama sagte: «Nun wollen wir alle singen, damit ich eure Stimmen beurteilen und für den Chor zusammenstellen kann.»

Die Musiker begannen, ein sehr bekanntes Lied zu spielen, das jeder singen konnte. Wir setzten ein. Der Musikmeister zog die Augenbrauen hoch. Seinem verdutzten Gesichtsausdruck wich ein qualvoller. Er hob protestierend beide Hände hoch. «Stopp! Stopp!», schrie er, «da dreht es ja selbst den Göttern den Magen um. Beginnt noch einmal von vorne, aber diesmal richtig.»

Wir fingen nochmals an. Wieder unterbrach er uns. Dieses Mal kam der Musikmeister geradewegs auf mich zu. «Trottel», rief er, «du willst dich wohl über mich lustig machen. Die Musiker werden spielen, und du singst allein, wenn du nicht mit den anderen zusammmen singen willst!»

Noch einmal begannen die Musiker. Noch einmal begann ich zu singen. Aber nicht für sehr lange. Der Musikmeister winkte völlig entnervt ab.

«Tuesday Lobsang, die Musik gehört nicht zu deinen Begabungen. In den ganzen fünfundfünfzig Jahren, die ich nun schon hier bin, habe ich noch nie jemand so falsch singen gehört. So falsch? Das ist überhaupt keine Tonart! Junge, du wirst nie mehr singen. Während den Gesangsstunden wirst du etwas anderes studieren. Bei den Tempelandachten wirst du nicht mitsingen, denn deine Misstöne würden den gesamten Gesang stören. Jetzt geh, du unmusikalischer Vagabund!»

Ich ging hinaus und schlenderte müßig umher, bis ich die Trompeten hörte, die verkündeten, dass es Zeit sei, sich für die letzte Tempelandacht des Abends zu versammeln. Gestern Abend – du lieber Himmel – war das erst gestern Abend gewesen, als ich das Lamakloster betreten hatte? Mir schien es Jahrhunderte her zu sein. Ich spürte, dass ich fast schon beim Gehen einschlief, und ich war schon wieder hungrig. Vielleicht war das ganz gut so, denn wenn ich satt gewesen wäre, wäre ich wahrscheinlich auf der Stelle eingeschlafen. Jemand packte mich an der Robe und hob mich in die Luft. Ein großgewachsener, freundlich aussehender Lama setzte mich auf seine breiten Schultern. «Komm, mein Junge, du kommst zu spät zur Andacht, und da erginge es dir übel. Wenn du zu spät kommst, wirst du ohne Abendessen auskommen müssen, weißt du, und du wirst dich wie eine leere Trommel fühlen.»

Er betrat den Tempel, noch immer trug er mich auf den Schultern, und ging zu seinem Platz direkt hinter den Kissen der Akoluthen. Behutsam ließ er mich auf ein Kissen hinab, das vor ihm lag.

«Setze dich mir gegenüber, Junge, und gebe die gleichen Antworten wie ich, aber wenn ich singe, dann musst du – ha, ha, ha – still sein.»

Ich war ihm wirklich sehr dankbar für seine Hilfe. Es gab nur wenige Menschen, die jemals freundlich zu mir gewesen waren. Bis anhin wurden mir Belehrungen entweder zugeschrien oder hineingeprügelt.

Ich musste eingedöst sein, denn als ich plötzlich aufwachte, bemerkte ich, dass die Andacht vorbei war und dass mich der großgewachsene Lama schlafend in den Speisesaal getragen und Tee, Tsampa und etwas gekochtes Gemüse vor mich hingestellt hatte.

«Iss es auf, Junge, dann geh zu Bett. Ich werde dir zeigen, wo du schläfst. Diese Nacht darfst du bis fünf Uhr früh schlafen, dann komm zu mir.» Das war das Letzte, was ich hörte, bis mich um fünf Uhr früh ein Junge, der am

Vortag freundlich zu mir gewesen war, mit einiger Mühe weckte. Ich sah, dass ich mich in einem großen Saal befand und auf drei Kissen lag.

«Der Lama Mingyar Dondup hat mich beauftragt, dafür zu sorgen, dass du um fünf Uhr geweckt wirst», sagte er.

Ich stand auf und stapelte meine Kissen an der Wand auf, da ich sah, dass es die anderen auch so gemacht hatten. Die anderen Jungen gingen hinaus, und der, der mich geweckt hatte, sagte: «Wir müssen uns etwas beeilen mit dem Frühstück. Ich soll dich danach zum Lama Mingyar Dondup hinaufbringen.»

Nun fühlte ich mich schon etwas heimischer. Nicht etwa, weil mir der Ort gefiel oder weil ich mir gewünscht hätte, hierzubleiben. Doch ich sah ein, dass, wenn ich schon keine andere Wahl hatte und wenn ich mich hier ohne großes Aufheben eingewöhnen wollte, ich, mein eigener bester Freund sein sollte.

Beim Frühstück trug uns der Vorleser etwas aus einem der hundertzwölf Bände des Kangyur, der buddhistischen Schriften, vor. Er musste gemerkt haben, dass meine Gedanken woanders waren, denn plötzlich rief er: «He, du dort, kleiner neuer Junge, wie war der letzte Satz? Rasch!»

Blitzschnell und ohne zu überlegen, antwortete ich: «Der letzte Satz, Herr, war; der Junge dort hört nicht zu, ich will ihn ertappen!»

Das rief ein allgemeines Gelächter hervor und rettete mich vor einer Tracht Prügel wegen Unaufmerksamkeit. Der Vorleser lächelte – ein seltenes Ereignis – und erklärte, er habe nach dem Text der Schriften gefragt, doch ich sollte «dieses Mal so davonkommen».

Bei jeder Mahlzeit stehen Vorleser an einem Pult und lesen aus den Heiligen Büchern vor. Den Mönchen ist es während der Mahlzeiten nicht gestattet zu sprechen, noch dürfen sie ans Essen denken. Sie müssen mit ihren Mahlzeiten geistiges Wissen in sich aufnehmen. Wir saßen alle auf Kissen am Boden und aßen an einem etwa fünfzig Zentimeter hohen Tisch. Wir durften während des Essens keinen Lärm machen, und es war uns strengstens verboten, die Ellenbogen auf dem Tisch abzustützen.

Die Disziplin im Chakpori war wirklich eisern. Chakpori bedeutet «Eisenberg». In den meisten Lamaklöstern wurde weniger auf geordnete Disziplin oder Routine geachtet. Die Mönche konnten arbeiten oder faulenzen, wie es ihnen beliebte. Unter Tausend strebte vielleicht einer danach, Fortschritte zu machen, und sie waren diejenigen, die Lamas wurden, denn Lama heißt «Höherer», und der Titel wird nicht einfach jedem verliehen. In unserem Lamakloster herrschte eine strenge, ja fast schon gnadenlose Disziplin. Wir sollten Spezialisten werden, Führungspersönlichkeiten unserer Gesellschaftsklasse, und für uns galten Ordnung und Ausbildung als absolut unerlässlich. Wir Jungen durften nicht die normalen weißen Roben der Akoluthen tragen, sondern mussten die rötlichbraunen der anerkannten Mönche tragen. Wir hatten auch Dienstpersonal, aber sie waren Hauswirtschafts-Mönche, die sich um den Haushalt in einem Lamakloster kümmerten. Auch wir mussten uns abwechselnd an den Hausarbeiten beteiligen; das sollte uns vor Überheblichkeit bewahren.

Stets mussten wir den alten buddhistischen Lehrsatz vor Augen halten: «Sei ein Beispiel für andere. Tue anderen nur Gutes und nie Schlechtes. Das ist das Wesen der Lehre Buddhas.»

Unser Abt, der Lama Cham-pa La, war genauso streng wie mein Vater und forderte unbedingten Gehorsam. Eine seiner Redensarten war: «Lesen und Schreiben sind die Tore zu jedem Können», und in dieser Hinsicht hatten wir genügend zu tun.

Kapitel 5
Mein Leben als Chela

Unser «Tag» auf Chakpori begann um Mitternacht. Wenn die Mitternachts-Trompete erklang und durch die spärlich erleuchteten Gänge hallte, erhoben wir uns schläfrig von unseren Bettkissen und tasteten in der Dunkelheit nach unseren Roben. Wir schliefen alle nackt; das ist allgemein üblich in Tibet, wo es keine falsche Scham gibt. Sobald wir in unsere Roben geschlüpft waren, steckten wir unsere Habseligkeiten vorne in den Bausch unserer Robe. Wir trampelten dann, nicht gerade in bester Laune um diese Stunde, die Gänge hinab.

Einer unserer Lehrsätze lautete: «Es ist besser, mit einem friedvollen Geiste zu ruhen, als dazusitzen wie Buddha und zu beten, wenn man schlecht gelaunt ist.»

Mir kam oft der unehrenhafte Gedanke: «Schön, aber warum dürfen wir dann nicht mit friedvollem Geiste ruhen? Diese mitternächtliche Veranstaltung verärgert mich!» Aber niemand gab mir darauf eine befriedigende Antwort. Ich musste mit den anderen in die Tempelhalle zum Gebet gehen. Hier mühten sich die unzähligen Butterlampen ab, die dichten Weihrauchwolken mit ihren Strahlen zu durchdringen. In dem flackernden Licht mit den sich verschiebenden Schatten schienen die riesigen Heiligenfiguren lebendig zu werden und sich als Antwort auf unsere Gesänge zu neigen und zu wiegen.

Zu Hunderten saßen die Mönche und Akoluthen mit überkreuzten Beinen auf den Kissen am Boden. Alle saßen in Reihen der ganzen Länge der Tempelhalle entlang. Zwei Reihen Mönche saßen sich gegenüber, sodass die Mönche der ersten und der zweiten Reihe sich mit dem Gesicht gegenüber saßen, und die zweite und dritte Reihe Rücken an Rücken, und so weiter. Unsere Lieder und Gesänge erforderten eine spezielle Tonlage. In den östlichen Ländern ist man davon überzeugt, dass Klänge Kräfte besitzen. Genauso wie ein Ton in der Musik ein Glas zerbrechen kann, so kann eine Kombination von Tönen metaphysische Kräfte aufbauen. Es wurde auch aus dem Kangyur vorgelesen. Es war ein sehr imposanter Anblick, diese Hunderte von Männern in ihren blutroten Roben und goldenen Stolen zu sehen, die einstimmig sangen und sich zu Trommelschlägen und den Klängen kleiner Silberglocken wiegten. Blaue Weihrauchwolken stiegen auf und wanden sich um die Knie der Götterstatuen, und immer wieder mal schien es in dem unsteten Licht, als blickte uns die eine oder andere Statue unverwandt an.

Die Andacht dauerte ungefähr eine Stunde, dann kehrten wir zu unseren Schlafkissen zurück und schliefen bis vier Uhr früh. Etwa um vier Uhr fünfzehn begann eine weitere Andacht. Um fünf Uhr bekamen wir unsere erste Mahlzeit; Tsampa und gebutterten Tee. Selbst bei dieser Mahlzeit trug uns der Vorleser etwas vor, und an seiner Seite wachte der Zuchtmeister. Bei dieser Mahlzeit wurden alle Sonderaufträge vergeben oder Informationen mitgeteilt. Es konnte vielleicht sein, dass jemand etwas aus Lhasa benötigte, und dann wurden beim Frühstück die Namen der Mönche verlesen, die die Waren holen oder abholen sollten. Sie erhielten eine Sondererlaubnis dafür, dem Lamakloster für so und so lange fernzubleiben und eine bestimmte Anzahl von Andachten zu versäumen.

Um sechs Uhr versammelten wir uns im Klassenzimmer und machten uns bereit für die ersten Stunden des Morgenunterrichts. Das zweite unserer tibetischen Gesetze lautete: «Du sollst die religiösen Gesetze befolgen und sie studieren.»

In der Unwissenheit meiner sieben Jahre sah ich nicht ein, warum wir diesem Gesetz gehorchen sollten, wenn doch das fünfte Gesetz: «Du sollst die Älteren und die von hoher Geburt ehren», stets umgangen und gebrochen wurde. Ich jedenfalls wurde ständig deswegen schikaniert. Damals kam es mir nicht in den Sinn, dass nicht der gesellschaftliche Rang der Geburt von Bedeutung ist, sondern der Charakter der betreffenden Person.

Um neun Uhr vormittags unterbrachen wir unsere Studien für ungefähr vierzig Minuten, um an einer weiteren Andacht teilzunehmen. Eine mitunter recht willkommene Pause, doch wir mussten um viertel vor zehn wieder im Klassenzimmer sein. Dann begannen wir mit einem anderen Thema und arbeiteten bis ein Uhr. Aber wir waren immer noch nicht frei, um essen zu gehen. Zuerst kam noch eine halbstündige Andacht, und erst danach bekamen wir unseren gebutterten Tee mit Tsampa. Anschließend folgte eine Stunde körperliche Arbeit, die uns Bewegung verschaffen und Demut lehren sollte. Mir wurden nicht selten die schmutzigsten und unangenehmsten Arbeiten zugewiesen.

Um drei Uhr nachmittags gab es eine Zwangsruhepause von einer Stunde. Wir durften dabei weder sprechen noch uns bewegen, wir mussten einfach still daliegen. Es war eine unbeliebte Stunde, denn sie war zu kurz, um zu schlafen, und zu lang, um stillzuliegen. Uns wäre viel Besseres eingefallen, was wir in dieser Zeit hätten tun können! Nach dieser Ruhepause kehrten wir um vier Uhr wieder ins Klassenzimmer zurück. Diese Unterrichtsstunden waren die gefürchtetsten des Tages: fünf Stunden ohne Unterbruch, fünf Stunden, in denen wir den Raum unter gar keinen Umständen verlassen durften, ohne uns die schwersten Strafen aufzuhalsen. Unsere Lehrer handhaben ihre dicken Stöcke mit großer Freigebigkeit, und manche von ihnen straften die Schuldigen mit wahrem Enthusiasmus. Nur sehr bedrängte oder äußerst kühne Schüler baten, um «austreten» zu dürfen, auch wenn die Bestrafung nach der Rückkehr unvermeidlich war.

Unsere Erlösung nahte um neun Uhr abends, als wir unsere letzte Mahlzeit des Tages einnahmen. Sie bestand wieder aus gebuttertem Tee und Tsampa. Manchmal, aber nur manchmal, gab es Gemüse. Das waren gewöhnlich in Scheiben geschnittene Rüben oder ein paar sehr kleine Bohnen. Diese waren zwar roh, aber für unsere hungrigen Mäuler waren sie mehr als akzeptabel. Einmal, bei einem besonderen Anlass, bekamen wir eingelegte Walnüsse. Ich war damals acht Jahre alt. Ich mochte Walnüsse besonders gerne, da ich sie oft zu Hause bekam. Nun versuchte ich dummerweise, einen Handel mit einem anderen Jungen abzuschließen: Er sollte meine zweite Robe im Tausch gegen seine eingelegten Walnüsse bekommen. Der Zuchtmeister hörte dies, rief mich in die Mitte der Speisehalle und ließ mich meine Sünde beichten. Zur Strafe für meine «Gefräßigkeit» musste ich vierundzwanzig Stunden lang ohne Essen und Trinken auskommen. Meine zweite Robe wurde mir weggenommen, da ich sie «gegen etwas tauschen wollte, das nicht wichtig war».

Um neun Uhr dreißig gingen wir zu unseren Schlafkissen, unsere «Betten». Zum Schlafen kam niemand zu spät! Anfangs dachte ich, ich könnte die langen Stunden nicht durchhalten. Ich dachte, ich würde plötzlich tot umfallen oder einschlafen und nie mehr erwachen. Zuerst versteckte ich mich mit den anderen neu eingetretenen Jungen in den Ecken, um kurz zu schlafen. Doch schon nach kurzer Zeit gewöhnte ich mich an die langen Stunden und spürte die Länge der Tage nicht mehr.

Dank dem Jungen, der mich geweckt hatte, stand ich kurz vor sechs Uhr in der Früh vor der Tür des Lama Mingyar Dondup. Obwohl ich nicht angeklopft hatte, rief er, ich solle hereinkommen.

Sein Zimmer war sehr schön und mit wunderschönen Gemälden ausgestattet. Manche waren echte Wandmalereien, andere auf Seide gemalte Bilder, die an den Wänden hingen. Auf niedrigen Tischen standen kleine Figürchen von Göttern und Göttinnen, die aus Jade, Gold oder Emaille gearbeitet waren. Ein großer Wandteppich mit dem Rad des Lebens hing an der Wand. Der Lama saß in der Lotushaltung auf seinem Kissen, und vor ihm, auf einem niedrigen Tisch, lagen mehrere Bücher. Eines studierte er gerade, als ich eintrat.

«Setz dich zu mir, Lobsang», sagte er. «Wir haben einiges miteinander zu besprechen, doch zuerst eine sehr wichtige Frage an einen angehenden Mann: Hast du genug zu essen und zu trinken bekommen?»

Das bejahte ich.

«Der Abt hat mir mitgeteilt, dass wir beide zusammenarbeiten können. Wir haben deine frühere Inkarnation zurückverfolgt – es war eine gute. Nun wollen wir bestimmte Kräfte und Fähigkeiten, die du damals hattest, in dir wieder neu entwickeln. Im Laufe von sehr wenigen Jahren wollen wir dir mehr Wissen vermitteln, als ein Lama in einem sehr langen Leben erwirbt.»

Er hielt inne und blickte mich mit seinen durchdringenden Augen lange und fest an.

«Alle Menschen müssen ihren eigenen Weg frei wählen», fuhr er fort. «Dein Weg wird vierzig Jahre lang hart sein, wenn du den richtigen Weg wählst. Dieser wird dir im nächsten Leben Vorteile bringen. Der falsche Weg dagegen wird dir jetzt, in diesem Leben, Bequemlichkeit, Annehmlichkeiten und Reichtum bringen, doch du wirst dich dadurch nicht weiterentwickeln. Du, und nur du allein, kannst wählen.»

Er hielt inne und blickte mich an.

«Herr», antwortete ich, «mein Vater sagte mir, ich dürfe nicht mehr nach Hause kommen, wenn ich im Lamakloster versage. Wie sollte ich also zu Annehmlichkeiten und Bequemlichkeit kommen, wenn ich kein Zuhause mehr habe, in das ich zurückkehren kann? Und wer würde mir den richtigen Weg zeigen, wenn ich ihn denn wählte?»

Er lächelte mich an und antwortete: «Hast du es schon vergessen? Wir haben deine letzte Inkarnation zurückverfolgt. Wenn du den falschen Weg wählst, den Weg der Bequemlichkeit, wirst du dich als lebende Inkarnation in einem Lamakloster niederlassen und in nur wenigen Jahren ein führender Abt sein. Dein Vater würde das nicht als ein Versagen ansehen!»

Etwas an seiner Art zu sprechen, veranlasste mich, eine weitere Frage zu stellen: «Würden Sie es denn als ein Versagen betrachten?»

«Ja», antwortete er, «nach allem, was ich über dich weiß, würde ich es ein Versagen nennen.»

«Und wer wird mir den Weg zeigen?»

«Ich werde dein Lehrer sein, wenn du den richtigen Weg wählst, doch du bist derjenige, der wählt. Niemand kann deine Entscheidung beeinflussen.» Ich sah ihn an. Ich starrte ihn an. Und das, was ich sah, gefiel mir. Ein großgewachsener Mann mit durchdringenden schwarzen Augen, einem breiten, offenen Gesicht und einer hohen Stirn. Ja, das, was ich sah, gefiel mir. Obwohl ich erst sieben Jahre alt war, hatte ich ein hartes Leben gehabt. Ich war vielen Leuten begegnet und konnte wirklich beurteilen, ob ein Mensch gut war.

«Herr», sagte ich, «ich möchte gerne Ihr Schüler sein und den richtigen Weg nehmen.» Etwas bedrückt, vermute ich, fügte ich hinzu: «Aber ich mag harte Arbeit noch immer nicht!»

Er lachte, und sein Lachen klang tief und warm. «Lobsang, Lobsang, keiner von uns mag harte Arbeit, doch nur wenige von uns sind so aufrichtig, das zuzugeben.»

Er warf einen Blick in seine Unterlagen. «Wir werden an deinem Kopf bald eine kleine Operation vornehmen müssen, um deine Hellsichtigkeit zu forcieren. Danach werden wir dein Studium hypnotisch beschleunigen. Wir werden dich sowohl in der Metaphysik als auch in der Medizin weit voranbringen.»

Ich fühlte mich ziemlich niedergeschlagen, noch mehr harte Arbeit. Es schien mir, als hätte ich meine ganzen sieben Jahre lang immer nur schwer gearbeitet und nur sehr wenig Zeit zum Spielen oder zum Drachenfliegen gehabt.

Der Lama schien meine Gedanken zu lesen. «Oh ja, junger Mann. Du wirst schon noch zu deinem Drachenfliegen kommen, später, und zwar mit den richtigen – mit den manntragenden Flugdrachen. Aber jetzt müssen wir zuerst überlegen, wie wir dieses Studium am besten organisieren.»

Er wandte sich wieder seinen Unterlagen zu und blätterte sie durch. «Lass mich sehen; von neun bis ein Uhr nachmittags. Ja, das sollte für den Anfang gehen. Komm also jeden Tag um neun Uhr morgens hierher, anstatt zur Andacht. Wir wollen mal sehen, welche interessanten Themen wir besprechen können. Wir beginnen gleich morgen damit. Möchtest du deinem Vater und deiner Mutter noch etwas mitteilen? Ich sehe sie heute. Ich bringe ihnen deinen Haarzopf vorbei.»

Ich war ganz überwältigt. Wenn ein Junge in einem Lamakloster aufgenommen wurde, wurde ihm der Zopf abgeschnitten und sein Kopf geschoren. Den Zopf überbrachte man den Eltern. Meist brachte ihn ein kleiner Akoluth vorbei als Zeichen, dass ihr Sohn aufgenommen worden war. Nun aber wollte der Lama Mingyar Dondup meinen Zopf persönlich vorbeibringen. Das bedeutete, dass er mich als seinen persönlichen Schützling, als seinen «geistigen Sohn», angenommen hatte. Dieser Lama war ein sehr bedeutender Mann, ein sehr kluger Mann, einer, der in ganz Tibet einen höchst beneidenswerten Ruf genoss. Ich begriff, dass ich unter der Führung eines solchen Mannes nicht fehlgehen konnte.

An jenem Morgen war ich ein äußerst unaufmerksamer Schüler, als ich in das Klassenzimmer zurückkehrte. Meine Gedanken waren anderswo, und der Lehrer fand genügend Zeit und Gelegenheit, sich an der Bestrafung wenigstens eines kleinen Jungen zu erfreuen!

Das alles, die Strenge der Lehrer, schien mir sehr hart zu sein. Doch dann tröstete ich mich damit, dass ich ja deswegen hierherkam, um zu lernen. Deswegen wurde ich wiedergeboren, obwohl ich mich damals nicht erinnern konnte, was es war, das ich wiedererlernen sollte. In Tibet glauben wir fest an die Wiedergeburt (Reinkarnation). Wir glauben, dass man, wenn man eine bestimmte fortgeschrittene Entwicklungsstufe erreicht, wählen kann, ob man sich auf eine andere Existenzebene begeben möchte oder auf die Erde zurückkehren will, um noch mehr zu lernen oder um anderen zu helfen. Es kann auch sein, dass ein weiser Mann eine bestimmte Lebensaufgabe hatte, jedoch starb, bevor er sein Werk beenden konnte. In so einem Fall, glauben wir, kann er zurückkehren, um seine Aufgabe zu vollenden, vorausgesetzt, das Ergebnis kommt anderen Menschen zugute. Nur sehr wenige Menschen konnten ihre früheren Inkarnationen zurückverfolgen lassen. Es mussten bestimmte Anzeichen vorhanden sein, doch die Kosten und der Zeitaufwand verhinderten dies meistens. Jene mit solchen Anzeichen, wie ich sie hatte, wurden «Lebende Inkarnationen» genannt. Sie wurden in ihrer Jugend – so wie ich – mit allergrößter Strenge behandelt. Doch im Alter wurden sie hochverehrt. In meinem Fall sollte ich einer speziellen Behandlung unterzogen werden, um mein okkultes Wissen «zurückzuholen». Warum, das wusste ich damals nicht!

Ein Hagel von Schlägen prasselten auf meine Schultern nieder und brachten mich mit einem Schlag wieder in die Wirklichkeit des Klassenzimmers zurück: «Dummkopf, Strohkopf, Schwachsinniger! Sind in deinen harten Schädel die Dämonen eingedrungen und haben dir den Verstand geraubt? Ich könnte dir noch mehr austeilen, aber du hast Glück, dass es jetzt Zeit für die Andacht ist.» Mit diesen Worten verpasste mir der erzürnte Lehrer noch einen letzten tüchtigen Schlag, um das Maß noch vollzumachen, und stolzierte dann aus dem Klassenzimmer. Der Junge neben mir sagte: «Vergiss nicht, heute Nachmittag sind wir an der Reihe mit der Küchenarbeit. Hoffentlich finden wir eine Gelegenheit, unsere Tsampabeutel aufzufüllen.»

Die Küchenarbeit war anstrengend. Die «Regulären» dort pflegten uns Schüler wie Sklaven zu behandeln. Nach der Küchenarbeit gab es keine Pause für uns. Zwei volle Stunden Schwerstarbeit und danach augenblicklich wieder ins Klassenzimmer. Manchmal wurden wir in den Küchen länger zurückbehalten und kamen deshalb zu spät zum Unterricht. Da erwartete uns dann ein wütender Lehrer, der sich mit seinem Rohrstock ins Zeug legte, ohne uns Gelegenheit zu geben, die Ursache für unser Zuspätkommen zu erklären.

Mein erster Arbeitstag in den Küchen wäre beinahe mein letzter Tag gewesen. Langsam und widerstrebend schlenderten wir den gepflasterten Korridoren entlang zu den Küchen hinunter. An der Tür erwartete uns ein zorniger Mönch: «Kommt her, ihr faulen, unnützen Kerle», schrie er. «Die ersten zehn von euch gehen hier hinein und schüren das Feuer.»

Ich war der zehnte. Wir stiegen noch eine Treppe tiefer. Die Hitze war drückend. Vor uns sahen wir ein rötliches Licht, der Schein des lodernden Feuers. Daneben lag hochaufgestapelt Yakdung, das Brennmaterial für die Öfen. «Nehmt dort die Eisenschaufeln und Eisenhaken und schürt auf Leben und Tod», schrie der verantwortliche Mönch.

Ich war ein kleiner, noch nicht so starker Siebenjähriger unter meinen Mitschülern, von denen keiner jünger war als siebzehn. Ich konnte die Schaufel kaum heben, und als ich mich bemühte, das Brennmaterial ins Feuer zu werfen, stolperte ich über die Füße des Mönchs. Mit einem Wutgeheul packte er mich an der Kehle, schwang mich herum – und glitt aus. Ich flog nach hinten. Ein entsetzlicher Schmerz durchfuhr mich, und es roch ekelhaft nach verbranntem Fleisch. Ich war gegen eine rotglühende Eisenstange gefallen, die aus dem Ofen herausragte. Mit einem lauten Schrei fiel ich zu Boden, mitten in die heiße Asche. Hinten, knapp oberhalb meines linken Knies, beinahe am Kniegelenk, hatte sich die glühende Stange in mein Fleisch gebohrt, bis der Knochen sie aufhielt. Ich habe die weiße Narbe immer noch, die mir manchmal selbst heute noch Beschwerden macht. Aufgrund dieser Narbe konnten die Japaner in späteren Jahren meine Identität feststellen.

Es herrschte ein Aufruhr. Von überall her kamen Mönche herbeigeeilt. Ich lag noch immer in der heißen Asche, wurde aber bald herausgehoben. Ich hatte an meinem Körper sehr viele oberflächliche Verbrennungen erlitten, doch die am Knie war wirklich ernst. In aller Eile trug man mich hinauf zu einem Arzt, der sich der Aufgabe stellte, mein Bein zu retten. Die Stange war rostig gewesen, und durch das Eindringen in mein Bein, blieben Rostpartikel in der Wunde zurück. Die ganze Wunde musste davon gesäubert werden. Dann wurde auf die Wunde eine Kräuterkompresse gelegt und ein festsitzender Verband angelegt. Den übrigen Körper betupfte er mit einer Kräuteressenz, die die Brandschmerzen sehr linderte. In meinem Bein hämmerte es unerträglich. Ich war überzeugt, ich würde nie mehr gehen können. Als er fertig war, rief der Lama einen Mönch herbei, der mich in einen kleinen Seitenraum trug, wo ich auf Kissen gebettet wurde. Ein alter Mönch kam herein, setzte sich neben mich auf den Boden und begann, über mir Gebete zu sprechen.

Ich dachte im Stillen, es sei zwar nett, für meine Gesundheit zu beten, jetzt nachdem der Unfall passiert war. Doch auch ich beschloss, ein gutes Leben zu führen, da ich nun am eigenen Leib erfahren hatte, wie es sich anfühlt, wenn einen die Feuerteufel quälten. Ich dachte an das Bild, das ich einmal gesehen hatte, auf dem ein Teufel genau an der Stelle, an der ich verbrannt war, in ein unglückliches Opfer stach.

Man könnte meinen, Mönche seien schreckliche Leute und ganz anders, als man sie sich vorstellt. Aber was bedeutet «Mönche» eigentlich? Wir verstehen unter diesem Ausdruck jeden Mann, der im Dienste eines Lamaklosters steht. Die Person muss nicht unbedingt religiös sein. In Tibet kann fast jeder Mönch werden. Oft wird ein Junge in ein Lamakloster geschickt, um «Mönch» zu werden, ohne dass ihm dabei eine Wahl gelassen wird. Oder ein Mann kann sich plötzlich entschließen, dass er lange genug Schafe gehütet hat und nun ein sicheres Dach über dem Kopf haben möchte, wenn die Temperatur auf minus vierzig Grad fällt. Er wird nicht aus einer religiösen Überzeugung heraus Mönch, sondern aus dem Wunsch nach eigenen leiblichen Annehmlichkeiten. Die Lamaklöster beschäftigten «Mönche» in der Hauswirtschaft, als Baumeister, Arbeiter oder Straßenkehrer. In anderen Teilen der Welt würde man sie als «Angestellte» oder etwas Ähnliches bezeichnen. Die meisten von ihnen hatten kein leichtes Leben gehabt. Das Leben auf vier- bis sechstausend Meter Höhe kann sehr beschwerlich sein, und oft waren sie aus reiner Gedankenlosigkeit oder aus Mangel an Einfühlungsvermögen so hart gegen uns Jungen. Für uns war der Begriff «Mönch» gleichbedeutend wie «Mann». Die Mitglieder der Priesterschaft wurden ganz anders genannt. Ein Chela war ein junger Schüler, ein Novize oder ein Akoluth. Dann folgt der Trappa; er ist das, was die meisten Leute unter «Mönch» verstehen. Zahlenmäßig vertreten sie die meisten in einem Lamakloster. Nun kommen wir zu dem Begriff Lama, der am häufigsten missbraucht wird. Wenn die Trappas die einfachen Soldaten sind, dann ist der Lama der bevollmächtigte Offizier. Nach der Art und Weise zu urteilen, wie die meisten Leute im Westen darüber sprechen und schreiben, könnte man meinen, es gäbe mehr Offiziere als Soldaten! Lamas sind Meister, Gurus, wie wir sie nennen. Der Lama Mingyar Dondup war im Begriff, mein Guru zu werden und ich sein Chela. Nach den Lamas kamen die Äbte. Nicht alle von ihnen waren für Lamaklöster zuständig, viele bekleideten Ämter in der leitenden Verwaltung oder sie reisten von Lamakloster zu Lamakloster. In manchen Fällen konnte ein besonderer Lama sogar höhergestellt sein als ein Abt, das hing ganz von der Art seiner Tätigkeit ab. Diejenigen, die «Lebende Inkarnationen» waren, so wie es von mir erwiesen war, konnten schon im Alter von vierzehn Jahren zu Äbten ernannt werden, das bedingte aber, dass sie die strengen Prüfungen bestanden. Diese Gruppe war sehr streng und strikt, doch sie waren nie herzlos, sie waren immer gerecht. Ein weiteres Beispiel für «Mönche» zeigt der Ausdruck «Polizeimönche». Ihre einzige Aufgabe bestand darin, die Ordnung aufrechtzuerhalten. Sie hatten mit den Tempelzeremonien nichts zu tun, außer dass sie anwesend sein mussten, um für Ordnung zu sorgen. Die Polizeimönche waren oft unbarmherzig, und wie bereits erwähnt, war das auch das Haushaltspersonal. Man kann einen katholischen Bischof auch nicht verurteilen, nur weil sein Gärtnerbursche sich schlecht benimmt! Noch kann man von einem Gärtnerburschen erwarten, dass er ein Heiliger ist, nur weil er bei einem Bischof arbeitet.

Im Lamakloster hatten wir auch ein Gefängnis. Es war beileibe kein schöner Aufenthaltsort, doch die Charakter der Typen, die dort hineingesteckt wurden, waren ebensowenig schön. Ein einziges Mal machte ich Bekanntschaft mit dem Gefängnis, als ich einen kranken Gefangenen behandeln sollte. Ich war beinahe schon fertig ausgebildet und sollte das Lama-kloster bald verlassen, als ich in die Gefängniszelle gerufen wurde. Draußen im Hinterhof gab es einige kreisrunde, etwa neunzig Zentimeter hohe Brüs-tungen. Diese aus massiven Steinen gebauten Brüstungen waren so breit wie hoch. Darüber lagen Steinriegel, jeder so dick wie der Oberschenkel eines Mannes. Sie bedeckten eine kreisförmige Öffnung von ungefähr zwei Meter siebzig im Durchmesser. Vier Polizeimönche packten den mittleren Stein und hievten ihn zur Seite. Einer beugte sich vor und zog ein Yakhaarseil herauf, an dessen Ende sich eine dünn aussehende Schlinge befand. Ich sah sie mir an, und war von ihr nur wenig erbaut; ihr sollte ich mich anvertrauen?

«Nun, ehrwürdiger Medizin-Lama», sagte der Mann, «wären Sie so freundlich und kämen etwas näher. Stellen Sie Ihren Fuß hier in diese Schlinge, und dann werde ich Sie hinunterlassen.»

Besorgt kam ich seiner Aufforderung nach.

«Sie werden noch ein Licht brauchen, Herr», sagte der Polizeimönch und reichte mir eine brennende Fackel aus buttergetränktem Garn. Meine Be-sorgnis nahm zu. Ich musste mich am Seil festhalten, die Fackel halten und darauf achten, dass ich weder meine Robe noch das schwache, dünne Seil in Brand steckte, das mich so unsicher trug. Doch ich kam hinunter, acht oder neun Meter tief, hinunter zwischen Mauern, die vor Wasser glänzten, hin-unter auf den schmutzigen Steinboden. Im Lichte meiner Fackel erblickte ich einen elend aussehenden armen Wicht, der gekrümmt an der Wand lehnte. Ein einziger Blick genügte: Ihn umgab keine Aura mehr, folglich war sein Leben erloschen. Ich sprach ein Gebet für die Seele, die jetzt zwischen den Existenzebenen wanderte, und schloss ihm die wilden, starren Augen. Dann rief ich, sie sollten mich hinaufziehen. Meine Arbeit war damit been-det, nun mussten die Leichenzerleger, die ihre übernehmen. Ich erkundigte mich, welches Verbrechen er begangen hatte, und erfuhr, dass er ein umher-ziehender Bettler gewesen sei, der in einem Lamakloster um Obdach und Essen gebeten und dann in der Nacht einen Mönch wegen dessen wenigen

Habseligkeiten getötet hatte. Er wurde auf der Flucht eingeholt und an den Schauplatz seines Verbrechens zurückgebracht.

Doch ich bin hier etwas vom Thema meines Unfalls und von meinem ersten Versuch, in der Küche zu arbeiten, abgeschweift.

Die Wirkung der kühlenden Essenzen ließ nach. Ich hatte das Gefühl, als würde die Haut von meinem Körper verbrannt. Das Hämmern in meinem Bein nahm zu, und es schien, als müsste ich zerplatzen. In meiner Fieberfantasie war das Einstichloch mit einer brennenden Fackel ausgefüllt. Die Zeit schlich dahin. Durch das Lamakloster hallten Geräusche, manche von ihnen kannte ich, manche nicht. Der Schmerz jagte in feurig scharfen Wellen meinen Körper hinauf. Ich lag auf dem Bauch, doch auch die Vorderseite meines Körpers war verbrannt, verbrannt von der heißen Asche. Da vernahm ich ein leises Rascheln. Jemand saß neben mir. Eine freundliche, mitfühlende Stimme, die Stimme des Lama Mingyar Dondup, sagte: «Kleiner Freund, schlafe, es ist zu viel!» Sanfte Finger strichen mein Rückgrat entlang, wieder und wieder, und dann wusste ich nichts mehr.

Eine bleiche Sonne schien mir in die Augen. Ich erwachte blinzelnd, und mit der Rückkehr meines ersten bewussten Gedankens hatte ich das Gefühl, jemand habe mich angestoßen – und ich hätte mich verschlafen. Ich wollte aufspringen, um zur Andacht zu gehen, doch der Schmerz überwältigte mich und ich fiel wieder zurück. Mein Bein! Eine beruhigende Stimme sagte: «Bleib liegen, Lobsang, heute ist ein Ruhetag für dich!»

Steif drehte ich den Kopf herum und sah zu meiner großen Verwunderung, dass ich mich im Zimmer des Lamas befand und er neben mir saß. Er sah meinen erstaunten Blick und lächelte. «Und warum schaust du so überrascht? Gehört es sich nicht, dass zwei Freunde beisammen sind, wenn einer von ihnen krank ist?»

Ein wenig zaghaft antwortete ich: «Ja, aber Sie sind ein hoher Lama und ich nur ein Junge.»

«Lobsang, wir haben es in früheren Leben zusammen sehr weit gebracht, nur jetzt, in diesem Leben, erinnerst du dich nicht daran. Ich aber erinne-

mich, wir waren in unserer letzten Inkarnation sehr eng befreundet. Doch nun musst du dich ausruhen und wieder zu Kräften kommen. Wir werden dein Bein retten, also mache dir keine Sorgen deswegen.»

Ich dachte an das Lebensrad. Ich dachte an die buddhistische Weisung in unseren Schriften:

Der Wohlstand des großzügigen Mannes bleibt nie aus, während der Geizhals keinen Tröster findet. Lass den mächtigen Mann großmütig zu den Bittenden sein. Lass ihn auf den langen Weg seiner Leben herabblicken. Denn die Reichtümer drehen sich wie die Räder eines Wagens, sie kommen heute zum einen und morgen zu einem anderen. Der Bettler von heute ist der Prinz von morgen, und der Prinz kann als Bettler zurückkehren.

Mir war damals schon klar, dass der Lama, der nun mein Mentor war, charakterlich ein außergewöhnlich guter Mensch war. Einer, dem ich bereit war, bis an die Grenzen meiner Fähigkeiten zu folgen. Es war offensichtlich, dass er sehr viel über mich wusste, weit mehr als ich selbst. Ich freute mich auf das Lernen mit ihm und nahm mir vor, der beste Schüler zu sein, den er je hatte. Deutlich spürte ich die starke Wesensverwandtschaft mit ihm und wunderte mich über das Wirken des Schicksals, das mich in seine Obhut geführt hatte.

Ich drehte meinen Kopf, um aus dem Fenster zu blicken. Man hatte meine Bettkissen auf einen Tisch gelegt, sodass ich hinausschauen konnte. Es war ziemlich seltsam, nicht auf dem Boden zu liegen, sondern mehr als einen Meter höher. In meiner kindlichen Vorstellung verglich ich es mit einem Vogelschlafplatz auf einem Baum! Doch es gab viel zu sehen. Weit weg, über den niederen Dächern unterhalb des Fensters, konnte ich Lhasa sehen, das sich im Sonnenschein räkelte. Kleine Häuser, durch die Entfernung sehr verkleinert, offenbaren ihre zarten Pastellfarben. Zwischen den leuchtend grünen Grasflächen schlängelte sich der Kyi-Fluss durch das flache Tal. In der Ferne zeigten sich die Berge purpurrot und trugen weiß-glänzende Schneehauben. Die nähergelegenen Berghänge waren übersät mit Lamaklöstern mit goldenen Dächern. Zur Linken befand sich der Potala, der mit seinem riesigen Ausmaß einen kleinen Berg bildete. Etwas rechts von uns lag ein kleines Wäldchen, aus dem Tempel und Hochschulen emporragten. Dies war der Sitz des Staatsorakels von Tibet, ein überaus wichtiger Mann, dessen einzige Lebensaufgabe darin bestand, die materielle Welt mit der immateriellen zu verbinden. Unten im Vorhof gingen Mönche aller Ränge mal dahin und mal dorthin. Einige trugen dunkelbraune Roben, diese waren die Arbeiter-Mönche. Eine kleine Gruppe Jungen trug weiße Roben, sie waren Studenten-Mönche aus einem entfernteren Lamakloster. Darunter befanden sich auch Höherrangige; die mit den blutroten und die mit den purpurfarbenen Roben. Letztere trugen oft noch goldene Stolen darüber, was darauf hinwies, dass ihre Tätigkeit etwas mit der obersten Verwaltungsbehörde zu tun hatte. Einige ritten auf Pferden oder Ponys. Laien ritten farbige Tiere, während die Priester nur auf Schimmeln ritten. All das lenkte mich von der unmittelbaren Gegenwart ab. Ich machte mir jetzt mehr Sorgen darüber, ob ich geheilt und wieder fähig werden würde, herumzugehen.

Nach drei Tagen meinte man, es sei besser, wenn ich jetzt aufstünde und mich etwas bewegte. Mein Bein war sehr steif und schmerzte unsäglich. Die Wunde eiterte stark. Die ganze Umgebung war aufgrund der darin zurückgebliebenen Eisenrostpartikeln hoch entzündet. Da ich nicht eigenständig gehen konnte, hatte man mir eine Krücke angefertigt, und so hüpfte ich mit ihr, einem verletzten Vogel gleich, herum. Mein Körper wies immer noch unzählige Brandmale und Blasen von der heißen Asche auf, doch die alle zusammen schmerzten mich nicht so sehr wie mein Bein. Ich konnte nicht sitzen, ich musste auf der rechten Seite oder mit dem Gesicht nach unten liegen. Selbstverständlich war es so unmöglich, sowohl an den Andachten teilzunehmen als auch im Klassenzimmer anwesend zu sein. Daher unterrichtete mich mein Mentor, der Lama Mingyar Dondup, beinahe während der ganzen Zeit. Er gab seiner Befriedigung Ausdruck über meinen Wissensstand, den ich in den wenigen Jahren meines Lebens schon erworben hatte, und er sagte: «Doch viel davon ist dir unbewusst aus deiner letzten Inkarnation in Erinnerung geblieben.»

Kapitel 6
Das Leben in einem Lamakloster

Zwei Wochen vergingen, und die Brandwunden an meinem Körper verheilten zusehends. Mein Bein war immer noch problematisch, aber immerhin besserte es sich. Ich bat darum, die normale Routine wieder aufnehmen zu dürfen, da ich mir mehr Bewegungsfreiheit verschaffen wollte. Das wurde mir gestattet, und ich erhielt die Erlaubnis, so zu sitzen, wie es irgendwie ging, oder mit dem Gesicht nach unten zu liegen. Die Tibeter sitzen mit gekreuzten Beinen in einer Haltung, die wir Lotusstellung nennen, doch meine Beinverletzung ließ das definitiv nicht zu.

Am ersten Nachmittag nach meiner Rückkehr hatten wir wieder Küchendienst. Mir fiel die Aufgabe zu, auf einer Schiefertafel aufzuschreiben, wie viele Säcke Gerste geröstet wurden. Die Gerste wurde auf eine glühend heiße Steinfläche geschüttet. Darunter war der Ofen, an dem ich mich verbrannt hatte. Die Gerste wurde gleichmäßig darauf verteilt und die Ofentür geschlossen. Während dieser Teil röstete, trabten wir alle den Korridor entlang in einen anderen Raum, wo wir die zuvor geröstete Gerste mahlten. Dort stand ein konisch geformtes und grob behauenes Steinbecken. Es war an seiner breitesten Stelle gegen zweieinhalb Meter breit. Die Innenfläche war mit Rillen und Kerben versehen, damit die Gerstenkörner darin hängenblieben. Ein großer und ebenso konisch geformter Stein passte lose in das Becken. Ein uralter, abgenutzter Balken, der durch den Stein hindurchpasste, wurde als Drehstütze benutzt, an der kleinere Holzgriffe angebracht waren wie die Speichen an einem Rad ohne Reifen. Die geröstete Gerste wurde in das Becken geschüttet, und die Mönche und Schüler fingen an, mit aller Kraft den Stein, der viele Tonnen schwer war, in Bewegung zu setzen. Sobald er sich einmal drehte, war es nicht mehr so schwer; dann trotteten wir rundherum und sangen Lieder. Hier durfte ich singen, ohne getadelt zu werden! Doch den verflixten Stein erst einmal in Gang zu bringen, war fürchterlich. Alle mussten fest zupacken, bis er sich zu bewegen begann. War er einmal in Bewegung, mussten wir nur sehr darauf achten, dass er nicht wieder stehen blieb. Immer wieder wurden neue Mengen geröstete Gerste hineingeschüttet, während die zerstoßenen Körner unten aus dem Becken herausfielen. Die zerstoßenen Gerstenkörner wurden weggebracht, auf heißen Steinen ausgebreitet und noch ein zweites Mal geröstet. Das war die Grundlage von Tsampa. Jeder von uns Jungen hatte einen Wochenvorrat Tsampa in seinem Lederbeutel. Genauer gesagt, wir trugen die gemahlene, geröstete Gerste bei uns. Bei den Mahlzeiten schütteten wir ein wenig davon in unsere Schalen, gossen gebutterten Tee dazu, rührten es mit den Fingern um, bis die Masse teigartig war, und aßen es dann auf.

Am nächsten Tag bestand unsere Arbeit darin, bei der Teezubereitung zu helfen. Wir gingen in einen anderen Teil der Küche, wo ein großer Kochkessel stand, der bis zu sechshundertfünfzig Liter Wasser fasste. Er war mit Sand gescheuert worden, und das Metall glänzte jetzt wie neu. Früher am Tag hatte man ihn bis zur Hälfte mit Wasser gefüllt, das nun kochte und dampfte. Wir mussten Teeziegel holen und sie zerdrücken. Solche Ziegel wogen ungefähr sieben bis acht Kilo und wurden aus China und Indien über die Gebirgspässe nach Lhasa gebracht. Die zerdrückten Stücke wurden in das kochende Wasser gegeben. Ein Mönch gab ein großes Stück Salz dazu, und ein anderer fügte etwas Soda hinzu. Sobald es wieder kochte, wurden etliche Schaufeln geklärter Butter dazugegeben. Das Ganze kochte dann stundenlang. Diese Mischung hatte einen großen Nährwert und ergab zusammen mit Tsampa eine vollwertige, lebenserhaltende Nahrung. Der Tee wurde stets heiß gehalten, und sobald ein Kessel leer war, wurde ein neuer gefüllt und zubereitet. Die unangenehmste Arbeit bei der Zubereitung von Tee war die Wartung des Feuers. Der Yakdung, den wir anstelle von Holz als Brennmaterial verwendeten, wird zu Platten geformt und getrocknet, und es gibt unerschöpfliche Vorräte davon. Wenn man Yakdung ins Feuer warf, stiegen Wolken von übelriechendem, beißendem Rauch auf. Alles in der Nähe des Rauches wurde nach und nach geschwärzt. Holzgegenstände sahen schließlich aus wie Ebenholz, und die Gesichter, die ihm lang ausgesetzt waren, bekamen vom Rauch verschmutzte Poren.

Wir mussten bei allen diesen niederen Arbeiten mithelfen, nicht weil zu wenige Arbeitskräfte dagewesen wären, sondern damit die Klassenunterschiede ausgeglichen würden. Wir glauben, dass der einzige Feind derjenige ist, den man nicht kennt; arbeite mit ihm, sprich mit ihm, lerne ihn kennen, und er hört auf, ein Feind zu sein. In Tibet wird an einem Tag im Jahr die Machtbefugnis der Obrigkeiten aufgehoben, und an diesem Tag darf jeder Untergebene offen sagen, was er denkt. Wenn ein Abt während eines Jahres hart war, wird ihm das gesagt, und wenn die Kritik berechtigt ist, darf nichts gegen den Untergebenen unternommen werden. Das ist eine gute Methode, die sich bewährt hat und selten missbraucht wird. Sie sorgt für Gerechtigkeit gegenüber den Mächtigen und gibt den niederen Ständen das Gefühl, dass sie ein Wort mitzureden haben.

Während der Schulstunden mussten wir eifrig lernen. Wir saßen in Reihen auf dem Fußboden. Wenn der Lehrer uns etwas vortrug oder an die Wandtafel schrieb, stand er vor uns. Doch wenn wir Aufgaben lösen mussten, ging er hinter uns auf und ab, und wir mussten die ganze Zeit konzentriert arbeiten, da wir nie wussten, wen von uns er beobachtete. Er lief immer mit einem dicken Rohrstock herum und zögerte nicht, ihn an allen Körperteilen in seiner unmittelbaren Reichweite einzusetzen: an Schultern,

Armen, Rücken oder an einem noch passenderen Ort – für die Lehrer spielte es keine Rolle, die eine Stelle war so gut wie die andere.

Wir beschäftigten uns ausführlich mit Mathematik, weil dieses Fach für die astrologischen Berechnungen unerlässlich war. Unsere Astrologie beruhte nicht auf Zufälligkeiten, sondern wurde nach wissenschaftlichen Grundsätzen berechnet. Mir wurde ziemlich viel Astrologie eingetrichtert, da sie für die ärztliche Tätigkeit sehr wichtig war. Es ist besser, einen Patienten nach seinem astrologischen Typus zu behandeln, als ihm irgendetwas aufs Geratewohl zu verschreiben, in der Hoffnung, dass es wieder dieselbe Wirkung zeigt, nur weil es einmal bei einem anderen Menschen geholfen hat. An der Wand hingen große astrologische Karten sowie Abbildungen von verschiedenen Heilpflanzen. Diese wurden wöchentlich ausgetauscht, und man erwartete von uns eine völlige Vertrautheit mit dem Aussehen all dieser Pflanzen. Später wurden wir auf Exkursionen mitgenommen, um solche Pflanzen zu sammeln und sie zu verarbeiten. Doch an diesen durften wir erst teilnehmen, wenn wir bessere Kenntnisse hatten und man uns vertrauen konnte, dass wir die richtigen Sorten pflückten. Diese «Kräutersammel-Expeditionen», die jedes Jahr im Herbst stattfanden, waren eine sehr beliebte Erholungszeit von der strengen Lebensweise im Lamakloster. Mitunter dauerte eine solche Exkursion drei Monate und führte uns weit hinauf ins Hochland, ein von Eis umschlossenes Gebiet, sechstausend bis siebentausendfünfhundert Meter über dem Meeresspiegel, wo die riesigen Eisflächen von grünen, durch heiße Quellen erwärmten Tälern unterbrochen wurden. Hier konnte man etwas erleben, das es vielleicht nirgendwo anders auf der Welt gibt. Auf einer Wegstrecke von vielleicht fünfzig Metern konnte die Temperatur von minus vierzig Grad bis auf siebenunddreißig Grad Celsius oder mehr ansteigen. Diese Gegend ist noch weitgehend unerforscht, nur ein paar unserer Mönche hatten sie je erkundet.

Unser Religionsunterricht war sehr intensiv. Jeden Morgen mussten wir die Gesetze und Stufen des Mittelweges aufsagen. Die Gesetze lauteten:

1. Vertraue den Führungskräften der Lamaklöster und des Landes
2. Erfülle die religiösen Befolgungen und lerne eifrig
3. Ehre deine Eltern
4. Achte die Tugendhaften
5. Ehre die Älteren und die von hoher Geburt
6. Unterstütze dein Heimatland
7. Sei in allen Dingen ehrlich und wahrhaftig
8. Sei fürsorglich gegen Freunde und Verwandte
9. Verfahre mit Nahrung und Reichtum nicht unzweckmäßig
10. Folge dem Beispiel derjenigen, die gut sind
11. Zeige Dankbarkeit und gebe Freundlichkeit zurück
12. Halte in allen Dingen das richtige Maß
13. Sei nicht eifersüchtig und neidisch
14. Enthalte dich der üblen Nachrede
15. Sei freundlich in Wort und Tat und füge niemanden Schaden zu
16. Trage Leiden und Pein mit Geduld und Sanftmut

Uns wurde stets gesagt, dass es weder Streit noch Missverständnisse gäbe, wenn jeder diese Gesetze befolgte. Unser Lamakloster war bekannt für seine Strenge und die harte Ausbildung. Viele Mönche aus anderen Lamaklöstern traten bei uns ein, reisten jedoch bald wieder ab, um anderswo angenehmere Lebensbedingungen zu finden. Wir betrachteten sie als Versager und uns als die Elite. In vielen anderen Lamaklöstern gab es keine Nachtandachten. Die Mönche legten sich bei Einbruch der Dunkelheit hin und schliefen bis zum Morgengrauen. Für uns erschienen sie als verweichlicht und schwach, und obwohl wir im Stillen murrten, hätten wir noch mehr gemurrt, wenn sich an unserem Lehrplan etwas geändert und man ihn dem ineffizienten Niveau der anderen angepasst hätte.

Das erste Jahr war besonders hart und in dessen Verlauf wurden diejenigen aussortiert, die versagten. Nur die Stärksten konnten in den eisigen Gebirgsgegenden bei der Suche nach Kräutern überleben, und wir vom

Chakpori waren die einzigen, die dort hingingen. In weiser Voraussicht schlossen unsere Expeditionsleiter die Ungeeigneten aus, bevor sie andere auf irgendeine Weise gefährden konnten. Während des ersten Jahres hatten wir fast keine Erholung, keine Vergnügungen und keine Spiele. Lernen und Arbeit füllten jeden wachen Augenblick aus.

Für eines bin ich noch heute sehr dankbar: für die Art, wie man uns das Auswendiglernen beigebracht hat. Die meisten Tibeter haben ein gutes Gedächtnis, doch wir, die zu Medizin-Mönchen ausgebildet wurden, mussten die Namen und die genaue Beschreibung von sehr vielen Pflanzen kennen, und auch wissen, wie man sie mischen und anwenden konnte. Wir mussten ebenso sehr viel über die Astrologie wissen und die Texte aus allen unseren Heiligen Bücher zitieren können. Im Laufe der Jahrhunderte hatte sich eine Methode zur Unterstützung des Gedächtnisses herausgebildet. Wir stellten uns vor, wir befänden uns in einem Raum mit Tausenden von Schubladen. Jede Schublade war deutlich beschriftet, und die Schrift auf allen Etiketten konnte von dort, wo wir standen, leicht gelesen werden. Jeder Sachverhalt, der uns mitgeteilt wurde, mussten wir nach Kategorie einordnen, und wir wurden dazu angehalten, uns vorzustellen, wie wir die entsprechende Schublade öffneten und den Sachverhalt hineinlegten. Wir mussten uns ganz detailliert vorstellen, wie wir das taten, also sich den «Sachverhalt» und die genaue Stelle der «Schublade» vorstellen. Mit ein wenig Übung war es erstaunlich leicht, in der Vorstellung, den Raum zu betreten, die richtige Schublade zu öffnen und den benötigten Sachverhalt so wie alle Fakten, die dazu gehörten, herauszunehmen.

Unsere Lehrer scheuten keine Mühe, uns die Notwendigkeit eines guten Gedächtnisses einzurichtern. Sie stellten uns während des Unterrichts unverhofft Fragen, nur um unser Gedächtnis zu testen. Diese Fragen hatten zu den Themen, die wir gerade durchnahmen, keinen Bezug, sodass wir keinem Verlauf folgen konnten, der es uns erleichtert hätte. Oft waren es Fragen zu unbestimmten Seiten in unseren Heiligen Büchern und dazwischen wieder Fragen nach Pflanzen. Die Strafen für Vergesslichkeit waren sehr hart. Etwas vergessen war ein unverzeihliches Vergehen und wurde mit harten Schlägen bestraft. Zum Nachdenken wurde uns nicht viel Zeit gelassen. Der Lehrer sagte zum Beispiel: «Du, Junge, ich will die fünfte Zeile auf der achten Seite im siebenten Buch des Kangyur hören, öffne die Schublade, wie lautet sie?» Und wenn wir nicht innerhalb von zehn Sekunden antworten konnten, war es besser, keine Antwort zu geben, da die Strafe für eine falsche Antwort, egal wie geringfügig sie auch war, noch härter ausgefallen wäre. Doch es ist eine gute Methode und schult das Gedächtnis. Wir konnten keine Bücher herumtragen. Unsere Bücher waren gewöhnlich gegen einen Meter breit und etwa fünfundvierzig Zentimeter lang, lose Papierblätter, die ungebunden von Holzdeckeln zusammengehalten wurden. Später lernte ich den ungeheuren Wert eines guten Gedächtnisses kennen.

In den ersten zwölf Monaten war es uns nicht gestattet, das Grundstück des Lamaklosters zu verlassen. Wer es wagte, durfte nicht mehr zurückkehren. Diese sonderbare Regelung galt nur für das Chakpori. Hier war die Disziplin derart strikt, dass man befürchtete, wir würden nicht mehr zurückkehren, wenn man uns hinausließe. Ich muss zugeben, ich wäre davongelaufen, wenn ich einen Ort zum Hingehen gehabt hätte. Aber wohin hätte ich schon laufen können. Nach dem ersten Jahr hatten wir uns eingewöhnt.

Im ersten Jahr war es uns auch nicht erlaubt, irgendwelche Spiele zu spielen. Wir wurden immer zu strikter Arbeit angehalten, und das merzte höchst effektiv all jene aus, die zu schwach und nicht fähig waren, den Belastungen standzuhalten. Nach diesen ersten strengen und harten Monaten meinten wir beinahe, vergessen zu haben, wie man spielt. Unsere Aktivitäten und unser körperliches Training waren dazu bestimmt, uns zu stählen und im späteren Leben von Nutzen zu sein. Ich nahm meine frühere Vorliebe, auf Stelzen zu laufen, wieder auf, und jetzt hatte ich sogar manchmal Zeit dafür. Wir begannen mit so langen Stelzen herumzulaufen, dass die Füße um unsere ganze Körperlänge über dem Boden standen. Als wir darin geschickter wurden, verwendeten wir noch längere, meist etwa drei Meter lange Stelzen. Auf ihnen stolzierten wir durch die Höfe, guckten in die Fenster und gingen ganz allgemein anderen auf die Nerven. Wir verwendeten keine Balancier-stange. Wenn wir irgendwo stehenbleiben wollten, traten wir von einem Fuß auf den anderen, wie das auf-der-Stelle-Treten. Dadurch konnten wir uns im Gleichgewicht und an Ort halten. Wir liefen nicht Gefahr, umzufallen, wenn man gut achtgab. Wir trugen sogar Schlachten auf Stelzen aus. Wir bildeten zwei Mannschaften, meistens zehn auf einer Seite. Dann stellten wir uns ungefähr dreißig Meter voneinander in einer Linie auf. Auf ein gegebenes Zeichen stürmten wir dann alle mit einem wilden Geschrei aufeinander los, das den Himmelsdämonen das Fürchten lehren sollte. Wie ich schon sagte, war ich in einer Klasse von viel älteren und größeren Burschen als ich. Das brachte mir bei den Kämpfen auf Stelzen einige Vorteile ein. Die anderen bewegten sich viel schwerfälliger fort. Ich konnte mich zwischen sie drängen und hier eine Stelze wegziehen und dort eine fortstoßen und so die Stelzen-läufer zu Fall bringen. Zu Pferd war ich weniger geschickt, doch dort, wo ich auf mich selbst angewiesen war, es zu etwas zu bringen, machte ich mei-nen Weg.

Wir Jungen nutzten die Stelzen auch, um Flüsse zu überqueren. Mit et-was Vorsicht konnten wir so durch die Flüsse waten und uns lange Umwege ersparen. Einmal, ich erinnere mich noch gut, ging ich auf knapp zwei Meter langen Stelzen spazieren. Ich kam zu einem Fluss und wollte ihn überqueren. Das Wasser war direkt vom Ufer weg tief, und nirgends gab es eine seichte Stelle. Also setzte ich mich ans Ufer und ließ meine gestelzten Beine ins Wasser gleiten. Als ich aufstand, reichte es mir bis zu den Knien. Ich watete in die Mitte des Flusses, wo mir das Wasser fast bis zu den Hüften reichte. In dem Augenblick hörte ich herbeieilende Schritte. Ein Mann kam eilig den Pfad entlanggelaufen. Er warf nur kurz einen Blick auf den kleinen Jungen, der den Fluss durchquerte. Als er sah, dass mir das Wasser nur bis zur Hüfte reichte, dachte er offenbar: «Ah, hier ist eine seichte Stelle.»

Plötzlich hörte ich ein lautes Platschen, und der Mann verschwand voll-ständig unter Wasser. Dann bildete sich ein Wirbel, sein Kopf tauchte an der Oberfläche auf, und seine Hände griffen nach dem Ufer, an dem er sich wieder ans Land zog. Er schimpfte entsetzlich, und seine Drohungen, was er mir alles antun werde, ließen mein Blut in den Adern gefrieren. Ich beeilte mich, hinüber zur Böschung zu gelangen, und als auch ich das Ufer erreichte, lief ich so schnell, wie ich, glaube ich, noch nie auf Stelzen gelaufen bin.

Eine Gefahr beim Stelzenlaufen war der Wind, der in Tibet scheinbar immer weht. Wenn wir im Hof auf Stelzen spielten und in der Aufregung des Spiels den Wind vergaßen und die geschützte Zone hinter der Mauer verließen, bauschte ein Windstoß unsere Roben auf, und wir stürzten in einem Gewirr von Armen, Beinen und Stelzen ab. Es gab aber nur sehr wenige Unfälle. Dank unseres Judotrainings wussten wir, wie man fallen musste, ohne sich zu verletzen. Oft hatten wir Beulen und aufgeschundene Knie, aber solche Kleinigkeiten beachteten wir gar nicht. Natürlich gab es auch einige darunter, die beinahe über ihren eigenen Schatten stolperten. Manche ungeschickten Jungen lernten es nie, den Sturz zu parieren, was ihnen manchmal gebrochene Arme oder Beine bescherte.

Es gab einen Jungen, der auf seinen Stelzen laufen und dann einen Purzelbaum zwischen den Schäften schlagen konnte. Er schien sich an den Enden der Stelzen festzuhalten, die Füße von den Fußstützen zu ziehen und sich dann in einem vollkommenen Salto zu überschlagen. Er schwang seine Füße direkt über seinen Kopf hinweg und wieder herunter und fand die Fußstützen immer wieder. Er machte es auch mehrmals hintereinander, nahezu ohne jemals die Fußstützen zu verfehlen oder den Rhythmus seines Ganges zu unterbrechen. Ich konnte auf Stelzen springen, doch als ich zum ersten Mal versuchte, einen Purzelbaum zu schlagen, landete ich mit einer solchen Wucht auf den Fußstützen, dass sie abbrachen und ich einen schnellen Abgang machte. Danach vergewisserte ich mich immer, dass die Fußstützen an den Stelzen gut befestigt waren.

Kurz vor meinem achten Geburtstag teilte mir der Lama Mingyar Dondup mit, die Astrologen hätten vorausgesagt, dass der auf meinen Geburtstag folgende Tag ein günstiger Zeitpunkt sei, um «das dritte Auge zu öffnen».

Das beunruhigte mich nicht sonderlich, da ich wusste, dass er dabei sein würde, und ich hatte großes Vertrauen in ihn. Er hatte mir oft gesagt, wenn mein drittes Auge geöffnet sei, werde ich die Menschen so sehen können, wie sie sind. Für uns war der Körper eine bloße Hülle, belebt durch das Höhere Selbst, das Überselbst, welches die Führung übernimmt, wenn man schläft oder dieses Leben verlässt. Wir glauben, dass der Mensch in diesem schwachen physischen Körper untergebracht wird, damit er Lektionen lernen und Fortschritte machen kann. Während des Schlafes kehrt der Mensch auf eine andere Existenzebene zurück. Er legt sich hin, um zu schlafen, und wenn der Schlaf eingetreten ist, befreit sich der Geist selbst vom physischen Körper und schwebt davon. Der Geist bleibt durch eine «Silberschnur» mit dem physischen Körper verbunden, die bis zum Augenblick des Todes bestehen bleibt. Die Träume, die man während des Schlafes erlebt, sind Erfahrungen, die man auf der Geistesebene macht. Wenn der Geist in den physischen Körper zurückkehrt, verzerrt der Schock des Erwachens die Traumerinnerung, es sei denn, man ist besonders geschult darin. Daher kann uns ein «Traum» im wachen Zustand völlig unwahrscheinlich vorkommen. Doch das werde ich später noch etwas genauer erklären, wenn ich über meine eigenen Erfahrungen in diesem Zusammenhang berichte.

Die Aura, die den Körper umgibt und die jeder unter den richtigen Bedingungen sehen lernen kann, ist lediglich eine Widerspiegelung der im Innern des Körpers brennenden Lebenskraft. Wir glauben, dass diese Kraft elektrischen Ursprungs ist, so wie der Blitz. Inzwischen können die Wissenschaftler im Westen die «Hirnstromwellen» messen und aufzeichnen. Leute, die über solche Dinge spotten, sollten darüber nachdenken und auch über die Korona der Sonne. Hier werden Flammen Millionen von Kilometern von der Sonnenoberfläche ins All geschleudert. Der durchschnittliche Mensch kann diese Korona nicht sehen, doch bei einer totalen Sonnenfinsternis ist sie für jeden sichtbar, den es interessiert. Eigentlich spielt es keine

Rolle, ob die Leute es glauben oder nicht. Ihr Unglaube wird die Korona der Sonne nicht auslöschen – sie ist trotzdem vorhanden. Ebenso ist es mit der menschlichen Aura. Und eben diese Aura zu sehen, sollte mir unter anderen Dingen nach der Öffnung des dritten Auges möglich werden.

Kapitel 7
Das Öffnen des dritten Auges

Mein Geburtstag kam. An jenem Tag hatte ich frei und brauchte weder dem Unterricht beizuwohnen noch an den Andachten teilzunehmen. Der Lama Mingyar Dondup sagte am frühen Morgen: «Genieße den Tag, Lobsang, wir werden am Abend bei Einbruch der Dunkelheit zu dir kommen.»

Es war sehr angenehm, untätig im Sonnenlicht auf dem Rücken zu liegen. Etwas tiefer konnte ich den Potala mit seinen schimmernden Dächern sehen. Der blaue See des Norbu Linga, oder Juwelenparks, hinter mir erweckte meine Sehnsucht, in einem Boot dahintreiben zu können. Südlich beobachtete ich eine Gruppe Händler, die mit der Fähre den Kyi-Chu überquerten. Der Tag verging viel zu schnell.

Mit dem zur Neige gehenden Tag rückte der Abend heran. Ich ging in den kleinen Raum, wo ich warten sollte. Draußen vernahm ich leise Geräusche von weichen Filzschuhen auf dem Steinboden. Drei ranghohe Lamas betraten den Raum. Sie legten mir eine Kräuterkompresse auf den Kopf und befestigten sie mit einem Verband. Später am Abend kehrten die drei zurück, einer von ihnen war der Lama Mingyar Dondup. Vorsichtig wurde die Kompresse entfernt, meine Stirne gereinigt und getrocknet. Ein kräftig aussehender Lama nahm hinter mir Platz und nahm meinen Kopf zwischen seine Knie. Der zweite Lama öffnete ein Kästchen und entnahm ihm ein glänzendes Instrument aus Stahl. Es glich einer Ahle, mit dem Unterschied, dass es keinen runden Schaft hatte, sondern u-förmig war, und anstelle einer Spitze gab es kleine Zacken am Rande des «U» entlang. Einige Augenblicke überprüfte der Lama das Instrument, dann zog er es durch die Flamme einer Lampe, um es zu sterilisieren.

Der Lama Mingyar Dondup nahm meine Hände und sagte: «Es wird sehr schmerzvoll sein, Lobsang, aber es kann nur bei vollem Bewusstsein durchgeführt werden. Es wird nicht sehr lange dauern, versuche also, so gut wie möglich stillzuhalten.»

Ich konnte verschiedene Instrumente sehen, die sie vorbereitet hatten, und verschiedene Kräuteressenzen, und ich dachte im Stillen: «Nur Mut, Lobsang, mein Junge, sie werden auf die eine oder andere Weise mit dir fertig werden, und du kannst nichts dabei tun außer stillhalten!»

Der Lama, der das Instrument in der Hand hielt, sah die anderen an und sagte: «Alles in Ordnung? Wollen wir beginnen, die Sonne ist eben untergegangen.»

Er drückte das Instrument gegen die Mitte meiner Stirn und drehte am Griff. Einen Augenblick lang hatte ich das Gefühl, als stäche mich jemand mit Dornen. Die Zeit schien stillzustehen. Es war kein besonderer Schmerz, als er durch die Haut und durch das Gewebe drang, doch als er mit dem Instrument gegen meinen Knochen stieß, spürte ich einen kleinen Stoß. Der Lama drückte noch stärker, indem er das Instrument ein wenig hin und her wiegte, sodass sich die kleinen Zacken durch das Stirnbein gruben. Der Schmerz war nicht stechend, es war ein Druck und ein dumpfes Schmerzgefühl. Ich rührte mich nicht, denn der Lama Mingyar Dondup war ja bei mir; ich wäre lieber gestorben, als mich zu bewegen oder zu schreien. Er setzte Vertrauen in mich, so wie ich in ihn, und ich wusste, dass alles, was er tat oder sagte, richtig war. Er beobachtete das Ganze höchst aufmerksam, das aber mit leicht angespannten Mundwinkeln. Plötzlich erfolgte ein schwaches «Knirschen» und das Instrument durchdrang den Knochen. Augenblicklich hielt der sehr aufmerksame Operateur inne. Er hielt den Griff des Instrumentes fest, während ihm mein Mentor einen sehr harten, sterilen Holzspan reichte, der zuvor mit Kräutern und Feuer behandelt worden war, um ihn so hart wie Stahl zu machen. Dieser Holzspan wurde in das «U» des Instrumentes eingefügt und entlang des Instrumentes geradewegs in das Loch in meinen Kopf geschoben. Der operierende Lama bewegte sich etwas zur Seite, damit auch der Lama Mingyar Dondup einen Blick auf das Operationsfeld werfen konnte. Auf ein Nicken von ihm schob der Operateur den Holzspan mit unendlicher Vorsicht noch etwas weiter und weiter hinein. Plötzlich spürte ich, offenbar in der Nasenwurzel, ein stechendes und scharfes Kitzeln. Es ließ nach und ich nahm sehr feine Gerüche wahr, die ich nicht genau bestimmen konnte. Auch das ließ nach und wurde von einem Gefühl abgelöst, als stieße er gegen eine widerstandsfähige Hülle oder würde dagegen stoßen. Plötzlich zuckte ein blendender Blitz auf und im selben Moment sagte mein Mentor: «Stopp!» Einen Augenblick lang war der Schmerz intensiv, wie eine sengende weiße Flamme. Der Blitz nahm ab, hörte auf und wurde von Farbspiralen und kleinen weißglühenden Rauchkugeln ersetzt. Das Metallinstrument wurde vorsichtig entfernt. Der Holzspan blieb zurück, und ich musste, bis er entfernt wurde, zwei oder drei Wochen lang in dem kleinen, beinahe ganz verdunkelten Raum verbringen. Niemand durfte mich besuchen, außer den drei Lamas, die mir Tag für Tag Unterricht erteilten. Bis zur Entfernung des Spans durfte ich nur das Allernötigste essen und trinken. Als man den hervorstehenden Holzspan an der Stirne verband, damit er nicht mehr verrutschen konnte, wandte sich mein Mentor an mich.

«Du bist jetzt einer von uns, Lobsang», sagte er. «Für den Rest deines Lebens wirst du die Menschen so sehen, wie sie sind, und nicht wie sie zu sein vorgeben.»

Es war eine sehr eigenartige Erfahrung, die drei Lamas zu sehen, die offenbar von goldenen Flammen umgeben waren. Erst später begriff ich, dass ihre Auren aufgrund des reinen Lebens, das sie führten, golden waren und dass die meisten Menschen ganz anders aussahen.

Als mein neuer Sinn sich unter der erfahrenen Leitung der Lamas entwickelte, konnte ich beobachten, dass es noch andere Ausstrahlungen gab, die sich über die Grundaura hinaus ausdehnten. Mit der Zeit konnte ich den Gesundheitszustand eines Menschen anhand der Farbe und an der Intensität seiner Aura ermitteln. Anhand der Farbschwankungen konnte ich auch erkennen, ob jemand die Wahrheit sagte oder nicht. Doch der menschliche Körper war nicht allein Gegenstand meines Hellsehens. Man schenkte mir eine Kristallkugel, die ich heute noch besitze, und ich erwarb durch ihren Gebrauch sehr viel Fertigkeit. Das Verwenden einer Kristallkugel für das Hellsehen ist überhaupt nichts Magisches. Sie ist bloß ein Instrument. Genauso wie ein Mikroskop oder ein Teleskop aufgrund von natürlichen Gesetzen unsichtbare Gegenstände ins Sichtfeld rücken kann, so kann es auch eine Kristallkugel. Sie dient dem dritten Auge lediglich als Fokus, mit dessen Hilfe man in das Unterbewusstsein jedes Menschen eindringen und die dort in der Erinnerung festgehaltenen Fakten abrufen kann. Die Kristallkugel muss dem Benutzer individuell angepasst sein. Manche Leute verwenden lieber eine Kugel aus Bergkristall, andere ziehen eine Glaskugel vor, wieder andere nehmen eine Schale mit Wasser oder eine vollkommen schwarze Scheibe. Es kommt nicht darauf an, was sie verwenden, im Prinzip ist der Vorgang der gleiche.

In der ersten Woche blieb mein Zimmer fast vollkommen verdunkelt. In der darauffolgenden Woche durfte ein kleiner Lichtschimmer hereinfallen, und bis zum Ende der Woche ließ man immer mehr Licht herein. Am siebzehnten Tag war der Raum wieder ganz hell. Die drei Lamas erschienen wieder, um den Holzspan zu entfernen. Das ging sehr einfach. Am Abend vorher war meine Stirn mit einer Kräuteressenz bestrichen worden. Am Morgen kehrten die Lamas zurück, und wie zuvor nahm einer von ihnen meinen Kopf zwischen seine Knie. Der Operateur fasste mit einem Instrument den hervorstehenden Holzspan. Plötzlich erfolgte ein ziemlicher Ruck – und das war alles. Der Span war draußen. Mein Mentor legte einen mit Kräutern getränkten Bausch auf die sehr kleine Wundstelle und zeigte mir den Holzspan. Er war während des Verbleibens in meinem Kopf so schwarz wie Ebenholz geworden. Der Lama, der mich operiert hatte, ging zu einer kleinen Brennschale und legte den Holzspan zusammen mit ein paar Weihrauchkörnern verschiedener Sorten hinein. Als die Rauchschwaden zur Decke aufstiegen, war die erste Stufe meiner Einweihung abgeschlossen. In jener Nacht schossen mir beim Einschlafen viele Gedanken durch den Kopf; wie würde mir wohl Tzu vorkommen, jetzt, wo ich anders sah? Mein Vater, meine Mutter, wie würden sie aussehen? Doch auf solche Fragen gab es im Moment noch keine Antwort.

Am Morgen fanden sich die Lamas wieder ein und untersuchten mich gründlich. Sie sagten, ich dürfe nun wieder zu den anderen zurückgehen. Sie teilten mir auch mit, ich solle nun die Hälfte meiner Zeit bei meinem Mentor, dem Lama Mingyar Dondup, verbringen, der mich mit Hilfe von Intensivmethoden unterrichten werde, und die andere Hälfte der Zeit sollte ich die Andachten und den Klassenunterricht besuchen, aber nicht so sehr der Bildung wegen, sondern als sozialer Ausgleich. Etwas später sollte ich auch auf hypnotischem Weg unterrichtet werden. Im Augenblick aber war ich hauptsächlich am Essen interessiert. Die vergangenen achtzehn Tage hatte man mich auf einer sehr spärlichen Kost gehalten, und nun wollte ich es wieder aufholen. Erfüllt von diesem Gedanken lief ich zur Tür hinaus. Da näherte sich mir eine von blauem Rauch umhüllte Gestalt, aus der grellrote Flecken hervorschossen. Ich stieß einen Schrei des Entsetzens aus und stürzte ins Zimmer zurück. Die anderen schauten bestürzt auf mein erschrockenes Gesicht.

«Da draußen im Korridor brennt ein Mann!», stieß ich hervor.

Der Lama Mingyar Dondup eilte hinaus und kehrte lächelnd zurück.

«Lobsang, das ist nur der Putzmann in schlechter Laune. Seine Aura ist rauchblau, da er noch unentwickelt ist, und die roten Flecken zeigen seine

Gemütslage an. Du kannst nun wieder gehen und dir das Essen holen, nach dem du dich so sehnst.»

Es war spannend, den Jungen zu begegnen, die ich so gut kannte und dennoch nicht kannte. Jetzt brauchte ich sie nur anzusehen, um ein Bild ihrer wahren Gedanken zu erhalten: die echte Zuneigung, die mir manche entgegenbrachten, die Eifersucht der einen und die Gleichgültigkeit der anderen. Es war aber nicht nur eine Angelegenheit von Farben zu sehen und alles zu wissen. Ich musste darin unterrichtet werden und verstehen lernen, was diese Farben bedeuteten. Oft saß ich mit meinem Mentor in einer versteckten Nische neben dem Eingangstor, von wo aus wir die Leute, die eintraten, beobachten konnten. Der Lama Mingyar Dondup sagte dann zum Beispiel: «Siehst du dort, Lobsang, bei dem, der da kommt, wie der Farbstrang über seinem Herz schwingt! Der Farbton und die Schwingung bedeuten, dass er lungenkrank ist», oder er sagte vielleicht beim Näherkommen eines Händlers: «Schau dir diesen an, beachte die sich verschiebenden Farbbänder und diese sporadisch auftretenden Flecken. Unser Bruder vom Handel denkt, dass er vielleicht die einfältigen Mönche betrügen kann. Er erinnert sich gerade daran, Lobsang, dass er das schon einmal gemacht hat. Zu welchen Niederträchtigkeiten sich die Menschen doch um des lieben Geldes willen herablassen!» Als ein alter Mönch des Weges kam, sagte der Lama: «Den beobachte ganz genau, Lobsang. Er ist ein wahrhaft heiliger Mann, aber einer, der alles wortwörtlich in unseren Schriften glaubt. Du kannst das an der Farbveränderung des Gelbs in seinem Heiligenschein sehen. Das bedeutet, dass er noch nicht weit genug fortgeschritten ist, um selbstständig zu urteilen.»

So ging das Tag für Tag weiter. Besonders bei Personen, die krank waren, wandten wir die Kraft des dritten Auges an, sowohl bei körperlichen als auch bei geistigen Krankheiten. Eines Abends sagte der Lama: «Später werden wir dir zeigen, wie du das dritte Auge willkürlich schließen kannst, denn du willst bestimmt nicht ständig die Mängel der Menschen sehen wollen. Es wäre eine unerträgliche Last. Vorläufig gebrauche es die ganze Zeit, so wie du deine physischen Augen gebrauchst. Dann werden wir dich lehren, es zu schließen und bewusst wieder zu öffnen, so wie du es mit deinen anderen Augen tust.»

Vor vielen, vielen Jahren konnten unserer Legende nach alle Männer und Frauen das dritte Auge benutzen. In jenen Tagen wandelten die Götter noch auf der Erde und mischten sich unter die Menschen. Die Menschen wollten die Götter verdrängen und versuchten, sie zu töten; doch sie vergaßen, dass die Götter alles besser sahen als sie. Zur Strafe wurde den Menschen das dritte Auge geschlossen. Im Laufe der Jahrhunderte wurden aber immer wieder mal Menschen mit der Gabe, hellsichtig zu sehen, geboren. Bei den Menschen, die von Natur aus mit dieser Gabe ausgestattet sind, kann diese mithilfe eines angemessenen Verfahrens oder durch eine Behandlung, gleich der meinen, um ein Tausendfaches verstärkt werden. Als eine besondere Fähigkeit musste sie geschätzt und hochgehalten werden.

Eines Tages ließ mich der Abt rufen und sagte: «Mein Sohn, du verfügst nun über diese Fähigkeit. Eine Fähigkeit, die den meisten verwehrt bleibt. Gebrauche sie nur zum Guten, nie zum eigenen Gewinn. Wenn du in fremde Länder gehst, wirst du Menschen begegnen, die es gerne sähen, wenn du dich aufführtest, wie ein Zauberkünstler auf einem Jahrmarkt. ‹Beweise uns dies, beweise uns das›, werden sie sagen. Doch ich sage dir, mein Sohn, lass es nicht soweit kommen. Diese Begabung ist dir gegeben, um anderen zu helfen und nicht, um dich zu bereichern. Was immer du auch mithilfe des Hellsehens sehen wirst – und du wirst vieles sehen! – gebe es auf gar keinen Fall preis, wenn es zum Schaden anderer führen kann oder wenn es sich negativ auf deren Leben auswirken könnte. Der Mensch muss seinen eigenen Weg selbst wählen, mein Sohn. Du kannst ihm empfehlen, was du willst, aber er muss dennoch seinen eigenen Weg gehen. Hilf bei Krankheiten, hilf bei Leiden, ja, doch sage nie etwas, das den Weg einer Person verändern könnte.»

Der Abt war ein sehr gelehrter Mann. Er war der Leibarzt des Dalai Lama. Bevor er die Unterredung beendete, teilte er mir noch mit, dass der Dalai Lama, der mich sehen wollte, mich in den nächsten Tagen kommen lassen würde. Ich sollte für ein paar Wochen zusammen mit meinem Mentor Gast im Potala sein.

Kapitel 8
Der Potala

An einem Montagmorgen teilte mir der Lama Mingyar Dondup mit, der Termin für unsern Besuch im Potala sei bestimmt worden. Ende der Woche sollten wir hingehen. «Das müssen wir proben, Lobsang. Wir müssen sicherstellen, dass unser Auftritt perfekt abläuft», sagte er.

Ich sollte dem Dalai Lama vorgestellt werden, und mein «Auftritt» musste formvollendet sein. In einem kleinen, ungenutzten Tempel in der Nähe von unserem Klassenzimmer befand sich eine lebensgroße Statue des Dalai Lama. Wir begaben uns dahin und taten so, als würden wir zu einer Audienz im Potala gehen.

«Schau zuerst zu, wie ich es mache, Lobsang. Betrete den Raum so, mit niedergeschlagenen Augen. Geh bis hierhin und bleibe ungefähr eineinhalb Meter vor dem Dalai Lama stehen. Strecke zum Gruß deine Zunge heraus und lasse dich auf die Knie nieder. Jetzt pass gut auf; halte deine Arme so nach vorne und verbeuge dich. Einmal, noch einmal, und noch ein drittes Mal. Du kniest mit gesenktem Kopf, dann legst du die Seidenschärpe über seine Füße, so. Dann nimmst du die Haltung mit gesenktem Kopf wieder ein, damit er dir eine Schärpe über den Hals legen kann. Zähle im Geiste bis zehn, damit du keine ungebührliche Hast zeigst, dann steh auf und gehe rückwärts bis zum nächsten unbesetzten Kissen.»

Ich hatte alles genau verfolgt, so wie der Lama es mir mit der Gewandtheit seiner langen Praxis vorgezeigt hatte. Er fuhr fort: «Nur eine kleine Ermahnung hier: Bevor du rückwärtszugehen beginnst, wirf einen schnellen, unauffälligen Blick auf das nächstgelegene Kissen. Wir wollen nicht, dass sich deine Fersen beim Rückwärtsgehen in einem Kissen verheddern und du eine Sturzrolle machen musst, um deinen Hinterkopf zu schützen. In der Aufregung des Augenblicks kann man sehr leicht stolpern. Nun zeig mir, ob du es ebenso gut kannst wie ich!»

Ich verließ den Raum. Der Lama klatschte in die Hände als Zeichen, dass ich eintreten sollte. Ich eilte hinein, wurde jedoch sogleich wieder gestoppt.

«Lobsang, Lobsang, veranstaltest du hier ein Wettrennen? Mach es noch einmal, aber diesmal etwas langsamer. Gib dir den Takt für deine Schritte vor, indem du ‹Om-ma-ni-pad-me-Hum› vor dich hin sagst. Dann kommst du wie ein würdiger junger Priester herein und nicht wie ein galoppierendes Rennpferd aus der Tsang-Po-Ebene.»

Noch einmal ging ich hinaus, diesmal kam ich ganz gesetzt herein und schritt auf die Statue zu. Mit dem tibetischen Gruß, mit vorgestreckter Zunge, kniete ich nieder. Meine drei Verbeugungen müssen mustergültig gewesen sein. Ich war stolz auf sie. Doch – du meine Güte! Ich hatte die Schärpe ganz vergessen! So ging ich einmal mehr hinaus, um noch einmal von vorne zu beginnen. Dieses Mal machte ich es richtig und legte die Schärpe zu Füßen der Statue nieder. Ich ging rückwärts, und es gelang mir, ohne zu stolpern, mich in die Lotusposition niederzusetzen.

«So, jetzt kommen wir zum nächsten Schritt. Du musst deinen Holztrinkbecher im linken Ärmel verbergen. Du bekommst Tee, wenn du dich gesetzt hast. Den Becher hält man so, festgeklemmt zwischen dem Ärmel und dem Unterarm. Wenn du vorsichtig bist, wird er nicht herausfallen. Wir wollen das mit dem Becher im Ärmel üben, und vergiss die Schärpe nicht.»

Die ganze Woche hindurch probten wir jeden Morgen, sodass ich es wie im Schlaf konnte. Zuerst fiel der Becher immer wieder heraus und hüpfte über den Boden, wenn ich mich verneigte, doch bald lernte ich den Kniff. Am Freitag musste ich vor dem Abt erscheinen, um auch ihm mein Können vorzuführen. Er sagte lobend, meine Darbietung sei «ein würdiger Tribut an die gute Unterweisung unseres Bruders Mingyar Dondup».

Am nächsten Morgen, am Samstag, machten wir uns zu Fuß auf den Weg. Wir stiegen von unserem Berg hinab und gingen hinüber zum Potala. Unser Lamakloster war ein Teil der Potala-Organisation, obwohl es sich auf einem eigenen Berg nahe den dazugehörenden Hauptgebäuden befand. Unser Lamakloster war bekannt als der Tempel der Medizin und als Medizin-Hochschule. Unser Abt war der einzige Leibarzt des Dalai Lama. Eine keineswegs beneidenswerte Position, da seine Aufgabe nicht darin bestand, eine Krankheit zu heilen, sondern den Dalai Lama bei guter Gesundheit zu erhalten. Jede Erkrankung oder Unpässlichkeit wurde daher als Folge einer Unterlassung seitens des Arztes angesehen. Doch der Abt konnte nicht hingehen, wann er wollte, um den Dalai Lama zu untersuchen, sondern er musste warten, bis er gerufen wurde, wenn der Patient krank war!

An jenem Samstag dachte ich allerdings nicht an die Sorgen des Arztes. Ich hatte genug eigene. Am Fuße unseres Berges bogen wir durch das Gedränge der schaulustigen Reisenden und Pilger in Richtung Potala ab. Diese Menschen waren aus allen Gegenden Tibets gekommen, um den Sitz des Erhabenen, wie wir den Dalai Lama nennen, zu bewundern. Wenn sie von ihm auch nur einen flüchtigen Blick erhaschen konnten, gingen sie mit dem Gefühl nach Hause, für die Beschwerlichkeiten und die lange Reise, die sie auf sich genommen hatten, mehr als belohnt zu sein. Manche Pilger waren monatelang zu Fuß unterwegs, um dem Heiligen der Heiligen diesen einen Besuch abzustatten. Unter ihnen befanden sich sowohl Bauern als auch Adelige aus entfernten Provinzen, Schäfer, Handelsleute und Kranke, die hofften, in Lhasa geheilt zu werden. Alle drängten durch die Straßen und absolvierten den annähernd zehn Kilometer langen Rundgang am Fuße des

Potala. Manche bewegten sich auf Händen und Knien fort, andere streckten sich der Länge nach auf dem Boden hin, erhoben sich und streckten sich wieder der Länge nach hin. Wieder andere, die Kranken und die Gebrechlichen, humpelten an zwei Stöcken entlang oder wurden von Freunden gestützt. Überall standen Verkäufer. Einige verkauften heißen gebutterten Tee, den sie in einem freihängenden Kessel über einem Feuerbecken erhitzten. Andere verkauften Esswaren aller Art. Es gab auch Talismane und Amulette zu kaufen, angeblich von einer «heiligen Inkarnation gesegnet». Alte Männer standen herum und verkauften den Leichtgläubigen bereits fertiggedruckte Horoskope. Weiter unten in der Straße versuchten ein paar hoffnungsfrohe Männer, Handgebetsmühlen als Andenken an den Potala zu verkaufen. Auch Schreiber waren vor Ort, die für eine bestimmte Summe eine Bescheinigung ausstellten, um zu bestätigen, dass derjenige, der sie bezahlte, Lhasa und alle anderen heiligen Plätze dort besucht habe. Doch wir hatten keine Zeit für solche Sachen, unser Ziel war der Potala.

Die Privatresidenz des Dalai Lama befand sich in der obersten Etage des Gebäudes, denn niemand darf höher wohnen als er. Eine riesige Steintreppe führt an der Außenseite der Potala-Gebäude den ganzen Weg nach oben. Sie ist mehr wie eine Straße aus Stufen als nur eine Treppe. Viele der höheren Beamten reiten mit ihren Pferden hinauf, um sich selbst das Treppensteigen zu ersparen. Wir begegneten vielen solchen Reitern, als wir hinaufstiegen. An einer Stelle, hoch oben, blieb mein Mentor stehen und zeigte hinüber: «Schau, Lobsang, dort drüben ist dein früheres Zuhause. Die Bediensteten sind im Hof fleißig an der Arbeit.»

Ich schaute hinüber, und vielleicht wäre es besser, das, was ich fühlte, ungesagt zu lassen. Meine Mutter ritt eben mit ihrem Gefolge von Angestellten aus. Tzu war auch dort. Nein, meine Gedanken gehörten in jenem Augenblick nur mir.

Der Potala ist eine eigenständige Stadtgemeinde auf einem kleinen Berg. Von hier aus werden alle kirchlichen und weltlichen Angelegenheiten Tibets geregelt. Dieses Gebäude oder dieser ganze Gebäudekomplex ist das lebendige Herz des Landes. Er ist der Mittelpunkt aller Gedanken und aller Hoffnungen. Hinter diesen Mauern befinden sich Schatzkammern, in denen Goldblöcke, unzählige Säcke mit Edelsteinen und seltene Stücke aus frühester Zeit lagern. Die heutigen Gebäude sind nur etwa dreihundertfünfzig Jahre alt, doch sie wurden auf den Grundmauern eines früheren Palastes errichtet. Lange davor stand eine Festungsanlage auf dem Berg. Tief unten im Innern des Berges, der vulkanischen Ursprungs ist, befindet sich eine riesige Höhle, von der sich Gänge verzweigen, und am Ende des einen Gangs liegt ein See. Nur ganz wenige, nur die privilegiertesten, sind je dort gewesen oder wissen überhaupt etwas davon.

Doch wir stiegen draußen im Morgensonnenlicht die Treppenstufen hinauf. Überall hörten wir das Klappern von Gebetsmühlen – der einzigen Form von Rad in Tibet, denn eine alte Prophezeiung besagt; der Friede würde uns verlassen, wenn die Räder ins Land kommen. Schließlich, oben angekommen, schwangen die mächtig großen Wächter die goldenen Tore auf, als sie den Lama Mingyar Dondup erkannten. Wir gingen weiter, bis wir den höchsten Punkt des Daches erreichten, wo sich die Grabmäler der früheren Inkarnationen des Dalai Lama und die Privatresidenz des Dalai Lama befanden. Ein großer kastanienbrauner Vorhang aus Yakwolle verdeckte den Eingang. Er wurde bei unserem Näherkommen zur Seite geschoben, und wir betraten eine große Halle, die von grünen Porzellandrachen bewacht wurde. Viele kostbare Teppiche hingen an den Wänden, auf denen religiöse Szenen und alte Legenden dargestellt waren. Auf niederen Tischen standen Gegenstände, die ein Sammlerherz erfreut hätten; Figürchen verschiedener Götter und Göttinnen der Mythologie und Zierstücke aus Emaille. Bei einem Eingang, der mit einem Vorhang versehen war, lag auf einem Regal das Buch der Adeligen. Am liebsten hätte ich es geöffnet und unsere Namen darin gelesen, um mir Mut zu machen, denn an diesem Tag und in dieser Umgebung fühlte ich mich sehr klein und unbedeutend. Im Alter von acht Jahren hatte ich keine Illusionen mehr und fragte mich, warum der Höchste im Lande mich überhaupt sehen wollte. Ich wusste, dass das ziemlich ungewöhnlich war, doch ich nahm an, das alles würde mir neuerliche harte Arbeit eintragen, harte Arbeit oder Mühsale.

Ein Lama in einer kirschroten Robe und einer goldenen Stola auf den Schultern unterhielt sich mit meinem Mentor, der hier, wie auch sonst überall, wo ich mit ihm hingekommen war, sehr gut bekannt zu sein schien. Ich hörte ihn sagen: «Seine Heiligkeit bekundet ein großes Interesse an ihm und er wünscht eine Privataudienz mit ihm, allein.»

Mein Mentor wandte sich an mich und sagte: «Es ist Zeit für dich, hineinzugehen, Lobsang. Ich werde dir die Türe zeigen, dann gehst du hinein, allein, und tust so, als ob du wieder üben würdest, so wie wir es die ganze letzte Woche miteinander geübt haben.» Er legte den Arm um meine Schultern, führte mich zur Türe und flüsterte: «Du brauchst dir keine Sorgen zu machen – geh jetzt hinein!»

Mit einem leichten Stoß in den Rücken schob er mich hinein, blieb stehen und beobachtete mich. Ich trat durch die Tür, und dort, am anderen Ende eines langen Raumes, saß Seine Heiligkeit, der Dreizehnte Dalai Lama.

Er saß auf einem safrangelben Seidenkissen. Sein Gewand glich dem eines gewöhnlichen Lama, doch auf dem Kopf trug er einen hohen gelben Hut mit Flügeln, die ihm bis an die Schultern reichten. Er legte eben ein Buch beiseite. Ich senkte den Kopf und lief nach vorne, bis ich mich etwa eineinhalb Meter vor ihm befand, dann kniete ich nieder und verneigte mich dreimal. Mein Mentor hatte mir noch die Seidenschärpe übergeben, bevor ich eingetreten war, nun legte ich sie zu Füßen des Erhabenen nieder. Er beugte sich vor und legte seine Schärpe über meine Handgelenke, statt, wie es üblich war, um meinen Hals. Mir war nun ein wenig bange, da ich rückwärts bis zum nächsten Kissen gehen musste, und ich hatte bemerkt, dass sie alle ziemlich weit weg an den Wänden lagen. Der Dalai Lama sprach zum ersten Mal: «Die Kissen sind viel zu weit weg, als dass du rückwärts dahin gehen könntest. Dreh dich um und bring eines her, damit wir uns miteinander unterhalten können.» Ich tat es und kehrte mit einem Kissen zurück. Er sagte: «Leg es hier vor mich hin und nimm Platz.»

Als ich mich gesetzt hatte, sagte er: «Nun, junger Mann, ich habe sehr Bemerkenswertes über dich gehört. Du bist von Natur aus hellsichtig, und deine hellseherische Kraft wurde noch durch die Erschließung des dritten Auges verstärkt. Ich habe die Unterlagen deiner früheren Inkarnation eingesehen. Ich weiß auch über deine astrologischen Voraussagen Bescheid. Du wirst es am Anfang schwer haben, aber am Ende wirst du Erfolg haben. Du wirst viele fremde Länder auf der ganzen Welt bereisen, Länder, von denen du noch nie etwas gehört hast. Du wirst Tod und Zerstörung sehen und Grausamkeiten, solche, wie du sie dir nicht vorstellen kannst. Der Weg wird lang und hart sein, doch, wie vorausgesagt, wirst du erfolgreich sein.»

Ich wusste nicht, warum er mir das erzählte. Ich wusste das alles schon, Wort für Wort, und ich hatte es schon gewusst, seit ich sieben Jahre alt war. Ich wusste genau, dass ich Medizin und Chirurgie in Tibet studieren würde, und dann nach China ginge und die gleichen Fächer noch einmal studierte.

Doch der Erhabene sprach weiter. Er warnte mich davor, Beweise für meine ungewöhnlichen übersinnlichen Fähigkeiten zu geben. Außerdem solle ich nicht über das Ich oder die Seele sprechen, wenn ich in der westlichen Welt bin. «Ich war in Indien und in China», sagte er, «in diesen Ländern kann man über die Größere Wirklichkeit sprechen, doch ich bin vielen aus dem Westen begegnet. Ihre Werte sind nicht die unseren, sie beten den Handel an und das Gold. Ihre Wissenschaftler fordern: ‹Zeige uns die Seele. Führe sie uns vor. Lass sie uns in Händen halten, wägen und mit Säuren untersuchen. Erkläre uns ihre molekulare Struktur und ihre chemischen Reaktionen. Wir müssen Beweise und nichts als Beweise und nochmals Beweise haben›, werden sie dir sagen, ohne sich darum zu kümmern, dass ihre negative Einstellung und ihr Misstrauen sie jeder Möglichkeit beraubt, diesen Beweis zu erhalten. Doch wir wollen jetzt Tee trinken.»

Er schlug leicht einen Gong an. Daraufhin erschien ein Lama, bei dem er Tee bestellte. Dieser kehrte kurz darauf mit dem Tee und besonderen, aus Indien importierten Speisen zurück. Während wir aßen, redete der Erhabene. Er erzählte mir von Indien und von China. Er sagte, er wünsche, dass ich fleißig lerne, und er wolle für mich besondere Lehrer auswählen.

Da konnte ich mich nicht länger zurückhalten und platzte heraus: «Oh, niemand kann mehr wissen als mein Lehrer, der Lama Mingyar Dondup!»

Der Dalai Lama sah mich an, dann legte er den Kopf zurück und lachte unbändig. Wahrscheinlich hatte noch nie jemand so zu ihm gesprochen, keinesfalls ein achtjähriger Knabe. Doch es schien ihm zu gefallen.

«So, du meinst also, Mingyar Dondup sei der richtige, nicht wahr? Dann sag mir aufrichtig deine Meinung über ihn, du junger Kampfhahn!»

«Erhabener», antwortete ich, «Sie haben gesagt, ich hätte bemerkenswerte hellseherische Kräfte. Der Lama Mingyar Dondup ist der beste Mensch, den ich je gesehen habe.»

Der Dalai Lama lachte wieder und schlug den Gong an seiner Seite an. «Ich bitte Mingyar hereinzukommen», sagte er dem Lama, der daraufhin erschien.

Mein Mentor trat ein und brachte dem Erhabenen seine Verbeugungen dar.

«Hol dir ein Kissen, Mingyar, und nimm Platz», sagte der Dalai Lama. «Dir wurde von diesem jungen Mann hier gerade dein Charakter beschrieben, und ich bin völlig mit ihm einverstanden.»

Mein Mentor setzte sich neben mich, und der Dalai Lama fuhr fort: «Du hast zugesagt, die volle Verantwortung für Lobsang Rampas Ausbildung zu übernehmen. Plane sie in deinem Sinne, und zähle auf mich, wenn du Empfehlungsschreiben benötigst. Ich möchte ihn gerne von Zeit zu Zeit sehen.»

Er wandte sich wieder an mich und sagte: «Du hast gut gewählt, junger Mann. Dein Mentor ist ein alter Freund von mir aus früheren Tagen, und er ist ein wahrer Meister des Okkulten.»

Es wurden noch ein paar Worte gewechselt, dann standen wir auf, verbeugten uns und verließen den Raum. Ich bemerkte, dass mein Mentor insgeheim sehr zufrieden war mit mir, oder mit dem Eindruck, den ich hinterlassen hatte.

«Wir werden ein paar Tage hierbleiben und ein paar weniger bekannte Gebäudeteile erkunden», sagte er. «Manche der unteren Gänge und Räume wurden seit den letzten zweihundert Jahren nie mehr geöffnet. Du wirst von der Geschichte Tibets viel aus diesen Räumen erfahren.»

Einer der Lama-Bediensteten – es gab in der Residenz des Dalai Lama niemand unter diesem Rang – kam auf uns zu und sagte, wir bekämen jeder ein Zimmer hier im obersten Stockwerk. Er zeigte sie uns, und ich war hell begeistert von der Aussicht über Lhasa und das ganze Lhasatal. Der Lama-Bedienstete sagte: «Seine Heiligkeit hat angeordnet, ihr möget kommen und gehen, wie es euch beliebt, und keine Türe soll vor euch verschlossen bleiben.»

Mein Mentor trug mir auf, mich für eine Weile hinzulegen. Die Narbe am linken Bein machte mir noch immer sehr große Schwierigkeiten. Sie schmerzte und ich hinkte beim Gehen. Eine Zeitlang hatte man befürchtet, ich würde zeitlebens mit dieser Behinderung leben müssen. Ich ruhte mich eine Stunde aus, dann kam mein Mentor herein und brachte Tee und etwas zu Essen mit. «Es ist Zeit, ein paar Löcher zu stopfen, Lobsang. Man kriegt hier genug, also wollen wir es uns gutgehen lassen.»

Ich brauchte keine weitere Aufforderung dazu. Als wir unsere Mahlzeit beendet hatten, führte mich der Lama Mingyar Dondup aus dem Zimmer in einen anderen Raum auf der entgegengesetzten Seite des flachen Daches. Hier hatten die Fenster zu meinem großen Erstaunen keine Bespannung aus geöltem Stoff, sondern sie waren von einem Nichts ausgefüllt, das gerade noch so sichtbar war. Ich streckte ganz vorsichtig die Hand danach aus und berührte das sichtbare Nichts. Zu meiner Überraschung war es kalt, beinahe so kalt wie Eis und glatt. Jetzt dämmerte es mir: Glas! Ich hatte Glas nie vorher in Scheiben gesehen. Wir hatten zwar für unsere Drachenschnüre zerkleinertes Glas verwendet, doch das war dick und farbig gewesen und man konnte nicht deutlich hindurchsehen. Aber dieses hier, das war wie Wasser.

Doch das war noch nicht alles. Mein Mentor öffnete das Fenster und nahm ein Messingrohr auf, das wie ein mit Leder überzogenes Stück einer Trompete aussah. Er nahm das Rohr und zog daran, und vier Teile erschienen, jedes kam aus dem vorhergehenden heraus. Er lachte über mein verwundertes Gesicht. Danach streckte er das eine Ende des Rohres aus dem Fenster und brachte das andere Ende nahe an sein Gesicht heran. Ah, dachte ich, es ist ein Instrument, auf dem er gleich spielen wird. Doch er führte das Endstück nicht an den Mund, sondern an sein Auge. Er tat allerhand an dem Rohr, dann sagte er: «Komm her, schau mal hier durch, Lobsang, schau mit dem rechten Auge, das andere halte geschlossen.»

Ich schaute und wäre vor Schreck beinahe umgefallen. Durch das Rohr kam ein Mann auf einem Pferd direkt auf mich zugeritten. Ich sprang zur Seite und schaute mich um. Im Zimmer war niemand außer dem Lama Mingyar Dondup, der sich vor Lachen schüttelte. Ich sah ihn argwöhnisch an und dachte, er hätte mich verzaubert. «Seine Heiligkeit sagte, Sie seien ein Meister des Okkulten», bemerkte ich, «aber müssen Sie sich denn so über Ihren Schüler lustig machen?»

Er lachte noch mehr und riet mir, noch einmal hindurchzuschauen. Ich tat es mit großem Misstrauen. Mein Mentor bewegte das Rohr ein wenig, sodass ich einen anderen Ausschnitt sah. Ein Teleskop! Noch nie zuvor hatte ich eines gesehen. Und nie werde ich den Anblick des Mannes auf dem Pferd vergessen, der durch das Rohr auf mich zugeritten kam. Oft muss ich daran denken, wenn jemand im Westen bei einer Stellungnahme über das Okkulte «unmöglich!» sagt. Für mich war das hier «unmöglich».

Der Dalai Lama hatte bei seiner Rückkehr aus Indien einige Teleskope mitgebracht. Er liebte es sehr, die Gegend durch sie zu betrachten. Ich sah hier auch zum ersten Mal in einen Spiegel. Zuerst erkannte ich das garstige Geschöpf gar nicht, das ich erblickte. Ich sah einen kleinen Jungen mit einem blassen Gesicht, der mitten auf der Stirn eine große rote Narbe hatte und eine unleugbar markante Nase. Ich hatte zwar mein Abbild früher einmal, aber nur undeutlich, im Wasser gesehen, doch dieses hier war zu deutlich. Ich habe mich seither nie mehr mit Spiegeln abgegeben.

Man könnte meinen, Tibet sei ein eigenartiges Land; ohne Glas, ohne Teleskope und Spiegel. Doch hier brauchten die Leute solche Dinge nicht, noch brauchten sie Räder. Räder werden zur Beschleunigung und für die sogenannte Zivilisation geschaffen. Wir aber haben schon lange erkannt, dass in der Hektik eines kommerziellen Lebens für die geistigen Dinge keine Zeit mehr bleibt. Unsere physische Welt hat sich hier in einem gemächlicheren Tempo entwickelt, sodass unser esoterisches Wissen erweitert und vertieft werden konnte. Wir kennen schon seit Jahrtausenden die Wahrheit über das Hellsehen, die Telepathie und die anderen Bereiche der Metaphysik. Es ist wirklich wahr, dass viele Lamas nackt im Schnee sitzen und allein durch Gedankenkraft den Schnee um sich herum zum Schmelzen bringen können, aber solche Fähigkeiten werden nicht zum Spaß den Sensationslüsternen vorgeführt. Manche Lamas, die Meister des Okkulten sind, können tatsächlich levitieren, doch sie offenbaren ihre Kräfte nicht, um damit naive Zuschauer zu unterhalten. Der Lehrer in Tibet vergewissert sich immer, dass sein Schüler moralisch geeignet ist, bevor er ihm solche Kräfte anvertraut. Und da sich der Lehrer der moralischen Integrität des Schülers absolut sicher sein muss, werden die metaphysischen Kräfte niemals missbraucht, da sie nur den richtigen Personen gelehrt werden. Diese Kräfte sind in keiner Weise etwas Magisches, sie sind lediglich das Ergebnis umgesetzter Naturgesetze.

In Tibet entwickeln sich manche am besten in einer Gemeinschaft, während andere sich in die Einsamkeit zurückziehen. Diese Letzteren ziehen sich in weit entlegene Lamaklöster zurück oder begeben sich in eine Eremitenzelle. Diese Eremitenzelle ist eine kleine Behausung, meist am Hang eines Berges gebaut. Die Steinmauern sind sehr dick, etwa eineinhalb bis zwei Meter, damit kein Geräusch von außen in den Raum dringen kann. Der Einsiedler betritt die Zelle auf eigenen Wunsch, und der Eingang wird zugemauert. Der Innenraum ist ohne Licht und ohne Einrichtungsgegenstände, nur die nackte Steinkammer. Einmal am Tag wird ihm durch eine lichtgeschützte und schalldichte Klappe Essen hineingereicht. Hier bleibt der Einsiedler fürs erste drei Jahre, drei Monate und drei Tage lang. Er meditiert über den Sinn des Lebens und über den Sinn des Menschseins. Er darf die Zelle unter gar keinen Umständen mit seinem physischen Körper verlassen, egal welchen Beweggrund er hat. Während den letzten Monaten seines Aufenthalts wird in das Dach seiner Zelle ein kleines Loch gemacht, damit ein dünner Lichtstrahl einfallen kann. Dieses Loch wird täglich vergrößert, sodass sich die Augen des Einsiedlers langsam an das Licht gewöhnen können. Andernfalls würde er unmittelbar erblinden, wenn er herauskommt. Sehr häufig kehren diese Männer schon nach wenigen Wochen wieder in ihre Zelle zurück und bleiben ihr Leben lang darin. Eine solche Existenz ist nicht etwa frucht- oder wertlos, wie man meinen könnte. Der Mensch ist ein geistiges Wesen, ein Geschöpf aus einer anderen Welt, und wenn er sich einmal von den Fesseln des physischen Körpers befreien kann, kann er die Welt als Geist bereisen und anderen durch Gedanken helfen. Gedanken sind, wie wir in Tibet wohl wissen, Energiewellen. Materie ist verdichtete Energie. Es sind Gedanken, die zielgerichtet und teilweise verdichtet, bewirken können, dass sich ein Gegenstand «mittels Gedanken» bewegt.

Gedanken, auf eine andere Weise gelenkt, können zu Telepathie führen und eine Person in einiger Entfernung dazu veranlassen, eine bestimmte Handlung auszuführen. Ist dies denn so schwer zu glauben in einer Welt, in der es als alltäglich betrachtet wird, wenn ein Fluglotse in ein Mikrofon spricht, um einem Piloten die Landung seines Flugzeuges zu ermöglichen, obwohl er den Boden nicht sieht? Mit etwas Übung und ohne Skepsis könnte der Mensch das auch auf telepathischem Wege erreichen, anstatt sich eines störanfälligen Apparates zu bedienen.

Meine eigene esoterische Entwicklung erforderte diese lange Zurückgezogenheit in völliger Dunkelheit nicht. Man wandte eine andere Methode an, die für die Mehrheit der Männer, die Einsiedler werden wollen, nicht zugänglich ist. Meine Ausbildung wurde auf eine ganz bestimmte Aufgabe ausgerichtet, und das auf direktem Geheiß des Dalai Lama. Mir wurde ganz spezifisches Wissen sowohl über Hypnose als auch über andere Methoden gelehrt, die in einem Buch wie diesem nicht besprochen werden können. Ich kann hierzu nur das sagen, dass mir mehr Aufklärung und Informationen zuteilwurden, als ein durchschnittlicher Einsiedler in einem sehr langen Leben erwirbt. Mein Besuch im Potala stand im Zusammenhang mit den ersten Stufen dieser Ausbildung, doch darüber später mehr.

Ich war begeistert von dem Teleskop. Ich sah immer wieder hindurch, um mir die Orte anzusehen, die ich so gut kannte. Mein Mentor erklärte mir sein Prinzip in allen Einzelheiten, damit ich begriff, dass hier keine Zauberei im Spiel war, sondern ganz normale Naturgesetze.

Mir wurde alles erklärt, nicht nur das Teleskop, sondern auch, weshalb etwas auf eine bestimmte Weise funktionierte. Ich konnte nie sagen: «Oh, das ist ja Zauberei!», denn mir wurde immer die Gesetzmäßigkeit erklärt, die dem Vorgang zugrunde lag. Einmal während dieses Besuches führte er mich in ein vollständig verdunkeltes Zimmer und sagte: «Nun stell dich hierhin, Lobsang, und beobachte dort die weiße Wand.» Dann blies er die Flamme der Butterlampe aus und hantierte am Fensterladen herum. Plötzlich erschien vor mir an der Wand ein Bild von Lhasa, aber verkehrt herum! Erstaunt schrie ich auf über den Anblick der Männer, der Frauen und der Yaks, die kopfüber entlangliefen. Plötzlich tanzte das Bild und alles drehte sich in die richtige Lage. Die Erklärungen über die «Lichtbrechung» verwirrten mich mehr als irgendetwas anderes. Wie konnte man Licht brechen? Man hatte mir Methoden gezeigt, wie man Gläser und Wasserkrüge mit einer stummen Pfeife zerbrechen konnte. Das war ziemlich einfach und keinen weiteren Gedanken wert, aber «Licht brechen»! Erst als er einen speziellen Apparat aus einem anderen Raum holte, bei dem das Licht einer Lampe durch verschiedene Scheiben geleitet wurde, begann ich den Vorgang zu begreifen. Da sah ich, wie sich die Strahlen brachen, und danach wunderte ich mich über nichts mehr.

Die Lagerräume im Potala waren vollgestopft mit wunderschönen Statuen, mit alten Büchern und mit wunderschönen Wandgemälden, auf denen religiöse Darstellungen abgebildet waren. Die sehr, sehr wenigen westlichen Gäste, die das eine oder andere davon schon gesehen haben, halten sie für unsittlich und unzüchtig. Auf einem Wandgemälde waren ein männlicher und ein weiblicher Geist in enger Umarmung dargestellt, doch die Bedeutung dieser Bilder ist keineswegs obszön gemeint, und kein Tibeter würde sie als solche ansehen. Die beiden nackten Gestalten in ihrer Umarmung sollen in übertragenem Sinne die Verzückung ausdrücken, die aus der Vereinigung von Erkenntnis und rechtem Leben folgt. Ich muss gestehen, dass auch ich über alle Massen entsetzt war, als ich zum ersten Mal den an ein Kreuz genagelten und gemarterten Mann sah, den die Christen als ihr Sinnbild verehrten. Es ist sehr schade, dass wir alle dazu neigen, die Völker anderer Länder nach unseren eigenen Normen zu beurteilen.

Seit Jahrhunderten sind aus den verschiedensten Ländern Geschenke für den jeweiligen Dalai Lama im Potala eingetroffen. Beinahe alle diese Geschenke sind in Räumen aufbewahrt, und ich verbrachte eine wunderbare Zeit damit, deren Eindrücke mithilfe der Psychometrie zu sammeln und herauszufinden, aus welchen Gründen diese Gegenstände überhaupt hierher geschickt worden waren. Es war in der Tat eine Motiv-Schulung. Nachdem ich den aus dem Gegenstand gewonnenen Eindruck beschrieben hatte, las mir mein Mentor aus einem Buch vor, in dem dessen Geschichte genau niedergeschrieben war und was danach mit ihm geschah.

Es freute mich wirklich, als er immer häufiger sagte: «Ja, du hast ganz recht, Lobsang, du machst deine Sache sehr gut.»

Bevor wir den Potala verließen, besichtigten wir noch einen der unterirdischen Tunnel. Ich sollte nur diesen einen besuchen, wurde mir gesagt, da ich die anderen zu einem späteren Zeitpunkt noch sehen würde. Wir nahmen brennende Fackeln mit und stiegen vorsichtig über so etwas wie Stufen hinab, die mir endlos erschienen, und wir gingen den schlüpfrig-glatten Felsdurchgängen entlang. Diese Tunnel, so erfuhr ich, seien vor unzähligen Jahrhunderten durch vulkanische Prozesse entstanden. An den Wänden waren sonderbare geometrische Figuren und Zeichnungen angebracht, die ganz ungewohnte Szenen darstellten. Mein Interesse galt mehr dem unterirdischen See, der sich von einem der Tunnelenden aus, wie ich gehört hatte, viele Kilometer weit erstrecken soll. Schließlich betraten wir einen Tunnel, der immer breiter und weiter wurde, bis plötzlich die Decke verschwand, wohin das Licht unserer Fackeln nicht mehr reichte. Nach ein paar weiteren hundert Metern standen wir am Rande eines Gewässers, eines, wie ich es zuvor noch nie gesehen hatte. Es war schwarz und still. Die Schwärze ließ es beinahe unsichtbar erscheinen und glich eher einer bodenlosen Grube als einem See. Nicht eine Welle kräuselte seine Oberfläche, kein Laut brach die Stille. Der Felsen, auf dem wir standen, war ebenfalls schwarz. Er glänzte im Lichte der Fackeln, und auf der einen Seite glitzerte etwas an der Wand. Ich ging hinüber und sah, dass sich dort im Felsen eine breite eingelagerte Goldader befand, die mir von meinen Knien bis zum Hals reichte und vielleicht viereinhalb bis sechs Meter lang war. Durch die große Hitze war sie einst geschmolzen und aus dem Felsen getreten und hatte bei deren Abkühlung Klumpen gebildet wie goldenes Kerzenwachs.

Der Lama Mingyar Dondup brach das Schweigen: «Dieser See ist fünfundsechzig Kilometer lang und führt in den Fluss Tsang-Po. Vor vielen Jahren fertigten ein paar verwegene Mönche ein Holzfloß an und Ruder, um damit den See zu erkunden. Sie nahmen einen Vorrat an Fackeln mit und stießen vom Ufer ab. Sie ruderten mehrere Kilometer den See entlang und gelangten in eine noch größere Höhle, wo sie weder Wände noch Decke sehen konnten. Sie paddelten mit leichten Ruderstößen weiter, ohne sich der Richtung sicher zu sein.»

Ich hörte zu und stellte mir das alles lebhaft vor.

Der Lama fuhr fort: «Sie hatten sich verirrt, sie wussten nicht mehr, wo vorne oder wo hinten war. Plötzlich schlingerte das Floß. Ein Windstoß löschte ihre Fackeln aus, und sie befanden sich in völliger Dunkelheit. Sie meinten, ihr zerbrechliches Gefährt sei in den Griff der Wasserdämonen geraten. Es drehte sie herum und ließ sie schwindlig und seekrank werden. Sie klammerten sich an den Seilen fest, die das Holz zusammenhielten. Durch die heftigen Bewegungen des Floßes spülte es kleine Wellen über sie hinweg, und sie wurden durch und durch nass. Immer schneller trieb es sie vorwärts, und sie glaubten, ein unbarmherziger Riese hätte sie gepackt und liefere sie unaufhaltsam ihrem Untergang aus. Wie lange sie unterwegs waren, konnten sie nicht sagen. Es gab kein Licht. Es war stockfinster, so finster, wie es oben auf der Erde niemals ist. Es folgten scharrende, kratzende Geräusche und wuchtige Stöße und das Floß stieß krachend mal da und dort hinein. Sie wurden vom Floß geschleudert und von der Strömung unter Wasser gezogen. Manche hatten gerade noch Zeit, um etwas Luft zu holen, andere hatten nicht so viel Glück. Ein Licht war zu sehen, grünlich und unbestimmt. Es wurde heller. Sie wurden herumgewirbelt und herumgeworfen, und schossen dann ins helle Sonnenlicht hinaus.

Zwei von ihnen gelang es, halb ertrunken, zerschunden und blutend das Ufer zu erreichen. Von den drei anderen fehlte jede Spur. Einige Stunden lagen sie dort zwischen Leben und Tod. Schließlich raffte sich einer auf, um sich umzusehen. Doch er brach vor Schreck beinahe wieder zusammen. Der Potala lag weit entfernt von ihnen. Rings um sie herum befanden sich grüne Wiesen mit weidenden Yaks. Zuerst meinten sie, sie seien tot, und dies sei ein tibetischer Himmel. Dann hörten sie Schritte neben sich, und ein Schäfer blickte auf sie herab. Er hatte die treibenden Holzstücke des Floßes entdeckt, und er war gekommen, um sie für den Eigengebrauch einzusammeln. Schließlich gelang es den beiden Mönchen, den Mann davon zu überzeugen, dass sie Mönche seien. Ihre Roben waren ihnen buchstäblich vom Leibe gerissen worden. Er erklärte sich bereit, sich zum Potala aufzumachen, um Hilfe und Tragbahren zu holen. Seit jenem Tag hat man nicht mehr viel unternommen, um den See zu erforschen. Es ist nur bekannt, dass es etwas weiter hinten, nicht in Reichweite unserer Fackeln, Inseln gibt. Eine von ihnen wurde erkundet, und was dort gefunden wurde, wirst du später erfahren, wenn du eingeweiht bist.»

Ich dachte an all das und wünschte mir, ich hätte ein Floß, um den See damit zu erforschen. Mein Mentor, der meinen Gesichtsausdruck beobachtet hatte, lachte plötzlich und sagte: «Ja, das wäre wirklich ein Vergnügen, den See zu erforschen, doch warum sollen wir unsere Körper zugrunde richten, wenn wir diese Nachforschungen auch auf astralem Weg durchführen können! Du kannst es, Lobsang. In wenigen Jahren wirst du soweit sein, zusammen mit mir den See zu erforschen und einen Beitrag zu dem bereits vorhandenen Wissen zu leisten. Doch vorläufig lerne, mein Junge, lerne! Für uns beide.»

Unsere Fackeln flackerten und drohten auszugehen, und ich hatte den Eindruck, dass wir sehr bald blind und im Dunkeln durch die Tunnel tappen müssten. Als wir dem See den Rücken kehrten, dachte ich noch, wie dumm von uns, dass wir keine Reservefackeln mitgenommen haben. In diesem Augenblick ging mein Mentor auf eine Wand zu und tastete an ihr herum. Aus einer verborgenen Nische zog er neue Fackeln hervor und zündete sie an unseren an, die nun beinahe erloschen waren.

«Wir heben hier neue Fackeln auf, denn sonst wäre es schwer, im Dunkeln den Rückweg zu finden. Nun aber wollen wir gehen.»

Mühsam stiegen wir die abschüssigen Tunnelgänge wieder hinauf. Hin und wieder blieben wir stehen, um Atem zu schöpfen und die eine oder andere Wandzeichnung zu betrachten. Ich verstand sie nicht. Es schienen Riesen zu sein, und es waren so merkwürdige Maschinen abgebildet, die völlig jenseits meines Verständnisses lagen. Ich betrachtete meinen Mentor, dem, das konnte ich sehen, offenbar diese Zeichnungen und auch die unterirdischen Tunnel völlig vertraut waren. Ich hoffte sehr, auf eine erneute Besichtigung hier unten. Das Ganze umgab ein Geheimnis, und sobald ich von einem Geheimnis hörte, wollte ich ihm auf den Grund gehen. Die Vorstellung, jahrelang an einer Lösung herumzuraten, vertrug ich nie, wenn es eine Chance gab, die Antwort darauf zu finden – selbst auf Kosten großer Gefahr.

Meine Gedanken wurden unterbrochen, als der Lama sagte: «Lobsang! Du brummst vor dich hin wie ein alter Mann. Wir haben nur noch ein paar Stufen vor uns, und dann sind wir wieder am Tageslicht. Wir werden aufs Dach hinaufsteigen und mit dem Teleskop die Stelle suchen, wo damals diese Mönche gestrandet sind.»

Als wir auf dem Dach ankamen und durch das Teleskop schauten, fragte ich mich, warum wir nicht die fünfundsechzig Kilometer hinreiten könnten, um die Stelle vor Ort in Augenschein zu nehmen. Der Lama Mingyar Dondup erklärte jedoch, dass es dort nicht viel zu sehen gebe, auf keinen Fall mehr, als das Teleskop preisgebe. Offenbar lag die Mündung des Sees tief unter dem Wasserspiegel, und an der Stelle deutete nichts darauf hin außer einer Baumgruppe, die auf Anordnung des früheren Dalai Lama dort gepflanzt worden war.

Kapitel 9
Im Wildrosenzaun

Am nächsten Morgen trafen wir gemächlich unsere Vorbereitungen für die Rückkehr ins Chakpori. Die Tage im Potala waren für uns richtige Ferien gewesen. Bevor wir aufbrachen, lief ich noch schnell aufs Dach, um mir noch einmal die Gegend durch das Teleskop anzusehen. Auf einem der Dächer des Chakpori lag ein kleiner Akoluth auf dem Rücken und las, und hin und wieder warf er kleine Kieselsteine auf die kahlen Köpfe der Mönche im Hof. Durch das Glas konnte ich sein schelmisches Lächeln sehen, während er sich zurücklehnte, um den Blicken der erstaunten Mönche unten zu entgehen. Es war mir äußerst unbehaglich zumute, wenn ich mir vorstellte, dass mich der Dalai Lama zweifellos ähnliche Streiche verüben gesehen hatte. Ich beschloss, in Zukunft den Schauplatz meiner Tätigkeiten nach der vom Potala aus nicht sichtbaren Seite der Gebäude zu verlegen.

Doch nun war es Zeit, aufzubrechen. Zeit, uns bei den Lamas zu bedanken, die sich bemüht hatten, unseren kurzen Aufenthalt so schön wie möglich zu gestalten. Zeit, sich auch besonders nett beim persönlichen Kämmerer des Dalai Lama zu verabschieden. Er war verantwortlich für die «Lebensmittel aus Indien». Ich musste ihm gefallen haben, denn er überreichte mir ein kleines Abschiedsgeschenk, das ich eiligst verspeiste. Darauf stiegen wir gestärkt die Stufen hinab und machten uns auf den Weg zurück zum Eisenberg. Auf halbem Weg hörten wir plötzlich ein Rufen und Schreien, und die vorübergehenden Mönche wiesen nach oben. Wir blieben stehen. Ein Mönch kam atemlos heruntergelaufen und überbrachte dem Lama Mingyar Dondup keuchend eine Mitteilung. Mein Mentor sagte: «Warte hier auf mich, Lobsang, ich werde nicht lange wegbleiben.»

Mit diesen Worten kehrte er um und stieg die Stufen wieder hinauf. Ich stand müßig herum, bewunderte die Aussicht und blickte zu meinem früheren Zuhause hinüber. Ich dachte gerade an mein Zuhause und dabei drehte ich mich um und wäre beinahe rückwärts gefallen, als ich meinen Vater auf mich zureiten sah. Als ich ihn ansah, blickte auch er mich an. Sein Unterkiefer verzog sich leicht, als er mich erkannte. Zu meinem unaussprechlichen Schmerz ignorierte er mich jedoch und tat so, als würde er mich nicht kennen, und ritt weiter. Ich sah ihn davonreiten und rief: «Vater!» Doch er beachtete mich nicht und ritt unbekümmert seines Weges. Meine Augen fühlten sich heiß an. Ich begann zu zittern und fürchtete, mich vor allen zu blamieren, noch dazu hier auf der Treppe des Potala, dem Platz aller Plätze. Da straffte ich meinen Rücken mit mehr Selbstbeherrschung, als ich es mir zugetraut hätte, und blickte nach Lhasa hinunter.

Nach ungefähr einer halben Stunde kam der Lama Mingyar Dondup auf einem Pferd zurück und führte noch ein Zweites am Zügel. «Steig auf, Lobsang, wir müssen schnell nach Sera reiten. Einer der Äbte dort hatte einen schweren Unfall.»

Ich sah, dass an jedem Sattel eine Tasche befestigt war, in denen sich, vermutete ich, die chirurgischen Instrumente meines Mentors befanden. Im Galopp ritten wir der Lingkhorstraße entlang, an meinem früheren Zuhause vorbei und verscheuchten Pilger und Bettler. Es dauerte nicht sehr lange, bis wir das Lamakloster Sera erreichten, wo uns bereits einige Mönche erwarteten. Wir sprangen von den Pferden, jeder von uns trug eine Tasche hinein, und ein Abt führte uns in einen Raum, in dem ein alter Mann auf dem Rücken lag.

Sein Gesicht war bleifarben und seine Lebenskraft schien beinahe am Erlöschen zu sein. Der Lama Mingyar Dondup bat um kochendes Wasser, das schon bereitstand, und gab allerlei Kräuter hinein. Während ich sie verrührte, untersuchte er den alten Mann, der bei einem Sturz einen Schädelbruch erlitten hatte. Sein Schädelknochen war eingedrückt, was zu einem Druck auf das Gehirn führte. Als die Flüssigkeit genug ausgekühlt war, bestrichen wir den Kopf des alten Mannes damit, und einen Teil davon verwendete mein Mentor dazu, seine Hände zu reinigen. Er hatte einem Kästchen ein scharfes Messer entnommen und dieses zusammen mit einigen anderen Instrumenten in eine Schale mit einer desinfizierenden Lösung gelegt, bevor er mit der Operation begann. Nach den allgemeinen Vorbereitungen führte er mit dem Messer rasch einen u-förmigen Schnitt durch das Gewebe bis auf den Knochen aus. Es blutete wenig, was durch die Kräuter verhindert wurde. Noch einmal wurde Kräuteressenz aufgetragen, und der Gewebelappen wurde vom Knochen freigelegt und zurückgeschlagen. Sehr, sehr behutsam untersuchte er den Schädel und fand die Stelle, an der der Schädelknochen eingedrückt und unter seiner Normalhöhe lag. Nun nahm er zwei silberne Instrumente aus der Schale, die an einem Ende abgeflacht und gleichzeitig gezähnt waren. Mit äußerster Vorsicht führte er den dünnsten Teil des Instruments in den weitesten Spalt der Knochenbruchstelle ein und hielt das Instrument ruhig, während er mit dem zweiten Instrument den Knochen fester fasste und das Knochenstück sehr sachte anhob, bis es etwas über der Normalhöhe lag. Dort hielt er es mit dem einen Instrument in Position und sagte: «Nun reich mir die Schale, Lobsang!»

Ich hielt die Schale so, dass er herausnehmen konnte, was er brauchte. Er nahm einen kleinen Silberdorn heraus, ein winziges keilförmiges Stück. Dieses führte er in die Bruchstelle zwischen dem normalen Schädelknochen und dem leicht erhöhten verletzten Knochen ein. Mit Vorsicht drückte er ein wenig auf den Knochen, der sich daraufhin leicht bewegte. Der Lama drückte noch ein klein wenig mehr, bis der Knochen die normale Lage erreicht hatte. «Die Schädelknochen werden zusammenwachsen», sagte er, «und das Silber, das ein Edelmetall ist, wird keine Beschwerden verursachen.»

Er betupfte den ganzen Wundbereich noch einmal mit Kräuteressenz und legte den Gewebelappen, der auf einer Seite nicht durchgeschnitten war, vorsichtig zurück. Mit ausgekochtem Rosshaar nähte er den Lappen an. Dann trug er auf die Operationswunde eine Kräuterpaste auf und legte mit einem zuvor ausgekochten Tuch einen Verband an.

Die Lebenskraft des alten Abtes nahm sichtlich zu, nachdem der Druck von seinem Gehirn nachgelassen hat. Durch Kissen abgestützt, setzten wir ihn in eine halbsitzende Position. Ich reinigte die Instrumente in einer frisch gekochten Desinfektionslösung. Dann trocknete ich sie mit einem ausgekochten Tuch ab und packte alles sorgfältig wieder ein und legte sie in die zwei Kästchen zurück. Als ich meine Hände danach reinigte, öffnete der alte Mann die Augen. Er lächelte schwach, als er den Lama Mingyar Dondup über sich gebeugt sah.

«Ich wusste, dass nur du mich retten kannst, deshalb sandte ich die Gedankenbotschaft zum Gipfel hinauf. Meine Aufgabe ist noch nicht beendet. Ich bin noch nicht bereit, den Körper zu verlassen.»

Mein Mentor sah ihn teilnahmsvoll an und antwortete: «Du wirst dich wieder erholen. Ein paar unangenehme Tage und Kopfschmerzen wirst du noch haben, doch wenn das vorbei ist, kannst du wieder deiner Arbeit nachgehen. Einige Tage aber sollte noch jemand bei dir sein, wenn du schläfst, damit du nicht flach liegst. Nach drei oder vier Tagen brauchst du dir keine Sorgen mehr zu machen.»

Ich war ans Fenster getreten und blickte hinaus. Es war interessant, die Lebensverhältnisse in einem anderen Lamakloster zu sehen. Mein Mentor kam zu mir herüber und sagte: «Du hast es gut gemacht, Lobsang. Du wirst in Zukunft mein Helfer sein. Nun möchte ich dir diese Klostergemeinschaft zeigen, sie unterscheidet sich ziemlich von unserer.»

Wir überließen den alten Abt in der Obhut eines Lama und traten auf den Flur hinaus. In den Gebäuden war es nicht so sauber wie auf Chakpori, und auch schien hier keine so strenge Disziplin zu herrschen. Die Mönche konnten offenbar kommen und gehen, wie es ihnen beliebte. Die Tempel waren im Vergleich zu unseren ungepflegt, und sogar der Weihrauch hatte keinen so angenehmen Geruch. Viele Jungen spielten im Hof – auf Chakpori wären sie zu dieser Stunde eifrig am Lernen gewesen. Die Gebetsmühlen standen zum größten Teil still. Da und dort sah man einen alten Mönch sitzen, der ihre Räder drehte. Doch die Ordnung, die Reinlichkeit und Disziplin, die ich als Norm zu betrachten gewohnt war, gab es hier nicht. Mein Mentor fragte: «Oder würdest du lieber hier bleiben wollen, Lobsang, und ihr ungezwungenes Leben führen?»

«Nein, ganz bestimmt nicht», sagte ich. «Sie kommen mir vor, wie eine Horde Unzivilisierte.»

Er lachte. «Siebentausend sind es! Es sind aber immer die wenigen Schreihälse, die die schweigende Mehrheit in Misskredit bringen.»

«Das kann sein», antwortete ich. «Sie nennen es ‹Rosenzaun›, aber so würde ich es nicht nennen.»

Er sah mich an und lachte: «Ich glaube, du würdest es dir zur Aufgabe machen, diesem Haufen eigenhändig Disziplin beizubringen.»

Es war eine Tatsache, dass unser Lamakloster die strikteste Disziplin von allen hatte. In den meisten anderen Lamaklöstern war es viel weniger streng. Wenn dort die Mönche faulenzen wollten, dann faulenzten sie eben, und darüber wurde kein Wort verloren. Das Sera oder Wildrosenzaun-Lamakloster, wie es eigentlich genannt wird, liegt fünf Kilometer vom Potala entfernt und ist eines der großen Lamaklöster, die als «Die Drei Sitze» bekannt sind. Das größte der drei ist das Drepung-Lamakloster mit nicht weniger als zehntausend Mönchen. An zweiter Stelle steht Sera mit etwa siebentausendfünfhundert Mönchen, während das Ganden-Lamakloster mit nur sechstausend Mönchen das kleinste und am wenigsten bedeutende ist. Diese Klöster sind wie eigene Städte mit Straßen, Schulen, Tempeln und allen üblichen Gebäuden. In den Straßen patrouillierten die Kham-Männer, heute patrouillieren dort zweifellos kommunistische Soldaten! Chakpori war eine kleine, aber keineswegs unbedeutende Klostergemeinschaft. Als Tempel der Medizin war es der «Sitz des Medizinstudiums» und war ebenso in der Ratskammer der Regierung vertreten.

Auf Chakpori wurden wir in dem unterrichtet, was ich als «Judo» bezeichnen möchte. Das ist die einzige englische Bezeichnung, die unserer Kampfkunst am nächsten kommt. Die tibetische Bezeichnung: sungthrukyöm-pa tü de-po le-la-po ist unübersetzbar, ebenso unsere Fachbezeichnung: amarëe. «Judo» ist im Vergleich zu unserer Kampfkunst sehr einfach. Es wurde nicht in allen Lamaklöster praktiziert, doch wir auf Chakpori wurden darin ausgebildet, damit wir Selbstbeherrschung lernten und um es uns zu ermöglichen, aus medizinischen Gründen Personen des Bewusstseins zu berauben, und damit wir in unseren ruppigeren Gegenden des Landes ungefährdeter reisen konnten. Denn als Medizinlamas waren wir viel unterwegs.

Der alte Tzu war Lehrer in dieser Kampfkunst gewesen, vielleicht der Beste in ganz Tibet. Er hatte mich alles gelehrt, was er wusste – zu seiner eigenen Zufriedenheit und in Erfüllung seiner Pflicht. Die meisten Männer und Knaben kannten die einfachsten Griffe und Würfe, doch ich kannte sie schon im Alter von vier Jahren. Diese Kunstfertigkeit sollte, so glauben wir, der Selbstverteidigung und der Selbstbeherrschung dienen, aber nicht, wie bei den Berufsboxern, in Wettkämpfen vorgeführt werden. Wir sind der Meinung, dass der starke Mann es sich leisten kann, sanftmütig zu sein, während der Schwache und Unsichere nur prahlt und stolz tut.

Unser Judo wurde auch dazu verwendet, eine Person bewusstlos zu machen, zum Beispiel beim Richten von Knochenbrüchen oder beim Ziehen von Zähnen. Man spürt weder Schmerzen noch birgt es ein Risiko. Eine Person kann bewusstlos gemacht werden, bevor sie sich dessen gewahr wird, und das Bewusstsein kann ihr Stunden oder sogar Sekunden später ohne Nachteile wiedergegeben werden. Sonderbarerweise wird eine Person, die während des Sprechens in einen Bewusstlosigkeitszustand versetzt wurde, beim Erwachen ihren angefangenen Satz noch fertig sprechen. Aufgrund der offensichtlichen Gefahren dieser fortgeschrittenen Anwendungsmethode wurden nur Personen darin unterwiesen, die den striktesten Charakterprüfungen standhielten. Dies galt auch für die sogenannte «Blitz»-Hypnose. Ihnen wurden hypnotische Sperren auferlegt, damit sie die verliehenen Kräfte nicht missbrauchen konnten.

Ein Lamakloster in Tibet ist nicht nur ein Ort, an dem religiös veranlagte Menschen leben, sondern eine eigenständige Stadt mit allen üblichen Einrichtungen und Annehmlichkeiten. Wir hatten sowohl unsere Theater, in denen wir uns altherkömmliche religiöse Aufführungen ansehen konnten, als auch musikalische Darbietungen. Die Musiker waren immer bereit, uns zu unterhalten und uns zu beweisen, dass kein anderes Lamakloster je bessere Musikanten hatte. Mönche, die Geld hatten, konnten in den Läden Lebensmittel, Kleider, Luxusgegenstände und Bücher kaufen. Diejenigen, die sparen wollten, legten ihr Erspartes in einer Art lamaistischen Bank an. In jedem Land auf der ganzen Welt gibt es Straftäter, die die Gesetze übertreten. Unsere wurden von den Polizeimönchen verhaftet und vor Gericht gebracht, wo ihnen ein fairer Prozess gemacht wurde. Wenn sie schuldig gesprochen wurden, mussten sie ihre Strafe in einem lamaistischen Gefängnis verbüßen.

Verschiedene Schulen unterrichteten Schüler unterschiedlicher Reife. Intelligenten und aufgeweckten Jungen half man auf ihrem Lebensweg. Doch in allen Lamaklöstern, außer auf Chakpori, wurde es den Faulen erlaubt, ihr Leben zu verschlafen oder zu verträumen. Bei uns galt die Auffassung, dass man das Leben eines anderen nicht beeinflussen darf; möge er das, was er verschläft, in seiner nächsten Inkarnation aufholen. Auf Chakpori war es anders: Wenn ein Mönch keine Fortschritte zeigte, wurde er gebeten, das Kloster zu verlassen, und musste anderswo Zuflucht suchen, wo die Disziplin nicht so streng war.

Unsere kranken Mönche wurden gut versorgt. Wir verfügten in den Lamaklöstern auch über Spitäler, in denen die Kranken von Mönchen gepflegt wurden, die eine medizinische Ausbildung und chirurgische Grundkenntnisse hatten. Die schwereren Fälle behandelten Spezialisten, wie zum Beispiel der Lama Mingyar Dondup. Seit ich Tibet verlassen habe, musste ich oft über die Geschichten lachen, die man im Westen über uns erzählt. Eine davon besagt, dass die Tibeter glaubten, das Herz liege bei Männern auf der linken und bei Frauen auf der rechten Seite. Wir sahen genug aufgeschnittene Leichname, um die Wahrheit zu wissen. Sehr erheitert hat mich auch die Aussage über die «schmutzigen, mit Geschlechtskrankheiten verseuchten Tibeter». Die Verfasser solcher Aussagen waren offenbar noch nie in jenen lauschigen Etablissements in England und Amerika gewesen, wo mit örtlicher Genehmigung «freizügige und diskrete Dienstleistungen» angeboten werden. Wir seien schmutzig; manche unserer Frauen schminken sich zum Beispiel oder markieren ihre Lippen, damit man sie nicht verfehlen kann. Oft reiben sie auch irgendetwas in ihr Haar ein, damit es schön glänzt oder um dessen Farbe zu verändern. Sie zupfen sich sogar die Augenbrauen und lackieren ihre Nägel farbig. Alles sichere Anzeichen, dass die tibetischen Frauen «schmutzig und verkommen» sind.

Doch um zu unserer lamaistischen Klostergemeinschaft zurückzukehren. Oft kamen auch Gäste, Handelsleute oder Mönche. Sie wurden im lamaistischen Gasthaus untergebracht und sie zahlten auch für diese Unterkunft! Nicht alle Mönche lebten im Zölibat. Manche meinten, das «Junggesellen-Dasein» schaffe nicht den richtigen geistigen Rahmen für die Kontemplation. Diese konnten einer besonderen Glaubensgemeinschaft beitreten, den Rot-Mützen-Mönchen, die heiraten durften. Sie waren jedoch in der Minderheit. Die herrschende Klasse im religiösen Leben waren die Gelb-Mützen-Mönche, eine im Zölibat lebende Glaubensgemeinschaft. In den Lamaklöstern, wo Mönche und Nonnen verheiratet sind, arbeiten sie Seite an Seite in einer wohlgeordneten Gemeinschaft zusammen, und meistens war dort die «Atmosphäre» nicht so rau wie in einer rein männlichen Klostergemeinschaft.

Bestimmte Lamaklöster unterhielten ihre eigenen Druckereien, damit sie ihre Bücher selbst drucken konnten. Gewöhnlich stellten sie auch ihr eigenes Papier her. Letzteres war ein sehr ungesunder Beruf, da die Rinde einer bestimmten Baumsorte, die man zur Papierherstellung verwendete, sehr giftig war. Sie hielt alle Insekten vom tibetischen Papier fern, wirkte sich aber auf die Mönche sehr schädlich aus. Diejenigen, die in diesem Gewerbe tätig waren, beklagten sich oft über starke Kopfschmerzen und noch schlimmere Leiden. In Tibet verwendeten wir keine metallenen Druckplatten. Stattdessen wurden alle Seiten unserer Bücher, Schriftzeichen für Schriftzeichen, auf geeignete Holztafeln gezeichnet. Anschließend wurde das Holz mit einem Schnitzmesser bearbeitet, wobei das Holz außerhalb der vorgezeichneten Konturen entfernt wurde, sodass die zu druckenden Schriftzeichen erhöht vom Rest der Tafel standen. Manche dieser Tafeln waren gegen einen Meter breit und fünfundvierzig Zentimeter hoch, und die Ausarbeitung der Schriftzeichen war sehr schwierig. Keine Tafel durfte verwendet werden, die auch nur den geringsten Fehler aufwies. Die Seiten der tibetischen Bücher sind nicht wie die Seiten in diesem Buch hier; sie sind breiter als lang. Wir verwendeten breite und kurze Seiten, die nicht gebunden wurden. Die einzelnen losen Blätter lagen zwischen zwei geschnitzten Holzdeckeln. Beim Drucken von einer Seite wurde die fertig geschnitzte Holztafel flach hingelegt. Ein Mönch rollte Tinte mit einem Roller über die ganze Oberfläche, wobei er darauf achten musste, dass er die Tinte gleichmäßig verteilte. Ein weiterer Mönch nahm ein Blatt Papier und legte es schnell auf die Platte, während ein dritter Mönch es mit einem schweren Roller gut festpresste. Ein vierter Mönch hob das gedruckte Blatt ab und reichte es einem Lehrling weiter, der es zum Trocknen beiseitelegte. Es gab nur wenige verschmierte Seiten. Diese wurden nie für ein Buch verwendet, sondern immer zu Übungszwecken für die Lehrlinge aufgehoben.

Auf Chakpori hatten wir auch Holztafeln, die etwa einen Meter achtzig auf einen Meter zwanzig groß waren. Diese enthielten geschnitzte bildliche Darstellungen des menschlichen Körpers mitsamt seinen verschiedenen Organen. Aus ihnen stellte man Wandplakate her, die wir kolorieren mussten. Wir stellten auch astrologische Karten her. Die Karten, auf denen wir die

Horoskope berechneten, maßen ungefähr sechzig mal sechzig Zentimeter. Es waren Himmelskarten, die den Stand der Sterne zur Zeit der Empfängnis und der Geburt eines Menschen zeigten. Auf diesen Leerkarten trugen wir die Daten ein, die wir in den von uns veröffentlichten und sorgfältig ausgearbeiteten mathematischen Tabellen fanden.

Nachdem wir uns das Rosenzaun-Lamakloster angesehen hatten und ich es im Vergleich zu unserem als nachteilig empfunden hatte, kehrten wir in den Behandlungsraum zurück, um noch einmal nach dem alten Abt zu sehen. Während unserer zweistündigen Abwesenheit hatte sich sein Zustand erheblich gebessert. Er nahm nun wieder wesentlich mehr Anteil an seiner Umgebung. Seine besondere Aufmerksamkeit galt dem Lama Mingyar Dondup, an dem er sehr zu hängen schien. Mein Mentor sagte zum Abschied: «Wir müssen nun gehen. Ich lasse dir noch einige Kräuter da. Deinem für dich verantwortlichen Priester werde ich noch genaue Anweisungen geben, bevor wir aufbrechen.» Er nahm drei kleine Ledersäckchen aus seiner Tasche und reichte sie weiter – drei kleine Säckchen, die für den alten Mann das Leben bedeuteten, statt den Tod.

Im Eingangsbereich des Hofes erwartete uns ein Mönch, der zwei sehr muntere Ponys am Zügel hielt. Sie hatten Futter bekommen, waren ausgeruht, und verspürten jetzt große Lust, einen Galopp hinzulegen. Ich jedoch nicht. Zum Glück war mein Mentor einverstanden, nur im Schritt zu reiten. Das Rosenzaun-Lamakloster liegt etwa drei Kilometer von der nächstgelegenen Stelle der Lingkhorstraße entfernt. Ich war nicht sehr erpicht, an meinem früheren Zuhause vorbeizureiten. Mein Mentor schien meine Gedanken zu lesen, denn er sagte: «Wir wollen die Straße überqueren und in die Ladenstraße reiten. Wir haben keine Eile, morgen ist ein neuer Tag, den wir noch nicht gesehen haben.»

Es faszinierte mich, die Läden der chinesischen Händler zu sehen und ihren hohen, schrillen Stimmen zuzuhören, während sie feilschten und um die Preise stritten. Genau gegenüber ihren Läden, auf der anderen Straßenseite, stand ein Chörten, das Symbol der Unvergänglichkeit des Ichs, und dahinter ragte ein glanzvoller Tempel auf. Mönche aus dem nahegelegenen Shede Gompa strömten auf ihn zu. Nach einem Ritt von wenigen Minuten erreichten wir die Gassen, wo sich die vielen eng beieinanderstehenden Häuser wie schutzsuchend aneinanderreihten und sich im Schatten der Jokhang Kathedrale zusammendrängten. «Ach!», dachte ich, «als ich das letzte Mal hier war, war ich noch ein freier Mensch und kein Mönch im Studium. Ich wünschte, alles wäre nur ein Traum und ich könnte aufwachen!»

Langsam ritten wir die Straße hinunter und bogen rechts in die Straße ein, die zur Türkisbrücke führte. Der Lama Mingyar Dondup wandte sich um und sagte: «So, so, du möchtest also immer noch nicht Mönch sein? Es ist doch gar nicht so ein schlechtes Leben, weißt du. Ende dieser Woche geht ein Sammeltrupp zum alljährlichen Kräutersammeln in die Berge. Dieses Mal möchte ich noch nicht, dass du mitgehst. Stattdessen darfst du mit mir studieren, damit du mit zwölf Jahren deine Trappa-Prüfung ablegen kannst. Ich habe mir vorgenommen, dich auf eine besondere Exkursion ins Hochland mitzunehmen, wo man sehr seltene Kräuter findet.»

Gerade eben erreichten wir das Ende des Dorfes Shö und näherten uns dem Pargo Kaling, dem Westtor des Lhasatales. Ein Bettler kauerte an einer Hauswand und rief: «Ho! Ehrwürdiger heiliger Medizinlama, bitte heilen Sie mich nicht von meinem Leiden, sonst verliere ich meinen Lebensunterhalt.»

Mein Mentor sah traurig aus, als wir durch den Chörten ritten, der das Tor bildete. «Es gibt so viele von diesen Bettlern, Lobsang, und so unnötig. Sie sind es, die unser Ansehen im Ausland in Verruf bringen. In Indien, in China, überall, wo ich mit Seiner Heiligkeit, dem Erhabenen, war, sprachen die Leute immerzu über die Bettler von Lhasa, ohne zu wissen, dass manche unter ihnen sehr reich sind. Ja, ja, vielleicht werden die Bettler nach der Erfüllung der Prophezeiung im Jahr des Eisen-Tigers (1950 – Kommunisten besetzen Tibet) zur Arbeit angehalten werden. Du und ich, wir werden nicht hier sein, um das zu erleben, Lobsang. Du wirst in fremden Ländern sein, und mich erwartet die Rückkehr in die himmlischen Gefilde.»

Der Gedanke, dass mein geliebter Lama dieses Leben und mich verlassen würde, machte mich tieftraurig. Damals erkannte ich noch nicht, dass das Leben auf der Erde nur eine Illusion, ein Prüfungsort, eine Schule war. Ich wusste auch nicht, wie Menschen sich gegenüber denen verhalten, die von Widrigkeiten betroffen sind. Heute weiß ich es!

Wir bogen wieder in die Lingkhorstraße ein, ritten am Kundu-Ling vorbei und nochmals links, und dann in unsere eigene Straße, die zum Eisenberg hinaufführte. Nie wurde ich müde, mir die bemalten Felsenreliefs anzusehen, die auf der einen Seite unseres Berges dargestellt waren. Die ganze Felswand war bedeckt mit Reliefkunst und Felsenbildern von Gottheiten. Aber der Tag war schon weit fortgeschritten. Wir hatten keine Zeit mehr, sie weiter zu betrachten. Während wir hinaufritten, dachte ich an die Kräutersammler. Jedes Jahr ging ein Trupp Chakpori-Mönche in die Berge, um Heilpflanzen zu sammeln, die sie trockneten und in Säcke abfüllten und luftdicht verschlossen. Dort in den Bergen befand sich eine der größten Vorratskammern von Naturheilpflanzen. Allerdings waren nur sehr wenige Leute jemals im Hochland gewesen, wo es Dinge gab, die zu ungewöhnlich sind, um sie zu erörtern. Ja, entschied ich, dieses Jahr konnte ich noch gut auf die Reise in die Berge verzichten. Ich würde fleißig lernen, damit ich dann für die Hochland-Exkursion bereit wäre, wenn der Lama Mingyar Dondup es für richtig hielt. Die Astrologen hatten gesagt, ich würde die Prüfung im ersten Anlauf bestehen. Doch ich wusste, ich musste sehr hart lernen. Ich wusste, die Voraussagen galten nur, wenn ich fleißig genug lernte! Meine geistige Entwicklungsstufe kam mindestens dem eines Achtzehnjährigen gleich, denn ich hatte es immer mit Personen zu tun, die viel älter waren als ich, und ich musste mich immer selbst verteidigen.

Kapitel 10
Tibetische Glaubenslehren

E s könnte von Interesse sein, hier noch etwas näher auf die Einzelheiten unserer Lebensanschauung einzugehen. Unsere Religion ist eine Form des Buddhismus. Es gibt jedoch keine Bezeichnung, die sie umschreiben kann. Wir bezeichnen sie als «die Religion» und diejenigen unseres Glaubens als «Mitglieder». Andersgläubige werden «Nichtmitglieder» genannt. Die Bezeichnung, die im Westen als «Lamaismus» bekannt ist, kommt ihr am nächsten. Sie weicht insofern vom Buddhismus ab, als dass unsere Religion eine Religion der Hoffnung und des Glaubens an die Zukunft ist. Der Buddhismus selbst erscheint uns als negativ, als eine Religion der Trostlosigkeit. Und was wir ganz bestimmt nicht glauben, ist, dass ein allsehender Vater über jedem wacht und ihn jederzeit beschützt.

Viele Gelehrte haben geistreiche Kommentare zu unserer Religion abgegeben. Viele von ihnen haben uns kritisiert und verurteilt, weil sie durch ihren eigenen Glauben verblendet, keine andere Sichtweise tolerieren konnten. Manche haben uns sogar als «satanisch» bezeichnet, nur weil ihnen unser Weltbild so fremd war. Die meisten dieser Autoren bildeten sich ihre Meinungen durch Hörensagen und die Schriften anderer. Möglicherweise haben einige wenige unsere Glaubenslehren ein paar Tage lang studiert und dachten dann, sie wüssten alles und seien kompetent genug, um Bücher darüber zu schreiben und das zu interpretieren und publik zu machen, wofür unsere klügsten Weisen ein Leben lang gebraucht haben, um es zu ergründen.

Stellen Sie sich einen Buddhisten oder Hindu vor, der ein oder zwei Stunden lang in der christlichen Bibel geblättert hat und dann versucht, alle tiefgründigeren Lehren des Christentums zu erklären! Kein einziger dieser Autoren, die über den Lamaismus geschrieben haben, hat von frühester Jugend an als Mönch in einem Lamakloster gelebt und die heiligen Bücher studiert. Diese Bücher sind geheim; und zwar insofern geheim, als dass sie denjenigen, die ein rasches, müheloses und billiges Seelenheil suchen, nicht zugänglich sind. Diejenigen, die den Trost religiöser Zeremonien, eine Form von Selbsthypnose, brauchen, können diese erhalten, wenn es ihnen hilft. Es ist aber nicht die innere Wirklichkeit, sondern kindliche Selbsttäuschung. Manche mögen den Gedanken sehr bequem finden, sie dürften Sünde um Sünde begehen, und wenn ihnen ihr Gewissen dann keine Ruhe mehr lässt, müssten sie nur in den nächsten Tempel gehen und den Göttern eine Gabe darbringen, und schon seien diese vor Dankbarkeit derart überwältigt, dass sie ihnen augenblicklich und ein für allemal alle Sünden vergeben, und sie neue Sünden begehen dürften. Es gibt einen Gott, ein höchstes Wesen. Was spielt das für eine Rolle, wie wir ihn nennen? Gott ist eine Tatsache.

Tibeter, die die wahre Lehre Buddhas studiert haben, beten nie um Barmherzigkeit oder Gunst, sondern nur darum, dass ihnen von den Menschen Gerechtigkeit widerfahren möge. Ein Höchstes Wesen, das den Inbegriff von Gerechtigkeit darstellt, kann nicht dem einen Erbarmen entgegenbringen und dem anderen nicht. Wenn es so wäre, wäre es eine Missachtung der Gerechtigkeit. Für Barmherzigkeit zu beten und Gold oder Weihrauch zu versprechen, wenn das Gebet erhört wird, würde bedeuten, dass das Seelenheil nur für den Meistbietenden erhältlich ist und dass Gott knapp bei Kasse und «käuflich» ist.

Om! Mani padme Hum!

Der Mensch kann den Menschen Barmherzigkeit entgegenbringen, aber er tut es nur selten. Das Höchste Wesen hingegen kann nur Gerechtigkeit walten lassen. Wir sind unsterbliche Seelen. Unser Gebet, «Om! Mani padme Hum!», das oben in tibetischer Schrift geschrieben steht, wird oft wörtlich als «Heil dem Juwel in der Lotosblume» übersetzt. Wir, die den tieferen Sinn davon verstehen, wissen, dass die wahre Bedeutung, «Heil dem Überselbst des Menschen» lautet. Es gibt keinen Tod. Genauso wie man am Ende des Tages seine Kleider ablegt, so legt auch die Seele den physischen Körper ab, wenn Letzterer schläft. Und ebenso wie man ein Kleidungsstück entsorgt, wenn es abgetragen ist, so entledigt sich auch die Seele des physischen Körpers, wenn dieser verbraucht und verschlissen ist. Der Tod ist Geburt. Sterben ist lediglich der Vorgang, auf einer anderen Daseinsebene wiedergeboren zu werden. Der Mensch, beziehungsweise die Seele des Menschen, ist unsterblich. Der physische Körper hingegen ist nur ein vorübergehendes Gewand, das sich die Seele je nach Aufgabe, die sie auf der Erde zu erfüllen hat, zulegt. Das äußere Erscheinungsbild des Menschen ist dabei bedeutungslos. Von Bedeutung ist nur die dem Menschen innenwohnende Seele. Ein großer Prophet kann beispielsweise in Gestalt eines Bettlers auf die Erde kommen – wie könnte er sonst die Nächstenliebe beurteilen? Und jemand, der sich in einem früheren Leben versündigt hat, kann als reicher Mann wieder zur Welt kommen, um zu erfahren, ob er sich immer noch unrecht verhält, wenn ihm die Armut nicht mehr im Nacken sitzt.

«Das Rad des Lebens», darunter verstehen wir den Kreislauf: geboren zu werden, auf einer Welt zu leben, zu sterben und in den Seelenzustand zurückzukehren, um schließlich unter neuen Bedingungen und Umständen wiedergeboren zu werden. Wenn ein Mensch in einem Leben viel leidet, bedeutet das nicht zwangsläufig, dass er in einem früheren Leben böse war. Es ist für ihn vielleicht nur der schnellste und beste Weg, um etwas ganz Bestimmtes zu lernen. Praktische Erfahrungen sind weit lehrreicher als bloße Theorie! Jemand, der Selbstmord begeht, kann wiedergeboren werden, um die versäumten Jahre, um die er sich in seinem vergangenen Leben gebracht hat, nachzuholen. Doch daraus kann nicht geschlossen werden, dass alle, die jung oder als Kleinkinder sterben, Selbstmörder waren. Das Rad des Lebens gilt für alle: für Bettler und Könige, für Männer und Frauen, für Farbige und Weiße. Das Rad ist natürlich nur ein Symbol, doch eines, das seine Bedeutung selbst denjenigen deutlich macht, die keine Zeit haben, sich tiefer mit diesem Thema zu befassen. Den tibetischen Glauben kann man nicht in ein oder zwei kurzen Abschnitten erläutern. Der Kangyur, die tibetischen Heiligen Schriften, besteht aus über hundert Büchern zu diesem Thema, und selbst damit ist das Thema noch nicht vollumfänglich behandelt. Es gibt noch viele Bücher in entlegeneren Lamaklöstern, die nur den Eingeweihten vorbehalten sind.

Seit Jahrhunderten sind den Völkern des Ostens die verschiedenen okkulten Kräfte und Gesetze bekannt, und sie wissen, dass diese naturgegeben sind. In der östlichen Welt haben die Wissenschaftler und Forscher diese Kräfte nie negiert, nur weil sie physikalisch nicht messbar oder chemisch nicht nachweisbar sind. Stattdessen haben sie danach gestrebt, diese Naturgesetze besser zu beherrschen. So interessierte uns zum Beispiel das Zustandekommen des Hellsehens nicht, sondern nur sein Ergebnis. Manche Menschen bezweifeln das Hellsehen. Sie sind wie Blindgeborene, die behaupten, dass Sehen unmöglich sei, weil sie es selbst nie erfahren haben. Sie können nicht nachvollziehen, wie es möglich ist, einen entfernten Gegenstand zu sehen, ohne dass ein direkter Kontakt zwischen ihm und den Augen besteht!

Jeder Mensch hat eine farbige Aura, die den Konturen seines physischen Körpers folgt. Wer sich in der Kunst versteht, sie zu lesen, kann anhand der

Intensität der Farben den Gesundheitszustand, die Redlichkeit und den allgemeinen Entwicklungsstand einer Person erkennen. Die Aura ist die Ausstrahlung der im Menschen innewohnenden Lebenskraft, des Ichs oder der Seele. Rund um den Kopf herum befindet sich ein Heiligenschein oder Nimbus, der ebenfalls ein Teil dieser Lebenskraft ist. Nach dem Tod schwindet dieses Licht, während das Ich den physischen Körper verlässt und sich auf den Weg zur nächsten Existenzstufe macht. Es wird zu einem «Geist». Es treibt ein wenig dahin, vielleicht noch etwas benommen durch den überraschenden Schock, befreit vom Körper zu sein. Es ist sich vielleicht noch nicht ganz bewusst, was gerade vor sich geht. Deshalb begleiten bei uns die Lamas die Sterbenden, um sie über die Stufen, durch die ihre Reise führen wird, zu informieren. Wenn dies unterlassen wird, kann die Seele vielleicht durch die irdischen Begehrlichkeiten erdgebunden bleiben. Es ist die Aufgabe der Priester, diese Bindung zu lösen.

In regelmäßigen Abständen führten wir Andachten durch, um die Geister oder Seelen zu begleiten. Der Tod hat für uns Tibeter keinen Schrecken, doch wir glauben, dass der Übergang aus diesem Leben ins Nächste leichter gelingt, wenn bestimmte Vorsichtsmaßnahmen getroffen werden. Es ist notwendig, einem klaren Pfad zu folgen und in einer ganz bestimmten Richtung zu denken. Die Andacht findet in einem Tempel im Beisein von etwa dreihundert Mönchen statt. In der Mitte des Tempels sitzt eine Gruppe von vielleicht fünf telepathisch veranlagten Lamas in einem Kreis. Während die Mönche unter der Leitung eines Abtes singen, versuchen die Lamas einen telepathischen Kontakt zu den sich in Not befindenden Seelen herzustellen.

Keine Übersetzung kann den tibetischen Gebeten bis ins Letzte gerecht werden, aber hier ist ein Versuch:

«Höret die Stimmen unserer Seelen, ihr alle, die ihr führerlos im Zwischenreich wandert! Die Lebenden und die Toten leben in getrennten Welten. Wo sollen sie hingehen, dass sie gesehen und ihre Stimmen gehört werden? Das erste Weihrauchstäbchen wird entfacht, einen ruhelosen Geist herbeizurufen, auf dass er geführt werden möge.»

«Höret die Stimmen unserer Seelen, ihr alle, die ihr führerlos im Zwischenreich wandert! Berge türmen sich zum Himmel auf, doch kein Laut ist zu hören. Eine leichte Brise kräuselt das Wasser, und die Blumen stehen in Blüte. Euer Nahen scheucht die Vögel nicht auf, denn sie sehen und wittern euch nicht. Das zweite Weihrauchstäbchen wird entfacht, einen ruhelosen Geist herbeizurufen, auf dass er geführt werden möge.»

«Höret die Stimmen unserer Seelen, ihr alle, die ihr umherwandert! Dies ist die Welt der Illusion. Das Leben ist nur ein Traum. Alles, was da geboren wird, muss sterben. Nur Buddhas Weg führt zu ewigem Leben. Das dritte Weihrauchstäbchen wird entfacht, einen ruhelosen Geist herbeizurufen, auf dass er geführt werden möge.»

«Höret die Stimmen unserer Seelen, ihr alle, die ihr große Macht besessen und über Berge und Flüsse geherrscht habt. Eure Herrschaft währte nur einen Augenblick, und nie hat der Jammer eurer Völker aufgehört. Die Erde trieft vor Blut, und das Laub der Bäume regt sich von den Seufzern der Unterdrückten. Das vierte Weihrauchstäbchen wird entfacht, die Geister der Könige und Diktatoren herbeizurufen, auf dass sie geführt werden mögen.»

«Höret die Stimmen unserer Seelen, ihr Krieger alle, ihr, die andere überfallen, verwundet und getötet habt! Wo sind eure Heere jetzt? Die Erde stöhnt, und Unkraut breitet sich auf den Schlachtfeldern aus. Das fünfte Weihrauchstäbchen wird entfacht, die einsamen Geister der Generäle und Fürsten zu ihrer Führung herbeizurufen.»

«Höret die Stimmen unserer Seelen, ihr Künstler alle und Gelehrten, ihr, die an Gemälden gearbeitet und geschrieben habt. Vergeblich habt ihr eure Augen strapaziert und eure Tinte verbraucht. Euer wird nicht mehr gedacht, doch eure Seelen müssen weiterleben. Das sechste Weihrauchstäbchen wird entfacht, um die Geister der Künstler und Gelehrten zu ihrer Führung herbeizurufen.»

«Höret die Stimmen unserer Seelen, ihr schönen Jungfrauen und Frauen des Adels, ihr, die in eurer Jugend dem frischen Frühlingsmorgen gleicht. Erst umarmen euch eure Liebsten, dann folgen gebrochene Herzen. Der Herbst kommt, und dann der Winter, die Bäume entblättern sich, die Blumen welken, und so auch eure Schönheit, bis zuletzt nur das Gerippe übrig bleibt. Das siebte Weihrauchstäbchen wird entfacht, die umherwandernden Geister der Jungfrauen und Frauen des Adels herbeizurufen, auf dass sie von den Bindungen an die Welt weggeführt werden mögen.»

«Höret die Stimmen unserer Seelen, ihr Bettler und Diebe und all jene, die Verbrechen gegen andere begangen habt, und nun keine Ruhe finden könnt. Eure Seelen wandern freudlos durch die Welt, und ihr habt keine Gerechtigkeit in euch. Das achte Weihrauchstäbchen wird entfacht, um all die Geister derer herbeizurufen, die gegen das Gesetz verstoßen und nun einsam ihres Weges gehen.»

«Höret die Stimmen unserer Seelen, ihr Dirnen und Frauen der Nacht und all jene, die ihr euch darin versündigt habt, und nun alleine im Geisterreich umherwandert. Das neunte Weihrauchstäbchen wird entfacht, um euch herbeizurufen, auf dass ihr geführt und von den Bindungen an die Welt befreit werden möget.»

In dem weihraucherfüllten Halbdunkeln des Tempels lassen die flackernden Butterlampen lebendige, tanzende Schatten hinter den goldenen Statuen entstehen. Es herrscht eine angespannte Atmosphäre durch die Konzentration der telepathisch entrückten Mönche, während sie sich bemühen, die Verbindung mit den Dahingeschiedenen aufrechtzuerhalten, die immer noch an diese Welt gebunden sind.

Mönche in braunroten Roben, die einander in Reihen gegenüber sitzen, stimmen die Totenlitanei an, während verborgene Trommeln den Rhythmus des menschlichen Herzens schlagen. Aus anderen Teilen des Tempels ertönen, wie im menschlichen Körper, das Brummen der inneren Organe, das Rauschen des Blutstroms und das Seufzen der Luft in den Lungen. Während die Zeremonie mit den Anweisungen an die Dahingeschiedenen fortdauert, wechseln die Körpergeräusche das Tempo, sie werden langsamer, bis schließlich die Klänge der Seele ertönen, die den physischen Körper verlässt. Ein röchelndes, zitterndes Keuchen erklingt, und dann – Stille. Die Stille, die mit dem Tod eintritt. In dieser Stille manifestiert sich für jeden medial Veranlagten erkennbar die Gegenwart anderer Wesen, die ringsherum warten und lauschen. Allmählich, während die telepathischen Anweisungen fortdauern, nimmt die Spannung ab, und die ruhelosen Geister gehen weiter und treten den Weg ihrer Reise zur nächsten Stufe an.

Wir glauben fest daran, dass wir immer und immer wieder wiedergeboren werden – aber nicht nur auf dieser Erde. Es gibt Millionen von Welten, und wir wissen, dass die meisten davon bewohnt sind. Ihre Bewohner mögen ganz andere Körperformen haben als wir und könnten den Menschen hier sogar überlegen sein. Wir Tibeter haben nie die Ansicht vertreten, dass der Mensch die höchste und edelste Lebensform der Evolution sei. Wir glauben, dass es anderswo noch viel höher entwickelte Lebensformen gibt, und diese setzen keine Atombomben ein. In Tibet habe ich Berichte über merkwürdige Fahrzeuge am Himmel gelesen, die von den meisten Menschen als «Triumphwagen der Götter» bezeichnet wurden. Der Lama Mingyar Dondup erzählte mir von einer Gruppe Lamas, die telepathischen Kontakt zu diesen «Göttern» aufgenommen hat. Sie hätten erklärt, sie würden die Erde beobachten, offenbar so ähnlich, wie die Menschen im Zoo wilde, gefährliche Tiere beobachten.

Auch über die «Levitation» wurde schon viel geschrieben. Sie ist durchaus möglich. Ich habe deren Anwendung schon oft gesehen, aber sie erfordert sehr viel Übung. Es gibt nicht wirklich einen Grund, sich mit der Levitation zu befassen. Es gibt eine einfachere Methode: das Astralreisen. Es ist leichter und sicherer. Die meisten Lamas praktizieren es, und jeder, der gewillt ist und etwas Geduld hat, kann diese sinnvolle und angenehme Kunst erlernen.

Auf der Erde ist unser Ich während den Stunden, in denen wir wach sind, an den physischen Körper gebunden, und solange man nicht geschult darin ist, ist es nicht möglich, das Ich vom physischen Körper zu trennen. Wenn wir Schlafen, braucht nur der physische Körper Ruhe, der Geist dagegen löst sich vom physischen Körper und begibt sich gewöhnlich in das geistige Reich, in etwa so wie ein Kind nach der Schule in sein Elternhaus zurückkehrt. Das Ich und der physische Körper halten ihre Verbindung durch die sogenannte «Silberschnur» aufrecht, die sich räumlich unbegrenzt ausdehnen kann. Der physische Körper lebt, solange diese Silberschnur intakt bleibt. Beim Tod löst sich diese Schnur vom physischen Körper, während der Geist in ein anderes Leben in der geistigen Welt geboren wird, genauso wie bei einem Kind die Nabelschnur durchtrennt wird, um es von der Mutter zu trennen. Für ein Kind bedeutet Geburt den Tod im geschützten Dasein des Mutterleibs. Für die Seele bedeutet der Tod, in die freiere geistige Welt wiedergeboren zu werden. Solange die Silberschnur intakt ist, kann das Ich während des Schlafes frei umherwandern, und die Menschen, die speziell in der Kunst des Astralreisens geschult sind, können dies auch bewusst tun. Das Umherwandern des Geistes oder der Seele lässt Träume entstehen. Diese Träume sind Eindrücke, die über die Silberschnur übermittelt werden, und sobald sie das Bewusstsein des physischen Körpers erreichen, werden sie «vernunftgemäß gedeutet», so dass sie mit dem vorherrschenden Glauben auf der Erde übereinstimmen.

In der geistigen Welt gibt es keine Zeit – «Zeit» ist eine rein physische Erfindung. Daher können Fälle auftreten, in denen scheinbar lange und komplizierte Träume in Bruchteilen von Sekunden ablaufen. Wahrscheinlich hat jeder Mensch schon einmal einen Traum gehabt, in dem er einer weit entfernten Person begegnet ist, vielleicht sogar auf der anderen Seite der Welt, und mit ihr sprach. Möglicherweise hat diese Person ihm etwas mitgeteilt, und beim Erwachen bleibt oft das eigenartige und unbestimmte Gefühl, dass es «etwas» gibt, an das man sich erinnern sollte. Häufig tauchen noch vage Erinnerungen an einen entfernten Freund oder Verwandten auf, dem man im Traum begegnet ist, und man ist dann doch nicht ganz so überrascht, wenn man kurz darauf tatsächlich von dieser Person hört. Bei ungeschulten Menschen sind die Erinnerungen oft entstellt, und das Ergebnis ist ein völlig unlogisches Wirrwarr oder allenfalls ein Albtraum.

In Tibet reisen wir viel mithilfe der Astralprojektion (die Versetzung in die Astralebene) – nicht mithilfe der Levitation – und der ganze Ablauf ist unter unserer Kontrolle. Das Ich wird zum Verlassen des physischen Körpers aufgefordert, wobei es stets mit der Silberschnur verbunden bleibt. Man kann reisen, wohin man will und so schnell, wie man denken kann. Die meisten Menschen haben die Fähigkeit, Astralreisen zu unternehmen. Viele haben damit begonnen, aber weil sie nicht geschult darin sind, erlebten sie einen Schock. Wahrscheinlich hat jeder schon einmal das Gefühl erlebt, beim Einschlafen ganz plötzlich und ohne ersichtlichen Grund mit einem heftigen Ruck wieder zu erwachen. Dies wird durch eine zu schnelle Trennung des Ichs, durch eine unsanfte Loslösung des Astralkörpers vom physischen Körper verursacht. Dieser Ruck bewirkt ein Zusammenziehen der Silberschnur, das den Astralkörper wieder in den physischen Körper zurückschnellen lässt. Noch unangenehmer ist das Gefühl, wenn man von einer Astralreise zurückkehrt und der Astralkörper mehrere Meter über dem physischen Körper schwebt, wie ein Fesselballon am Ende eines Seils. Irgendetwas, vielleicht eine äußere Lärmquelle oder Ähnliches, veranlasst den Astralkörper mit einer übermäßigen Geschwindigkeit in den physischen Körper zurückzukehren. Die Person erwacht plötzlich und hat das schreckliche Gefühl, sie sei von einer Felswand gestürzt und gerade noch rechtzeitig erwacht.

Astralreisen unter voller Kontrolle und bei vollem Bewusstsein kann fast jeder unternehmen, doch es erfordert Übung. Vor allem in der Anfangsphase ist eine ungestörte Privatsphäre unerlässlich, in der man allein ist und keine Angst vor Störungen haben muss. Dieses Buch ist nicht als Lehrbuch über Metaphysik gedacht, deshalb wird hier auf eine Anleitung zum Astralreisen verzichtet. Ich möchte jedoch betonen, dass es eine sehr beunruhigende Erfahrung sein kann, wenn man keinen erfahrenen Lehrer zur Seite hat. Es besteht keine unmittelbare Gefahr, aber es besteht ein Risiko eines Schocks und einer seelischen Aufgewühltheit, wenn man mit dem Astralkörper den physischen Körper verlässt oder in ihn zurückkehrt, ohne im Einklang oder in Übereinstimmung mit ihm zu sein.

Menschen, die unter einer Herzschwäche leiden, sollten sich niemals auf die Astralprojektion einlassen. Die Versetzung selbst birgt keine direkte Gefahr, doch besonders bei Menschen mit einem schwachen Herzen besteht ein erhebliches Risiko, wenn plötzlich jemand den Raum betritt und den physischen Körper oder die «Silberschnur» stört. Der daraus resultierende Schock könnte sich als tödlich erweisen, und dies wäre insofern tragisch, da das betroffene Ich wiedergeboren werden müsste, um die ihm verbleibende Lebenszeit zu Ende zu leben, bevor es zur nächsten Stufe weitergehen kann.

Wir Tibeter glauben, dass vor dem Sündenfall jeder Mensch die Fähigkeit besaß, astral zu reisen, hellsichtig und telepathisch war und levitieren konnte. Der Sündenfall bestand nach unserer Auffassung darin, dass der Mensch seine okkulten Kräfte für eigennützige Interessen missbrauchte, anstatt sie im Dienste der Höherentwicklung der gesamten Menschheit anzuwenden. In den frühesten Tagen konnten sich die Menschen noch telepathisch miteinander unterhalten. Örtliche Stämme hatten ihre eigenen Lokalsprachen, die sie ausschließlich untereinander sprachen. Die telepathische Verständigung erfolgte natürlich über die Gedanken, die alle verstehen konnten, ungeachtet der Lokalsprachen. Als jedoch die Fähigkeit zur telepathischen Verständigung infolge ihres Missbrauchs verlorenging, war das Resultat – Babel!

Bei uns gibt es keinen «Sabbath» oder «Sonntag» als solchen. Unsere Sonntage sind «Heilige Tage», die am Achten und am Fünfzehnten jeden Monat wahrgenommen werden. An diesen Tagen finden besondere Andachten statt. Die Tage gelten als heilig und in der Regel wird nicht gearbeitet. Unsere jährlichen Feiertage entsprechen in etwa den christlichen Festtagen, wurde mir gesagt. Doch so genau kenne ich mich damit nicht aus. Unsere Feste sind folgende:

Im ersten Monat, der ungefähr dem Februar entspricht, feiern wir vom Ersten bis zum Dritten den «Logsar». Dies könnte man nach westlichem Kalender als das Neujahrsfest bezeichnen. Diese Tage bieten eine einmalige

Gelegenheit für Spiele und religiöse Andachten. Anschließend, vom Vierten bis zum Fünfzehnten, begehen wir unsere höchsten Feiertage des Jahres, die «Tage der Fürbitte», in unserer Sprache «Monlam» genannt. Diese Feierlichkeit ist der Höhepunkt des religiösen und weltlichen Jahres. Am Fünfzehnten desselben Monats feiern wir gleichzeitig den Jahrestag von Buddhas Empfängnis. An diesem Tag werden keine Spiele ausgetragen, da er ausschließlich ein feierlicher Gedenktag ist. Um den Monat abzuschließen, gibt es am Siebenundzwanzigsten noch einen Festtag, der halb religiös, halb mythisch ist. Es ist «die Prozession des Heiligen Schwerts». Mit diesem Ereignis endet der erste Monat.

Der zweite Monat, der etwa dem März entspricht, ist nahezu frei von Feierlichkeiten. Am Neunundzwanzigsten findet die Verfolgung und Vertreibung des Unglücks-Dämons statt. Auch im dritten Monat, dem April, gibt es nur wenige öffentliche Feierlichkeiten. Am Fünfzehnten feiern wir den Jahrestag der Erleuchtung.

Mit der Ankunft des achten Tages im vierten Monat, dem Mai nach westlichem Kalender, feiern wir den Jahrestag von Buddhas Weltentsagung. Das entspricht, wenn ich mich recht entsinne, etwa der christlichen Fastenzeit. Wir mussten während den Tagen der Entsagung noch enthaltsamer leben. Am Fünfzehnten war der jährliche Gedenktag von Buddhas Tod. Wir betrachteten ihn als Jahrestag für all jene, die dieses Leben verlassen haben, es war, mit anderen Worten, der «Allerheiligentag». An diesem Tag zündeten wir unsere Weihrauchstäbchen an, um die erdgebundenen und umherwandernden Geister oder Seelen herbeizurufen.

Ich möchte zu verstehen geben, dass ich hier nur die wichtigsten Feiertage aufzähle. Es gibt nebst diesen noch eine ganze Reihe von weniger bedeutenden Tage, die zwar beachtet und entsprechend gefeiert werden müssen, aber dennoch nicht so wichtig sind, um hier aufgelistet zu werden.

Am fünften Tag des Monats Juni mussten wir, die «Medizinlamas», an besonderen Feierlichkeiten in auswärtigen Lamaklöstern teilnehmen. Diese Feiern wurden zu Ehren der Medizin-Mönche abgehalten, als Dank für ihre

Hilfeleistungen, deren Begründer Buddha war. An diesem Tag durften wir nichts Unrechtes tun, und natürlich wurden wir am nächsten Tag von unseren Vorgesetzten zur Rechenschaft gezogen für alles, was wir ihrer Meinung nach nicht richtig gemacht hatten!

Der vierte Tag des sechsten Monats, also im Juli, folgt Buddhas Geburtstag, und gleichzeitig mit ihm feiern wir das erste Gebot des Gesetzes.

Das Erntedankfest findet am achten Tag des neunten Monats, im Oktober, statt. Weil Tibet ein karges Land und sehr trocken ist, sind wir in einem viel größeren Maße auf unsere Flüsse angewiesen als andere Länder. Regen gibt es nur wenig in Tibet, daher feiern wir das Erntedankfest zusammen mit dem Wasserfest, denn ohne das Wasser der Flüsse gäbe es auf den Feldern nichts zu ernten.

Der zweiundzwanzigste Tag des zehnten Monats, November, ist der Jahrestag von Buddhas wundersamen Herabkunft vom Himmel. Am fünfundzwanzigsten Tag des nächsten, des elften Monats, feiern wir das Lampenfest.

Die letzten religiösen Feierlichkeiten des Jahres finden am neunundzwanzigsten und am dreißigsten Tag des zwölften Monats statt, die nach westlichem Kalender an der Wende des Januars zum Februar liegen. Zu diesem Zeitpunkt vollzieht sich der Abschied des alten und die Ankunft des neuen Jahres.

Unser Kalender unterscheidet sich in der Tat sehr wesentlich vom Westlichen. Er weist einen Zyklus von sechzig Jahren auf. Jedes Jahr wird von zwölf Tieren und fünf Elementen in verschiedenen Kombinationen repräsentiert. Das Neujahr beginnt im Februar. Hier folgt der Jahreskalender für den gegenwärtigen Zyklus, der 1927 begann:

1927	das Jahr des Feuer-Hasen	1945	das Jahr des Holz-Vogels
1928	das Jahr des Erd-Drachen	1946	das Jahr des Feuer-Hundes
1929	das Jahr der Erd-Schlange	1947	das Jahr des Feuer-Ebers
1930	das Jahr des Eisen-Pferdes	1948	das Jahr der Erd-Maus
1931	das Jahr des Eisen-Schafes	1949	das Jahr des Erd-Ochsen
1932	das Jahr des Wasser-Affen	1950	das Jahr des Eisen-Tigers
1933	das Jahr des Wasser-Vogels	1951	das Jahr des Eisen-Hasen
1934	das Jahr des Holz-Hundes	1952	das Jahr des Wasser-Drachen
1935	das Jahr des Holz-Ebers	1953	das Jahr der Wasser-Schlange
1936	das Jahr der Feuer-Maus	1954	das Jahr des Holz-Pferdes
1937	das Jahr des Feuer-Ochsen	1955	das Jahr des Holz-Schafes
1938	das Jahr des Erd-Tigers	1956	das Jahr des Feuer-Affen
1939	das Jahr des Erd-Hasen	1957	das Jahr des Feuer-Vogels
1940	das Jahr des Eisen-Drachen	1958	das Jahr des Erd-Hundes
1941	das Jahr der Eisen-Schlange	1959	das Jahr des Erd-Ebers
1942	das Jahr des Wasser-Pferdes	1960	das Jahr der Eisen-Maus
1943	das Jahr des Wasser-Schafes	1961	das Jahr des Eisen-Ochsen
1944	das Jahr des Holz-Affen		usw.

Es ist Teil unseres Glaubens, dass die Wahrscheinlichkeiten der Zukunft vorausgesagt werden können. Für uns sind Weissagungen, mit welchen Mitteln auch immer, eine Wissenschaft und zutreffend.

Wir glauben an die Astrologie. «Astrologische Einflüsse» sind für uns nichts anderes als kosmische Strahlen, die durch die Beschaffenheit des Körpers, der sie auf die Erde reflektiert, in bestimmter Weise «gefärbt» oder verändert werden. Es ist allen bekannt, dass man mit einer Kamera und hellem Licht ein Bild von irgendetwas machen kann. Wenn man jedoch verschiedene Filter vor die Kameralinse oder die Lichtquelle setzt, kann man bestimmte Effekte auf dem fertigen Foto erzielen. So können beispielsweise orthochromatische, panchromatische oder infrarote Effekte erzielt werden, um nur drei aus einer Vielzahl von Möglichkeiten zu nennen. In ähnlicher

Weise werden Menschen von der kosmischen Strahlung beeinflusst, die auf
ihre individuelle chemische und elektrische Persönlichkeit einwirkt.

།། དབང་བང་བསྩེན་སྤད་གནོ་ལོ་ཀྱེང་པོ་འབྲུག།

།ལོ་སྲིད་རྒྱལ་པོ་གཉེན་ཉུའེ་སྐྱེང་།

།ཚེམ་རྒྱན་ཞེན་ཚེཙྲེ་ད་འབྲུག་ཌིང་།

། དགྲ་རྒྱན་ལསོགས་འཚེར་བམང་།

།མཚེན་གྱི་སྲུག་བསྲལ་སྐུ་ཚོགས་ཆྱེང་།

།ཆར་བབས་སྐུ་རྒྱལ་པ་ཕུ་འཕྲུག།

།ལོ་སྐུ་ད་གཡུལ་རྒྱལ་སྱེན་དག་མཁན།།

Die Prophezeiung

Buddha sagt: «Sterndeutung und Astrologie; Voraussagen von glücklichen oder unglücklichen Ereignissen aufgrund von irgendwelchen Vorzei-
chen, die Gutes oder Schlechtes verheißen, alle diese Dinge sind verboten.»

Doch ein späteres Gebot in einem unserer heiligen Bücher besagt: «Die
Wenigen, die von Natur aus mit diesen Kräften ausgestattet sind und deshalb Leiden und Schmerzen erfahren, dürfen diese Kräfte anwenden. Keine
geistige Kraft darf jedoch dem persönlichen Vorteil, dem weltlichen Ehrgeiz
oder als Beweis für das Vorhandensein solcher Kräfte dienen. Nur auf diese
Weise können diejenigen, die weniger begabt sind, geschützt werden.»

Mein Erlangen des «dritten Auges» war schmerzvoll gewesen. Meine an-
geborene hellseherische Kraft wurde dadurch noch verstärkt. Ich werde in

einem späteren Kapitel nochmals auf das Öffnen des dritten Auges zurückkommen. Hier ist indes vielleicht die richtige Stelle, noch etwas näher auf die Astrologie einzugehen und die Namen von drei prominenten Engländern zu nennen, die eine astrologische Prophezeiung gesehen haben, die sich später bewahrheitete.

Seit 1027 wurden alle wichtigen Entscheidungen in Tibet mit Hilfe der Astrologie getroffen. Der Einmarsch der Engländer in mein Heimatland im Jahre 1904 war genau vorausgesagt worden. Auf der vorgehenden Seite ist die betreffende Voraussage in tibetischer Sprache und Schrift wiedergegeben.

Sie lautet: «Im Jahre des Wald-Drachen. In der ersten Jahreshälfte wird der Dalai Lama noch geschützt sein. Danach fallen kämpfende und streitsüchtige Räuber in das Land ein. Es sind viele Feinde. Durch Waffengewalt wird großer Kummer entstehen, und die Menschen werden kämpfen. Am Ende des Jahres wird ein Schlichtungssprecher den Krieg beenden.»

Das wurde vor 1850 geschrieben und bezieht sich auf das Jahr 1904, das «Jahr des Wald-Drachen-Krieges». Oberst Younghusband war der Kommandant der britischen Streitkräfte. Er sah in Lhasa die Voraussage. Ein gewisser Mr. L. A. Waddell, ebenfalls Angehöriger der britischen Armee, sah diese gedruckte Prophezeiung bereits 1902, und auch Mr. Charles Bell, der später nach Lhasa kam, sah sie. Einige andere Ereignisse, die ebenso genau vorausgesagt wurden, waren: 1910, die chinesische Invasion in Tibet. 1911, die chinesische Revolution und die Bildung der nationalistischen Regierung. Ende 1911, die Vertreibung der Chinesen aus Tibet. 1914, der Krieg zwischen England und Deutschland. 1933, das Ableben des Dalai Lama. 1935, die Wiederkehr des Dalai Lama in einer neuen Inkarnation. 1950, «Böse Mächte marschieren in Tibet ein». Die Kommunisten überfielen Tibet im Oktober 1950. Mr. Bell, später Sir Charles Bell, hat alle diese Prophezeiungen in Lhasa gesehen. Was mich selbst betrifft, so ist alles, was mir vorausgesagt wurde, wahr geworden – besonders die Mühsale.

Die Wissenschaft zur Erstellung eines Horoskops – denn es ist eine Wissenschaft – lässt sich nicht auf ein paar Seiten eines Buches, wie ich es hier schreibe, erschöpfend behandeln. Kurz gesagt, besteht ein Horoskop aus der Erstellung einer schematischen Karte der Himmelskörper zur Zeit der Empfängnis und der Geburt. Die genaue Geburtsstunde muss bekannt sein und in die sogenannte «Sternenzeit» umgerechnet werden, die sich von den Ortszeiten weltweit unterscheidet. Da die Geschwindigkeit der Erde auf ihrer Umlaufbahn ungefähr 30 Kilometer in der Sekunde beträgt, ist jede Ungenauigkeit der Zeitangabe von ungeheurer Bedeutung. Am Äquator beträgt die Rotationsgeschwindigkeit der Erde etwa 1700 Stundenkilometer. Außerdem weist die Erde während ihrer Fortbewegung eine Achsenneigung auf, und der Nordpol ist im Herbst dem Südpol etwa fünftausend Kilometer voraus. Im Frühling dagegen ist es umgekehrt. Der Längengrad des Geburtsortes ist daher von entscheidender Bedeutung.

Wenn die Horoskopdiagramme erstellt sind, können diejenigen mit der entsprechenden Ausbildung sie interpretieren. Die Wechselwirkungen mit jedem einzelnen Planeten müssen bewertet und der Einfluss auf die jeweilige Karte ermittelt werden. Wir erstellen auch ein «Empfängnishoroskop», um die Einflüsse der Himmelskörper in den allerersten Augenblicken der Existenz einer Person zu erfahren. Das Geburtshoroskop zeigt die planetaren Einflüsse genau in dem Moment, in dem ein Individuum in die Welt eintritt. Um Einblicke in die Zukunft zu gewinnen, erstellen wir eine aktuelle Himmelskarte für den gewünschten Zeitpunkt und vergleichen sie mit dem Geburtshoroskop.

Einige Leute fragen: «In diesem Falle könnt ihr tatsächlich voraussagen, wer das Pferderennen um 14:30 Uhr gewinnen wird?»

Die Antwort lautet: Nein! Ohne ein Horoskop für jede Person, jedes Pferd und jeden Pferdebesitzer oder alle, die irgendetwas mit dem Rennen zu tun haben, kann dies nicht gemacht werden. Die beste Methode hier ist, die Augen zu schließen und blind auf ein Pferd auf der Startliste zu tippen. Aber wir können voraussagen, ob eine Person sich wieder von einer Krankheit erholen wird oder ob Tom seine Maria heiraten und mit ihr immer glücklich zusammenleben wird, aber das betrifft Einzelpersonen. Wir können auch voraussagen, dass im Jahre des Wald-Drachen, also im gegenwärtigen Zyklus im Jahre 1964, ein Krieg ausbrechen wird, wenn England und Amerika den Kommunismus nicht in Schach halten. Sollte das eintreten, dann ist für das Ende des Jahrhunderts ein bemerkenswertes Feuerwerk zu erwarten, das die Beobachter von Mars oder Venus sicherlich unterhalten wird – immer unter der Voraussetzung, dass man die Kommunisten gewähren lässt ...

Ein weiterer Punkt, der die Menschen in der westlichen Welt oft zu verwirren scheint, ist die Frage, wie man seine vergangenen Leben zurückverfolgen kann. Leute, die von der Astrologie keine Ahnung haben, behaupten oft, das sei unmöglich, ähnlich wie ein völlig Tauber sagen könnte: «Ich höre keine Töne, also gibt es keine.» Doch es ist möglich, frühere Leben zurückzuverfolgen. Dies erfordert allerdings viel Zeit und zahlreiche Berechnungen mithilfe von Diagrammen und Tabellen. Ein Besucher im Flughafen mag sich über die neuesten Durchsagen zu den ankommenden Flugzeugen wundern. Er kann nur Vermutungen anstellen, während das Personal im Kontrollturm, das über alle Details informiert ist, diese genau kennt. Wenn jedoch ein gewöhnlicher Tourist über einen aktuellen Flugplan und eine Liste der verschiedenen Fluglinien und Flugnummern verfügt, könnte er selbst alle Ankunftszeiten berechnen. Ebenso können wir das mit der Rückverfolgung vergangener Leben. Doch, um diese Berechnungsprozesse klar verständlich zu erklären, bräuchte es mindestens ein ganzes Buch dazu, daher ist es zwecklos, hier noch weiter darauf einzugehen. Von Interesse könnte jedoch sein, welche Aspekte die tibetische Astrologie umfasst. Wir haben neunzehn Lebensbereiche, die den zwölf astrologischen «Häusern» zugeordnet sind. Es sind dies:

- Persönlichkeit und persönliche Interessen
- Finanzen, Geld-Gewinne oder Verluste
- Beziehungen, kurze Reisen, geistiges und schriftstellerisches Können
- Eigentum und die Bedingungen am Ende des Lebens
- Kinder, Freuden und Spekulationen
- Krankheit, Arbeit und Kleintiere
- Partnerschaft, Heirat, Feinde, Rechtsstreitigkeiten
- Erbschaften
- Große Reisen, psychische Angelegenheiten
- Beruf und Ehrungen
- Freundschaften und Zielsetzungen
- Schwierigkeiten, Hemmungen, geheime Sorgen

Wir können auch ungefähr die Zeit berechnen, wann oder unter welchen Umständen die folgenden Ereignisse eintreten werden:

- Liebe, Charaktereigenschaft der Person und die Zeit der Begegnung
- Heirat, wann, und wie sie ausgehen wird
- Leidenschaft, die «hitzige Art»
- Katastrophen, wie sie geschehen oder ob sie geschehen
- Schicksalsschläge
- Tod, wann und wie
- Gefangenschaft oder andere Freiheitseinschränkungen
- Zwietracht, vor allem Streit in der Familie oder auf der Arbeit
- Geist, die erreichte Entwicklungsstufe

Obwohl ich mich sehr oft mit der Astrologie beschäftige, finde ich, dass man mithilfe der Psychometrie und des «Kristallsehens» wesentlich schneller zu einem Ergebnis gelangen kann, das nicht weniger exakt ist. Ihre Anwendung ist leichter, wenn man in der Mathematik nicht sehr gut ist. Psychometrie ist die Kunst, von einem Gegenstand schwache Eindrücke von vergangenen Ereignissen zu empfangen. Jeder Mensch besitzt diese Fähigkeit bis zu einem gewissen Grad. Menschen, die eine alte, ehrwürdige Kirche oder einen Tempel betreten, sagen: «Oh, was für eine stille, beruhigende Atmosphäre!» Betreten dieselben Personen jedoch einen Schauplatz, an dem Furchtbares geschehen ist, dann sagen sie aufgeregt: «Oh, hier ist es unheimlich. Ich muss sofort weg von hier.»

Das Kristallsehen ist etwas anders. Die «Glaskugel», die man, wie oben erwähnt, dazu verwendet, ist lediglich eine Sammellinse für die Strahlen, die man mit dem dritten Auge sieht, ähnlich wie Röntgenstrahlen auf einem Röntgenschirm gebündelt werden und ein fluoreszierendes Bild zeigen. Es ist überhaupt nichts Magisches daran. Hier werden nur natürliche Gesetze genutzt.

In Tibet haben wir Denkmäler, die die «Naturgesetze» symbolisieren. Unsere Chörten, die zwischen eineinhalb und fünfzehn Meter hoch sind, sind Wahrzeichen, vergleichbar mit einem Kreuz oder Ikonen. Überall in Tibet sind solche Chörten zu finden. Auf dem Stadtplan von Lhasa sind fünf davon abgebildet. Der Pargo Kaling ist der größte und bildet zugleich eines der Stadttore. Die Chörten weisen immer die Form auf, wie auf der Illustration dargestellt. Der quadratische Sockel bedeutet das solide Fundament der Erde. Auf ihm ruht eine Wasserkugel, die von einem Feuerkegel überragt wird. Darüber befindet sich eine Luftschale, und noch höher der schwebende Geist (Äther), der darauf wartet, die materielle Welt zu verlassen. Jedes Element wird über die «Stufen der Verwirklichung» erreicht. Das Ganze symbolisiert den tibetischen Glauben: Wir kommen auf die Erde, wenn wir geboren werden. Im Laufe unseres Lebens steigen wir aufwärts, oder versuchen es, über die Stufen der Verwirklichung. Zuletzt setzt der Atem aus und wir gehen in die geistige Welt ein. Nach einer jeweils unterschiedlichen Zeitdauer werden wir wiedergeboren, um weitere Lektionen zu lernen.

Das Rad des Lebens symbolisiert den endlosen Kreislauf von Geburt – Leben – Tod – Geist – Geburt – Leben usw. Viele leidenschaftliche Studenten begehen den schweren Fehler und meinen, wir glaubten an diese schreckliche Hölle, die manchmal auf dem Rad des Lebens dargestellt ist. Einige Ungebildete mögen dies annehmen, aber niemals diejenigen, die aufgeklärt sind. Glauben denn die Christen wirklich, dass sie nach ihrem Tod von Satan und seinen Verbündeten im ewigen Feuer geröstet und gemartert werden? Oder glauben sie etwa, dass sie, wenn sie (als einige der wenigen Auserwählten) ins Jenseits eingingen, dort im Nachtgewand auf einer Wolke säßen und Harfe spielen lernten?

Geist ······ oder Äther
Atem ······ oder Luft

Feuer der   Bestrebungen

Wasser

Stufen der Verwirklichung

Das Leben auf der Erde

Symbolik der tibetischen Chörten

Wir glauben, dass wir auf die Erde kommen, um zu lernen, und dass wir die «Höllenqualen» hier unten auf dieser Erde erleiden. Der andere Ort, oder das Jenseits, ist für uns dort, wo wir hingehen, wenn wir uns außerhalb des physischen Körpers befinden. Dort können wir andere Wesen treffen, die sich ebenfalls außerhalb des physischen Körpers befinden. Das ist nicht Spiritualismus. Das ist vielmehr der Glaube, dass wir während des Schlafes, oder nach dem Tode, frei sind, die Astralebenen zu durchstreifen. Wir nennen die höheren Bereiche dieser Astralebenen «das Land des Goldenen Lichts». Wir sind überzeugt, dass, wenn wir schlafen, oder wenn wir uns nach dem Tod in die Astralwelt begeben, wir dort nur diejenigen treffen können, die wir lieben, weil wir uns mit ihnen in Harmonie befinden. Diejenigen hingegen, gegen die wir eine Abneigung empfinden, können wir nicht treffen, weil dieser Zustand eine Disharmonie bedeutet und Disharmonie im Land des Goldenen Lichts nicht möglich ist.

Das alles ist schon längst erwiesen. Es ist sehr schade, dass in den westlichen Ländern der Zweifel und der Materialismus die Wissenschaft davon abgehalten haben, das alles richtig zu erforschen. In der Vergangenheit hat man über zu vieles gespottet, und dann hat es sich im Laufe der Zeit doch als richtig erwiesen: das Telefon, das Radio, das Fernsehen, das Fliegen und so manches mehr.

Kapitel 11
Trappa

Mein jugendlicher Entschluss stand fest, das Examen auf den ersten Anhieb zu schaffen. Kurz vor meinem zwölften Geburtstag begann ich, mein Studium allmählich zu lockern, da die Prüfungen am Tag nach meinem Geburtstag beginnen sollten. Die vergangenen Jahre waren geprägt gewesen von intensiven Studien in Fächern wie Astrologie, Heilpflanzenkunde, Anatomie und religiöser Ethik. Sogar die richtige Zusammensetzung des Räucherwerks war ein Prüfungsfach, ebenso wie die tibetische und chinesische Sprache, mit besonderem Augenmerk auf Kalligrafie, sowie Mathematik. Für Spiele hatten wir wenig Zeit gehabt. Das einzige «Spiel», für das wir uns Zeit genommen haben, war Judo, da wir in diesem Unterrichtsfach eine sehr strenge Prüfung ablegen mussten. Etwa drei Monate vorher hatte mir mein Mentor nahegelegt: «Wiederhole nicht so viel, Lobsang. Das verwirrt nur das Gedächtnis. Bleibe ganz ruhig, so wie du jetzt bist, und das Wissen wird dir zur Stelle sein.»

So nahte der große Tag heran. Um sechs Uhr morgens fand ich mich mit fünfzehn anderen Prüflingen in der Prüfungshalle ein. Wir hielten eine kurze Andacht ab, die uns in die richtige Geistesverfassung bringen sollte. Dann, um sicherzustellen, dass keiner von uns einer unpriesterlichen Versuchung erlegen war, mussten wir unsere Roben ausziehen. Wir wurden untersucht und erhielten saubere Roben. Der Prüfungsleiter führte uns aus dem kleinen Tempel in der Prüfungshalle zu den Einzelkabinen. Diese waren rechteckige, aus Stein gebaute Zellen, etwa einen Meter achtzig breit, drei Meter lang und zweieinhalb Meter hoch. Draußen vor den Kabinen patrouillierten ständig die Polizeimönche. Jeder von uns wurde zu einer solchen Kabine geführt und gebeten, einzutreten. Die Türe wurde geschlossen, verriegelt und versiegelt. Als sich alle von uns in ihren versiegelten Kabinen befanden, schoben Mönche uns Schreibmaterialien und die ersten Prüfungsfragen durch eine kleine Klappe in der Wand. Uns wurde auch gebutterten Tee und Tsampa hereingereicht. Der Mönch, der uns das brachte, sagte, wir bekämen dreimal am Tag Tsampa und Tee, sooft wir wollten. Dann wurden wir uns selbst überlassen, um die ersten Prüfungsbögen auszufüllen. Ein Thema am Tag, sechs Tage lang. Unsere Arbeit begann bei Tagesanbruch und endete, wenn es zu dunkel wurde, um noch etwas zu sehen. Unsere Kabinen waren nach oben offen und hatten keine Decke, sodass das Licht, welcher Art auch immer, aus der großen Prüfungshalle in sie fiel.

Während der gesamten Prüfungszeit blieben wir in unseren Einzelkabinen und durften sie unter gar keinen Umständen verlassen. Als das Abendlicht zu verblassen begann, erschien ein Mönch an der Durchreiche und sammelte die Prüfungsunterlagen ein. Danach legten wir uns schlafen, bis zum nächsten Morgen. Aus eigener Erfahrung kann ich sagen, dass die Prüfungsarbeit, um ein Thema zu behandeln, die ganzen vierzehn Stunden, in denen es hell war, in Anspruch nahm und das ganze Wissen und die Nerven jedes Prüflings auf die Probe stellte. Am Abend des sechsten Tages war die schriftliche Prüfung beendet. Die Nacht verbrachten wir noch in unseren Kabinen. Am Morgen mussten wir sie reinigen und so hinterlassen, wie wir sie vorgefunden hatten. Der verbleibende Tag stand uns zur freien Verfügung. Drei Tage später, nachdem unsere schriftlichen Arbeiten korrigiert und unsere Schwachpunkte notiert worden waren, wurden wir nochmals einzeln vor die Prüfungskommission zitiert. Die Fragen richteten sich dabei ausschließlich auf unsere Schwachpunkte. Die Befragung dazu nahm den ganzen Tag in Anspruch.

Am nächsten Morgen mussten wir uns alle sechzehn in dem Raum einfinden, wo man uns das Judo beigebracht hatte. Dieses Mal prüften sie unser Judo-Wissen in den Bereichen Würgegriffe, Fesselgriffe, Falltechniken, allgemeine Würfe und Selbstkontrolle. Jeder von uns musste mit drei anderen Kandidaten ringen. Die Erfolglosen wurden bald aussortiert, und nach und nach schieden die anderen aus. Zuletzt blieb nur noch ich dank meiner früheren Unterweisung durch Tzu allein übrig. Wenigstens hatte ich im Judo die Prüfung als Bester bestanden! Aber das wirklich nur aufgrund meiner früheren Schulung darin, die ich seinerzeit immer als brutal und ungerecht empfunden hatte.

Wieder durften wir uns am nächsten Tag von den strengen Prüfungstagen erholen. Am darauffolgenden Tag wurde uns das Prüfungsergebnis mitgeteilt: Ich und vier andere hatten die Prüfung bestanden. Wir fünf waren nun «Trappas», das heißt, ärztliche Priester. Der Lama Mingyar Dondup, den ich während der ganzen Prüfungszeit nicht zu Gesicht bekommen hatte, ließ mich auf sein Zimmer bitten. Als ich eintrat, strahlte er über das ganze Gesicht und sagte: «Du hast dich sehr gut geschlagen, Lobsang. Du stehst ganz oben auf der Liste. Der Abt hat dem Erhabenen einen Sonderbericht über dich überbringen lassen. Er wollte ihm vorschlagen, dich gleich zum Lama zu ernennen. Doch ich habe mich dagegen entschieden.»

Er sah mein enttäuschtes Gesicht und erklärte: «Es ist besser, wenn du noch eine Weile weiter studierst und die Lama-Prüfung aus eigener Kraft bestehst. Dir diesen Status zu schenken, würde bedeuten, dass du wichtige Teile der Ausbildung verpassen würdest, die für dein zukünftiges Leben vielleicht entscheidend sein könnten. Du darfst aber fortan in das Zimmer neben mir einziehen. Wenn es dann so weit ist, wirst du auch dieses Examen bestehen.»

Das schien mir gerecht genug zu sein. Ich war zu allem bereit, was immer auch mein Mentor für mich richtig hielt. Es erfüllte mich mit Freude, als ich realisierte, dass mein Erfolg schließlich auch sein Erfolg war, und dass er durch die Unterweisung von mir Anerkennung erntete, wenn ich in allen Fächern als Bester abschloss.

Gegen Ende der Woche traf atemlos und mit heraushängender Zunge ein Bote von Seiner Heiligkeit ein. Er schien beinahe am Ende seiner Kräfte zu sein – aber nur scheinbar – und überbrachte mir von ihm eine Botschaft. Boten pflegten immer, ihr schauspielerisches Talent unter Beweis zu stellen, um ihre Schnelligkeit und ihre Anstrengung darzustellen, die sie auf sich genommen hatten, um den ihnen anvertrauten Auftrag auszuführen. Der Potala lag kaum eineinhalb Kilometer weit entfernt, daher erschien mir sein «Gebaren» reichlich übertrieben zu sein.

Der Erhabene gratulierte mir zu meiner bestandenen Prüfung und teilte mir mit, ich hätte von nun an den Status eines Lamas. Ich dürfe die Robe eines Lamas tragen und hätte alle Rechte und Privilegien dieses Ranges. Er stimmte jedoch dem Rat meines Mentors zu, dass ich das dafür notwendige Examen im Alter von sechzehn Jahren noch ablegen müsse. «Denn», so schrieb er weiter, «auf diese Weise bist Du gezwungen, noch Vieles zu studieren, das du sonst übersprungen hättest, und dein Wissen wird sich durch dieses Studium erweitern.»

Nun war ich also ein Lama und hatte größere Freiheiten, ohne von einer Normalklasse aufgehalten zu werden. Das bedeutete auch, dass es jedem Spezialisten freistand, mich zu lehren. Auf diese Weise konnte ich so schnell lernen, wie ich wollte.

Etwas vom Ersten, das ich erlernen musste, war die Kunst des Entspannens, da ohne sie keine metaphysischen Studien durchgeführt werden können. Eines Tages kam mein Mentor in mein Zimmer. Ich war gerade dabei, verschiedene Bücher zu studieren. Er sah mich an und meinte: «Lobsang, du siehst nicht gerade entspannt aus. Du wirst beim besinnlichen Nachdenken keine Fortschritte erzielen, wenn du nicht entspannt bist. Ich will dir zeigen, wie ich dabei vorgehe.»

Er bat mich, mich hinzulegen, da es am Anfang einfacher ist, sich im Liegen zu entspannen. Obwohl man sich auch im Sitzen oder Stehen entspannen kann, ist es besser, dies zuerst im Liegen zu lernen.

«Nun», sagte er, «stell dir vor, du wärst von einem Felsen gefallen und lägest nun unten am Boden, eine zerknautschte Gestalt mit völlig schlaffen Muskeln und verdrehten Gliedern, so wie du gefallen wärst, und mit halboffenem Mund, denn nur dann wären die Kiefermuskeln ganz entspannt.»

Ich rutschte so lange hin und her, bis ich so dalag, wie er es haben wollte.

«Jetzt stell dir vor, dass sich in deinen Armen und Beinen viele kleine Leute befinden, die an deinen Muskeln herumzupfen und dich in Bewegung halten. Fordere diese kleinen Leute auf, deine Füße zu verlassen, damit dort kein Gefühl, keine Bewegung und keine Anspannung mehr vorhanden sind. Gehe nun gedanklich deine Füße durch, um sicherzustellen, dass sie völlig entspannt und ohne jede Muskeltätigkeit sind.»

Ich lag da und versuchte mir diese kleinen Leute vorzustellen. Ich dachte an den alten Tzu, der mir von innen meine Zehen kitzelte. Oh, wie gerne wäre ich ihn los!

«Jetzt tue dasselbe mit deinen Beinen, vor allem mit den Waden, Lobsang. Dort sind bestimmt noch viele kleine Leute an der Arbeit. Sie haben heute Morgen schwer gearbeitet, als du herumgesprungen bist. Nun sollen sie sich ausruhen. Lass die kleinen Leute hinauf in Richtung deines Kopfes marschieren. Haben alle deine Beine nun verlassen? Bist du dir sicher? Spüre sie gedanklich auf. Veranlasse sie, die Muskeln unbeaufsichtigt zu lassen, sodass die Beinmuskeln ganz locker und weich werden.» Plötzlich hielt er inne und zeigte auf meinen Oberschenkel: «Schau, dort!», sagte er. «Dort hast du noch einen vergessen. Da sitzt noch so ein kleiner Kerl im Oberschenkel und zieht an deinen Muskeln herum. Hol ihn raus, Lobsang, hol ihn raus!»

Endlich waren meine Beine entspannt, und er war zufrieden.

«Jetzt tue dasselbe mit deinen Armen», sagte er. «Beginne mit den Fingern. Lass die kleinen Leute an den Handgelenken vorbei bis zu den Ellenbogen hinauf marschieren und dann bis zu den Schultern. Stell dir vor, wie du alle diese kleinen Leute aufforderst, wegzugehen, sodass weder eine Anspannung noch eine Spannung noch eine Empfindung zurückbleibt.»

Nachdem ich so weit gekommen war, sagte er: «So, und jetzt kommen wir zum Rumpf des Körpers selbst. Stell dir vor, dein Körper wäre ein Lamakloster. Denke an all die Mönche darin, die an deinen Muskeln herumziehen, damit du deine Arbeit verrichten kannst. Befiehl ihnen, wegzugehen. Achte darauf, dass sie zuerst den unteren Teil des Körpers verlassen, und danach werden alle Muskeln schlaff sein. Veranlasse sie, dass sie alles, was sie gerade in Arbeit haben, stehen und liegen lassen und weggehen. Fordere sie auf, deine Muskeln loszulassen, alle Muskeln, sodass dein Körper nur noch vom äußeren Hautgewebe, das ihn umgibt, zusammengehalten wird. Alles Darunterliegende erschlafft, hängt und findet seine eigene Anpassung. Dann ist dein Körper völlig entspannt.»

Er schien mit meinen Bemühungen offenbar zufrieden zu sein, denn er fuhr fort: «Das Wichtigste bei der Entspannung ist der Kopf. Sehen wir ihn uns einmal an. Was lässt sich mit ihm machen? Zunächst einmal dein Mund. Deine beiden Mundwinkel sind viel zu angespannt, Lobsang. Entspanne sie auf beiden Seiten. Du sprichst oder isst gerade nicht, also lass sie locker, bitte. Und warum kneifst du die Augen so fest zu? Sie werden nicht von einem Licht geblendet, also schließe die Augenlider nur ganz leicht, ohne sie anzuspannen.» Er ging zum offenen Fenster und schaute hinaus. «Unser bester Vertreter der Entspannung liegt da draußen und sonnt sich gerade. Du könntest dir ein Beispiel an ihm nehmen, denn niemand kann sich besser entspannen als eine Katze.»

Um dies niederzuschreiben, brauchte ich ziemlich lange, und wenn man es liest, scheint es vielleicht etwas schwierig zu sein. Doch mit nur ein klein wenig Übung ist es einfach, sich innerhalb von nur einer Sekunde zu entspannen. Diese Entspannungs-Methode ist unfehlbar. Alle, die aufgrund des Zivilisationsdrucks nervös und angespannt sind, täten gut daran, diese Technik zu üben sowie die mentale Entspannungs-Methode, die gleich anschließend folgt. Bei der letzteren Methode wurde mir geraten, etwas anders vorzugehen.

Mein Mentor erklärte sie mir: «Es macht wenig Sinn, körperlich entspannt zu sein, wenn man mental angespannt ist. Wenn du ganz entspannt daliegst, lenke dein Bewusstsein für einen Moment auf deine Gedanken. Verfolge diese Gedanken müßig und finde heraus, welcher Art sie sind. Siehst du, wie unbedeutend sie sind? Gebiete ihnen Einhalt und lass keine weiteren Gedanken mehr zu. Stell dir ein schwarzes Viereck vor, das aus Nichts besteht. Ein schwarzes Viereck, in dem die Gedanken versuchen, von einer Seite zur anderen zu springen. Zuerst wird es noch einigen Gedanken gelingen, hinüberzuspringen. Geh ihnen nach, hole sie zurück und lasse sie in das Nichts zurückspringen. Stell dir das wirklich ganz klar und lebhaft vor, und schon nach kurzer Zeit wirst du mühelos nur noch eine Schwärze ‹sehen› und dadurch eine völlige geistige und körperliche Entspannung genießen.»

Auch hier wieder ist die Erklärung weit komplizierter als die Anwendung. Es ist im Grunde ganz einfach, und mit ein klein wenig Übung stellt sich die Entspannung ganz von selbst ein. Es gibt viele Menschen, die nie ihren Geist und ihre Gedanken abschalten. Sie gleichen Menschen, die versuchen, Tag und Nacht aktiv zu sein. Wenn jemand versuchen würde, ohne Ruhepause ein paar Tage und Nächte lang zu wandern, würde er bald zusammenbrechen. Doch dem Gehirn und dem Geist gönnt man oft keine Ruhe. Bei uns wurde alles unternommen, um den Geist zu schulen.

Wir wurden im Judo bis zu den höchsten Graden unterrichtet, um unsere Selbstkontrolle zu schulen. Der Lama, der uns Judo lehrte, konnte zehn Angreifer gleichzeitig abwehren und besiegen. Er liebte Judo und passte manchmal seine Lehrmethoden an, um den Unterricht so interessant wie möglich zu gestalten. Im Westen mögen viele Menschen die «Würgegriffe» als roh und grausam empfinden, doch dieser Eindruck kann sehr, sehr täuschen. Ich habe bereits erwähnt, dass wir imstande waren, jemand mit einem bestimmten Nackengriff in Bruchteilen von Sekunden bewusstlos zu machen, noch ehe er wusste, dass er das Bewusstsein verloren hatte. Dieser leichte Druck setzt das Gehirn ohne Folgeschäden außer Kraft. In Tibet, wo es keine Narkose gibt, wird dieser Druckgriff häufig bei schwierigen Eingriffen angewendet, wie beim Ziehen eines Zahns oder beim Richten eines gebrochenen Knochens. Der Patient spürt nichts und leidet nicht. Der Nackengriff wird auch bei Einweihungen eingesetzt, wenn das Ich vom physischen Körper befreit wird, um auf Astralreise zu gehen. Dank dieses Judo-Trainings waren wir auch fast immun gegen Stürze. Ein Bereich des Judo beinhaltet das Wissen, wie man sanft landet. Diese Technik wird «Falltechnik» genannt, und es war für uns Jungen üblich, nur zum Spaß von meterhohen Mauern herunterzuspringen.

Jeden zweiten Tag, bevor unser Judounterricht begann, mussten wir die «Gebote des Mittelweges» aufsagen – welche die Grundlage des Buddhismus bildeten. Diese lauten:

Rechte Ansichten: Das sind Ansichten und Meinungen, die frei von Täuschungen und Selbstsucht sind.

Rechtes Bestreben: Dies führt zu hohen, achtbaren Absichten und Anschauungen.

Rechte Äußerungen: Man erweist sich als freundlich, entgegenkommend und wahrhaftig.

Rechtes Betragen: Dadurch wird man ruhig, ehrlich und selbstlos.

Rechte Lebensführung: Um dies zu befolgen, muss man vermeiden, Menschen oder Tieren Schaden zuzufügen, und man muss auch den Letzteren ihre Rechte als Lebewesen zugestehen.

Rechte Bemühungen:	Man muss über Selbstkontrolle verfügen und sich einer konstanten Selbstschulung unterziehen.
Rechte Achtsamkeit:	Dabei hegt man die richtigen Gedanken und versucht, das zu tun, was als richtig erachtet wird.
Rechte Verzückung:	Dies ist die Freude, die aus der Meditation über die Wirklichkeiten des Lebens und über das Überselbst hervorgeht.

Wenn einer von uns gegen diese Gebote verstieß, mussten wir beim Haupteingang des Tempels mit dem Gesicht nach unten auf der Schwelle liegen, sodass jeder, der hineingehen wollte, gezwungen war, über den Körper hinwegzusteigen. Hier mussten wir vom Morgengrauen bis zum Eindunkeln der Nacht reglos und ohne Speis und Trank ausharren. Es wurde als eine große Schande angesehen.

Nun war ich also ein Lama, einer der Elite, einer der «Höheren». Das klang nicht schlecht, hatte aber seine Tücken. Vorher musste ich die erschreckende Zahl von zweiunddreißig priesterlichen Verhaltensregeln befolgen. Jetzt, als Lama, stellte ich mit Schrecken und Bestürzung fest, dass es insgesamt zweihundertdreiundfünfzig Regeln gab. Im Chakpori verstießen die weisen Lamas nie gegen diese Regeln! Es schien mir, als wäre die Welt voller Dinge, die ich noch lernen musste. Ich dachte, mein Kopf müsste bersten. Doch es war sehr schön, oben auf dem Dach zu sitzen und den Dalai Lama unten im Tal zu beobachten, wie er im Norbu Linga, dem Juwelenpark, ankam. Ich musste mich jedoch versteckt halten, wenn ich Seine Heiligkeit so beobachtete, denn niemand durfte von oben auf ihn herabschauen. Von der anderen Seite unseres «Eisenbergs» aus hatte ich einen wunderbaren Blick auf zwei weitere schöne Parks unten im Tal: den Khati Linga und den Dodpal Linga, auch Kaling Chu genannt, der auf der anderen Seite des Flusses lag. «Linga» bedeutet «Park» oder entspricht zumindest am ehesten diesem westlichen Begriff. Etwas weiter nördlich konnte ich das «Westtor», den Pargo Kaling, sehen. Dieser große Chörten überspannte mit seinem riesigen Torbogen die Straße, die von Drepung am Dorf Shö vorbei in die Innenstadt führte. Etwas näher, fast am Fuße des Chakpori, stand ein weiterer Chörten zum Gedenken an einen unserer Nationalhelden, König Gesar, der in den kriegerischen Tagen, bevor der Buddhismus und mit ihm der Friede ins Land kam, in Tibet regierte.

Arbeit? Davon gab es jede Menge. Doch es gab auch Kompensationen und Vergnügungen. Es war auch Kompensation in vollem Maße und darüber hinaus, mit Männern wie dem Lama Mingyar Dondup zu verkehren. Männer, deren ganzes Denken auf Frieden und Hilfe für andere ausgerichtet war. Belohnt wurde man aber auch immer wieder von der schönen Aussicht auf das herrliche grüne Tal, das von geliebten Bäumen übersät war. Es war eine Freude, das blaue Wasser der Bäche und Flüsse zu sehen, die sich von den Bergen herab und über das Land schlängelten, die schimmernden Chörten und die malerischen Lamaklöster und Einsiedeleien hoch oben an den unzugänglichsten Berghängen. Mit Ehrfurcht blickte man auf die goldenen Kuppeln des Potala in der Nähe und die glänzenden Dächer des Jokhang-Tempels weiter im Osten. Die Freundschaft mit den anderen und die gute, wenn auch etwas rauere Kameradschaft mit den rangniederen Mönchen prägten unser Leben ebenso wie der vertraute Duft des Weihrauchs, der im Tempel schwebte. All das machte unser Leben aus und machte es lebenswert. Mühsale? Ja, die gab es auch reichlich. Doch die Mühe lohnte sich. In jeder Gemeinschaft gibt es Menschen mit wenig Verständnis und Vertrauen, aber hier im Chakpori waren sie in der Minderheit.

Kapitel 12
Kräuter und Drachen

Die Wochen vergingen wie im Flug. Es gab so viel zu tun, zu lernen und zu planen. Jetzt konnte ich mich auch vertieft mit den okkulten Themen befassen und erhielt in diesen Fächern Spezialunterricht. Eines Tages, anfangs August, sagte mein Mentor zu mir: «Wir werden dieses Jahr zusammen mit den Kräutersammlern in die Berge gehen. Du wirst die Heilpflanzen in ihrer natürlichen Umgebung erleben und viele nützliche Kenntnisse erwerben. Außerdem werden wir dir das richtige Drachenfliegen beibringen!»

Vierzehn Tage lang waren alle damit beschäftigt, neue Ledersäcke anzufertigen und die alten zu reinigen. Zelte mussten ausgebessert und die Tragtiere genau untersucht werden, um sicherzustellen, dass sie den Anforderungen des langen Marsches gewachsen waren. Unsere Truppe bestand aus zweihundert Mönchen. Das alte Lamakloster Tra Yerpa sollte unser Basislager sein. Von dort aus sollten täglich Gruppen in die benachbarten Gebiete aufbrechen, um nach Kräutern zu suchen. Ende August brachen wir unter großem Hali und Hallo auf. Die Zurückgebliebenen versammelten sich rund um die Klostermauern und sahen uns nach. Sie beneideten uns um unsere Ferien und die Abenteuer, die vor uns lagen. Da ich nun ein Lama war, ritt ich ein weißes Pferd. Ein paar wenige von uns machten sich mit minimalem Gepäck auf den Weg, um vorauszureiten. So konnten wir mehrere Tage in Tra Yerpa verbringen, bevor die anderen eintrafen. Unsere Pferde konnten fünfundzwanzig bis dreißig Kilometer am Tag zurücklegen, die Yaks aber kaum mehr als zwölf bis fünfzehn. Damit wir schneller ankommen konnten, beluden wir unsere Pferde nur leicht. Die Yak-Karawane, bei der jedes Tier die übliche Last von annähernd achtzig Kilo trug, folgte uns langsamer hinterher.

Wir waren unserer siebenundzwanzig, die den Vortrupp bildeten. Zu unserer Erleichterung erreichten wir das alte Lamakloster tatsächlich schon nach wenigen Tagen. Der Weg dorthin war ziemlich beschwerlich gewesen, vor allem für mich, da Reiten nicht zu meinen Vorlieben gehörte. Inzwischen konnte ich mich wenigstens schon im Sattel halten, wenn das Pferd galoppierte, aber damit endete auch schon meine Reitkunst. Auf dem Sattel stehen wie andere konnte ich nie. Stattdessen saß ich auf dem Pferd und klammerte mich an ihm fest – es sah vielleicht nicht sehr würdevoll aus, aber es war zumindest sicher. Die Mönche des Klosters hatten unser Kommen schon bemerkt, als wir über die Berghänge hinaufgeritten kamen. Zur Begrüßung bereiteten die Mönche, die das ganze Jahr dort wohnten, große Mengen Buttertee, Tsampa und Gemüse zu. Das taten sie nicht ganz uneigennützig, denn sie warteten alle schon gespannt auf die Neuigkeiten aus Lhasa und freuten sich auf die üblichen Geschenke, die wir mitbrachten. Auf dem flachen Dach des Tempels stiegen dichte Rauchsäulen aus den Räucherbecken auf. Mit neuer Energie ritten wir, bei dem Gedanken, unser Reiseziel endlich erreicht zu haben, in den Hof des Lamaklosters ein. Die meisten der anderen Lamas begrüßten alte Freunde, den Lama Mingyar Dondup aber schien jeder zu kennen. Plötzlich war er im Gedränge der ihn begrüßenden Menge verschwunden, und ich fühlte mich auf einmal mutterseelenallein auf der Welt. Doch schon nach wenigen Minuten hörte ich ihn rufen: «Lobsang, Lobsang, wo bist du?» Ich antwortete sofort, und noch ehe ich mich versah, hatte die Menge eine Gasse gebildet, und ich wurde mehr oder weniger von ihr verschlungen. Mein Mentor sprach mit einem älteren Abt, der sich nach mir umdrehte und sagte: «So, so, das ist er also? Sehr schön, sehr schön! Und so jung ist er noch!»

Mein Hauptanliegen galt wie gewöhnlich dem Essen. Alle machten sich, ohne noch weiter Zeit zu verlieren, auf in Richtung Speisesaal. Dort saßen wir und aßen schweigend, so als befänden wir uns immer noch im Chakpori. Es herrschte einigen Zweifel darüber, ob das Chakpori ein Zweig von Tra Yerpa sei oder umgekehrt. Auf jeden Fall gehörten beide Lamaklöster zu den ältesten in Tibet. Tra Yerpa war sehr bekannt für seinen Besitz an sehr wertvollen Büchern über Pflanzenheilkunde, in denen Anwendungen und Behandlungen mit Kräutern niedergeschrieben waren. Ich sollte nun hier die Gelegenheit bekommen, sie zu lesen und mir daraus die benötigten Notizen zu machen. Hier wurde auch ein Bericht verwahrt, der von der ersten Expedition in das Hochland von Chang Tang berichtete. Zehn Männer hatten ihn verfasst, nachdem sie seinerzeit diese ungewöhnliche Reise unternommen hatten. Im Augenblick interessierte mich jedoch mehr das nahegelegene flache Plateau, auf dem wir angeblich unsere Drachen steigen lassen würden.

Die Landschaft hier war eigenartig. Riesige Berggipfel ragten aus dem allmählich ansteigenden Gelände empor. Dann wieder erstreckte sich flaches Tafelland, wie auf Terrassen angelegte Gärten, mit breiten, stufenartigen Absätzen, die vom Fuße der Berge immer höher hinaufreichten. Einige dieser tieferliegenden Absätze waren reich an Heilpflanzen. Hier fand man eine Moosart, die eine viel größere Saugkraft hatte als das Sumpfmoos, und eine weitere kleine Pflanze mit gelben Beeren hatte eine erstaunlich schmerzstillende Wirkung. Die Mönche und die Jungen sammelten die Pflanzen und legten sie zum Trocknen aus. Obwohl ich als Lama die Aufsicht hätte übernehmen können, diente diese Reise für mich vor allem der praktischen Ausbildung, die mir der Lama Mingyar Dondup als Experte für Pflanzenheilkunde vermitteln wollte.

Doch im Augenblick, als ich mich umsah, beschäftigte mich nur ein Gedanke: das Drachenfliegen und die manntragenden Flugdrachen. In einem Gebäude hinter mir, das zum Lamakloster gehörte, lag ein Stapel Latten, gelagertes Fichtenholz, das aus einem weit entfernten Land hierhergebracht wurde. Solche Bäume wuchsen in Tibet nicht; Fichtenholz, vermutlich aus Assam, galt als ideales Material für den Drachenbau, da es harte Stöße aushielt, ohne zu brechen, und gleichzeitig leicht und stabil war. Wenn die Drachenflugzeit vorbei war, wurden die Holzlatten überprüft und für das nächste Mal aufbewahrt.

Die Disziplin hier war nicht minder streng als im Chakpori. Wir hielten weiterhin unsere Mitternachtsandachten sowie die anderen Andachten zu den regulären Zeiten ab. Das war, wenn man es genauer überlegte, eine sehr weise Entscheidung. Es wäre uns später viel schwerer gefallen, die langen Stunden wieder einzuhalten, wenn wir es hier lockerer gehabt hätten. Die ganze Zeit, die wir sonst in der Schule im Unterricht verbracht hätten, wurde stattdessen für das Kräutersammeln und Drachenfliegen genutzt.

Hier in diesem Lamakloster, das sich an den Berghang schmiegte, befanden wir uns noch immer im hellen Tageslicht, während das Gelände unterhalb bereits im purpurnen Schatten verschwand, und wir den leisen Abendwind durch die spärliche Vegetation rascheln hören konnten. Als die Sonne hinter den fernen Berggipfeln versank, befanden auch wir uns im Dunkeln. Unter uns sah die Landschaft wie ein schwarzer See aus. Nirgendwo war ein Lichtschimmer zu sehen. Nirgendwo, soweit das Auge reichte, gab es ein lebendes Geschöpf, außer hier in diesen wenigen heiligen Gebäuden. Mit dem Sonnenuntergang zogen die Nachtwinde auf und vollzogen das Werk der Götter, indem sie jeden Winkel der Erde herausfegten. Während der Wind unten im Tal entlangwehte, geboten ihm die Berghänge Einhalt, und er wurde durch die Felsklüfte hinauf kanalisiert, wo er bei uns oben, wie ein Riesenmuschelhorn, das zur Andacht rief, mit einem dumpfen, klagenden Ton auf die obere Luftschicht traf. Rings um uns herum knackten und krachten die Felsen. Jetzt, wo die Hitze des Tages nachgelassen hatte und die kühle Nacht einsetzte, begannen sie sich zu bewegen und zusammenzuziehen. Über uns funkelten die Sterne am dunklen Nachthimmel. Die Alten pflegten zu sagen, dass auf Buddhas Geheiß, Gesars Heerscharen ihre Lanzen in den Himmelsboden gerammt hätten und die Sterne nur das Licht des Himmelsraumes seien, das durch die Löcher scheine.

Plötzlich übertönten neue Töne das Brausen des stärker werdenden Windes. Die Tempeltrompeten verkündeten das Ende eines weiteren scheidenden Tages. Als ich zum Dach hinaufblickte, sah ich silhouettenhaft die Mönche, deren Roben im Wind flatterten, während sie ihrer priesterlichen Pflicht nachkamen. Für uns bedeutete der Trompetenruf Schlafenszeit bis Mitternacht. Überall in den Gängen und Tempeln standen noch kleine Gruppen von Mönchen beisammen und sprachen über die Geschehnisse in Lhasa und der fernen Welt jenseits. Sie unterhielten sich über unseren verehrten und geliebten Dalai Lama, die bedeutendste Inkarnation aller bisherigen Dalai Lamas. Beim Erklingen des Tagesabschlusses zerstreuten sich die Mönche allmählich und suchten ihre verschiedenen Nachtlager auf. Nach und nach erstarb jedes Geräusch im Lamakloster, und es herrschte eine Atmosphäre des Friedens.

Ich lag auf dem Rücken und blickte durch ein kleines Fenster hinaus. Heute Abend war ich viel zu aufgeregt, um gleich Schlaf zu finden, oder schlafen zu wollen. Die Sterne funkelten über mir, und ich hatte noch mein ganzes Leben vor mir! So vieles davon wusste ich schon, vor allem das, was mir vorhergesagt worden war; aber vieles blieb ungesagt. Die Prophezeiungen über Tibet! Warum, warum nur stand uns ein feindlicher Einmarsch bevor? Was hatten wir verbrochen? Wir waren doch ein friedliebendes Volk, das nichts anderes wollte, als sich spirituell weiterzuentwickeln. Warum begehrten andere Nationen unser Land? Wir begehrten doch nichts anderes als das, was uns gehörte. Warum wollten uns andere Völker einnehmen und versklaven? Alles, was wir uns wünschten, war, in Frieden gelassen zu werden und unseren eigenen Weg gehen zu können. Und von mir wurde erwartet, genau zu jenen Menschen zu gehen, die uns später überfallen sollten, um ihre Kranken zu heilen und ihren Verwundeten zu helfen, in einem Krieg, der zu diesem Zeitpunkt noch gar nicht begonnen hatte. Ich kannte die Vorhersagen. Ich kannte die künftigen Ereignisse und Stationen, aber dennoch musste ich weitergehen wie ein Yak auf seinem Pfad, das alle Zwischenhalte und Rastplätze kannte und wusste, wo die Weiden schlecht waren, und trotzdem weitertrotten musste, um am Zielort anzukommen. Doch vielleicht denkt auch ein Yak beim ersten Anblick der Heiligen Stadt, wenn es den Bergrücken der ehrfürchtigen Niederwerfung erreicht hat, dass es sich gelohnt hat.

Das Dröhnen der Tempeltrommeln ließ mich unsanft aus dem Schlaf hochfahren. Ich hatte überhaupt nicht gemerkt, dass ich eingeschlafen war. Mit einem nicht gerade priesterlichen Gedanken stand ich torkelnd auf und suchte schlaftrunken nach meiner Robe, die nicht gleich zu finden war. Mitternacht? Ich werde nie wach bleiben können. Hoffentlich falle ich nicht die Treppe hinunter. Oh, wie kalt es hier ist! Zweihundertdreiundfünfzig Regeln soll ein Lama befolgen? Nun, eine davon habe ich soeben gebrochen, weil ich mich gedanklich erhitzen ließ, als ich so plötzlich geweckt wurde. Ich stolperte hinaus und schloss mich den anderen an, die wie ich heute angekommen und genauso schlaftrunken waren. Wir gingen in den Tempel und stimmten in die Wechselgesänge der Andacht ein.

Man hat mich gefragt: «Aber, wenn du die Schwierigkeiten und die Mühsale schon kanntest, die dir vorausgesagt worden waren, warum konntest du sie nicht umgehen?»

Die einleuchtendste Antwort auf diese Frage lautet: «Wenn ich die Prophezeiungen hätte umgehen können, dann hätten sie sich schon aufgrund der bloßen Tatsache der Umgehung als falsch erwiesen!»

Prophezeiungen sind Wahrscheinlichkeiten; sie bedeuten nicht, dass der Mensch keinen freien Willen hat. Keineswegs. Angenommen, jemand möchte von Darjeeling nach Washington reisen. Er kennt den Ausgangspunkt und sein Reiseziel. Wenn er sich die Mühe macht und eine Landkarte studiert, dann wird er auf seinem Weg, um seinen Bestimmungsort zu errei-

chen, an bestimmten Orten vorbeikommen. Obwohl es möglich ist, diese
«bestimmten Orte» zu umgehen, ist es bei Weitem nicht immer das Klügste.
Die Reise könnte deswegen länger dauern oder kostspieliger werden. Oder
ein ähnliches Beispiel: Jemand möchte gerne mit dem Auto von London
nach Inverness fahren. Ein kluger Fahrer schaut sich zuerst eine Landkarte
an oder nutzt eine Straßenkarte eines Automobilclubs. Auf diese Weise kann
er schlechte Straßen vermeiden oder, wenn das nicht möglich ist, zumindest
auf deren schlechten Zustand vorbereitet sein und langsamer fahren. Mit
den Prophezeiungen verhält es sich gleich. Es zahlt sich nicht immer aus,
den leichten und bequemen Weg zu nehmen. Als Buddhist glaube ich an die
Reinkarnation und daran, dass wir auf die Erde kommen, um zu lernen.
Wenn man in der Schule ist, dann erscheint einem alles sehr hart und schwer.
Die Schulfächer wie Geschichte, Geografie, Mathematik und andere erscheinen langweilig, unnötig und sinnlos. So empfinden wir es während unserer
Schulzeit. Haben wir sie aber einmal verlassen, dann sehnen wir uns vielleicht wieder nach der guten alten Schule. Wir sind vielleicht stolz auf sie,
stolz, dass wir ein Abzeichen, eine Schleife oder sogar eine bestimmte Farbe
auf der Mönchsrobe tragen. So ist es auch im Leben. Es ist hart und streng,
und die Lektionen, die wir lernen müssen, sind dazu da, jeden einzelnen von
uns auf die Probe zu stellen und niemand anderer. Doch wenn wir die Schule
auf dieser Erde verlassen, dann tragen wir vielleicht unsere Abzeichen mit
Stolz. Ich jedenfalls hoffe, meinen Heiligenschein später einmal mit erhobe-
nem Haupt tragen zu können! Schockiert? Kein Buddhist wäre es. Sterben
bedeutet nur, unsere alte, leere Körperhülle zu verlassen und in einer besseren Welt wiedergeboren zu werden.

Mit dem ersten Morgenlicht waren wir auf und brannten darauf, alles
auszukundschaften. Die älteren Männer wollten noch diejenigen treffen, die
sie am Abend zuvor verpasst hatten. Ich hingegen wollte nichts anderes, als
die großen, manntragenden Flugdrachen sehen, von denen ich schon so viel
gehört hatte. Zuerst aber wurden wir durch das ganze Lamakloster geführt,
damit wir uns überall auskannten. Als wir uns hoch oben auf dem Dach des

Lamaklosters befanden, schauten wir uns um. Wir blickten zu den hochaufragenden Berggipfeln hinauf und dann wieder hinunter in die furchteinflößenden Schluchten. Weit entfernt konnte ich einen breiten Strom sehen, der gelbe, gelöste Erde mit sich führte. Etwas näher waren die Flüsse blau wie der Himmel und wirkten durch ihre Fließgeschwindigkeit leicht gerippt. In ruhigen Momenten konnte ich hinter mir das fröhliche Plätschern eines kleinen Baches hören. Eilig suchte er seinen Weg den Hang hinunter, um sich mit anderen Sturzbächen und Flüssen zu vereinen, die in Indien zum mächtigen Brahmaputra werden sollten. Dieser mündete später in den heiligen Ganges und ergoss sich schließlich in die Bucht von Bengalen. Die Sonne ging über den Bergen auf, und die kalte Morgenluft erwärmte sich rasch. In der Ferne konnten wir einen einzelnen Geier auf der Suche nach Nahrung kreisen sehen. Neben mir stand ein Lama, der mich sehr respektvoll auf verschiedene interessante Gegebenheiten aufmerksam machte. «Respektvoll», weil ich ein Schützling des beliebten Mingyar Dondup war, und auch respektvoll, weil ich die Kraft des «dritten Auges» besaß und ein Trülku war, wie wir die anerkannten Reinkarnierten nennen.

Es könnte vielleicht einige interessieren, wie man einen «Reinkarnierten» erkennen kann. Hier sind einige kurze Informationen dazu:

Wenn die Eltern eines Jungen aufgrund seines Verhaltens bemerken, dass ihr Sohn über mehr Wissen verfügt als gewöhnlich, oder wenn er irgendwelche «Erinnerungen» hat, die sich auf normale Weise nicht erklären lassen, dann wenden sich die Eltern an einen Abt eines nahegelegenen Lamaklosters. Sie bitten ihn, den Jungen von einem Komitee überprüfen zu lassen. Zuerst werden Horoskope seines früheren Lebens erstellt, und der Junge wird auf bestimmte körperliche Merkmale untersucht. Dazu gehören besondere Merkmale an den Händen, Schulterblättern und Beinen. Wenn solche Merkmale vorhanden sind, wird weiter nach Hinweisen gesucht, wer der Junge in seinem früheren Leben gewesen sein könnte. Es kann auch sein, dass ihn eine Gruppe Lamas wiedererkennen können (so wie es bei mir war). In einem solchen Fall werden noch einige Besitztümer aus seinem letzten

Leben vorhanden sein. Diese werden ihm zusammen mit anderen, äußerlich scheinbar ganz gleichen Gegenständen vorgelegt. Der Junge muss alle Gegenstände, insgesamt neun, die er in einem früheren Leben einmal besessen hatte, wiedererkennen. Dazu sollte er im Alter von drei Jahren in der Lage sein.

Einen dreijährigen Jungen erachtet man noch als zu jung, um von den Eltern hinsichtlich der Beschreibung früherer Gegenstände beeinflusst zu werden. Wenn der Junge noch jünger ist, umso besser. Eigentlich spielt es überhaupt keine Rolle, wenn die Eltern versuchen würden, dem Jungen einzureden, wie er vorgehen soll, da sie während des Auswählens der Gegenstände nicht anwesend sind. Der Junge muss aus möglichen dreißig Gegenständen mindestens neun auswählen. Zwei falsch gewählte gelten als Misserfolg. Wenn der Junge erfolgreich wählt, wird er als frühere Inkarnation anerkannt, und seine Erziehung sowie seine Ausbildung werden entsprechend gefördert. An seinem siebten Geburtstag werden ihm die Voraussagen für seine Zukunft vorgetragen. In diesem Alter nimmt man an, dass er imstande ist, alles zu verstehen, was man ihm sagt und lehrt. Aus eigener Erfahrung weiß ich, dass er es versteht!

Der «respektvolle» Lama neben mir hatte wohl all dies im Hinterkopf, als er mich auf die Besonderheiten der Gegend aufmerksam machte. Dort drüben, erklärte er mir, rechts von diesem Wasserfall, sei eine günstige Stelle, wo man «Noli me tangere» finde, das Springkraut, dessen Tinktur man zur Entfernung von Hühneraugen und Warzen sowie zur Linderung von Wassersucht und Gelbsucht verwende. Dort in dem kleinen See könne man «Polygonum hydropiper» sammeln, eine spitzblättrige Pflanze mit hängenden rosa Blüten, die unter Wasser wachse. Die Blätter dieser Pflanze verwenden wir gegen Rheumaschmerzen und zur Linderung von Cholera. Hier an diesem Standort sammeln wir die gewöhnlichen Kräuter, wogegen die selteneren Heilkräuter nur im Hochgebirge vorkommen.

Da sich manche Leute für Heilpflanzen interessieren, hier eine Auswahl von einigen unseren geläufigeren Arten und deren Verwendungszweck. Die englischen Bezeichnungen, sofern es sie denn geben sollte, kenne ich leider nicht, deshalb gebe ich hier die lateinischen Namen an. «Allium sativum» ist ein sehr gutes Antiseptikum und wird häufig bei Asthma und anderen Atemwegserkrankungen verwendet. Ein weiteres gutes Antiseptikum, das jedoch nur in sehr kleinen Mengen angewendet wird, ist «Balsamodendron myrrha». Es wird vor allem bei Zahnfleisch- und Schleimhauterkrankungen eingesetzt. Innerlich eingenommen, mildert es Hysterie.

Eine sehr hohe Pflanze mit cremefarbenen Blüten liefert einen Pflanzensaft, der vor Insektenstichen schützt. Die lateinische Bezeichnung lautet «Bocconia cordata» – vielleicht wissen das die Insekten und werden schon vom bloßen Namen abgeschreckt! Es gab auch eine Pflanze, «Ephedra sinica», die wir zur Pupillenerweiterung verwenden; sie hat eine ähnliche Wirkung wie Atropin. Sie ist auch sehr hilfreich bei niedrigem Blutdruck und in Tibet eines der Hauptmittel gegen Asthma. Wir verwenden die getrockneten und zu Pulver verarbeiteten Zweige und Wurzeln.

Cholera war aufgrund des üblen Geruchs und der eitrigen Wunden sowohl für die Patienten als auch für die Ärzte äußerst unangenehm. «Ligusticum levisticum» beseitigte jeden üblen Geruch. Hier eine spezielle Anmerkung für die Damen: Die Chinesinnen verwendeten die Blütenkronblätter der «Hibiscus rosa-sinensis», um sich damit die Augenbrauen schwarz zu färben oder auch das Schuhleder! Den Absud der gekochten Blätter verwendeten wir äußerlich als Lotion zur Kühlung von Fieberpatienten. Und noch zwei Anwendungen für die Damen: «Lilium tigrinum» heilt zuverlässig Eierstockneuralgien. Die «Flacourtia indica» dagegen, vor allem deren Blätter, beseitigen die meisten anderen «undefinierbaren» Beschwerden, die den weiblichen Organismus betreffen.

Aus der Pflanzengattung «Sumach Rhus» liefert die «vernicifera» den Chinesen und den Japanern die Bestandteile für den «chinesischen Lack». Bei Diabetes verabreichten wir «glabra», während die «aromatica» sehr hilfreich bei Hautkrankheiten, Nieren- und Blasenbeschwerden und Blasenentzündung ist. Ein weiteres, sehr wirksames Mittel wurde aus den Blättern der

«Arctostaphylos uva-ursi» hergestellt, um schwere Blasengeschwüre abklingen zu lassen. Die Chinesen bevorzugen «Bignonia grandiflora», aus deren Blüten sie ein entzündungshemmendes Mittel gegen allgemeine Leiden herstellten. In späteren Jahren machte ich im Gefangenenlager die Erfahrung, dass «Polygonum bistorta», das in Tibet bei chronischer Dysenterie zur Anwendung kam, uns tatsächlich sehr gute Dienste leistete.

Frauen, die sich unvorsichtig der Liebe hingegeben haben, bedienten sich bei uns häufig eines Präparats aus «Polygonum erectum» – eine sehr sichere Methode, um einen Abort herbeizuführen. Wenn sich jemand verbrannt hatte, dann konnten wir ihm mit der «Siegesbeckia orientalis» zu einer «neuen Haut» verhelfen. Die Pflanze ist einen Meter zwanzig hoch und hat gelbe Blüten. Der Pflanzensaft, den man auf die Wunden oder auf die Verbrennungen auftrug, bildete eine neue Haut, so ähnlich wie ein Kolloid. Wird der Pflanzensaft eingenommen, so wirkt er ähnlich wie Kamille. Zur Blutstillung von Wunden verwendeten wir «Piper angustifolium». Die Unterseiten der herzförmigen Blätter sind dazu besonders geeignet. Dies sind unsere gebräuchlichsten Heilkräuter. Die meisten anderen haben keine lateinischen Bezeichnungen, da sie in den westlichen Ländern, wo diese lateinischen Bezeichnungen vergeben werden, nicht bekannt sind. Ich erwähne sie hier nur, um festzuhalten, dass auch wir einige Kenntnisse in der Pflanzenheilkunde hatten!

Von unserem Aussichtspunkt aus konnten wir an diesem hellen, sonnigen Tag die ganze Gegend überblicken. Wir schauten hinunter in die Täler, wo all diese Pflanzen an geschützten Orten wuchsen. Etwas weiter entfernt, hinter dieser kleinen fruchtbaren Region, konnten wir sehen, dass das Land zunehmend karger und unwirtlicher wurde. Man erzählte mir, dass auf der anderen Seite des Gebirgsstocks, an dessen Flanke sich das Lamakloster anschmiegte, eine sehr öde Gegend liege. Das alles könne ich später in der Woche selbst sehen, wenn ich hoch oben in einem manntragenden Flugdrachen darüber schweben würde.

Später, noch am selben Vormittag, ließ mich mein Mentor rufen und sagte: «Komm, Lobsang, wir wollen mit den anderen mitgehen. Sie wollen den Drachen-Flugplatz ansehen. Das wird ein großer Tag für dich werden!» Es bedurfte keiner weiteren Aufforderung. Ganz aufgeregt sprang ich auf. Am liebsten wäre ich gleich losgerannt. Unten am Haupteingang des Lamaklosters erwartete uns eine Gruppe Mönche in ihren roten Roben. Wir gingen zusammen die Treppen hinunter und entlang dem zugigen Tafelland.

Hier oben gedieh fast nichts. Der Boden bestand aus etwas festgepresster Erde auf hartem Felsgestein. Einige spärliche Büsche hielten sich in den Felsritzen fest, als ob sie Angst hätten, über den Rand in die Schlucht darunter zu fallen. Über uns, auf dem Dach des Lamaklosters, wehten die Gebetsfahnen steif und gleichmäßig im Wind. Immer wieder mal knackten und knarrten die Fahnenmasten unter ihrer Spannung, aber sie hielten ihnen stand, wie sie es seit undenklichen Zeiten getan hatten. In der Nähe scharrte ein junger Novize aus Langeweile die Erde mit den Stiefeln auf, die der Wind wie eine Rauchwolke mit aller Kraft davonblies. Wir überquerten das langgestreckte Plateau und gingen auf eine Felsflanke zu, die sanft vom Hang bis zum Gipfel anstieg. Unsere Roben wurden fest gegen unsere Rücken gepresst und vorne bauschten sie sich auf. Der Wind schob uns vor sich her, sodass wir Mühe hatten, nicht in einen Laufschritt zu verfallen. Etwa sechs bis zehn Meter von der Felsflanke entfernt, klaffte eine tiefe Felsspalte im Boden. Aus ihr blies der Wind sturmartig herauf und schleuderte manchmal wie beschleunigte Pfeile kleine Steinchen oder Flechtenstücke in die Luft. Der Wind, der weit unten im Tal entlang wehte, wurde von den Felsformationen eingefangen, sammelte sich, und weil er keinen anderen Ausweg als den durch die Felsspalte fand, brauste er mit hohem Druck durch sie hindurch, um oben auf dem Tafelland mit einem Befreiungsgeheul wieder hervorzubrechen. Man erzählte uns, dass das Tosen des Windes in der Sturmwindsaison manchmal dem Brüllen von Dämonen gleiche, die aus den tiefsten Abgründen stiegen und nach neuen Opfern suchten. Der Wind, der weit unten durch die Schlucht fegte, veränderte je nach Stärke den Druck in der Felsspalte, und so fiel und stieg der Geräuschpegel auch.

Doch jetzt an diesem Morgen blies der Wind beständig. Die Geschichten, die man sich in der Gegend erzählte, erschienen mir durchaus glaubhaft: Kleine Jungen, die in den Aufwind gerieten, wurden direkt vom Boden in die Luft gehoben und fielen danach in die Felsspalte, vielleicht fünfhundert Meter tief. Doch dieser Ort war genau der Richtige, um Drachen steigen zu lassen. Die Windkraft, die durch die Felsspalte hochbrauste, war so stark, dass es einen Drachen direkt vom Boden in die Luft heben konnte. Uns wurde das zuerst anhand kleinerer Drachen demonstriert, die jenen ähnelten, die ich als kleiner Junge zu Hause hatte steigen lassen. Es war erstaunlich, die Drachenschnur zu halten und zu spüren, wie stark selbst ein kleiner Spielzeugdrachen den Arm nach oben zog.

Wir wurden über das felsige Plateau geführt, und die erfahrensten Mönche wiesen uns auf alle möglichen Gefahren hin: auf die Berggipfel, die für ihre tückischen Fallwinde bekannt waren, oder auf jene, die einen seitwärts zu treiben schienen. Jeder Mönch, der in einem Drachen flog, müsse, so erklärte man uns, einen Stein mitnehmen, an dem ein Seidenkhata befestigt ist, das mit Gebeten an die Luftgötter gerichtet ist, um den Neuling in ihrem Luftraum zu segnen. Dieser Stein müsse man auf einer bestimmten Höhe «den Winden zuwerfen». Dann läsen die Luftgötter das Gebet, sobald sich das Spruchband abgerollt hat, und behüteten so den Drachenflieger – hoffentlich – vor allem Unglück.

Als wir wieder zurück im Lamakloster waren, gab es viel zu tun. Wir schafften das ganze Material heraus, mit dem wir die Drachen zusammenbauen wollten. Alles wurde sorgfältig geprüft. Die Holzlatten wurden zentimetergenau untersucht, um sicherzustellen, dass sie keine Risse, Sprünge oder andere schadhaften Stellen aufwiesen. Die Seide zur Bespannung der Drachen wurde auf einem sauberen und ebenen Boden ausgerollt. Mönche krochen auf Händen und Knien umher und überprüften jeden Quadratzentimeter davon. Nach zufriedenstellender Überprüfung wurde der Rahmen des Drachens zusammengebaut und kleine Haltekeile eingerammt. Der Drachen war kastenförmig, etwa zwei Meter vierzig im Quadrat und etwa drei Meter lang, und die Flügel zu beiden Seiten hatten eine Länge von zweieinhalb bis drei Metern. Unten an den Flügelenden mussten Halbkufen aus Bambusrohr angebracht werden. Diese dienten als Gleitkufen, um die Flügel beim Start und bei der Landung zu schützen. Unter dem verstärkten «Boden» des Drachens befand sich der ganzen Länge eine durchgehende Kufe aus Bambusrohr, die wie die Spitzen unserer tibetischen Stiefel vorne aufgebogen war. Diese spezielle Bambusstange war etwa so dick wie mein Handgelenk und war so angebracht, dass sie zusammen mit den Flügelschonern eine Berührung der Seidenbespannung am Boden verhinderte, wenn der Drachen am Boden stand.

Ich war beim ersten Anblick des Seils aus Yakhaar überhaupt nicht begeistert. Das Seil sah mir eher nach nichts aus. Nach oben zum Drachen hin gabelte es sich in ein V, und die zwei Stränge wurden seitlich, einer links und einer rechts, unterhalb der Flügel am Rahmen des Gehäuses befestigt. Von dort reichte das V des Seils dann bis vor die Kufe aus Bambus hinunter. Zwei Mönche hoben den Drachen auf und trugen ihn hinüber ans Ende des flachen Plateaus. Es war gar nicht so einfach, ihn über die Aufwindstelle zu tragen. Viele Mönche waren nötig, um ihn zu halten und hinüberzutragen.

Zuerst führten wir einen Testversuch durch, bei dem wir das Seil selbst halten und ziehen wollten, anstatt die Pferde vorzuspannen. Mehrere Mönche hielten das Seil, während der Drachenmeister das Ganze aufmerksam beobachtete. Auf sein Kommando rannten die Mönche los und zogen den Drachen so schnell sie konnten hinter sich her. Bei der Felsspalte wurde der Drachen augenblicklich vom Aufwind erfasst und stieg wie ein Riesenvogel in die Luft. Die Mönche, die das Seil handhaben, waren sehr erfahren und rollten es allmählich ab, sodass der Drachen immer höher steigen konnte. Sie hielten das Seil mit aller Kraft. Einer der Mönche schlang seine Robe um seine Hüften und kletterte etwa drei Meter am Seil hoch, um die Tragkraft des Drachens zu prüfen. Ihm folgte ein weiterer Mönch nach, und die beiden kletterten noch ein Stück weiter hinauf, sodass ihnen noch ein dritter Mann folgen konnte. Der Auftrieb war stark genug, um die Last von zwei Männern und einem Jungen zu tragen, aber nicht für drei Männer. Das genügte dem Drachenmeister noch nicht. Also holten die Mönche das Seil wieder ein und mussten darauf achten, dass der Drachen nicht wieder in den Aufwind geriet. Wir alle verließen den Landebereich, mit Ausnahme der Mönche, die das Seil bedienten, und zweier weiterer Mönche, die bereitstanden, den Drachen im Moment der Landung zu stabilisieren. Der Drachen kam herunter, scheinbar widerwillig, als wäre er gerne noch länger in der Luft geblieben. Mit einem sanften Zischen glitt er zum Stillstand, und die beiden Mönche hielten ihn dabei an den Flügeln fest.

Unter der Anleitung des Drachenmeisters spannten wir die Seide überall nach und trieben kleine Holzkeile in die Rahmenfugen, damit die Seide fester saß. Die Flügel wurden abgenommen und in einem etwas anderen Winkel wieder angebracht, worauf der Drachen noch einmal getestet wurde. Diesmal trug er ohne Schwierigkeiten drei erwachsene Männer und fast noch das Gewicht eines kleinen Jungen. Der Drachenmeister erklärte, dass dies genügen würde. Also ließen wir den Drachen noch einmal steigen, diesmal aber mit einem Stein als Gewicht, der dem eines Mannes entsprach.

Einmal mehr hatte die Schar Mönche beim Überqueren der Aufwindstelle zu kämpfen, um den Drachen unten zu halten. Einmal mehr zogen die Mönche am Seil, und der Drachen samt Stein erhob sich stürmisch in die Luft. Die Luft war turbulent, und der Drachen schlingerte und schwankte. Mir war ziemlich mulmig zumute, als ich ihn beobachtete und mir vorstellte, selbst dort oben zu sein. Schließlich wurde der Drachen wieder eingeholt und zurück zum Startplatz gebracht.

Ein Lama, der sehr erfahren im Drachenfliegen war, sprach mich an: «Ich werde jetzt als Erster aufsteigen, danach bist du dran. Schau mir gut zu.» Er führte mich zum Drachen hinüber. «Schau, wie ich meine Füße hier vorne auf diese Gleitkufe stelle. Hake beide Arme an der Querlatte hinter dir ein. Sobald du in der Luft bist, steig in das Seilzwiesel hinunter und setze dich auf die Verdickung des Seils. Bei der Landung spring ab, sobald du dich etwa zweieinhalb bis drei Meter über dem Boden befindest. Das ist am sichersten. Ich werde jetzt fliegen, und du kannst mir zusehen.»

Diesmal hatte man die Pferde vor das Seil gespannt. Der Lama gab das Zeichen, und die Pferde wurden angetrieben, im Galopp loszulaufen. Der Drachen glitt über den Boden, geriet in den Aufwind und erhob sich in die Luft. Als er etwa dreißig Meter über uns und sechshundert bis tausend Meter über dem Abgrund schwebte, ließ sich der Lama in das Seilzwiesel hinuntergleiten, wo er saß und schaukelte. Immer höher und höher stieg er. Eine Gruppe Mönche bediente das Seil und rollte es ab, sodass der Drachen immer mehr an Höhe gewann. Dann schlug der Lama oben hart mit dem Fuß gegen das Seil, als Zeichen, dass er eingeholt werden wollte. Daraufhin begannen die Mönche, den Drachen herunterzuholen. Nach und nach kam er schwankend und schwingend immer tiefer und tiefer, wie das Drachen so an sich haben. Sechs Meter, drei Meter – und der Lama, der sich nur noch mit den Händen festhielt, ließ los und landete mit einem Überschlag wieder auf den Füßen. Er klopfte sich den Staub von seiner Robe und wandte sich an mich: «So, jetzt bist du dran, Lobsang», sagte er. «Zeig uns, was du kannst.»

Jetzt, wo der Augenblick gekommen war, hielt ich gar nicht mehr so viel vom Drachenfliegen. Eine blöde Idee, dachte ich. Gefährlich. Was für eine Art, eine verheißungsvolle Karriere zu beenden! Eigentlich sollte ich lieber zu Gebeten und Kräutersammeln zurückkehren. Doch dann beruhigte ich mich, wenn auch nur ein wenig, indem ich an die Voraussagen für mein Leben dachte. Wenn ich hier umkam, dann hatten sich die Astrologen ziemlich geirrt, aber so sehr konnten sie sich doch auch nicht geirrt haben!

Der Drachen wurde wieder zurück an den Startplatz gebracht. Ich ging auf ihn zu, allerdings nicht auf geraden, festen Beinen. Um ehrlich zu sein, meine Beine fühlten sich ziemlich zittrig und unsicher an! Auch meine Stimme hatte keinen festen Klang mehr, als ich mich auf die Bambuskufe stellte, meine Arme an der Querlatte hinter mir einhängte, die ich gerade noch erreichen konnte, und rief: «Ich bin bereit!»

Noch nie war ich so wenig bereit gewesen! Die Zeit schien stillzustehen. Das Seil spannte sich mit quälender Langsamkeit an, während die Pferde vorwärts galoppierten. Ein schwaches Zittern ging durch den Rahmen, und plötzlich erfolgte ein heftiger, unangenehmer Ruck, der mich beinahe von der Bambuskufe herunter warf. «Mein letztes Stündlein auf Erden hat geschlagen», dachte ich und schloss die Augen, denn es schien keinen Sinn zu haben, sich weiter umzusehen. Durch das furchtbare Schlingern und Schwanken begann mein Magen zu rebellieren. «Ach! Ein schlechter Start in die Astralwelt», dachte ich. Vorsichtig öffnete ich dann doch die Augen, schloss sie aber vor Schreck gleich wieder. Ich befand mich dreißig oder noch mehr Meter in der Luft! Erneut rebellierte mein Magen, und ich hatte Angst, mich übergeben zu müssen. Wieder öffnete ich die Augen, um sicherzugehen, wo ich mich befand, falls eine Notwendigkeit bestehen sollte. Doch jetzt, wo meine Augen offen waren, zeigte sich mir ein derart großartiger Anblick, dass ich darob meine Angst und Übelkeit völlig vergaß und seither zeitlebens nie mehr darunter gelitten habe! Der Drachen schlingerte ein wenig, schwankte und kippte, aber er stieg stetig höher und höher.

Weit weg, hinter den Bergkuppen, konnte ich den mit gelbbraunen Rissen überzogenen Erdboden sehen – unverheilte Wunden der Zeit. Etwas näher, am Gebirge selbst, bemerkte ich Felsabbruchstellen, deren klaffende Narben fast vollständig von widerstandsfähigem Moos überwachsen waren. Noch weiter in der Ferne berührte das Abendsonnenlicht einen entfernten See und verwandelte das Wasser in flüssiges Gold. Das leichte und anmutige Wippen des Drachens auf den unsteten Windströmen ließ mich an die Götter über mir denken und an ihre Spiele im Himmelreich, während wir armen, erdgebundenen Sterblichen täglich um unser Leben kämpfen mussten, damit wir hier unten unsere Lektionen lernten und schließlich in Frieden sterben konnten.

Ein plötzliches Schlingern ließ mich glauben, mein Magen sei an einem Berggipfel hängengeblieben. Ich blickte zum ersten Mal nach unten. Die kleinen rotbraunen Punkte dort unten waren Mönche. Sie wurden größer. Ich wurde heruntergeholt. Ein paar hundert Meter weiter unten in der Schlucht floss ein kleiner Gebirgsbach. Zum ersten Mal schwebte ich drei- oder vierhundert Meter oder mehr über der Erde, doch der kleine Fluss war wichtiger als ich. Er würde seinen Weg fortsetzen, größer werden und schließlich, viele hundert Kilometer entfernt, mithelfen, die Bucht von Bengalen zu füllen. Dann würden die Pilger sein heiliges Wasser trinken. Doch jetzt segelte ich über seinem Quellgebiet und fühlte mich eins mit den Göttern.

Jetzt schwankte der Drachen wie verrückt hin und her. Unten zogen sie noch schneller am Seil, um ihn zu stabilisieren. Plötzlich fiel mir ein, dass ich ganz vergessen hatte, mich in das Seilzwiesel hinunterzulassen. Ich war die ganze Zeit hier oben auf der Gleitkufe stehengeblieben. Daher löste ich meine Arme von der Querstange hinter mir und ließ mich in die sitzende Position hinabgleiten. Ich schlang meine Arme und Beine um das Seil und rutschte dem Seil entlang in das Zwiesel hinunter, dort landete ich mit einem solchen Ruck, dass ich meinte, entzweigerissen zu werden. In der Zwischenzeit war ich aber kaum mehr als sechs Meter vom Boden entfernt. Also verlor ich keine Zeit mehr, sondern hielt mich am Seil fest, um bereit für den Absprung zu sein. Als sich der Drachen kaum mehr als zweieinhalb Metern über dem Boden befand, ließ ich los und führte bei der Landung eine geübte Rolle aus, wie ich es in der «Falltechnik» oft gemacht hatte.

«Junger Mann», sagte der Drachenmeister, «das war eine gute Vorstellung. Du hast im letzten Moment noch daran gedacht, in das Zwiesel hinunterzusteigen. Es hätte dich zwei gebrochene Beine kosten können. Nun lassen wir es noch ein paar andere versuchen, dann darfst du noch einmal aufsteigen.»

Der nächste, der aufstieg, war ein junger Mönch, der es besser machte als ich. Er vergaß nicht, wie ich, gleich in das Seilzwiesel hinunterzusteigen.

Doch nach der Landung fiel der arme Kerl einfach der Länge nach hin und blieb mit bleichem Gesicht völlig Höhenkrank liegen. Der dritte Mönch, der aufstieg, bildete sich auf sein Können sehr viel ein, und weil er gerne prahlte, war er nicht sehr beliebt. Er war vor drei Jahren schon einmal hier gewesen und hielt sich selbst für den besten «Flieger». Er stieg mit dem Drachen an die hundertfünfzig Meter auf. Aber statt sich in das Seilzwiesel hinunterzulassen, richtete er sich auf und stieg in das Innere des unsicheren Drachengehäuses. Dabei verlor er den Halt und fiel am hinteren Ende hinaus, konnte sich aber gerade noch mit einer Hand an der Querstrebe festhalten. Dort hing er ein paar Sekunden lang mit einer Hand und wir beobachteten, wie er vergeblich versuchte, mit der anderen Hand nach der Querstrebe zu greifen. Dann schwankte der Drachen und er verlor den Griff. Kopfüber stürzte er vierhundertfünfzig Meter in die Tiefe, und seine Robe wehte und flatterte wie eine blutrote Wolke im Wind.

Das Drachenfliegen wurde durch diesen tragischen Zwischenfall für einige Zeit unterbrochen, aber nicht abgebrochen. Der Drachen wurde heruntergeholt und auf Schäden überprüft. Dann war ich wieder an der Reihe, aufzusteigen. Diesmal ließ ich mich direkt in das Seilzwiesel hinuntergleiten, als der Drachen dreißig Meter in der Luft war. Unten konnte ich einige Mönche sehen, die den Berghang hinunterstiegen, um den Toten zu bergen, dessen Körper überall auf den Felsen Blutspuren hinterlassen hatte. Ich schaute hinauf, und mir kam die Idee, dass wenn ein Mann im Drachengehäuse stehen würde, vielleicht durch eine leichte Veränderung seiner Position den Auftrieb erhöhen könnte. Ich erinnerte mich an den Vorfall auf dem Bauernhausdach mit dem Yakdung und daran, wie ich durch das Ziehen an der Drachenschnur einen stärkeren Auftrieb erreicht hatte.

«Darüber muss ich mit meinem Mentor sprechen», dachte ich. In diesem Augenblick überkam mich das schreckliche Gefühl des Fallens. Es geschah so unerwartet, dass ich beinahe losgelassen hätte. Unten zogen die Mönche hektisch am Seil. Mit dem Eintreten des Abends und der Abkühlung der Felsen hatte der Wind unten im Tal nachgelassen, und der Aufwind aus der

Felsspalte hatte sich beinahe gelegt. Der Drachen hatte kaum noch Auftrieb, und als ich aus drei Meter Höhe absprang, vollführte der Drachen ein letztes Taumeln und kippte dann auf mich. Da saß ich nun auf dem felsigen Boden, mit meinem Kopf im Gehäuse des Drachens, wo ich die untere Seidenbespannung durchstoßen hatte. Ich saß so still da und in Gedanken versunken, dass die anderen meinten, ich sei verletzt. Mein Mentor kam gleich herbeigeeilt. «Wenn wir hier noch eine Verstrebung anbringen würden», sagte ich, «dann könnten wir auf ihr stehen und den Neigewinkel des Drachengehäuses ein klein wenig verändern. So hätten wir dann eine etwas bessere Kontrolle über den Auftrieb.»

Der Drachenmeister hatte das, was ich gesagt hatte, gehört. «Ja, junger Mann, du hast ganz recht, aber wer soll das ausprobieren?»

«Ich», erwiderte ich, «wenn mein Mentor es mir erlaubt.»

Ein anderer Lama drehte sich um, lächelte mich an und sagte: «Du bist doch selbst schon ein Lama, Lobsang. Du brauchst jetzt niemand mehr zu fragen.»

«Oh doch, das tue ich», war meine Antwort. «Der Lama Mingyar Dondup hat mir alles beigebracht, was ich weiß, und unterrichtet mich immer noch, deshalb muss er entscheiden.»

Der Drachenmeister beaufsichtigte den Abtransport des Drachens, dann nahm er mich in seine Kammer mit. Hier standen verschiedene kleine Drachenmodelle herum. Eines davon war etwas größer und glich einem etwas in die Länge gezogenen Vogels.

«Vor vielen Jahren», erzählte er mir, «ließen wir das Originalmodell dieses Drachens von einer Felsklippe aus starten. Ein Mann befand sich darin und flog damit fast dreißig Kilometer weit, prallte aber dann gegen eine Bergflanke. Seitdem haben wir keine weiteren Versuche mit diesem Drachentyp unternommen. Aber hier ist ein Drachen, wie du ihn dir vorstellst, mit einer Verstrebung hier und einer Haltestange dort. Wir haben bereits einen solchen gebaut, das heißt, zumindest den Drachenrahmen. Er befindet sich ganz hinten in einem unbenutzten Lagerraum am Ende des Gebäudes. Ich habe bisher niemanden gefunden, der ihn ausprobieren könnte, denn ich bin selbst ein bisschen zu schwer.»

Da er an die hundertfünfzig Kilo wog, war seine Bemerkung fast schon eine klassische Untertreibung. Während unseres Gesprächs kam mein Mentor hinzu. «Wir werden heute Abend von dir ein Horoskop erstellen, Lobsang», sagte er, «und sehen, was die Sterne dazu sagen.»

Das Dröhnen der Trommeln weckte uns zur Mitternachtsandacht. Als ich meinen Platz einnahm, bewegte sich eine Riesengestalt aus den Weihrauchwolken auf mich zu und ragte vor mir auf wie ein kleiner Berg. Es war der Drachenmeister.

«Habt ihr das Horoskop erstellt?», flüsterte er.

«Ja», flüsterte ich zurück, «übermorgen kann ich fliegen.»

«Gut», murmelte er, «bis dahin wird alles bereit sein.»

Hier im Tempel, umgeben von flackernden Butterlampen und Heiligenfiguren entlang der Wände, fiel es mir schwer, an den törichten Mönch zu denken, der aus seinem gegenwärtigen Leben gefallen war. Aber wenn er sich nicht so aufgeführt hätte, wäre ich wahrscheinlich nie auf den Gedanken gekommen, man könnte versuchen, im Drachengehäuse zu stehen, um den Auftrieb zu beeinflussen.

Im Inneren des Tempels, umgeben von den wunderschönen gemalten Heiligenbildern an den Wänden, saßen wir im Lotussitz wie lebendige Statuen des Erhabenen Buddha. Zum Sitzen verwendeten wir viereckige Kissen, die uns fünfzehn bis zwanzig Zentimeter vom Boden abhoben. Wir saßen in Doppelreihen, wobei sich jede zweite Reihe gegenübersaß. Zuerst hielten wir unsere normale Andacht ab. Der Gesangsmeister, der aufgrund seiner Musikkenntnisse und seiner schönen tiefen Bassstimme für dieses Amt ausgewählt worden war, sang die erste Passage. Am Ende jeder Passage ließ seine Stimme nach, die immer leiser wurde, bis seine Lungen keine Luft mehr hatten. Dann setzten wir, als Erwiderung, mit unserem Gesang ein, der an bestimmten Stellen durch das Schlagen der Trommeln oder das Klingeln unserer schönen helltönenden Glocken hervorgehoben wurde. Wir gaben uns große Mühe, denn es hieß, die Disziplin eines Lamaklosters könne man an der Reinheit des Gesangs und der Genauigkeit der Musik erkennen. Die tibetische Notenschrift ist für westliche Personen nicht einfach zu lesen, da sie aus Bogenlinien besteht. Wir zeichnen das Steigen und Fallen der Stimme auf und tragen diese als «Grundmelodie» in Bogenlinien ein. Jene, die improvisieren möchten, fügen ihre «Verbesserungen» in Form kleinerer Bogenlinien innerhalb der großen Bogenlinien ein. Nach Beendigung der regulären Andacht legten wir eine zehnminütige Pause ein, bevor die Totenandacht für den heute verstorbenen Mönch begann.

Auf ein Handzeichen hin versammelten wir uns wieder. Der Lama, der die Totenandacht zelebrierte, saß auf einem erhöhten Thronsessel und las eine Passage aus dem Bardo Thödol, dem tibetischen Totenbuch, vor:

«Oh! Wandernder Geist des Mönchs Kumphel-la, der du heute abgestürzt und nun aus dem Leben und aus dieser Welt geschieden bist. Streife nicht länger unter uns umher, denn du bist heute von uns gegangen.»

«Oh! Wandernder Geist des Mönchs Kumphel-la, wir entzünden dieses Weihrauchstäbchen für dich, um dich zu führen, auf dass du Weisung für deinen Weg durch die verlorenen Reiche erhältst und weiter in die Größere Wirklichkeit eingehen kannst.»

In unserem Gesang riefen wir den Geist an, zu uns zu kommen und unseren Rat und unsere Wegweisung zu hören. Die jüngeren Mönche sangen mit hohen Stimmen, während die älteren ihre Erwiderungen in tiefen Basstönen brummten. Mönche und Lamas saßen in der Haupthalle des Tempels einander gegenüber und hoben im Wechsel, gemäß uraltem Ritual, religiöse Symbole empor, um sie anschließend wieder zu senken.

«Oh! Wandernder Geist, komm zu uns, auf dass du geführt werden mögest. Du siehst unsere Gesichter nicht, noch riechst du unseren Weihrauch, jetzt, wo du tot bist. Komm, auf dass wir dich führen mögen!»

Das Orchester, bestehend aus Holzblasinstrumenten, Trommeln, Conchen (Schneckenhörnern) und Zimbeln, füllte die Pausen zwischen unserem Gesang aus. Ein umgekehrter Menschenschädel, der mit rotgefärbtem Wasser gefüllt war, das Blut symbolisierte, wurde von Mönch zu Mönch weitergereicht, damit jeder ihn berühren konnte.

«Dein Blut hat die Erde benetzt. Oh, Mönch, der du nur mehr ein wandernder Geist bist. Komm, auf dass du befreit werden mögest!»

Gefärbte Reiskörner in leuchtendem Safrangelb wurden nach Osten, nach Westen, nach Norden und Süden geworfen.

«Wo streifst du umher, du wandernder Geist? Im Osten? Im Norden? Im Westen? Oder im Süden? In alle Himmelsrichtungen wird die Nahrung der Götter verteilt, doch du kannst sie nicht mehr zu dir nehmen, jetzt, wo du tot bist. Komm, oh wandernder Geist, auf dass du von den Bindungen der Erde befreit und geführt werden mögest!»

Die tiefen Töne der großen Trommeln dröhnten im Rhythmus des Lebens selbst, ähnlich dem kräftigen, gut fühlbaren Herzschlag des menschlichen Körpers. Andere Instrumente setzten ein und imitierten die Geräusche des Körpers: das sanfte Rauschen des Blutes durch Venen und Arterien, das leise Rascheln der Atemluft in den Lungen, das Gurgeln der fließenden Körperflüssigkeiten sowie das Knacken, Knirschen und Knurren, die die Melodie des Lebens ausmachen. Die ganzen schwach vernehmbaren Geräusche des Menschen begannen in einem normalen Tempo. Dann plötzlich ertönte ein angsteinflößender, von einer Trompete ausgestoßener Schrei, und das erhöhte Schlagen der Herztöne. Ein dumpfer «Trommelschlag» folgte und plötzlich verstummte der Lärm abrupt. Das Ende des Lebens. Ein gewaltsam beendetes Leben.

«Oh! Mönch, der du warst und nur mehr ein wandernder Geist bist, unsere Telepathen werden dich führen. Hab keine Angst. Öffne dein Herz und empfange unsere Lehren, auf dass wir dich befreien mögen. Es gibt keinen Tod, oh wandernder Geist, sondern nur ein ewiges Leben. Der Tod ist Geburt, und wir rufen dich herbei, um dich zu befreien für ein neues Leben.»

Seit Jahrhunderten betreiben wir Tibeter eine Klangwissenschaft. Wir kennen alle Geräusche des menschlichen Organismus und können sie genau wiedergeben. Hat man sie einmal gehört, vergisst man sie nie mehr. Bestimmt haben Sie beim Einschlafen auch schon Ihr Herz klopfen gehört, wenn Sie den Kopf auf das Kissen gelegt haben, oder die Atemgeräusche in Ihren Lungen wahrgenommen? Im Lamakloster des Staatsorakels wurde mithilfe dieser Laute das Medium in Trance versetzt, woraufhin sich ein Geist in das Medium begab. Oberst Younghusband, der Oberkommandierende der britischen Streitkräfte, der 1904 in Lhasa einmarschierte, bestätigte die Wirkungskraft dieser Klänge und berichtete, dass das Orakel darauf tatsächlich seine äußere Erscheinung veränderte, sobald es in Trance fiel.

Nach der Totenandacht eilten wir zurück, um noch etwas Schlaf zu bekommen. Die Aufregung der Drachenflüge und die ungewohnten Luftverhältnisse ließen mich fast im Stehen einschlafen. Als der Morgen anbrach, ließ der Drachenmeister mir ausrichten, er wolle an dem «steuerbaren» Drachen arbeiten und lade mich ein, ihm dabei zu helfen. In Begleitung meines Mentors begab ich mich in seinen Arbeitsraum, den er in einem ehemaligen Lagerraum eingerichtet hatte. Auf dem Boden lagen stapelweise ausländische Hölzer herum, und die Wände zierten verschiedene Zeichnungen von Drachen. Das besondere Modell, das ich ausprobieren sollte, hing oben unter dem gewölbten Dach. Zu meiner Überraschung zog der Drachenmeister an einer Leine und der Drachen kam auf den Boden herab – er war an einer Art Flaschenzug aufgehängt. Der Meister forderte mich auf, in den Drachen zu steigen. Der Boden des Gehäuses hatte mehrere Holzlatten als Verstrebungen, auf denen man stehen konnte, und in Hüfthöhe bot eine Querstange eine stabile Haltemöglichkeit. Wir überprüften den Drachen Zentimeter um Zentimeter. Die Seidenbespannung wurde entfernt. Der Drachenmeister sagte, er wolle den Drachen persönlich mit neuer Seide bespannen. Die Flügel an den Seiten waren, im Gegensatz zu dem anderen Modell, nicht gerade, sondern gebogen wie eine hohle, mit der Handfläche nach unten gewölbte Hand. Sie hatten eine Spannweite von etwa dreieinhalb Metern, und ich hatte den Eindruck, dass sie eine bessere Auftriebskraft besaßen.

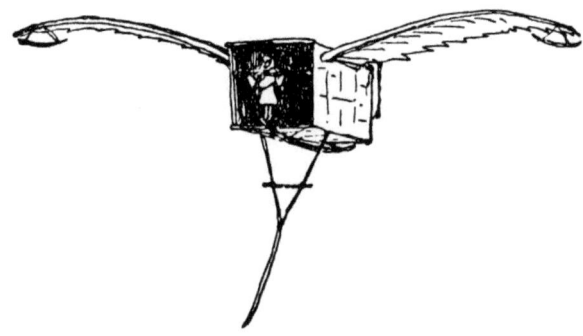

Am nächsten Tag wurde der Drachen ins Freie und zum Startplatz getragen. Wieder hatten die Mönche beim Überqueren der Felsspalte mit dem starken Aufwind zu kämpfen und mussten ihn festhalten. Schließlich brachten sie ihn in Position, und ich, mir der Bedeutung meiner Aufgabe bewusst, stieg in das Gehäuse. Diesmal wollten die Mönche nicht wie üblich die Pferde einsetzen, sondern den Drachen selbst starten. Man ging davon aus, dass die Mönche am Seil eine bessere Kontrolle über den Drachen hatten.

Als ich bereit war, rief ich: «Tra-dri, them-pa» (fertig, los, zieht!).

Als das erste Zittern durch das Rahmenwerk fuhr, rief ich: «O-na-dö-a!» (Auf Wiedersehen!). Mit einem plötzlichen Ruck hob der Drachen wie ein Pfeil in die Luft ab. Gut, dass ich mich die ganze Zeit über festhielt, dachte ich, sonst müssten sie heute Nacht meinen wandernden Geist beschwören, und ich bin doch froh, dass er vorläufig noch eine Weile in diesem Körper haust.

Die Mönche unten führten das Seil spielerisch und geschickt, und der Drachen stieg immer höher. Ich warf den Stein mit dem Spruchband den Windgöttern zu. Er verfehlte einen Mönch nur um ein Haar, fiel aber direkt vor seine Füße, sodass wir das Spruchband später noch einmal verwenden konnten. Der Drachenmeister wartete unten voller Ungeduld auf den Beginn meiner Testversuche.

Also gut, dachte ich, beginnen wir. Vorsichtig bewegte ich mich leicht umher und stellte fest, dass ich das Flugverhalten des Drachens ziemlich beeinflussen konnte, insbesondere den Auftrieb und die Fluglage.

Ich wurde kühner, etwas zu kühn. Ich bewegte mich nur einen Schritt zuweit in Richtung Heck des «Gehäuses» – und der Drachen sackte ab wie ein Stein. Ich rutschte von der Holzlatte ab und hielt mich nur noch mit beiden Händen und ausgestreckten Armen fest. Unter großer Anstrengung, wobei mir die Robe um den Kopf flatterte, schaffte ich es, mich wieder aufzuziehen und die normale Position einzunehmen. Das Absinken des Drachens stoppte augenblicklich, und er begann wieder zu steigen. Inzwischen hatte ich meinen Kopf von der Robe freibekommen und blickte hinaus, und wäre ich kein Lama mit einem kahlgeschorenen Kopf gewesen, hätten sich mir vor Schreck die Haare gesträubt. Ich befand mich kaum mehr als sechzig Meter über dem Boden! Später, nach meiner Landung, sagte man mir, ich sei nur noch fünfzehn Meter hoch gewesen, als der Drachen sich wieder auffing und zu steigen begann.

Eine Zeit lang hielt ich mich an der Querstange fest, keuchte und rang in der dünnen Luft schwer nach Atem. Als ich mich umschaute und die Landschaft kilometerweit überblicken konnte, bemerkte ich in der Ferne eine sich bewegende, gepunktete Linie. Einige Augenblicke beobachtete ich sie, ohne zu begreifen, was sie sein mochte. Dann aber dämmerte es mir. Ja, natürlich! Das war ja unsere später eintreffende Kräutersammlerkolonne, die dort unten langsam ihres Wegs kam und über das trostlose Land hinaufzog. Sie gingen hintereinander her: große Punkte, kleine Punkte und lange Punkte. Männer, Knaben und Tiere, nahm ich an. Ganz langsam bewegten sie sich vorwärts, und ihr Vorankommen wirkte mühsam und schleppend. Es erfüllte mich mit Freude, dass ich den anderen nach der Landung erzählen konnte, dass die Kräutersammler im Laufe des Tages bei uns eintreffen würden.

Es war wirklich faszinierend, zu den kaltblaugrauen Felsen, der warmrotbraunen Erde und den schimmernden Seen in der Ferne zu blicken. Unter mir in der Schlucht, wo es warm und vor den kalten Winden geschützt war, bildeten Moose, Flechten und andere Pflanzen einen Teppich, der mich an den Teppich in dem Arbeitszimmer meines Vaters erinnerte. Mitten durch die Schlucht floss ein kleiner Gebirgsbach, den ich in der Nacht immer rauschen hörte. Auch das erinnerte mich schmerzlich an den Tag, als ich einen Krug Wasser auf den Teppich meines Vaters verschüttete. Ja, mein Vater hatte eine kräftige Hand.

Die Landschaft hinter dem Lamakloster war gebirgig. Hochaufragende Gipfel reihten sich aneinander und zeichneten sich am fernen Horizont scharf und dunkel gegen den sonnigen Himmel ab. Der Himmel über Tibet ist der klarste der Welt. Man kann so weit sehen, wie die Berge es erlauben, ohne dass Dunst oder Nebel den Blick trüben.

Soweit ich blicken konnte, rührte sich in der unermesslichen Weite überhaupt nichts außer den Mönchen unter mir und den kaum sichtbaren Punkten, die sich in unsere Richtung bewegten. Vielleicht konnten sie mich ja hier oben sehen. Doch jetzt begann der Drachen zu ruckeln. Die Mönche holten mich herunter. Mit größter Vorsicht zogen sie ihn herunter, um das wertvolle Flugmodell nicht zu beschädigen.

Am Boden angekommen, blickte mich der Drachenmeister mit tiefer Rührung an und umarmte mich so begeistert, dass ich glaubte, er würde mir alle Knochen brechen. Niemand kam zu Wort. Jahrelang hatte er immer nur «Theorien» entwickelt, konnte sie aber nie testen, da seine Körperfülle es ihm nicht erlaubte, selbst zu fliegen. Als er eine Redepause einlegte, um Luft zu holen, bestätigte ich ihm mehrmals, dass ich es gerne für ihn tun würde und mir das Fliegen ebenso viel Spaß mache wie ihm das Entwerfen von Modellen, das Experimentieren mit ihnen und das Beobachten.

«Ja, ja, Lobsang», fuhr er fort, «wenn wir das hierhin versetzen und diese Strebe dort anbringen, ja, dann müsste es funktionieren. Wir bauen das jetzt gleich um. Und sagtest du, er bricht immer seitlich aus, wenn du diese Bewegung ausführst?» So ging es weiter: Ich stieg mit dem Drachen auf, dann wurde etwas geändert. Ich stieg wieder auf, und erneut wurde etwas geändert. Ich genoss jede Sekunde davon. Nur ich durfte mit diesem speziellen Drachen fliegen, keinem anderen wurde erlaubt, auch nur einen Fuß in ihn zu setzen. Jedes Mal, wenn ich ihn benutzte, nahmen wir Anpassungen und Verbesserungen vor. Die beste Verbesserung war ein Sicherheitsriemen, der verhinderte, dass ich herausfiel!

Die Ankunft der nachfolgenden Kräutersammler-Truppe unterbrach das Drachenfliegen für ein bis zwei Tage. Alles musste organisiert und die Ankömmlinge in Gruppen eingeteilt werden: in Sammelgruppen und in Verpackungsgruppen. Die weniger erfahrenen Mönche durften nur drei Pflanzensorten sammeln und wurden in Gebiete geschickt, wo diese im Überfluss vorkamen. Jede Gruppe war eine Woche lang unterwegs und suchte die Fundorte ab. Am achten Tag kehrten sie mit den gesammelten Pflanzen zurück, die in einem riesigen Lagerraum auf dem sauberen Boden ausgebreitet wurden.

In der Pflanzenheilkunde sehr versierte Lamas untersuchten jede Pflanze, um sicherzustellen, dass sie die richtige Sorte war und nicht von Mehltau befallen. Von einigen Pflanzen wurden die Blüten abgelesen und getrocknet. Von anderen wurden die Wurzeln zerrieben und gelagert. Wieder andere wurden gleich nach der Anlieferung zwischen Rollen zerdrückt und ausgepresst, um daraus Pflanzensaft zu gewinnen. Diese Flüssigkeit wurde in luftdicht verschlossenen Gefäßen gelagert. Samen, Blätter, Stängel, Blüten wurden gesäubert und, sobald sie trocken genug waren, in Ledersäcke abgefüllt. Die Säcke wurden entsprechend beschriftet, und der Sackhals wurde gedreht, bis er wasserdicht verschlossen war. Dann tauchte man ihn kurz ins Wasser und setzte ihn der starken Sonne aus. Innerhalb eines Tages war das Leder trocken und so hart wie Holz. Der Ledersack wurde so fest, dass man beim Öffnen den dicht verschnürten Sackhals abschlagen musste. In der trockenen Luft Tibets halten sich Kräuter auf diese Weise jahrelang.

Nach den ersten paar Tagen teilte ich meine Zeit zwischen dem Kräutersammeln und dem Drachenfliegen auf. Der alte Drachenmeister, der großen Einfluss hatte, war der Meinung, dass die Kenntnisse über die Flugdrachen für mich in Hinblick auf die Voraussagen über meine Zukunft ebenso wichtig seien wie die Praxis des Kräutersammelns und deren Bestimmung.

So stieg ich also an drei Tagen in der Woche in den Drachen auf. Die übrige Zeit verbrachte ich damit, zu den einzelnen Kräutersammlergruppen zu reiten, um in möglichst kurzer Zeit möglichst viel zu lernen. Oft schaute ich hoch oben im Drachen über die mir nun schon vertraute Landschaft hinweg und sah die schwarzen Yakhautzelte der Kräutersammler. Rund um die Zelte weideten die Yaks und erholten sich von den anstrengenden Wochenenden, an denen sie die schweren Säcke mit den Kräutern tragen mussten. Viele dieser Heilpflanzen sind in den meisten östlichen Ländern gut bekannt, andere dagegen sind von der westlichen Welt noch nicht «entdeckt» worden und haben deshalb noch keine lateinischen Namen. Die Kenntnisse über Naturheilpflanzen waren sehr nützlich für mich, doch das Wissen über das Fliegen nicht minder.

Wir hatten noch einen weiteren tragischen Unglücksfall zu beklagen. Ein Mönch, der mich bei jedem Flug mit dem Spezialdrachen aufmerksam beobachtet hatte, dachte wohl, er könnte das, was ich mache, mit einem gewöhnlichen Drachen auch machen. Hoch oben in der Luft schien sich sein Drachen etwas merkwürdig zu verhalten. Wir sahen, wie der Mönch sich bemühte, die Fluglage des Drachens zu beeinflussen, indem er sich hin und her warf. Eine zu heftige Bewegung ließ den Drachen seitlich kippen. Wir hörten das Bersten und Zersplittern von Holz, und der Mönch purzelte aus der Seite des Drachens. Während des Falls drehte er sich in der Luft, und seine Robe wirbelte um seinen Kopf. Ein Regen von Gegenständen fiel herab: seine Tsampaschale, sein hölzerner Becher, seine Gebetskette und seine Amulette – er brauchte sie jetzt nicht mehr. Schließlich verschwand er kopfüber in der Schlucht, wo kurz darauf ein dumpfer Aufprall zu hören war.

Die Tage waren sehr arbeitsreich und streng. Doch nur allzu schnell näherte sich unser dreimonatiger Aufenthalt dem Ende zu. Es war mein erster Ausflug ins Gebirge, dem noch manche andere schöne folgten, auch in das andere Lamakloster Tra Yerpa, das näher bei Lhasa liegt. Nur widerwillig packten wir unsere wenigen Habseligkeiten ein. Zum Abschied schenkte mir der Drachenmeister ein schönes Miniaturmodell von einem manntragenden Flugdrachen, das er eigens für mich gebaut hatte. Am nächsten Tag traten wir den Heimweg an. Und wie bei der Anreise ritten einige von uns schneller voraus, während der Haupttrupp aus Mönchen, Akoluthen und Packtieren langsamer folgte. Wir waren froh, wieder zurück auf unserem «Eisenberg», dem Chakpori, zu sein, waren aber andererseits auch sehr betrübt, dass wir uns von unseren neuen Freunden und dem unbeschwerten Leben in den Bergen trennen mussten.

Kapitel 13
Der erste Besuch daheim

Wir waren gerade rechtzeitig zum Logsar, der Neujahrsfeier, zurückgekehrt. Alles musste gründlich geputzt und gereinigt werden. Am fünfzehnten Tag nahm der Dalai Lama an einer Reihe von Andachten in der Kathedrale teil. Nach deren Abschluss begab er sich auf den Barkhor, die Ringstraße, die den Jokhang und das Ratshaus umgibt. Die Prozession führte vorbei am Marktplatz und endete im Viertel der großen Handelshäuser. Ab diesem Moment wurden die religiösen Feiern von einer allgemeinen Heiterkeit abgelöst. Die Götter waren besänftigt, und nun begann die Zeit der Freude und des Vergnügens. Riesige Gerüste, neun bis zwölf Meter hoch, trugen plastische Skulpturen aus gefärbter Butter. Auf andere Konstruktionen wurden verschiedene «Relief-Butterbilder» modelliert, die Szenen aus unseren Heiligen Büchern darstellten. Der Dalai Lama begutachtete alle, wenn er sich auf die Runde begab. Die schönste Arbeit trug den Mönchen des Lamaklosters, die sie angefertigt hatten, den Titel der «besten Buttermodellierkünstler» des Jahres ein. Wir vom Chakpori hatten jedoch nie großes Interesse an diesen Wettbewerben, da sie uns kindisch und wenig unterhaltsam erschienen. Ebenso wenig reizten uns die anderen Veranstaltungen, bei denen reiterlose Pferde im Wettstreit über die Ebene von Lhasa galoppierten.

Unser Interesse galt vor allem den Riesenfiguren, die Charaktere aus unseren Legenden darstellten. Diese Figuren bestanden aus einem leichten Holzrahmen, der den Körper der Figur bildete. Auf diesem Rahmen wurde ein realitätsnaher Kopf angebracht. Im Inneren des Kopfes befanden sich Butterlampen, deren Licht und Flackern durch die Augen drang und den Eindruck erweckte, als würden die Augen von einer Seite zur anderen blicken. Die Figur wurde eingekleidet und von einem kräftigen Mönch auf Stelzen fortbewegt, der sich im Inneren der Figur befand. Der Mönch konnte dabei nur mäßig durch eine kleine Öffnung auf halber Höhe der Figur hinaussehen. Diesen «unsichtbaren Darstellern» passierten nicht selten die ungewöhnlichsten Missgeschicke: Der arme Kerl setzte vielleicht eine Stelze in ein Erdloch und balancierte dann nur noch auf einer oder er glitt mit einer Stelze auf einer glatten Stelle auf der Straße aus. Das Schlimmste, was passieren konnte, war jedoch, wenn sich durch die Bewegungen eine Butterlampe löste und die ganze Figur Feuer fing!

Einmal, ein paar Jahre später, ließ ich mich zum Mitmachen überreden. Meine Aufgabe war es, die Figur, die Buddha als Gott der Medizin darstellte, durch die Straßen zu tragen. Sie war über siebeneinhalb Meter hoch. Ich balancierte auf Stelzen, während das wallende Gewand um meine Beine und Stelzen flatterte. Motten hatten sich darin eingenistet, da das Gewand lange Zeit eingelagert gewesen war. Als ich ruckelnd die Straße entlangstelzte, schüttelte es laufend den Staub aus den Stofffalten. Ich musste ununterbrochen niesen und jedes Mal hatte ich das Gefühl, dass ich jeden Moment umkippen würde. Jedes erneute Niesen verursachte eine weitere Erschütterung, die mein Unbehagen noch weiter verschlimmerte. Zu allem Überfluss tropfte auch noch heiße Butter aus den Lampen auf meinen geschorenen und leidgeprüften Kopf.

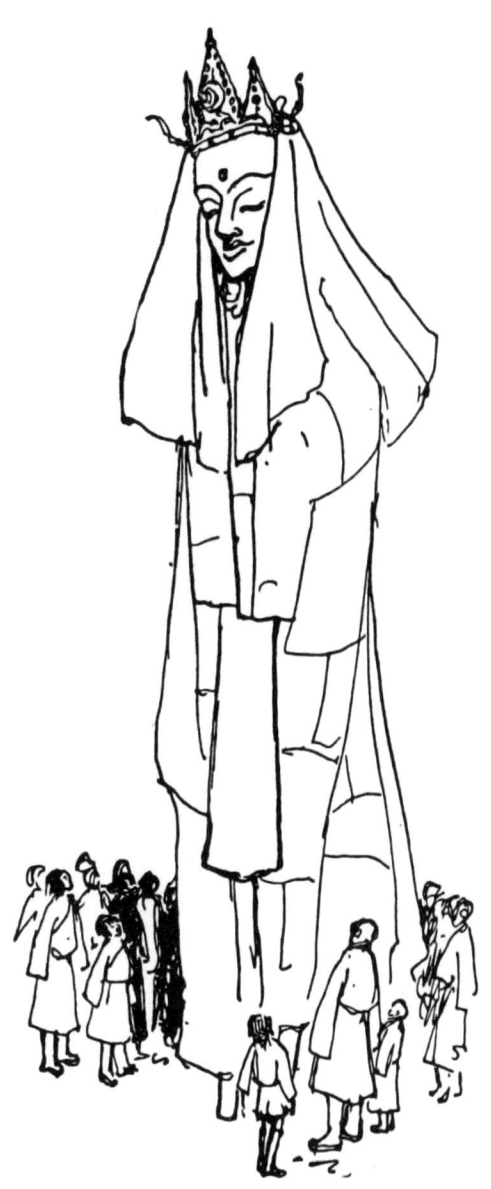

Die Hitze, der modrige Geruch des alten Gewandes, die Schwärme verirrter Motten und die heiße Butter waren einfach nur schrecklich! Für gewöhnlich ist die Butter in den Lampen fest, abgesehen von einer kleinen Lache rings um den Docht herum. Doch in dieser erstickenden Hitze war die Butter vollständig geschmolzen. Das kleine Guckloch auf halber Höhe der Figur war auch nicht mehr auf meiner Augenhöhe, aber ich konnte die Stelzen nicht loslassen, um es zu korrigieren. Alles, was ich sehen konnte, war der Rücken der Figur vor mir, und von der Art, wie sie hoppelte und schwankte, erkannte ich, dass es dem armen Kerl darin offenbar genauso schlecht erging wie mir. Doch weil der Dalai Lama beim Umzug anwesend war, blieb uns nichts anderes übrig, als weiterzugehen, auch wenn wir unter dem dicken Gewand fast erstickten und vom Butterfett halb gebraten wurden. Ich bin sicher, dass ich an diesem Tag durch die Hitze und die Anstrengung einige Pfunde verloren habe.

Am Abend sagte ein höherer Lama zu mir: «Oh, Lobsang, dein Auftritt war ausgezeichnet, du hättest ein glänzender ‹Komödiant› abgegeben.»

Natürlich gestand ich ihm nicht ein, dass meine «Späße», die ihm so gut gefallen haben, höchst unfreiwillig waren. Aber eines war klar; nie wieder würde ich eine solche Figur herumtragen!

Nicht lange danach, es mochten wohl fünf oder sechs Monate gewesen sein, befand ich mich gerade auf dem Dach eines Lagerhauses, wo man mir zeigte, wie man Goldblech anbringt, um das Dach wasserdicht zu machen. Plötzlich zog ein heftiger Sturm auf und wirbelte Sand- und Staubwolken in die Luft. Unvermittelt erfasste mich eine Windböe und fegte mich vom flachen Dach auf ein etwa sechs Meter tiefer gelegenes Dach. Dort riss mich ein weiterer Windstoß mit und schleuderte mich über den Dachrand hinaus und den ganzen Abhang des Eisenberges hinunter. Ich landete mehr als hundert Meter tiefer neben der Lingkhorstraße im Sumpf, mit dem Gesicht im Wasser.

Etwas knackte – irgendein Ast, dachte ich. Benommen versuchte ich mich aus dem Morast zu erheben, spürte aber einen heftigen Schmerz, sobald ich meinen linken Arm oder die Schulter bewegte. Irgendwie gelang es mir, auf die Knie zu kommen und aufzustehen, und ich kämpfte mich durch den schlammigen und sumpfigen Untergrund auf die trockene Straße. Mir war übel vor Schmerzen, und ich konnte kaum klar denken. Mein einziger Gedanke war, so schnell wie möglich den Berg hinaufzukommen. Wie blind taumelte und quälte ich mich weiter, bis mir auf halbem Weg eine Gruppe Mönche entgegenkam, die heruntergeeilt waren, um zu sehen, was mir und noch einem anderen Jungen passiert war. Er war auf die Felsen gefallen und war tot. Sie trugen mich den Rest des Weges hinauf und brachten mich in das Zimmer meines Mentors, der mich sofort untersuchte.

«Oje, oje, ihr armen Jungen! Man hätte euch bei diesem Sturm nicht hinausgehen lassen dürfen!» Er schaute mich besorgt an und sagte: «Ja, Lobsang, du hast dir den Arm und das Schlüsselbein gebrochen. Wir müssen das richten. Es wird wehtun, aber ich werde es so schonend wie möglich machen.»

Noch während er sprach, und noch ehe ich mich versah, hatte er das Schlüsselbein gerichtet und geschient, um den gebrochenen Knochen an Ort und Stelle zu halten. Der Oberarm war weit schmerzhafter. Doch auch der war bald gerichtet und geschient. Den Rest des Tages konnte ich nichts anderes tun als daliegen.

Am nächsten Morgen meinte der Lama Mingyar Dondup: «Wir können es uns nicht erlauben, dass du in deinen Studien zurückfällst, Lobsang, also werden wir zwei hier miteinander lernen. Wie wir alle, lernst auch du nur ungern Neues. Ich werde dir jetzt diesen ‹Lernwiderstand› hypnotisch beseitigen.»

Er schloss die Fensterläden, sodass der Raum im Dunkeln lag, nur die kleinen Altarlampen warfen noch einen schwachen Schein. Von irgendwoher holte er ein kleines Kästchen hervor und stellte es vor mir auf ein Regal. Mir war, als sähe ich helle Lichter, farbige Lichter, Farbbündel und Farbstreifen. Dann schien sich plötzlich alles in einer lautlosen Explosion von Helligkeit aufzulösen.

Es mussten viele Stunden vergangen sein, als ich erwachte. Das Fenster stand wieder offen, doch inzwischen fing der nächtliche purpurne Schatten bereits an, unten das ganze Tal auszufüllen. Vom Potala funkelten die kleinen Lichter herüber. In und um die Gebäude herum gingen die Nachtwächter auf ihre Abendrunden, um für Ordnung und Sicherheit zu sorgen. Ich konnte auch auf die Stadt herabsehen, in der jetzt das Nachtleben begann.

In diesem Augenblick kam mein Mentor herein: «Oh», sagte er, «endlich bist du zu uns zurückgekehrt. Wir dachten schon, du fändest die Astralwelt derart schön, dass du noch eine Weile dort bleiben wolltest. Jetzt, nehme ich an, wirst du – wie immer! – hungrig sein.»

Als er es erwähnte, merkte ich, dass ich wirklich hungrig war. Man brachte mir bald etwas zu Essen, und während ich aß, unterhielt er sich mit mir.

«Nach allen bekannten Maßstäben hättest du eigentlich deinen Körper verlassen sollen. Doch deine Sterne sagten, dass du weiterleben und erst viele Jahre später im Land der Rothäute, in Amerika, sterben würdest. Sie sind gerade dabei, für den Dahingeschiedenen eine Totenandacht abzuhalten. Er war sofort tot.»

Es schien mir, dass die Hinübergegangenen im Grunde die Glücklicheren waren. Meine eigenen Erfahrungen im Astralreisen hatten mich gelehrt, dass es wirklich sehr, sehr schön war. Doch dann ermahnte ich mich: Auch wenn wir die Schule nicht wirklich liebten, mussten wir trotzdem dort bleiben, um zu lernen – und was war das Leben auf der Erde anderes als eine Schule? Eine harte Schule noch dazu! Ich dachte: «Und jetzt liege ich da mit zwei gebrochenen Knochen und muss trotzdem weiterlernen!»

Zwei Wochen lang erhielt ich noch intensiveren Unterricht als sonst. Man sagte mir, das sei, um meine Gedanken von meinen Knochenbrüchen abzulenken. Jetzt, nach vierzehn Tagen, waren sie einigermaßen wieder zusammengewachsen. Nur die Schulter und der Arm waren noch ganz steif und schmerzten sehr. Als ich an einem Morgen das Zimmer meines Mentors betrat, war er gerade dabei, einen Brief zu lesen. Er blickte auf, als ich eintrat.

«Lobsang», sagte er, «ich habe hier ein Päckchen Kräuter für deine verehrte Frau Mutter. Morgen früh kannst du es ihr vorbeibringen und den Tag dort verbringen.»

«Mein Vater wird mich sicher nicht sehen wollen», erwiderte ich. «Als ich ihm auf der Treppe zum Potala begegnet bin, tat er so, als würde er mich nicht kennen.»

«Ja, natürlich, dein Vater musste sich so verhalten. Er wusste, dass du soeben von Seiner Heiligkeit kamst und dass du unter besonderer Führung stehst. Deshalb durfte er nicht mit dir sprechen, solange ich nicht dabei bin, da du auf ausdrückliche Weisung Seiner Heiligkeit nun mein Schützling bist.» Lächelnd sah er mich aus seinen von kleinen Fältchen umspielten Augenwinkeln an: «Übrigens, dein Vater wird morgen nicht zu Hause sein. Er ist für ein paar Tage nach Gyangtse geritten.»

Am nächsten Morgen sah mich mein Mentor prüfend an. «Hmm, ja, du siehst zwar noch ein bisschen blass aus, aber dafür sauber und ordentlich, und das zählt bei einer Mutter viel! Hier ist eine Schärpe und vergiss nicht, dass du jetzt ein Lama bist und alle Regeln befolgen musst. Du bist zu Fuß hierhergekommen, aber heute wirst du einen unserer schönsten Schimmel reiten. Nimm meinen, er könnte ohnehin ein bisschen Bewegung gebrauchen.»

Der Lederbeutel mit den Kräutern, den man mir beim Aufbruch übergab, war als Zeichen der Hochachtung in ein Seidentuch eingewickelt. Ich betrachtete ihn unschlüssig und fragte mich, wie ich diesen verflixten Beutel transportieren sollte, ohne gleich das Tuch zu beschmutzen. Schließlich entfernte ich das Tuch und steckte es in die Brusttasche meiner Robe, um es in der Nähe unseres Hauses wieder um den Beutel zu wickeln.

Ich ritt mit dem weißen Pferd den steilen Pfad hinunter. Auf halbem Weg blieb das Pferd stehen, drehte den Kopf nach mir um und nahm mich, den Reiter, gründlich in Augenschein. Offenbar hielt es nicht sehr viel von dem, was es sah, denn es wieherte laut und trabte eilig weiter, so als könne es meinen Anblick nicht länger ertragen. Ich teilte seine Gefühle mit ihm, denn auch ich hatte keine gute Meinung von ihm! In Tibet reiten die meisten orthodoxen Lamas auf Mauleseln, weil diese als geschlechtslose Tiere gelten. Nur Lamas, die nicht so pingelig waren, ritten Hengste oder Ponys. Was mich betraf, zog ich es vor, wann immer möglich, zu Fuß zu gehen.

Unten am Fuße des Berges angekommen, wandten wir uns nach rechts. Ich seufzte erleichtert, als der Schimmel mit mir einverstanden war, den Weg nach rechts einzuschlagen – vermutlich, weil man die Lingkhorstraße aus religiösen Gründen immer im Uhrzeigersinn passierte. Ich ritt also mit ihm nach rechts, und wir überquerten die Drepung-Stadt-Straße, um dann dem Lingkhor, der Ringstraße, zu folgen. Weiter ging es am Potala vorbei, der sich, wie ich fand, mit unserem Lamakloster Chakpori an Schönheit überhaupt nicht messen konnte. Dann überquerten wir die Straße, die nach Indien führte, und ließen den Kaling Chu zu unserer Linken und den Schlangentempel zu unserer Rechten zurück. Schon von Weitem sahen mich die Bediensteten, als ich auf den Eingang meines früheren Elternhauses zuritt, und beeilten sich, die Tore zu öffnen. Ein wenig aufschneiderisch ritt ich geradewegs in den Hof hinein und hoffte dabei, nicht vom Pferd zu fallen. Glücklicherweise ergriff ein Bediensteter sofort das Halfter, und ich rutschte vom Sattel.

Würdevoll tauschten der Hausverwalter und ich die zeremoniellen Begrüßungsschärpen aus. «Segne dieses Haus und alle, die darin wohnen, ehrwürdiger Herr und Lama der ärztlichen Kunst», sagte der Hausverwalter.

«Möge der Segen Buddhas, des Reinen und Allsehenden, mit euch sein und eure Gesundheit erhalten», erwiderte ich.

«Ehrwürdiger Herr, die Hausherrin gebot mir, Sie zu ihr zu geleiten.»

Also machten wir uns auf den Weg (als ob ich den Weg nicht allein gefunden hätte!) und mühte mich unterdessen ab, den Kräuterbeutel wieder in dieses verflixte Seidentuch einzuwickeln. Der Verwalter führte mich die Treppe hinauf in das schönste Zimmer meiner Mutter.

Als ich nur der Sohn des Hauses war, durfte ich es nie betreten, dachte ich. Und mein zweiter Gedanke war, ob ich nicht besser umkehren und gleich davonlaufen sollte – denn das Zimmer war voller Frauen!

Doch bevor ich es konnte, kam mir schon meine Mutter entgegen und verneigte sich. «Ehrwürdiger Herr und Sohn, meine Freundinnen sind hier, um von deiner Ehrung zu hören, die der Erhabene dir zuteilwerden ließ.»

«Verehrte Frau Mutter», erwiderte ich, «die Regeln meines Ordens verbieten es mir, darüber Auskunft zu geben, was der Erhabene mit mir gesprochen hat. Der Lama Mingyar Dondup hat mir nur den Auftrag gegeben, dir diesen Beutel mit Kräutern zusammen mit seiner Schärpe als Gruß zu überreichen.»

«Ehrwürdiger Lama und Sohn, diese Damen sind von weither gekommen, um von den Ereignissen im Hause des Erhabenen und von Seiner Heiligkeit persönlich etwas zu hören. Ist es wirklich wahr, dass er indische Zeitschriften liest? Und ist es wahr, dass er ein Glas besitzt, mit dem er durch die Wände eines Hauses sehen kann?»

«Verehrte Frau Mutter», antwortete ich, «ich bin nur ein bescheidener Medizin-Lama, der erst kürzlich aus den Bergen zurückgekommen ist. Es geziemt sich als solchen nicht, über das Tun und Lassen des Oberhauptes unseres Ordens zu sprechen. Ich bin nur als Bote hierhergekommen.»

Eine junge Frau trat auf mich zu und fragte: «Kennst du mich nicht mehr? Ich bin Yaso.»

Um ehrlich zu sein, ich erkannte sie kaum wieder – sie hatte sich sehr entwickelt und war sehr hübsch geworden! Mir wurde es unbehaglich. Acht, nein, neun Frauen auf einmal waren eindeutig ein Problem für mich. Mit Männern hatte ich inzwischen gelernt umzugehen – aber mit Frauen? Ihre Blicke trafen mich, als wäre ich eine saftige Beute und sie hungrige Wölfinnen in der Steppe. Da blieb mir nur eine Option: der schnellstmögliche Rückzug.

«Verehrte Frau Mutter», sagte ich, «ich habe meine Botschaft überbracht und muss nun wieder zurück zu meinen Pflichten. Ich war krank gewesen und muss nun einiges aufholen.»

Mit diesen Worten verneigte ich mich vor ihnen, drehte mich um, und machte mich schleunigst und so angemessen wie ich konnte davon. Der Verwalter hatte sich wieder in seinen Dienstraum begeben, und ein Pferdeknecht brachte mir das Pferd.

«Bitte hilf mir vorsichtig aufzusteigen», bat ich ihn. «Ich habe mir kürzlich den Arm und das Schlüsselbein gebrochen und schaffe es noch nicht allein.»

Der Pferdeknecht öffnete das Tor, und ich ritt hinaus. Just in diesem Moment trat meine Mutter auf den Balkon und rief mir etwas zu. Das weiße Pferd wandte sich nach links, sodass ich wieder im Uhrzeigersinn der Lingkhorstraße entlang reiten konnte. Ich ritt langsam. Langsam, weil ich nicht zu früh zurück sein wollte. Gemächlich ritt ich am Gyü-po Linga und am Muru Gompa vorbei und absolvierte den ganzen Rundgang.

Als ich wieder zu Hause auf dem Eisenberg ankam, ging ich zu meinem Mentor. Er sah mich an und fragte mich: «Was ist denn mit dir, Lobsang? Du siehst ja völlig mitgenommen aus! Haben dich alle wandernden Geister um die Stadt herum gejagt?»

«Mitgenommen?», antwortete ich. «Mitgenommen? Meine Mutter hatte mehr als ein halbes Duzend Frauen zu Gast, die alle etwas über den Erhabenen wissen wollten und was er zu mir gesagt habe. Ich erwiderte, die Ordensregeln verböten es mir, darüber zu sprechen. Und dann machte ich mich aus dem Staub, solange ich noch konnte. Alle Frauen hatten mich so angestarrt …!»

Mein Mentor schüttelte sich vor Lachen, und je erstaunter ich ihn ansah, desto mehr lachte er.

«Seine Heiligkeit hat sich bei mir erkundigt, ob du dich hier bei uns gut eingelebt hättest, oder ob du immer noch Heimweh hast.»

Das Leben in einem Lamakloster hatte meine «gesellschaftlichen Werte-vorstellungen» arg durcheinander gebracht. Frauen waren fremdartige We-sen für mich (und sind es heute noch!) und ... «Ich bin hier zu Hause, ehr-würdiger Lama», sagte ich. «Oh nein, ich möchte nicht mehr in mein Elternhaus zurückkehren! Nur schon der Anblick all dieser geschminkten Frauen mit all dem Zeug in ihren Haaren war schlimm, und wie sie mich alle anstarrten, so als wäre ich ein preisgekröntes Schaf und sie die Schlächter von Shö. Ihre schrillen Stimmen» – und ich fürchte, meine Stimme sank zu einem Flüstern – «und erst recht ihre Astralfarben! Schrecklich! Oh, ehrwür-diger Lama und Mentor, sprechen wir lieber von etwas anderem!»

Tagelang ließ man mich wegen dieser Sache nicht in Ruhe.

«Oh, Lobsang, von ein paar Frauen in die Flucht geschlagen!» Oder: «Lobsang, ich möchte, dass du heute deine verehrte Mutter besuchst. Sie gibt gerade ein Fest, und die Gäste könnten etwas Unterhaltung gebrau-chen!»

Bereits eine Woche später wurde mir mitgeteilt, dass der Dalai Lama gro-ßes Interesse an mir hege und angeordnet habe, mich zu meiner Mutter zu schicken, sobald sie einen ihrer zahlreichen festlichen Anlässe veranstaltet. Den Anweisungen des Erhabenen hat sich noch nie jemand widersetzt. Wir alle verehrten ihn, nicht nur als Gott auf Erden, sondern auch als den auf-richtigen Mann, der er war. Er hatte zwar ein etwas ungestümes Tempera-ment, aber meines war auch so. Dennoch ließ er sich nie von seinen persön-lichen Neigungen bei Staatsangelegenheiten beeinflussen, und seine Verstimmungen dauerten nie länger als ein paar Minuten. Er war die höchste Instanz, sowohl als politisches als auch als religiöses Oberhaupt.

Kapitel 14
Die Gabe des dritten Auges

Eines Vormittags, als ich mit der Welt in Frieden lebte und nicht recht wusste, wie ich die freie halbe Stunde vor der nächsten Andacht verbringen sollte, suchte mich mein Mentor auf.

«Komm, Lobsang, wir wollen einen Spaziergang machen! Ich habe eine kleine Aufgabe für dich.»

Ich sprang auf, froh darüber, dass ich mit meinem Mentor irgendwohin gehen durfte. Wir machten uns rasch fertig und brachen auf. Als wir den Tempel verließen, begegnete uns eine der Tempelkatzen, ein Kater, der uns seine besondere Zuneigung zeigte. Wir blieben eine Weile bei ihm, bis er aufhörte zu schnurren und anfing, mit dem Schwanz zu wedeln. Er war ein sehr großer Kater, und auf tibetisch heißen Katzen «shi-mi». Zufrieden darüber, dass wir seine Freundlichkeit ebenso freundlich erwidert hatten, begleitete er uns würdevoll den halben Weg den Berg hinunter. Plötzlich schien ihm jedoch einzufallen, dass er seine Pflicht, die Tempelschätze zu bewachen, vernachlässigte, und er rannte in großer Eile davon.

Unsere Tempelkatzen waren weit mehr als nur Dekorationsobjekte. Sie waren vor allem strenge Wächter, die auf die ungeschliffenen Edelsteine aufpassten, die in großen Mengen rund um die Heiligenfiguren herum lagen. In den Haushalten hingegen hielt man eher Hunde zur Bewachung, insbesondere riesige tibetische Doggen, die in der Lage waren, einen Menschen niederzureißen und zu zerfleischen. Doch Hunde konnte man einschüchtern und vertreiben – nicht so die Katzen. Wenn sie einmal attackierten, konnte sie nur der Tod stoppen. Sie waren sogenannte «Siamesenkatzen». Tibet ist ein kaltes Land, weshalb sie fast schwarz waren. Man hatte mir erzählt, dass sie in wärmeren Ländern weiß seien, da die Temperatur angeblich die Fellfarbe beeinflusst. Ihre Augen waren blau und ihre Hinterbeine lang, wodurch sie sich im Gang von anderen Katzen unterschieden. Sie hatten lange, peitschenförmige Schwänze – und erst ihre Stimmen! Keine andere Katze hatte eine Stimme wie sie. Die Lautstärke und der Stimmumfang waren nahezu unglaublich.

Wenn diese Katzen ihren «Dienst» in den Tempeln verrichteten, schlichen sie wie dunkle Schatten durch die Nacht, immer wachsam und auf leisen Pfoten. Und sollte irgendjemand versuchen, sich an den unbewachten Edelsteinen zu vergreifen, konnte es geschehen, dass plötzlich eine Katze auftauchte und mit einem Sprung am Arm des Diebes hing. Und wenn er die Beute nicht sofort losließ, sprang vielleicht eine zweite Katze von einer Heiligenfigur herunter und direkt dem Dieb an die Kehle. Diese Katzen hatten doppelt so lange Krallen wie gewöhnliche Hauskatzen – und einmal festgekrallt, ließen sie nicht mehr los. Hunde können geschlagen, festgehalten oder vergiftet werden, aber diese Katzen nicht. Sie konnten sogar die schärfsten Doggen in die Flucht schlagen. Nur jemand, der diese Katzen persönlich kannte, durfte sich ihnen nähern, wenn sie ihren Dienst verrichteten.

Wir schlenderten weiter und bogen, unten an der Straße angekommen, nach rechts ab. Wir gingen durch den Pargo Kaling und weiter am Dorf Shö vorbei. Dann setzten wir unseren Weg fort, überquerten die Türkisbrücke und bogen beim Doring-Haus erneut nach rechts ab. Dieser Weg führte uns in den Stadtteil der alten chinesischen Gesandtschaft. Unterwegs unterhielt sich mein Mentor mit mir: «Wie ich dir schon sagte, ist eine chinesische Delegation eingetroffen. Wir wollen uns dort mal umsehen und herausfinden, wer sie sind.»

Mein erster Eindruck war ein denkbar schlechter. Im Gesandtschaftsgebäude liefen arrogante Männer umher und packten Kisten und Koffer aus. Es schien, als hätten sie genug Waffen dabei, um eine kleine Armee auszurüsten. Da ich noch ein Junge war, konnte ich auf eine Weise «ermitteln», wie es kein Erwachsener hätte tun können. Leise schlich ich mich durch das Grundstück der Gesandtschaft und näherte mich einem offenen Fenster. Eine Weile stand ich dort und beobachtete die Männer, bis einer von ihnen aufsah und mich entdeckte. Er stieß einen chinesischen Fluch aus, der für meine Vorfahren nicht sehr schmeichelhaft war und für meine Zukunft nichts Gutes verhieß. Er griff nach etwas, woraufhin ich mich eiligst zurückzog, bevor er es nach mir werfen konnte.

Wieder auf der Lingkhorstraße berichtete ich meinem Mentor, was ich gesehen hatte: «Oh! Ihre Auren waren ganz rot, und sie fuchtelten mit Messern herum!»

Der Lama Mingyar Dondup war auf dem ganzen Nachhauseweg sehr nachdenklich. Nach unserem Abendessen sagte er: «Ich habe über diese Chinesen sehr viel nachgedacht. Ich möchte dem Erhabenen vorschlagen, dass wir von deinen besonderen Fähigkeiten Gebrauch machen sollten. Würdest du dich sicher genug fühlen, wenn du sie von einem Versteck aus beobachten könntest, wenn sich das einrichten lässt?»

Alles, was ich dazu sagen konnte, war: «Wenn Sie glauben, dass ich es kann, dann kann ich es auch.»

Am nächsten Tag sah ich meinen Mentor den ganzen Tag nicht. Doch am darauffolgenden Morgen unterrichtete er mich wie gewohnt. Nach dem Mittagessen sagte er: «Wir werden heute Nachmittag einen Spaziergang machen, Lobsang. Hier ist eine Schärpe von höchster Qualität. Du brauchst also kein Hellseher zu sein, um zu wissen, wohin wir gehen. Du hast zehn Minuten Zeit, um dich bereitzumachen, und dann treffen wir uns in meinem Zimmer. Ich muss zuerst noch mit dem Abt sprechen.»

Einmal mehr brachen wir auf und gingen den steil abfallenden Pfad den Berghang hinunter. Wir nahmen die Abkürzung auf der Südwestseite unseres Berges. Nach einem kurzen Marsch erreichten wir den Norbu Linga, den «Juwelenpark». Dieser Park war der Lieblingspark des Dalai Lama, und er verbrachte den Großteil seiner freien Zeit dort. Der Potala war zwar von außen ein wunderschönes Gebäude, doch im Inneren war er stickig und muffig. Dies lag an der unzureichenden Luftzirkulation und den viel zu vielen Butterlampen, die dort abgebrannt wurden. Über die Jahre war viel Butter auf die Böden verschüttet worden, und es war keine Seltenheit, dass ein würdevoll schreitender Lama auf einem von Staub bedeckten Butterfleck ausrutschte und mit einem überraschten «Ups» auf seinem Allerwertesten landete und sich am Ende des Korridors wiederfand. Solchen Risiken eines nicht sehr erbaulichen Spektakels wollte sich der Dalai Lama nicht aussetzen und verweilte, wann immer möglich, im Norbu Linga.

Der Juwelenpark, der erst etwa einhundert Jahre alt ist, wird von einer dreieinhalb Meter hohen Steinmauer umgeben. Der darin erbaute Palast mit seinen goldenen Türmchen besteht aus drei Gebäuden, die sowohl für offizielle als auch staatliche Anlässe genutzt werden. Innerhalb der Parkanlage gab es noch einen weiteren Bereich, ebenfalls von einer hohen Mauer umgeben, den der Dalai Lama als Freizeitgarten nutzte. Einige Leute haben geschrieben, es sei den Beamten verboten, diesen Privatpark zu betreten, doch das stimmt nicht. Sie durften ihn sehr wohl betreten, nur war es untersagt, dort geschäftliche Tätigkeiten auszuüben. Ich selbst war schon mehr als dreißig Mal dort und weiß es genau. In diesem Privatpark befand sich ein wunderschöner, künstlich angelegter See mit zwei Inseln, auf denen jeweils ein Sommerhaus stand. Auf der Nordwestseite führte ein breiter, erhöhter Damm aus Steinen als Fußweg zu den Inseln und den beiden Sommerhäusern. Der Dalai Lama verbrachte viel Zeit auf der einen oder anderen Insel und meditierte dort jeden Tag viele Stunden. Im Vorpark befanden sich außerdem mehrere Unterkunftshäuser, in denen an die fünfhundert Männer, die Leibwächter des Dalai Lama, untergebracht waren. An diesen Ort führte mich der Lama Mingyar Dondup jetzt. Es war mein erster Besuch.

Wir durchquerten die prächtige Parkanlage und betraten durch einen prunkvollen Torbogen den inneren Privatpark des Dalai Lama. Als wir eintraten, pickten überall am Boden viele verschiedene Vögel Körner auf. Sie beachteten uns nicht und wichen uns auch nicht aus, sondern wir mussten ihnen ausweichen! Der See lag still und ruhig da, wie ein hochpolierter Metallspiegel. Der Steindamm, auf dem wir uns zur entferntesten Insel begaben, war erst kürzlich frisch getüncht worden. Dort saß der Dalai Lama in tiefer Meditation in seinem Sommerhaus. Als wir näher kamen, blickte er auf und lächelte. Wir knieten uns nieder und legten ihm unsere Schärpen zu Füßen, woraufhin er uns bat, vor ihm Platz zu nehmen. Er läutete eine Glocke und ließ gebutterten Tee bringen, ohne den kein Tibeter ein Gespräch führen kann. Während wir auf den Tee warteten, erzählte er mir von den verschiedenen Tieren in diesem Park und versprach mir, dass ich sie später noch sehen würde.

Nachdem der Bedienstete den Tee gebracht und sich wieder zurückgezogen hatte, sah mich der Dalai Lama an und sagte: «Unser lieber Freund Mingyar hat mir erzählt, dass dir die Aurafarben dieser chinesischen Delegation nicht gefallen haben. Er erwähnte auch, dass sie Waffen bei sich führen. Soweit ich weiß, hast du alle Tests deiner Hellsichtigkeit, die man mit oder ohne dein Wissen durchgeführt hat, bestanden. Was hältst du von diesen Leuten?»

Diese Frage war mir unangenehm. Ich sprach ungern mit jemand anderem über das, was ich in den Aurafarben einer Person sah und was sie meiner Meinung nach bedeuteten – außer mit meinem Mentor. Ich war der Ansicht, dass jemand, der die Aura selbst nicht sehen konnte, auch nichts darüber wissen sollte. Aber wie sollte ich das dem Staatsoberhaupt erklären? Vor allem, wenn das Oberhaupt selbst nicht hellsichtig war.

Ich antwortete dem Dalai Lama: «Eure Heiligkeit, ich bin noch ziemlich unerfahren im Lesen von fremdländischen Auren und daher nicht würdig, meine Meinung darüber zu äußern.»

Ich kam mit meiner Antwort nicht sehr weit.

Der Erhabene antwortete: «Als einer, der mit einer besonderen Begabung ausgestattet ist, die durch unsere uralten Künste verstärkt und gefördert wurde, ist es deine Pflicht, mir Auskunft zu geben. Du wurdest zu diesem Zweck ausgebildet. Also sag mir, was du gesehen hast.»

«Eure Heiligkeit, diese Menschen haben schlechte Absichten. Ihre Aurafarben zeigen, dass sie Böses im Schilde führen.» Das war alles, was ich sagte.

Der Dalai Lama zeigte sich zufrieden.

«Gut. Du hast wiederholt, was du Mingyar gesagt hast. Morgen kannst du dich hinter diesem Wandschirm verstecken und die Chinesen beobachten, wenn sie hier sind. Aber wir müssen sicherstellen, dass man dich nicht entdeckt. Versteck dich einmal hinter diesem Schirm dort. Wir wollen sehen, ob du gut genug getarnt bist.»

Da dies nicht der Fall war, wurden Bedienstete herbeigerufen, um die chinesischen dekorativen Löwen noch ein wenig zu verschieben, sodass ich vollständig verborgen blieb. Der bevorstehende Besuch wurde geprobt, wobei Lamas die Rolle der chinesischen Delegation übernahmen. Sie bemühten sich, mein Versteck ausfindig zu machen. Von einem der Lamas fing ich den Gedanken auf: «Oh, wenn ich ihn entdecke, werde ich vielleicht befördert!»

Er wurde nicht befördert, er blickte auf die falsche Seite.

Schließlich war der Erhabene zufrieden und rief mich hervor. Er sprach noch kurz mit uns und erklärte, wir sollten am nächsten Tag wiederkommen, wenn er die chinesische Delegation empfing, die mit allen Mitteln versuchen wollten, Tibet ein Vertragswerk aufzuzwingen. Nach dieser Anweisung verabschiedeten wir uns von Seiner Heiligkeit und kehrten zum Eisenberg zurück.

Am nächsten Tag, etwa gegen elf Uhr, stiegen wir erneut den felsigen Hang hinunter und begaben uns zum Eingang der inneren Parkanlage im Norbu Linga. Der Dalai Lama lächelte mich an und sagte, ich solle zuerst etwas essen, bevor ich mein Versteck aufsuche – eine Aufforderung, der ich natürlich sofort nachkam! Auf seine Bestellung hin wurde dem Lama Mingyat Dondup und mir eine sehr wohlschmeckende Mahlzeit serviert, bestehend aus konservierten Lebensmitteln, die aus Indien importiert wurden. Ich wusste nicht, wie diese Lebensmittel hießen, nur dass sie eine sehr willkommene Abwechslung zu unseren üblichen Mahlzeiten waren, die in der Regel nur aus Tee, Tsampa und Rüben bestanden.

Gut gestärkt, konnte ich nun dem stundenlangen unbeweglichen Sitzen etwas heiterer entgegensehen. Für mich, wie auch für alle anderen Lamas, war das bewegungslose Sitzen keine große Herausforderung. Wir mussten regelmäßig stillsitzen, um meditieren zu können. Schon sehr früh, bereits im Alter von sieben Jahren, wurde mir das stundenlange regungslose Sitzen beigebracht. Dafür wurde gewöhnlich eine brennende Butterlampe verwendet, die ich auf meinem Kopf balancieren musste, während ich im Lotussitz verharrte, bis die Butter vollständig von der Flamme aufgezehrt war – was durchaus zwölf Stunden dauern konnte. Drei oder vier Stunden stillzusitzen war daher für mich keine besondere Anstrengung.

Direkt vor mir, in Blickrichtung, saß der Dalai Lama im Lotussitz auf seinem nahezu zwei Meter hohen Thron ebenso reglos da wie ich. Von jenseits der Parkmauer drangen viele raue Schreie und Ausrufe in chinesischer Sprache zu uns herüber. Später erfuhr ich, dass die Chinesen wegen verdächtiger Wölbungen unter ihren Kleidern nach Waffen durchsucht worden waren. Erst nach dieser Kontrolle durften sie die innere Parkanlage betreten. Wir beobachteten, wie sie von den Wachen des Dalai Lama über den erhöhten Damm und weiter zur Pergola des Pavillons geführt wurden. Ein ranghoher Lama intonierte das Mantra: «Om! Mani padme Hum!», doch anstatt es aus Höflichkeit zu wiederholen, antworteten die Chinesen im chinesischen Wortlaut mit: «O-mi-t'o-fo» (was bedeutet: «Höre uns, o Amida Buddha!»).

Ich dachte im Stillen: «Nun, Lobsang, deine Aufgabe ist leicht. Sie verraten ohnehin ihre wahren astralen Farben.»

Während ich sie von meinem Versteck aus beobachtete, bemerkte ich das Schimmern ihrer Auren – ein schillernder Glanz, durchzogen von schmutzigem Rot. Ich sah die brodelnden Wirbel ihrer hasserfüllten Gedanken, begleitet von Farbbändern und Farbstreifen in unangenehmen Tönen. Diese Farben waren nicht die klaren und reinen Farben höheren Denkens, sondern die ungesunden und verunreinigten Farbtöne jener, die ihre Lebenskräfte dem Materialismus und dem Begehen von Übeltaten hingaben. Es waren Menschen, von denen wir sagen: «Ihre Rede scheint redlich, aber ihre Gedanken sind schmutzig.»

Ich beobachtete auch den Dalai Lama. Seine Aurafarben verrieten mir eine tiefe Traurigkeit. Mit Wehmut erinnerte er sich an die Zeit, als er in China gewesen war. Alles, was ich in der Aura des Erhabenen sah, mochte ich. Er war der beste Regent, den Tibet je hatte. Zwar hatte er ein recht hitziges Temperament, und dann flammten seine Aurafarben auch rot auf, doch die Geschichte wird bezeugen, dass es keinen besseren Dalai Lama gab, keinen, der so mit Leib und Seele für sein Land lebte. Natürlich verspürte ich große Zuneigung zu ihm, doch noch stärker waren meine Gefühle für meinen Mentor, dem Lama Mingyar Dondup.

Doch das Gespräch zog sich in die Länge und führte schließlich ins Leere. Ins Leere, weil die Delegationsteilnehmer nicht in Freundschaft, sondern in Feindschaft kamen. Sie hatten nur eines im Sinn: ihren Willen durchzusetzen, und dabei waren sie in ihren Methoden nicht wählerisch. Sie verlangten Territorien, wollten in der Politik Tibets mitreden – und vor allem wollten sie Gold! Unser Gold hatte sie schon seit vielen Jahren gelockt. Tibet besitzt hunderte Tonnen Gold, das bei uns als heiliges Metall gilt. Nach unserem Glauben wird der Boden, auf dem nach Gold geschürft wird, entweiht, deshalb bleibt es unangetastet. Manche Gebirgsflüsse führen große

Nuggets mit sich, die man einfach aufsammeln kann. In der Chang-Tang-Region habe ich Goldflitter, Goldnuggets und Goldkörner am Rande schnell fließender Gewässer gesehen, die dort wie Sand an den Ufern gewöhnlicher Flüsse lagen. Wir schmolzen die größeren Nuggets oder Körner ein, um damit Tempelschmuck herzustellen – heiliges Metall für heilige Zwecke. Selbst Butterlampen werden aus Gold hergestellt. Leider ist das Metall so weich, dass sich die kunstvoll verzierten Lampen leicht verformen.

Tibet ist flächenmäßig etwa achtmal so groß wie die Britischen Inseln, und weite Teile sind praktisch noch unerforscht. Doch ich weiß aufgrund von Reisen, die ich zusammen mit meinem Mentor unternommen hatte, dass es dort Vorkommnisse von Gold, Silber und Uran gibt. Wir haben den westlichen Ländern nie gestattet, diese Gebiete zu erkunden – trotz ihrer fieberhaften Bemühungen! Denn einer alten Legende zufolge heißt es: «Dort, wo der Mensch des Westens hingeht, dorthin folgt auch der Krieg!» Man sollte also bedenken, dass, wenn man über Tibet von «goldenen Trompeten», «goldenen Becken» oder «goldüberzogenen Mumien» liest, Gold in Tibet kein seltenes Metall ist, sondern ein heiliges. Tibet könnte eine der größten Goldvorratskammern der Welt sein, wenn die Menschen in Frieden zusammenarbeiten würden, anstatt einander in sinnlosen Machtkämpfen zu bekriegen.

Eines Morgens betrat mein Mentor mein Zimmer, wo ich gerade dabei war, eine Abschrift von einem alten Manuskript fertig zu zeichnen, die für die Holzschnitzer bereit war.

«Lobsang, du musst deine Arbeit einstweilen unterbrechen. Der Erhabene hat uns rufen lassen. Wir müssen zusammen zum Norbu Linga gehen, um uns die Aurafarben eines Fremden aus dem Westen anzusehen. Mach dich schnell bereit, wir müssen uns beeilen, denn der Erhabene möchte vorher noch mit uns sprechen. Keine Schärpen. Kein Zeremoniell. Eile tut not!»

Da gab es keinen Spielraum. Einen Augenblick lang starrte ich ihn an. Dann sprang ich auf. «Ich ziehe mir nur rasch noch eine saubere Robe an, ehrwürdiger Herr Lehrer, und dann bin ich schon bereit.»

Ich brauchte nicht lange, um einigermaßen passabel auszusehen. Gemeinsam machten wir uns zu Fuß auf den Weg den Berg hinunter. Die Strecke betrug kaum einen Kilometer. Am Fuß des Berges, genau an der Stelle, an der ich mir einst bei einem Absturz die Knochen gebrochen hatte, überquerten wir eine kleine Brücke und erreichten die Lingkhorstraße. Diese überquerten wir und gelangten zum Eingangstor des Norbu Linga, dem «Juwelenpark», wie er manchmal auch genannt wird. Die Wachen wollten uns zunächst den Eintritt verwehren, doch als sie den Lama Mingyar Dondup erkannten, änderten sie sofort ihre Haltung und ließen uns ohne Verzögerung in den Privatgarten des Dalai Lama, der auf der Veranda saß. Ich fühlte mich etwas verlegen so ohne Begrüßungsschärpe, und ich wusste nicht recht, wie ich mich ohne sie ihm gegenüber verhalten sollte. Der Erhabene schaute auf und begrüßte uns mit einem freundlichen Lächeln. «Oh, nimm Platz, Mingyar, und du auch, Lobsang. Ihr habt euch aber beeilt.»

Wir setzten uns hin und warteten, bis er weitersprechen würde. Er sann eine Weile nach, offenbar, um sich die Reihenfolge von dem, was er sagen wollte, genau zu überlegen.

«Vor einiger Zeit», begann er, «fiel die Armee der Roten Barbaren (die Briten) in unser geheiligtes Land ein. Ich begab mich nach Indien und unternahm von dort aus zahlreiche Reisen. Als unmittelbare Folge der britischen Invasion besetzten die Chinesen im Jahre des Eisen-Hundes (1910) unser Land. Wieder ging ich nach Indien, und dort begegnete ich dem Mann, den wir heute treffen werden. Ich erzähle dies vor allem dir, Lobsang, denn damals begleitete mich Mingyar. Die Briten machten Versprechungen, die sie nicht hielten. Nun möchte ich wissen, ob dieser Mann aufrichtig oder doppelzüngig spricht. Du, Lobsang, wirst unser Gespräch nicht verstehen und von daher nicht beeinflusst werden. Du wirst zusammen mit jemand anderem, ungesehen, hinter dem Verandagitter der Unterredung beiwohnen. Niemand weiß etwas von deiner Anwesenheit. Schreibe deine Eindrücke nieder, die du aus seinen Astralfarben gewinnst, so wie es dir dein Mentor gelehrt hat, der so viel Gutes von dir zu berichten weiß. Zeige ihm nun seinen Platz, Mingyar, denn er ist dir vertrauter als mir – und ich glaube ohnehin, dass du ihm mehr bedeutest als ich!»

Hinter dem Verandagitter langweilte ich mich langsam. Ich war es leid, die Vögel zu beobachten und die wippenden Baumkronen. Hin und wieder naschte ich etwas von meinem Tsampa, das ich bei mir hatte. Wolken zogen über den Himmel, und ich stellte mir vor, wie schön es jetzt wäre, das Schwanken und Zittern eines Drachens unter mir zu spüren, während der Wind an der Stoffbespannung vorbeipfiff und das Seil trommeln ließ. Plötzlich schreckte ich durch ein lautes Knackgeräusch auf. Einen Augenblick lang meinte ich, ich sei in einem Drachen eingeschlafen und herausgefallen! Doch nein, es war nur das Eingangstor zur inneren Gartenanlage, das mit einem Schwung geöffnet wurde. Mehrere Hauswirtschafts-Lamas in goldenen Roben eskortierten einen Mann herein, der mir einen außergewöhnlichen Anblick bot. Es fiel mir schwer, meine Zurückhaltung zu bewahren und nicht gleich laut loszulachen. Der Mann war hager und großgewachsen, mit weißem Haar, blassem Gesicht, dünnen Augenbrauen, tiefliegenden Augen und einem harten, strengen Zug um den Mund. Das Auffälligste an ihm war jedoch seine Kleidung. Er trug irgendeinen blauen Stoff mit einer ganzen Reihe glänzender Knöpfe vorne. Offenbar hatte ein schlechter Schneider seine Kleidung genäht, denn der Kragen war so groß, dass er umgefaltet werden musste. Auch die zwei seitlich angebrachten Stofflappen waren umgefaltet. Ich dachte schon, die westlichen Menschen hätten ähnliche symbolische Flicken auf ihren Kleidern wie wir, die wir in Anlehnung an Buddha auf unseren Roben tragen. Taschen an Kleidern und Kragen waren mir in jenen Tagen noch unbekannt. In Tibet tragen diejenigen, die nicht notwendigerweise manuell arbeiten müssen, Hemdärmel, die die Hände vollständig bedecken. Doch dieser Mann hatte kurze Ärmel, die nur bis zu seinen Handgelenken reichten. «Er ist bestimmt kein Arbeiter», dachte ich, «denn seine Hände sehen viel zu fein aus. Vielleicht weiß er einfach nicht, wie man sich richtig kleidet.» Das Obergewand dieses Herrn endete dort, wo seine Beine begannen. «Dürftig, sehr dürftig», dachte ich. An den Beinen trug er viel zu enge Hosen, die ihm außerdem viel zu lang waren, denn auch sie waren unten umgeschlagen. «Er muss sich ja schrecklich fühlen, in einem solchen Aufzug vor Seiner Heiligkeit zu erscheinen», dachte ich. «Wäre es nicht möglich gewesen, ihm anständige Kleidung in seiner Größe zu leihen?» Dann fiel mein Blick auf seine Füße. Sehr, sehr sonderbar! Er hatte so merkwürdige schwarze Dinger an den Füßen. Glänzend, so glänzend, als wären sie von Eis überzogen. Keine Filzstiefel, wie wir sie tragen – nein, wahrscheinlich würde ich nie wieder so etwas derart Sonderbares zu Gesicht bekommen. Ganz automatisch notierte ich die Farben, die ich in seiner Aura sah, und fügte meinen Beobachtungen noch einige Anmerkungen hinzu. Manchmal sprach der Mann tibetisch, für einen Ausländer ziemlich gut, dann aber verfiel er wieder in eine fremde Sprache, deren Laute die bemerkenswertesten waren, die ich je gehört hatte. «Englisch», erklärte man mir später, als ich mich wieder beim Dalai Lama einfand.

Der Mann verblüffte mich wirklich, als er in einen der aufgenähten Stofflappen auf der Seite seines Gewandes griff und ein weißes Tuch hervorholte. Vor meinen erstaunten Augen führte er das Tuch über seinen Mund und an die Nase und stieß etwas aus, das wie ein kurzer Trompetenlaut klang. «Wahrscheinlich war das irgendeine Art Begrüßung für Seine Heiligkeit», dachte ich. Nach dieser Begrüßung steckte er das Tuch sorgfältig wieder hinter denselben Stofflappen. Daraufhin griff er in den anderen Stofflappen und holte mehrere Blätter Papier hervor. Das Papier war von einer Art, wie ich es noch nie gesehen hatte. Weiß, dünn, glattes Papier. Nicht wie unseres, das ledergelb, dick und rau war. «Wie kann man nur auf so etwas schreiben?», fragte ich mich. «Darauf haftet doch keine Kreide, sie würde einfach abrutschen!» Der Mann griff erneut in einen der Stofflappen und holte ein dünnes, farbig bemaltes Holzstäbchen hervor in dessen Mitte sich etwas befand, das wie Ruß aussah. Mit diesem Holzstäbchen vollführte er die seltsamsten Schnörkel, die ich mir je hätte vorstellen können. Ich dachte, er könne gar nicht schreiben und täte nur so, als ob er etwas notieren wollte. Ruß? Wer in aller Welt hatte je von jemandem gehört, der mit einem Rußstift schreiben kann? Er braucht doch nur zu pusten, und der Ruß würde wegfliegen.

Der Mann war offenbar auch ein Behinderter, denn er musste auf einem Holzgestell sitzen, das vier Stützen hatte. Er setzte sich darauf und ließ die Beine über den Rand herunterhängen. Ich vermutete, dass er wahrscheinlich an einem Rückenschaden litt, da hinten am Gestell, auf dem er saß, zwei weitere Holzstücke angebracht waren, um seinen Rücken zu stützen. Der Mann tat mir allmählich leid: schlecht sitzende Kleider, unfähig zu schreiben, das prahlerische Trompetenblasen mit dem Tuch – und nun auch noch diese merkwürdige Sitzhaltung, bei der er seinen Rücken abstützen und die Beine herunterhängen lassen musste. Der Mann war zudem sehr unruhig. Abwechselnd legte er das rechte Bein über das linke und das linke über das rechte. Einmal, zu meinem Schrecken, kippte er den linken Fuß so an, dass seine Fußsohle in Richtung des Dalai Lama zeigte – eine furchtbare Beleidigung, wenn dies ein Tibeter getan hätte. Doch er besann sich schnell und hob das Bein wieder herunter. Der Erhabene erwies diesem Mann alle Ehre, denn auch er saß auf einer solchen sonderbaren Holzeinrichtung und ließ seine Beine über den Rand hängen. Der Gast hatte einen höchst eigenartigen Namen. Er hieß wie ein weibliches Musikinstrument (Bell, englisch für Glocke, Anm. d.Ü.) und hatte außerdem noch zwei Ausschmückungen vor seinem Namen. Heute sollte ich ihn «C. A. Bell» nennen. Seine Aurafarben verrieten mir, dass es um seine Gesundheit nicht zum Besten stand, höchstwahrscheinlich bedingt durch das Leben in einem für ihn ungeeigneten Klima. Seine Hilfsbereitschaft schien echt zu sein, doch aus seinen Aurafarben konnte ich entnehmen, dass er Angst hatte, Zugeständnisse zu machen, um nicht seine Regierung zu verärgern, da seine zukünftige Rente nach seiner Pensionierung davon abhing. Er selbst vertrat wohl einen bestimmten Kurs, doch seine Regierung wollte sich nicht auf diesen Kurs einlassen, und so konnte er nur im Stillen hoffen, dass sich seine Ansichten und Vorschläge im Laufe der Zeit als richtig erweisen würden.

Wir wussten sehr viel über diesen Mr. Bell. Wir kannten alle Daten von ihm: seine Geburtszeit und seine verschiedenen «Höhepunkte» in seiner Karriere. Mit diesen Informationen konnten wir seinen ganzen Lebenslauf aufzeichnen. Die Astrologen fanden heraus, dass er in seinem letzten Leben in Tibet gelebt und damals den Wunsch geäußert hatte, im Westen wiedergeboren zu werden, um bei einer Verständigung zwischen Ost und West mithelfen zu dürfen. Erst kürzlich habe ich erfahren, dass er diese Hoffnung in einem seiner Bücher zum Ausdruck gebracht hatte. Wir waren überzeugt, dass es, wenn es ihm gelungen wäre, seine Regierung in seinem Sinne zu beeinflussen, nicht zu einer kommunistischen Invasion in unserem Land gekommen wäre. Wie auch immer, die Prophezeiungen sagten eine solche Invasion voraus, und bisher haben sich diese Vorhersagen immer bewahrheitet.

Die britische Regierung schien sehr misstrauisch zu sein. Sie vermutete, dass Tibet beabsichtigte, Verträge mit Russland abzuschließen, was ihr überhaupt nicht passte. England selbst wünschte keinen Vertrag mit Tibet, wollte aber auch nicht, dass Tibet sich mit irgendeinem anderen Staat verbündete. Sikkin, Bhutan – alle durften Verträge abschließen, nur Tibet nicht. So wurde es den Engländern langsam zu heiß unter ihrem eigenartigen Kragen, und sie unternahmen den Versuch, unser Land zu besetzen oder uns zu unterdrücken – beide Lösungen wären ihnen recht gewesen. Dieser Mr. Bell, der derzeit in Tibet vor Ort war, erkannte, dass wir nicht den Wunsch hatten, uns auf die Seite irgendeiner Nation zu stellen. Wir wollten eigenständig bleiben, unser Leben auf unsere eigene Weise führen und uns auf keinerlei Verhandlungen mit Fremden einlassen, die uns in der Vergangenheit nur Schwierigkeiten, Schaden und Elend eingebrockt hatten.

Der Erhabene zeigte sich sehr erfreut über meinen Bericht, nachdem Mr. Bell gegangen war. Doch schon plante er weitere Aufgaben für mich.

«Ja, ja!», sagte er, «deine Weiterentwicklung muss noch mehr gefördert werden, Lobsang. Das wird dir von großem Nutzen sein, wenn du in andere Länder reist. Wir werden die hypnotische Behandlung fortsetzen und dir unter Hypnose all das Wissen vermitteln, das uns zur Verfügung steht.» Er griff nach seiner Glocke und läutete nach einem seiner Bediensteten.

«Bitten Sie Mingyar Dondup sofort zu mir zu kommen», delegierte er.

Ein paar Minuten später erschien mein Mentor und kam mit angemessenen Schritten auf uns zu. Er war ein Lama, der sich von niemandem hetzen ließ! Der Dalai Lama, der seinen Freund gut kannte, versuchte gar nicht erst, ihn zur Eile anzutreiben. Mein Mentor nahm neben mir und vor dem Erhabenen Platz. Ein Bediensteter eilte herbei und brachte uns gebutterten Tee und indische Spezialitäten. Nachdem wir versorgt waren, ergriff der Dalai Lama wieder das Wort und sagte: «Du hattest recht, Mingyar, er ist wirklich begabt, aber es steckt noch mehr in ihm. Er kann noch weiter gefördert werden, Mingyar, und das muss er auch. Unternimm alles, was du für notwendig hältst, damit seine Ausbildung so schnell und so umfassend wie möglich erfolgt. Spare weder Mühe noch Mittel, denn es wurde uns prophezeit, dass schwere Zeiten auf uns zukommen. Wir müssen jemanden haben, der unsere uralten Künste zusammenfassend aufzeichnen und dokumentieren kann.»

So wurde das Lerntempo meiner Tage erhöht. Von diesem Tag an wurde ich oft in aller Eile gerufen, um mir die Aurafarben von irgendeiner Person «anzusehen» – vielleicht die von einem gelehrten Abt aus einem weit entlegenen Lamakloster, oder die von einem Vorsteher aus einer weit entfernten Provinz. Dadurch wurde ich zu einem bekannten Gast im Potala und im Norbu Linga. Im Potala hatte ich zudem die Gelegenheit, die Teleskope zu nutzen, die mir große Freude bereiteten, besonders das große astronomische Fernrohr, das auf einem schweren dreibeinigen Stativ montiert war. Damit verbrachte ich viele Stunden in der Nacht damit, den Mond und die Sterne zu beobachten.

Mein Mentor und ich gingen auch häufig in die Stadt Lhasa hinunter, um dort fremde Besucher zu beobachten. Seine eigenen beträchtlichen hellseherischen Kräfte und seine große Menschenkenntnis ermöglichten es ihm, meine Einschätzungen zu überprüfen und weiterzuentwickeln. Es war immer sehr interessant, an einem Verkaufsstand eines Händlers stehenzubleiben, dem Mann zuzuhören, wie er seine Waren anpries, und diese Aussagen dann mit seinen tatsächlichen Gedanken zu vergleichen, die für uns nicht so privat waren. Auch mein Gedächtnis wurde intensiv trainiert; stundenlang hörte ich mir schwierige Texte an und musste sie auswendig wiedergeben. Zudem verbrachte ich immer wieder unbestimmte Zeit in hypnotischer Trance, während mir Personen Passagen aus unseren ältesten Heiligen Schriften vorlasen.

Kapitel 15
Tibets geheimer Norden, Begegnung mit den Yetis

Es war die Jahreszeit, in der wir in das Hochland von Chang Tang aufbrachen. In diesem Buch kann ich allerdings nur kurz auf die Beschreibung dieser Region eingehen, denn um dieser Expedition gerecht zu werden, müsste ich mehrere Bücher darüber schreiben. Der Dalai Lama hatte jedem einzelnen der fünfzehn Teilnehmer, die an dieser Expedition teilnahmen, seinen Segen erteilt. Frohgemut machten wir uns auf den Weg, alle auf Maultieren, da sich diese in schwierigem Gelände besser bewährt haben als Pferde. Wir ritten langsam und im Schritttempo entlang des Tengri Tso und weiter bis zu den mächtig großen Seen bei Zilling Nor und immerzu weiter nach Norden. Dann folgte der langsame Aufstieg über das Tangla-Gebirge und immer weiter in eine bisher noch unerforschte Gegend. Es ist schwierig zu sagen, wie lange wir dafür brauchten, denn Zeit spielte für uns keine Rolle. Wir hatten keinen Grund zur Eile und ritten in einem für uns angenehmen Tempo, um unsere Kräfte und Energie für die kommenden Strapazen zu schonen.

Während wir immer weiter und immer höher hinauf ins Hochgebirge ritten, musste ich oft an die Mondlandschaften denken, die ich durch das große Teleskop im Potala gesehen hatte. Mächtige Gebirgszüge und tiefe

Schluchten. Hier bot sich uns ein ähnlicher Anblick – endlose, ewige Berge und Felsspalten, die ins Bodenlose zu führen schienen. Wir kämpften uns durch diese «Mondlandschaft» immer weiter aufwärts und stellten fest, dass die Bedingungen zunehmend schwieriger und strapaziöser wurden. Schließlich konnten die Maultiere nicht mehr weitergehen. In der dünnen Luft waren sie schnell erschöpft, und einige der Felsschluchten konnten sie nicht mehr überwinden. In schwindelerregender Höhe mussten wir uns dann an Seilen aus Yakhaar über die Abgründe schwingen. An der besten Stelle, die wir für sie finden konnten, ließen wir die Maultiere unter der Aufsicht der fünf schwächsten Teilnehmer der Expedition zurück. Ein hoch aufragender, gezackter Felsvorsprung, der in dieser öden und unwirtlichen Gegend wie ein Wolfsgebiss aussah, bot ihnen Schutz vor den schlimmsten Sturmwinden. An dessen Fuße befand sich eine Höhle, die durch die Erosion des weicheren Gesteins im Laufe der Zeit entstanden war. Von dort führte ein steiler Pfad hinunter in ein Tal, wo die Maultiere noch spärliche Vegetation zum Grasen fanden. Dem Tafelland entlang rauschte ein Bach und stürzte sich dann über den Rand eines Felsvorsprunges hunderte von Metern in die Tiefe, so tief, dass man von unten nicht einmal mehr das Aufklatschen hören konnte.

Hier legten wir eine zweitägige Rast ein, bevor wir unseren mühsamen Aufstieg fortsetzten, Schritt für Schritt und immer höher. Unsere Rücken schmerzten unter der Last, die wir trugen, und unsere Lungen fühlten sich an, als würden sie vor Atemnot bersten. Wir überquerten Felsspalten und Schluchten. Bei vielen Schluchten mussten wir das Seil zu Hilfe nehmen, das mit einem Eisenhaken versehen war. Wir warfen es hinüber und hofften, dass der Haken auf der anderen Seite einen guten und sicheren Halt zwischen einer Felsspalte finden würde. Wir wechselten uns beim Hinüberwerfen des Seils mit dem Haken ab und auch beim Hinüberhangeln, wenn das Seil sicher verankert war.

Nachdem wir alle die Felsschlucht überwunden hatten, konnten wir das Seil mit einem gekonnten Ruck wieder zurückholen. Doch nicht immer fanden wir auf der anderen Seite eine geeignete und sichere Felsspalte, um den Haken zu verankern. In solchen Fällen musste sich einer von uns das Seil um die Hüfte binden und vom höchsten erreichbaren Punkt aus versuchen, sich wie ein Pendel auf die andere Seite zu schwingen, indem er den Schwung jedes Mal verstärkte. Sobald jemand auf der anderen Seite angekommen war, musste er nur noch so weit wie möglich höher klettern, um eine Stelle zu erreichen, von der aus das Seil einigermaßen horizontal gespannt werden konnte. Dieser Aufgabe unterzogen wir uns abwechselnd, denn sie war sehr anstrengend und gefährlich. Einer der Mönche fand dabei den Tod. Er war auf unserer Seite sehr hoch die Felswand hinaufgeklettert und ließ sich hinüberschwingen. Doch er unterschätzte den Schwung und prallte mit voller Wucht gegen die gegenüberliegende Felswand, wo Teile seines Gesichts und Gehirns an einem Felsvorsprung hängenblieben. Wir zogen seinen Körper hinauf und hielten eine Totenandacht für ihn ab. Da wir aber in dem harten, felsigen Boden kein Grab ausheben konnten, mussten wir ihn dort zurücklassen und ihn dem Wind, dem Regen und den Vögeln überlassen.

Der Mönch, der als Nächster an der Reihe war, wirkte nicht sehr glücklich, daher trat ich an seine Stelle. Für mich war klar, dass mir aufgrund meiner Prophezeiungen keine Gefahr drohte, und mein Glaube wurde belohnt. Trotz der Prophezeiung ging ich den Schwung vorsichtig an und erreichte auf der anderen Seite mit meinen Fingern die nächstgelegene Felskante. Ich schaffte es gerade, einen Halt zu finden und mich mit keuchendem Atem auf den Felsvorsprung hinaufzuziehen, während mein Herz so heftig schlug, als wolle es zerspringen. Völlig erschöpft blieb ich eine Weile liegen, bevor ich mühsam weiter den Berg hinaufkletterte. Meine Kameraden, die besten Gefährten, die man sich nur vorstellen kann, schwangen mir ein Seil hinüber und warfen es so geschickt, dass ich es ergreifen konnte. Nun hatte ich beide Seilenden in der Hand, sicherte sie und rief den anderen zu, sie sollten sie fest anziehen und überprüfen. Einer nach dem anderen kam herüber, die Seile mit Händen und Füßen umklammernd. Ihre Gewänder flatterten im

Wind, der zwar nur schwach wehte, uns aber dennoch behinderte und das Atmen erschwerte.

Als wir die Höhe der Felswand erreicht hatten, legten wir eine kurze Rast ein und bereiteten Tee zu, der uns jedoch kaum wärmte, da der Siedepunkt des Wassers in dieser großen Höhe sehr niedrig war. Immerhin etwas erholt, nahmen wir unsere Traglast wieder auf und setzten unseren Weg stolpernd ins Herz dieser schrecklichen Gegend fort. Bald stießen wir auf eine Eisdecke, vermutlich ein Gletscher, und unser Vorankommen wurde noch schwieriger. Wir hatten weder genagelte Schuhe noch Eispickel oder andere Bergsteigerausrüstung. Unsere einzige «Ausrüstung» bestand aus unseren gewöhnlichen Filzstiefeln, deren Sohlen mit Fell besetzt waren und so etwas Halt boten, sowie aus Seilen.

Nebenbei bemerkt, in der tibetischen Mythologie spricht man von einer «kalten Hölle». Wärme ist ein Segen für uns, das Gegenteil davon ist Kälte, daher die Bezeichnung «kalte Hölle». Auf diese Bergtour ins Hochgebirge erfuhr ich, was Kälte ist!

Nach drei Tagen, an denen wir uns zitternd im bitterkalten Wind stets weiter aufwärts über das Eisfeld fortgeschleppt hatten und uns wünschten, diesen Ort niemals betreten zu haben, führte uns der Gletscher unverhofft zwischen hoch aufragenden Felswänden wieder bergabwärts. Wir stiegen tastend und rutschend immer tiefer und tiefer nach unten, ohne zu wissen, was uns dort unten in der Tiefe erwartete. Einige Kilometer weiter umrundeten wir einen Bergrücken und erblickten vor uns eine dichte, weiße Nebelwand. Aus der Entfernung konnten wir zunächst nicht erkennen, ob es sich um Schnee oder eine Wolke handelte, so makellos und unberührt sah es aus. Als wir näher kamen, bemerkten wir, dass es tatsächlich Nebel war, aus dem sich einzelne Nebelfetzen herauslösten und davontrieben.

Der Lama Mingyar Dondup, der als einziger von uns schon einmal hier gewesen war, lächelte zufrieden und sagte: «Was seid ihr nur für ein freudloser Haufen! Nun werdet ihr bald etwas Vergnügen haben.»

Wir sahen vor uns überhaupt nichts Vergnügliches: Nebel, Kälte und unter unseren Füßen hartgefrorenes Eis, und am Himmel über unseren Häuptern eiskalte Luft, schroffe gezackte Felsen gleich den Fangzähnen eines Wolfsgebisses und Felsen, an denen wir uns verletzten. Und da behauptete doch mein Mentor, wir würden bald «etwas Vergnügen haben»!

Wir gingen in den kalten, feuchten Nebel hinein, trübselig und ohne zu wissen, wohin der Weg uns führte. Wir zogen unsere Roben enger um uns, in der Hoffnung, dass es uns dadurch wärmer würde. Keuchend und zitternd vor Kälte stapften wir weiter und immer tiefer hinein. Plötzlich blieben wir wie erstarrt vor Schreck und Erstaunen stehen – der Nebel wurde warm, der Boden unter unseren Füßen heiß! Die Gefährten hinter uns, die uns noch nicht erreicht hatten und uns nicht sehen konnten, stießen von hinten in uns hinein. Erst als wir das Lachen meines Mentors vernahmen, wachten wir aus unserer Erstarrung wieder auf. Wir drängten weiter, blind, immer dem Vordermann hinterher. Er führte uns an und tastete mit einem vorgestreckten Stock den Weg ab, weil auch er nichts sehen konnte. Unter unseren Füßen tauchten plötzlich Steine auf, über die wir stolperten. Runde Kiesel gerieten unter unsere Stiefel. Steine? Kiesel? Aber wo war der Gletscher geblieben und all das Eis?

Ganz plötzlich lichtete sich der Nebel, und wir traten hinaus. Einer nach dem anderen tastete sich aus dem Nebel heraus. Wo waren wir? Als ich so dastand und mich umschaute, dachte ich zuerst, ich sei erfroren, gestorben und in die himmlischen Gefilde eingegangen. Ich rieb mir die Augen – mit warmen Händen! Ich kniff mich und klopfte mit den Fingerknöcheln gegen einen Felsen, um zu sehen, ob ich wirklich lebte oder ein Geist war. Doch dann sah ich mich um; meine acht Kameraden waren auch hier. Wir konnten doch nicht alle so plötzlich in den Himmel eingegangen sein? Und wenn ja, wo war der Zehnte, der Mönch, der an der Felswand den Tod gefunden hatte? Und waren wir überhaupt alle würdig, diesen Himmel zu betreten, der sich vor uns erstreckte?

Kaum dreißig Herzschläge zuvor, auf der anderen Seite der Nebelwand, hatten wir noch vor Kälte gezittert – und jetzt befanden wir uns am Rande eines Hitzeschlags! Die Luft flimmerte, und der Boden dampfte. Zu unseren Füßen sprudelte heißes Wasser aus der Erde, und um uns herum spross grünes Gras, grüner als alles, was ich je zuvor gesehen hatte. Das breitblättrige Gras war mehr als Kniehoch. Wir standen wie benommen und verängstigt da. Hier musste Zauberei im Spiel sein, etwas, das völlig jenseits unserer Erfahrungen lag. Dann bemerkte der Lama Mingyar Dondup: «Wenn ich seinerzeit, als ich zum ersten Mal hierherkam, genauso ausgesehen habe wie ihr jetzt, muss ich ein ganz schön dummes Gesicht gemacht haben! Ihr seht ja aus, als meintet ihr, die Eisgötter trieben Schabernack mit euch!»

Wir schauten uns um und wagten uns kaum von der Stelle zu rühren, als mein Mentor sagte: «Jetzt müsst ihr über den Wasserlauf springen – aber springen! Denn das Wasser ist kochend heiß. Ein paar Kilometer noch, und dann werden wir einen wirklich schönen Rastplatz erreichen.»

Er hatte, wie immer, recht. Kaum fünf Kilometer weiter lagen wir schon der Länge nach auf dem moosbewachsenen Boden, ohne unsere Roben. Wir hatten das Gefühl, wir würden gekocht. Hier wuchsen Bäume, wie ich sie noch nie zuvor gesehen hatte und vermutlich auch nie wieder sehen würde. Überall blühten Blumen in bunten Farben. Lianen rankten sich um die Baumstämme und hingen von den Zweigen herab. Etwas abseits, auf der rechten Seite der lauschigen Lichtung, entdeckten wir einen kleinen See, dessen Oberfläche sanft kräuselte und von Leben zeugte. Noch immer fühlten wir uns wie verzaubert. Wir waren uns sicher, dass wir einen Hitzeschlag erlitten und auf eine andere Daseinsebene befördert worden waren. Oder war es die Kälte vorher? Wir wussten es nicht.

Das Blattwerk der Bäume war üppig. Heute, nach all meinen Reisen, würde ich sagen, es sei tropisch gewesen. Es gab auch eine Vogelart, die mir bis heute unbekannt ist. Das ganze Gebiet war vulkanischen Ursprungs. Heiße Quellen sprudelten aus dem Boden, und der Geruch von Schwefel lag in der Luft. Mein Mentor erklärte uns, dass es, soweit er wusste, im

Hochland nur zwei solche Orte gebe. Er sagte, dass die im Erdinneren vorhandene Hitze und die heißen Quellen das Eis zum Schmelzen bringen, und dass die hohen Felswände in diesem Talkessel die warme Luft nicht entweichen ließen. Der dichte weiße Nebel, durch den wir gegangen waren, sei die Zone zwischen den warmen und kalten Strömungen. Er erwähnte auch, dass er riesige Tierskelette gesehen habe – Überreste von Kreaturen, die zu Lebzeiten sechs bis neun Meter groß gewesen sein mussten. Später sah ich solche Knochen selbst.

Hier begegnete ich zum ersten Mal einem Yeti. Ich war gerade dabei, Kräuter zu sammeln, als mich plötzlich etwas dazu brachte, aufzublicken. Kaum zehn Meter von mir entfernt stand eines dieser Geschöpfe, von denen ich schon so viel gehört hatte. In Tibet drohen die Eltern unfolgsamen Kindern oft: «Benimm dich, sonst holt dich ein Yeti!» Jetzt dachte ich, nun würde mich doch noch ein Yeti erwischen, und darüber war ich nicht gerade glücklich. Vor Schreck starrten wir uns eine scheinbar endlose Zeit wie erstarrt an. Mit einer Hand zeigte er auf mich und gab einen seltsamen, miauenden Laut von sich, ähnlich dem einer jungen Katze. Der Schädel schien kein Stirnbein zu haben, sondern verlief von den dicht behaarten Augenbrauen fast schräg nach hinten. Das Kinn war ebenfalls nach hinten geneigt, und die Zähne waren groß und vorstehend. Abgesehen von der kaum vorhandenen Stirn entsprach die Schädelgröße der eines heutigen Menschen. Die Hände und Füße waren groß und gespreizt, die Beine gebogen, und die Arme länger als bei uns Menschen. Mir fiel auf, dass das Geschöpf den ganzen Fuß flach über die Außenkante absetzte, wie Menschen es tun (etwas, das Affen und andere artverwandte Tiere nicht tun).

Als ich den Yeti ansah und vielleicht eine erschrockene Bewegung machte oder aus irgendeinem anderen Grund, kreischte der Yeti auf, drehte sich um und rannte mit Riesenschritten weg. Es war eher ein Springen von einem Bein auf das andere. Meine Reaktion war, ebenfalls wegzulaufen, aber in die entgegengesetzte Richtung! Später, als ich darüber nachdachte, war ich überzeugt, dass ich vermutlich den tibetischen Kurzstreckenrekord auf mehr als fünftausend Metern Höhe gebrochen hatte!

Später sahen wir nochmals einige Yetis in der Ferne. Doch sobald sie uns bemerkten, flohen sie, und wir vermieden es, sie in irgendeiner Weise zu provozieren. Der Lama Mingyar Dondup erklärte uns, dass diese Yetis eine zurückgefallene Menschenrasse seien, die einen anderen Evolutionsweg eingeschlagen habe und nur noch in sehr abgelegenen Gebieten überleben könne. Nicht selten hörten wir Geschichten von Yetis, die das Hochgebirge verlassen und bewohnte Gebiete erreicht hätten, wo sie umherstreiften. Es gibt auch Berichte über abgeschieden lebende Frauen, die von männlichen Yetis entführt worden sein sollen – möglicherweise ein Versuch, ihre Art zu erhalten. Später erzählten uns Nonnen tatsächlich von einem solchen Vorfall und bestätigten, dass eine Nonne ihres Ordens eines Nachts von einem Yeti weggetragen worden sei. Wie auch immer, ich fühle mich indes nicht berufen, darüber weiter zu schreiben. Ich kann nur bestätigen, dass ich Yetis gesehen habe, ebenso wie Yeti-Kinder im Säuglingsalter. Ich habe auch Skelette von ihnen gesehen.

Man hat wiederholt Zweifel an meinen Aussagen über die Yetis geäußert. Verschiedene Autoren haben Bücher über sie geschrieben, dabei jedoch nur Vermutungen angestellt, denn sie geben zu, selbst noch nie einen Yeti gesehen zu haben. Ich hingegen habe Yetis gesehen. Es ist noch gar nicht so lange her, dass man Marconi auslachte, als er ankündigte, Nachrichten per Funk über den Atlantik zu senden. Westliche Wissenschaftler erklärten damals auch nachdrücklich, der Mensch könne sich nie schneller als mit fünfundsiebzig Stundenkilometern fortbewegen, weil der Luftstrom ihn sonst töten würde. Es kursierten auch Geschichten über einen Fisch, den man als «lebendes Fossil» bezeichnete. Inzwischen haben Wissenschaftler diese Fische entdeckt, gefangen und seziert, und wenn es nach den gelehrten Herren im Westen ginge, würden sie auch unsere armen alten Yetis einfangen, sezieren und in Spiritus legen. Wir glauben, dass die Yetis sich ins Hochgebirge zurückgezogen haben, um den Menschen zu entkommen, und dass sie an anderen Orten bis auf ein paar umherwandernde Exemplare ausgestorben sind. Der erste Anblick eines Yetis flößt einem Angst ein. Beim zweiten Mal empfindet man jedoch Mitleid mit diesen Geschöpfen einer längst vergangenen Zeit, die durch den Zivilisationsdruck vom Aussterben bedroht sind.

Ich bin gerne bereit, sobald die Kommunisten eines Tages aus Tibet vertrieben sind, all die Skeptiker auf eine Expedition zu begleiten, um ihnen die im Hochgebirge lebenden Yetis zu zeigen. Es wäre allein schon die Mühe wert, die überraschten Gesichter dieser großen Herren zu sehen, wenn sie mit etwas völlig anderem konfrontiert würden als ihrer gewohnten Wirtschaftswelt. Sie mögen Lastenträger mitnehmen und sich mit Sauerstoffflaschen ausrüsten – ich werde nur in meiner alten Mönchsrobe gehen. Kameras werden die Wahrheit ans Licht bringen. Leider hatten wir in jenen Tagen in Tibet noch keine Fotoausrüstung.

Laut unseren alten Legenden lag Tibet einst vor Jahrhunderten an einer vom Meer umspülten Küste. Es ist erwiesen, dass man beim Graben in der Erde noch heute Fossilien von Fischen und anderen Meerestieren findet. Die Chinesen glauben an etwas Ähnliches. Auf der Gedenktafel des Yü, die einst auf dem Kou-lu-Gipfel des Berges Hêng in der Provinz Hu-pei stand, steht geschrieben, dass der Große Yü (im Jahre 2278 v. Chr.) sich am Rande eines Berges ausruhte, nachdem er seine Arbeit verrichtet hatte, «das Wasser der Großen Flut» abzulassen, welche damals ganz China überschwemmte, mit Ausnahme der höchsten Erhebungen. Soweit ich weiß, wurde die Originalsteintafel entfernt, doch es existieren noch Kopien in Wu-ch'ang Fu, einem Ort in der Nähe von Hankow, und eine weitere Nachbildung befindet sich im Yu-lin-Tempel in der Nähe von Shao-hsing Fu in Chekiang. Unseren Überlieferungen zufolge war Tibet einst eine am Meer gelegene Tiefebene. Aus Gründen, die wir nicht genau kennen, gab es schreckliche Erdbeben, bei denen viele Länder im Meer versanken und andere zu Bergen aufstiegen.

Das Hochland von Chang Tang weist eine beeindruckende Vielfalt an Fossilien auf – ein Beweis dafür, dass dieses Gebiet einst an einer Küste lag. Hier konnte man riesige, buntfarbene Muscheln sowie seltsame versteinerte

Schwämme und Korallenbänke finden. Auch Gold gab es hier. Nuggets, die man einfach wie Kieselsteine aufsammeln konnte. Das Wasser, das aus der Tiefe des Erdbodens floss, hatte unterschiedliche Temperaturen, von kochend heiß und dampfend bis eiskalt. Es war ein Gebiet von unglaublichen Gegensätzen. Hier, wo wir uns befanden, herrschte eine feucht-heiße Atmosphäre, wie wir sie zuvor noch nie erlebt hatten. Und nur ein paar Meter weiter, jenseits der Nebelwand, lag eine bittere Kälte, die die Lebenskräfte erschöpfte und den Körper so zerbrechlich machen konnte wie Glas.

Die seltensten Kräuter wuchsen hier, und nur ihretwegen waren wir ja hierhergekommen. Es gab auch Früchte. Früchte, wie wir sie noch nie zuvor gesehen hatten. Wir kosteten sie, sie schmeckten uns, und wir aßen uns satt – doch die Strafe war unbarmherzig. Schon während der Nacht und den ganzen nächsten Tag waren wir mit etwas anderem beschäftigt, als mit Kräutersammeln, denn unsere Mägen waren eine solche Kost nicht gewohnt. Daraufhin verzichteten wir auf die köstlichen Früchte!

Beim Aufbruch nahmen wir so viele Kräuter und Pflanzen mit, wie wir tragen konnten, und machten uns dann auf den Rückweg durch den Nebel. Die Kälte auf der anderen Seite war einfach nur entsetzlich. Wir wären alle lieber wieder umgekehrt und in dem herrlichen tropischen Tal geblieben. Einer der Lamas war der Kälte nicht mehr gewachsen. Nach ein paar Stunden brach er unterwegs zusammen, und obwohl wir sogleich Rast machten und ihn zu retten versuchten, kam jede Hilfe zu spät, und er ging während der Nacht hinüber in die himmlischen Gefilde. Wir taten, was wir konnten. Die ganze Nacht hindurch hatten wir noch versucht, ihn zu wärmen. Wir legten uns zu beiden Seiten von ihm, doch die bittere Kälte in dieser unwirtlichen Gegend war zu viel für ihn. Er schlief ein und wachte nicht mehr auf.

Wir verteilten die Last, die er getragen hatte, obwohl wir schon vorher glaubten, bis an unsere Grenzen beladen zu sein. Der Rückweg über das glitzernde Eis des uralten Gletschers war äußerst strapaziös. Es schien, als hätte die angenehme Wärme in dem verborgenen Tal unsere Kräfte vollständig aufgezehrt, und außerdem hatten wir nicht mehr genug Proviant.

Die letzten zwei Marschtage auf dem Weg zurück zu den Maultieren aßen wir überhaupt nichts – es war schlichtweg nichts mehr da, nicht einmal Tee.

Nur wenige Kilometer vor dem Ziel brach ein weiterer Mann aus der Führungsgruppe zusammen und erhob sich nicht mehr. Kälte, Hunger und die enormen Strapazen hatten erneut eines unserer Mitglieder das Leben gekostet. Ein weiterer von uns war gegangen. Als wir schließlich im Basislager ankamen, erwarteten uns nur noch vier Mönche. Sie sprangen auf, liefen uns entgegen und halfen uns, die letzten Meter dieser Etappe zu bewältigen. Vier Mönche. Der Fünfte hatte sich bei schlechtem Wetter hinausgewagt. Eine Sturmböe hatte ihn erfasst und ihn in die tiefe Felsenschlucht hinabgestürzt. Ich legte mich auf den Bauch und ließ mich an den Füßen festhalten, um nicht selbst hinunterzufallen. Da sah ich ihn, unten, ein paar hundert Meter tiefer, eingehüllt in seiner roten Robe liegen, die nun buchstäblich blutrot war.

Die nächsten drei Tage ruhten wir uns aus und versuchten, wieder zu Kräften zu kommen. Es war nicht nur die Müdigkeit und Erschöpfung, die uns am Weitergehen hinderten, sondern auch der Wind, der um die Felswände pfiff, kleinere Steine vor sich hertrieb und Staub in unsere Höhle blies. Er peitschte über das Wasser des kleinen Bachs und trug es als feinen Sprühregen davon. In der Nacht heulte der Sturmwind um uns herum wie ein gieriger Dämon, der nach unserem Leben trachtete. Irgendwo in der Nähe war ein Rutschen zu hören, gefolgt von einem mächtigen Gepolter und einem dumpfen, erderschütternden Aufschlag. Wieder hatte ein Stück Felsmassiv dem Wind und Wasser nicht standgehalten und einen Steinschlag ausgelöst.

Am frühen Morgen des zweiten Tages, noch bevor der erste Lichtschein das Tal erreichte und wir uns bereits im schwachen Dämmerlicht der Berge befanden, löste sich erneut ein mächtiger Felsbrocken vom Gipfel über uns und stürzte mit einem ohrenbetäubenden Donnern herab. Wir hörten ihn kommen und machten uns so klein wie möglich. Er krachte herunter, so als trieben ihn die Teufel in ihren Höllenwagen vom Himmel auf uns herab.

Mit erschreckender Wucht schlug er, begleitet von einer Gerölllawine, auf dem Felsplateau vor uns auf. Die Felskante erzitterte, schwankte und kippte – drei oder vier Meter davon brachen ab. Erst nach einiger Zeit hallte das Echo des fallenden Gesteins von unten herauf. Nun war unser toter Kamerad begraben.

Das Wetter schien sich zu verschlechtern, und wir beschlossen, am nächsten Morgen früh aufzubrechen, bevor wir hier von der Welt abgeschnitten wurden. Unsere Ausrüstung – soweit vorhanden – wurde sorgfältig instandgesetzt. Die Seile wurden überprüft, und die Maultiere auf mögliche wunde Stellen oder Verletzungen untersucht. Bei Tagesanbruch ließ der Sturm etwas nach, und wir machten uns mit einem Gefühl der Erleichterung auf den Weg, froh darüber, dass wir nun auf dem Heimweg waren. Doch von den fünfzehn Männern, die die Expedition so hoffnungsvoll begonnen hatten, waren nur noch elf übrig. Tag für Tag stapften wir weiter, mit wunden Füßen und erschöpft, während die Maultiere die schweren Säcke mit Kräutern trugen. Wir kamen nur sehr langsam voran, doch Zeit hatte keine Bedeutung für uns. Von Müdigkeit benommen, quälten wir uns vorwärts. Unsere Essensrationen hatten wir auf die Hälfte reduziert, und der ständige Hunger machte uns zu schaffen.

Endlich tauchten in Sichtweite vor uns die Seen wieder auf. Zu unserer großen Freude entdeckten wir nicht weit entfernt eine Herde grasender Yaks. Die Händler, die hier rasteten, hießen uns herzlich willkommen, boten uns Essen und Tee an und taten alles, um unsere Erschöpfung zu lindern. Wir sahen zerfleddert und zerschrammt aus; unsere Roben hingen in Fetzen, und unsere Füße bluteten, wo die großen Blasen aufgesprungen waren. Doch wir waren im Hochland von Chang Tang gewesen und kehrten heim – wenn auch nicht alle. Mein Mentor hatte dieses Gebiet nun schon zum zweiten Mal besucht, vielleicht als einziger Mensch auf der Welt, der zwei so große Expeditionen unternommen hatte.

Die Händler kümmerten sich fürsorglich um uns und taten alles, um uns zu helfen. In der Dunkelheit der Nacht kauerten wir um das Yakdung-Feuer, ihre Köpfe vor Erstaunen wiegend, während wir ihnen von unseren Erlebnissen berichteten. Wir wiederum erfreuten uns an den Geschichten von ihren Reisen nach Indien und von den Begegnungen mit anderen Händlern aus dem Hindukusch. Nur ungern trennten wir uns von diesen Männern und hätten uns gewünscht, sie würden in unsere Richtung weiterziehen. Doch sie waren erst kürzlich in Lhasa aufgebrochen, und wir kehrten dorthin zurück. So nahmen wir denn am Morgen mit vielen gegenseitigen guten Wünschen Abschied voneinander.

Es gibt viele Mönche, die mit Händlern nicht verkehren wollen. Doch der Lama Mingyar Dondup lehrte: Alle Menschen seien gleich. Rasse, Hautfarbe oder Religion spiele keine Rolle. Was wirklich zähle, seien die Absichten und Handlungen eines Menschen.

Unsere Kräfte waren wieder zurückgekehrt, und wir machten uns auf den Heimweg. Die Landschaft wurde grüner und fruchtbarer, bis schließlich in der Ferne die schimmernden goldenen Dächer des Potala und unseres eigenen Chakpori auftauchten, das noch etwas höher lag als der Gipfel des Potala. Maultiere sind kluge Geschöpfe – unsere beeilten sich, um nach Hause, nach Shö, zu kommen, und zogen so kräftig an, dass wir Mühe hatten, sie zu zügeln. Man hätte meinen können, sie seien in Chang Tang gewesen und nicht wir!

Voller Freude stiegen wir den steinigen Weg zum Eisenberg hinauf, voller Freude zurück aus Shambala zu sein, wie wir den kalten Norden zu nennen pflegen.

Nun begannen unsere offiziellen Empfänge. Zuerst aber mussten wir dem Erhabenen einen Besuch abstatten. Seine Worte waren aufschlussreich: «Ihr habt etwas vollbracht, was auch ich gerne vollbracht hätte, und ihr habt etwas gesehen, was auch ich mir so innig gewünscht habe zu sehen. Hier halte ich die ‹Allmacht› in den Händen, und doch bin ich ein Gefangener meines Volkes. Je größer die Macht, desto geringer die Freiheit. Je höher der Rang, desto mehr ist man nur ein Diener. Wie gerne würde ich all das aufgeben, nur um das zu erleben, was ihr erlebt habt.»

Er verlieh dem Lama Mingyar Dondup, als Leiter der Expedition, die Ehrenschärpe mit dem dreifachen roten Knoten. Ich, als jüngster Teilnehmer der Expedition, erfuhr eine ähnliche Ehrung. Mir war jedoch klar, dass diese Ehrungen für den Ältesten und den Jüngsten stellvertretend für alle anderen Teilnehmer gedacht waren.

In den folgenden Wochen reisten wir gemeinsam zu verschiedenen Lamaklöstern, um Vorträge zu halten, spezielle Heilkräuter zu verteilen und mir die Gelegenheit zu geben, andere Regionen Tibets kennenzulernen. Zunächst mussten wir die drei großen Lamaklöster, «Die Drei Sitze», besuchen: Drepung, Sera und Ganden. Von dort aus ging es weiter ins Landesinnere nach Dorje-thag und Samje, die beide etwa fünfundsechzig Kilometer von Lhasa entfernt am Tsang-Po-Fluss liegen. Wir besuchten auch das Lamakloster Samden, das zwischen Dü-me und dem Yamdok-See auf etwa viertausenddreihundert Metern über dem Meeresspiegel liegt. Es war wohltuend, dem Lauf unseres eigenen Flusses, des Kyi-Chu, zu folgen. Für uns trug er den passenden Namen: Fluss des Glücks.

Während der gesamten Reise, sowohl beim Reiten als auch während unserer Pausen und Besuche in den Lamaklöstern, wurde meine Unterweisung kontinuierlich fortgesetzt. Da die Zeit für meine Prüfung zur Lamawürde immer näher rückte, kehrten wir schließlich ins Chakpori zurück, um sicherzustellen, dass ich mich ohne Ablenkung darauf vorbereiten konnte.

Kapitel 16
Die Lamawürde

Zu dieser Zeit erhielt ich eine sehr gründliche Ausbildung in der Kunst des Astralreisens, bei dem der Geist oder das Ich den physischen Körper verlässt und nur noch durch die Silberschnur mit dem irdischen Leben verbunden bleibt. Vielen Menschen fällt es schwer zu glauben, dass wir auf diese Weise reisen können. Aber jeder Mensch tut dies, wenn er schläft. Im Westen geschieht dies fast ausschließlich unwillkürlich, während die Lamas im Osten dies bei vollem Bewusstsein tun können. Daher können sie sich lückenlos an alles erinnern, was sie in der Astralwelt erlebt und gesehen haben und wohin sie gereist sind. Im Westen hingegen ist diese Kunst weitgehend verloren gegangen, und die Menschen meinen, wenn sie nach dem Schlafen in den Körper zurückkehren und erwachen, sie hätten einen «Traum» gehabt.

Alle Länder hatten einst Kenntnisse über das Astralreisen. In England heißt es beispielsweise, «Hexen können angeblich fliegen», doch Besenstiele sind dazu nicht nötig. Sie dienen lediglich als Symbol, um das, was viele Menschen nicht glauben wollen, verständlich zu machen. In den USA wird gesagt, dass die «Geister der Rothäute» fliegen können. Überall auf der Welt gibt es solche Geschichten und Wissen, das jedoch vielerorts in Vergessenheit geraten ist. Mir wurde das Astralreisen beigebracht, und es ist eine Fähigkeit, die jeder erlernen kann.

Auch die Telepathie ist eine Fähigkeit, die leicht zu erlernen ist – allerdings nur, wenn sie nicht für Bühnenshows missbraucht wird. Erfreulicherweise wird diese Fähigkeit heutzutage immer mehr anerkannt. Eine weitere besondere Fähigkeit aus dem Osten ist die Hypnose. Ich habe wiederholt größere Operationen unter Hypnose durchgeführt, wie zum Beispiel Beinamputationen oder andere schwere chirurgische Eingriffe. Der Patient spürt dabei nichts, leidet nicht und erwacht in besserer gesundheitlicher Verfassung, da er nicht unter den Nebenwirkungen der üblichen Narkosemittel zu leiden hat. Inzwischen, so wurde mir berichtet, wird die Hypnose auch in England in begrenztem Umfang angewendet.

Sich unsichtbar zu machen, ist schon eine höhere Kunst. Es ist gut, dass das nur sehr, sehr wenige Menschen können. Das Prinzip dahinter ist zwar einfach, aber die Umsetzung ist schwierig. Denken Sie an etwas, das Ihre Aufmerksamkeit erregt – ein Geräusch, eine rasche Bewegung oder eine leuchtende Farbe. Geräusche und schnelle Bewegungen fallen den Menschen auf und ziehen ihre Aufmerksamkeit auf sich. Eine reglos stehende Person hingegen wird oft übersehen, ebenso wie eine im Alltag «vertraute» Person. Denken Sie zum Beispiel an den Briefträger: Oft sagen die Leute: «Nein, niemand war da, überhaupt niemand» – und doch hat er die Post gebracht. Wie verhält es sich nun bei einem unsichtbaren Menschen? Oder bei jemandem, dessen Anblick so vertraut ist, dass man ihn schlichtweg nicht «sieht» oder wahrnimmt? (Einen Polizisten sieht man immer, weil fast jeder ein schlechtes Gewissen hat!). Um einen Unsichtbarkeitszustand zu erreichen, muss man jegliche Aktivität, einschließlich der Hirnstromwellen, abschalten. Wenn man die physische Gehirnfunktion (das Denken) nicht stoppt, werden andere Personen in der Nähe sich der Person telepathisch gewahr (sehen) – und mit der Unsichtbarkeit ist es vorbei. In Tibet gibt es Menschen, die sich nach Belieben in diesen Unsichtbarkeitszustand versetzen können, weil sie in der Lage sind, ihre Hirnstromwellen abzuschirmen. Vielleicht ist es ein Glück, dass nur so wenige diese Fähigkeit besitzen.

Auch die Levitation kann vollbracht werden und wird manchmal nur zu Übungszwecken praktiziert. Es ist jedoch eine plumpe Art der Fortbewegung, und der Aufwand, der damit verbunden ist, ist beträchtlich. Der wahre Adept bevorzugt das Astralreisen, das wirklich eine höchst einfache Sache ist, vorausgesetzt, man hat einen guten Lehrer. Ich hatte einen guten Lehrer, und ich konnte (und kann) bewusst Astralreisen. Was mir jedoch nie gelang, war, mich unsichtbar zu machen, trotz meiner ernsthaften Bemühungen. Es wäre ein großer Segen gewesen, einfach so verschwinden zu können, wenn ich etwas Unartiges im Sinn hatte. Doch das blieb mir verwehrt. Ich besaß auch, wie ich bereits erwähnt habe, keinerlei musikalische Begabung. Meine Singstimme erweckte den Zorn des Musikmeisters, doch der war nichts im Vergleich zu seinem Zorn, als ich versuchte, die Zimbeln zu schlagen – weil ich dachte, das könne doch jeder. Dabei traf ich jedoch versehentlich die Köpfe der Mönche, die zu beiden Seiten von mir saßen. Danach wurde mir, nicht gerade freundlich, geraten, beim Hellsehen und bei der Medizin zu bleiben.

Wir wurden auch im Yoga unterwiesen – kein unbekannter Begriff für die westliche Welt. Eine zweifellos bedeutende Wissenschaft, die einen Menschen auf fast unglaubliche Weise verbessern kann. Meine eigene persönliche Meinung ist jedoch, dass Yoga für die westlichen Menschen nur bedingt geeignet ist, es sei denn, es werden erhebliche Anpassungen vorgenommen. Diese Wissenschaft ist uns schon seit Jahrhunderten vertraut, und wir lernen diese Körperhaltungen von frühester Kindheit an. Unsere Glieder, unser Skelettbau und unsere Muskeln sind auf Yoga ausgerichtet. Westliche Menschen, die erst im mittleren Alter mit Yoga beginnen und versuchen, bestimmte Stellungen einzunehmen, könnten sich dadurch leicht schaden. Das ist aber nur meine Meinung als Tibeter. Ich finde, man sollte davor warnen, Yogaübungen ohne entsprechende Anpassungen und Berücksichtigung der eigenen Konstitution durchzuführen. Zudem benötigt man einen sehr guten, erfahrenen Lehrer – jemanden, der sich vollständig in der männlichen und weiblichen Anatomie auskennt, wenn man körperliche Schäden vermei-

den will. Nicht nur die Stellungen können schaden, sondern auch die Atemübungen! Das Atmen nach einem bestimmten Muster ist das Hauptgeheim-
nis vieler Phänomene, die wir in Tibet kennen. Doch auch hier können solche Übungen äußerst schädlich, wenn nicht sogar lebensbedrohlich sein,
wenn man keinen weisen und erfahrenen Lehrer an seiner Seite hat.

Viele Reisende haben über die «Schnellläufer» berichtet. Über Lamas, die
imstande sind, ihr Körpergewicht zu kontrollieren (nicht Levitation) und
stundenlang in großer Geschwindigkeit lange Strecken zu laufen, wobei sie
den Boden mit den Füßen kaum berühren. Das erfordert sehr viel Übung.
Der «Läufer» muss sich in einem Halbtrancezustand befinden. Der Abend
ist die beste Zeit dafür, wenn die Sterne schon am Himmel stehen und der
Blick auf sie gerichtet werden kann. Das Gelände muss eintönig sein, damit
nichts diesen Halbtrancezustand unterbricht. Der so dahineilende Mann befindet sich in einem schlafwandlerähnlichen Zustand. Er visualisiert sein
Reiseziel und hält es ständig vor seinem inneren Auge fest, während er ununterbrochen das dazu erforderliche Mantra rezitiert. Auf diese Weise läuft
er Stunde um Stunde und kommt ohne jede Ermüdungserscheinung am Ziel
an. Diese Methode hat gegenüber dem Astralreisen nur einen einzigen Vorteil: Man kann etwas mitnehmen. Bei einer Astralreise hingegen bewegt man
sich im Geisteszustand fort und kann keine materiellen Gegenstände mitnehmen. Der Arjopa, wie man den «Schnellläufer» nennt, kann seine normale Last tragen, muss dafür jedoch andere Nachteile in Kauf nehmen.

Das korrekte Atmen befähigt die tibetischen Adepten, völlig nackt auf
fünftausend Metern über dem Meeresspiegel auf dem Eis zu sitzen und dennoch warm zu bleiben – so warm, dass das Eis unter ihnen schmilzt und sie
dabei noch so sehr schwitzen, dass ihnen der Schweiß herunterläuft.

Hier nur kurz eine Abschweifung: Neulich erzählte ich jemandem, dass
ich das selbst schon einmal auf fünfeinhalbtausend Metern über dem Meeresspiegel praktiziert hätte. Mein Zuhörer fragte mich doch allen Ernstes:
«Haben Sie das bei Ebbe oder bei Flut getan?»

Haben Sie jemals versucht, einen schweren Gegenstand zu heben, ohne zuvor Luft in Ihre Lungen zu holen? Probieren Sie es einmal aus – Sie werden feststellen, dass es nahezu unmöglich ist. Wenn Sie hingegen Ihre Lungen vollständig mit Luft füllen und den Atem anhalten, wird das Heben des Gegenstands deutlich leichter. Oder wenn Sie vielleicht Angst haben oder wütend sind, dann nehmen Sie einen tiefen Atemzug, so tief wie möglich, und halten Sie den Atem zehn Sekunden lang an. Dann atmen Sie ganz langsam wieder aus. Wiederholen Sie das mindestens dreimal, und Sie werden feststellen, dass sich Ihr Herzschlag verlangsamt und Sie sich ruhiger fühlen. Das kann jeder gefahrlos ausprobieren. Das Wissen über die Atemkontrolle half mir später, die Folter der Japaner zu überstehen und noch mehr Folter, als ich ein Strafgefangener in den Händen der Kommunisten war. Die Japaner, von ihrer schlimmsten Seite, sind im Vergleich zu den Kommunisten noch «anständige Herren». Ich habe die einen wie die anderen von ihrer übelsten Seite kennengelernt.

Nun war die Zeit gekommen, in der ich mein eigentliches Examen für die Lamawürde ablegen sollte. Der Dalai Lama hatte mir zuvor seinen Segen erteilt. Jedes Jahr segnete er jeden Mönch einzeln in Tibet, nicht in der Gesamtheit, wie es etwa der Papst in Rom tut. Die meisten Mönche berührte der Erhabene mit einer Seidenquaste, die an einem Stab befestigt war. Jene, die er begünstigte oder einen höheren Rang innehatten, berührte er mit einer Hand am Kopf. Diejenigen, die in seiner Gunst am Höchsten standen, erteilte er den Segen, indem er der Person beide Hände auf den Kopf legte. Zum ersten Mal legte er mir beide Hände auf den Kopf und sagte mit leiser Stimme: «Du machst deine Sache gut, mein Junge. Versuche, bei dieser Prüfung das Vertrauen, das wir in dich gesetzt haben, zu rechtfertigen und noch zu übertreffen.»

Drei Tage vor meinem sechzehnten Geburtstag trat ich zusammen mit etwa vierzehn anderen Kandidaten zur Prüfung an. Die «Prüfungskabinen» wirkten dieses Mal kleiner – oder vielleicht lag es daran, dass ich gewachsen war. Wenn ich mit den Füßen an der Wand ankam, konnte ich mit gebeugten

Armen die gegenüberliegende Wand hinter meinem Kopf berühren. Der Platz reichte nicht aus, um die Arme vollständig auszustrecken. Die Kabinen waren quadratisch. Die vordere Wand war so hoch, dass ich sie gerade noch mit ausgestreckten Armen erreichen konnte, während die hintere Wand etwa doppelt so hoch war wie ich. Die Kabinen waren nach oben offen und hatten keine Decken, sodass wir zumindest frische Luft hatten! Wieder wurden wir durchsucht, bevor wir eintreten durften, und alles, was wir mitnehmen durften, waren unsere hölzernen Schalen, Gebetsketten und Schreibutensilien. Nach der Durchsuchung durch die Aufsichtspersonen wurde jeder von uns zu einer Kabine geführt und gebeten, einzutreten. Sobald wir drinnen waren, wurden die Türen hinter uns geschlossen und verriegelt. Anschließend kamen der Abt und der Prüfungsleiter und brachten an jeder Tür ein großes Siegel an, damit sie nicht geöffnet werden konnte. Es gab nur eine kleine Klappe von etwa zwanzig mal zwanzig Zentimetern, die nur von außen geöffnet werden konnte. Durch diese Klappe erhielten wir an jenem Morgen die Prüfungsunterlagen, die bei Einbruch der Abenddämmerung wieder eingesammelt wurden. Auch Tsampa wurde uns einmal am Tag gereicht. Anders war es mit dem gebutterten Tee – davon konnten wir so viel haben, wie wir wollten, indem wir riefen: «Pö-cha kesho» (bringt mir Tee). Da wir jedoch die Kabine unter keinen Umständen verlassen durften, tranken wir nicht allzu viel!

Mein Verbleib in dieser Kabine sollte zehn Tage dauern. Meine Prüfungsfächer waren Pflanzenheilkunde, Anatomie, ein Fachgebiet, in dem ich bereits über gute Kenntnisse verfügte, und Theologie. Diese Studienfächer beschäftigten mich während fünf schier endlos erscheinenden Tagen, vom Morgen bis zum Abend. Am sechsten Tag jedoch sorgte ein Ereignis für Abwechslung und Aufregung. Aus einer Kabine in der Nähe drang ein Heulen und Schreien herüber. Herbeieilende Schritte und ein Stimmengewirr und das Klappern einer schweren Holztür, die entriegelt wurde, waren zu vernehmen. Ein beschwichtigendes Gemurmel folgte. Die Schreie hörten auf und gingen in ein Schluchzen über. Für einen Kandidaten war die Prüfung zu Ende, und für mich begann gerade die zweite Hälfte. Mit einer Stunde Verspätung erhielten wir die Prüfungsunterlagen für den sechsten Tag: Metaphysik. Yoga. Es gibt neun Wege im Yoga, und ich musste in allen sicher sein.

Fünf davon sind im Westen mehr oder weniger bekannt: Hatha-Yoga lehrt nichts anderes als den physischen Körper, oder «das Vehikel», wie wir ihn nennen, zu meistern. Kundalini-Yoga verleiht Übersinnlichkeit, Hellsichtigkeit und ähnliche Kräfte. Laya-Yoga lehrt die Beherrschung des Geistes, einschließlich der Fähigkeit, sich dauerhaft an einmal Gelesenes oder Gehörtes zu erinnern. Raja-Yoga dient der Vorbereitung eines transzendentalen Bewusstseins und der Weisheit. Samadhi-Yoga führt zur höchsten Erleuchtung und ermöglicht einen Einblick in den höheren Zweck und Plan, jenseits des Lebens auf der Erde. Diese Form des Yoga befähigt zur augenblicklichen Befreiung aus dem irdischen Dasein und dem Eintritt in eine Größere Wirklichkeit, wodurch der Kreislauf der Wiedergeburten beendet wird – es sei denn, man entscheidet sich aus einem besonderen Grund, ins irdische Leben zurückzukehren, etwa um anderen Menschen zu helfen. Die weiteren Yoga-Arten können in einem Buch wie diesem nicht behandelt werden: Meine Englischkenntnisse reichen nicht aus, um diesen erhabenen Themen angemessen gerecht zu werden.

So verbrachte ich noch weitere fünf Tage wie eine brütende Henne in meiner Kabine. Doch auch eine zehntägige Prüfung geht irgendwann zu Ende. Als der Lama am zehnten Abend unsere letzten Arbeiten einsammelte, wurde er mit einem Lächeln der Erleichterung begrüßt. An diesem Abend gab es neben Tsampa noch zusätzlich etwas Gemüse – die erste Abwechslung von unserem gewohnten Essen seit zehn Tagen. Diese Nacht schlief ich gut. Ich hatte nie bedenken, meine Prüfung nicht zu bestehen. Nur der Rang der Abschlussprüfung machte mir Sorgen. Von mir wurde erwartet, ganz oben auf der Rangliste zu stehen.

Am nächsten Morgen wurden die Türen entsiegelt und entriegelt, und wir durften die Kabine verlassen, nachdem wir sie gereinigt hatten. Eine

Woche lang konnten wir uns von der anstrengenden Prüfung erholen. Danach folgte die zweitägige Judo-Prüfung, bei der wir die Geschicklichkeit in allen Grifftechniken demonstrieren und uns gegenseitig mit dem «Betäubungsgriff» in die Bewusstlosigkeit versetzen mussten. In den darauffolgenden zwei Tagen wurden wir noch einer mündlichen Prüfung unterzogen, die sich aus den von uns eingereichten schriftlichen Arbeiten ergab. Dabei fragten uns die Prüfungsexperten nur noch nach unseren Schwachstellen ab. Ich möchte noch betonen, dass jeder Kandidat zwei volle Tage lang mündlich geprüft wurde. Dann verging eine weitere Woche, in der wir je nach Temperament geduldig oder ungeduldig auf das Prüfungsergebnis warteten. Zu meiner laut ausgedrückten Freude stand ich wieder ganz oben auf der Liste. Ich freute mich sehr, und das aus zwei Gründen: Erstens, weil es bestätigte, dass der Lama Mingyar Dondup der beste Lehrer von allen war, und zweitens, weil ich wusste, dass der Dalai Lama sowohl mit meinem Lehrer als auch mit mir zufrieden sein würde.

Einige Tage später, als mir mein Mentor in seinem Zimmer gerade Unterricht erteilte, flog plötzlich die Tür auf. Ein Bote kam keuchend hereingestürzt mit heraushängender Zunge und starren Augen. In den Händen hielt er einen Botenstab. «Ich komme von Seiner Heiligkeit», japste er. «Ich habe eine Nachricht für den ehrenwerten Medizinlama, Tuesday Lobsang Rampa.» Mit diesen Worten holte er einen Brief aus seiner Robe hervor, der in eine seidene Ehrenschärpe gewickelt war. Er übergab ihn mir und sagte: «Hier, ehrwürdiger Herr, ich bin so schnell wie möglich hergelaufen!» Erleichtert darüber, seinen Auftrag erfüllt zu haben, drehte er sich um und eilte noch schneller hinaus – um sich auf die Suche nach einem Becher Chang zu machen!

Dieser Brief – nein, diesen Brief wollte ich nicht öffnen! Wohl war er an mich adressiert, aber … was stand wohl darin geschrieben? Noch mehr Studium? Noch mehr Arbeit? Der Brief sah sehr umfangreich und höchst offiziell aus. Ich dachte bei mir: Wenn ich ihn nicht öffne, weiß ich nicht, was darin steht, und niemand kann mir vorwerfen, ich hätte etwas unterlassen.

Mein Mentor lehnte sich zurück und lachte mich aus, also übergab ich ihm den Brief samt Schärpe. Er nahm ihn, wickelte ihn aus der Schärpe und öffnete den Briefumschlag. Darin befanden sich zwei gefaltete Bögen Papier. Er faltete sie auseinander und begann zu lesen – absichtlich langsam, um mich noch länger auf die Folter zu spannen. Als ich mich schließlich vor wachsender Ungeduld kaum noch zügeln konnte und das Schlimmste befürchtete, sagte er: «Es ist alles in Ordnung, Lobsang, du kannst wieder ausatmen. Wir müssen uns unverzüglich, das heißt, jetzt sofort, zum Potala begeben. Der Dalai Lama erwartet uns. Es steht auch darin, dass ich mitkommen soll.» Er berührte den Gong an seiner Seite und wies den Bediensteten, der eintrat, an, sofort zwei Schimmel zu satteln. Rasch wechselten wir unsere Roben und wählten zwei unserer schönsten weißen Schärpen aus. Zusammen suchten wir den Abt auf, um ihm mitzuteilen, dass wir zu Seiner Heiligkeit in den Potala gerufen worden waren.

«Ach, zum Potala? Sieh mal an!», sagte er. «Gestern noch war er im Norbu Linga. Na ja, wenn es in dem Brief steht, dann wird es schon so sein und höchst offiziell.»

Im Hof warteten bereits die Stallmönche mit den Pferden auf uns. Wir stiegen auf und ritten den Bergpfad hinunter, nur um kurz darauf den nächsten Anstieg zum Potala wieder hinaufzureiten. Eigentlich lohnte sich der ganze Aufwand kaum, extra die Pferde zu satteln. Der einzige Vorteil war, dass die Pferde uns über die Treppen bis ganz nach oben auf den Gipfel brachten. Dort wurden wir bereits von Bediensteten erwartet. Sobald wir abgestiegen waren, wurden unsere Pferde weggeführt, und wir wurden zu den Privatgemächern des Erhabenen geleitet. Ich trat alleine ein, vollzog das Begrüßungszeremoniell und überreichte ihm meine Schärpe.

«Setz dich, Lobsang», sagte er. «Ich bin sehr zufrieden mit dir und auch mit Mingyar, der maßgeblich zu deinem Erfolg beigetragen hat. Ich habe all deine Prüfungsarbeiten persönlich gelesen.»

Darüber erschrak ich sehr! Man sagte mir oft, dass einer meiner vielen Fehler ein etwas deplatzierter Sinn für Humor sei. Manchmal war es einfach so über mich gekommen, wenn ich eine Prüfungsfrage beantworten musste, weil mich manche Fragen geradezu herausforderten. Der Dalai Lama schien meine Gedanken zu erraten, denn er brach in schallendes Lachen aus. «Ja», sagte er «dein Sinn für Humor meldet sich manchmal zur Unzeit, aber ...», hier folgte eine lange Pause, während der ich schon das Schlimmste befürchtete, «mir haben deine Antworten alle sehr gut gefallen.»

Zwei Stunden verweilte ich bei ihm. Nach der ersten Stunde wurde mein Mentor hinzugebeten, und der Erhabene gab ihm weitere Anweisungen für meine Ausbildung. Zuerst sollte ich mich der Zeremonie des «Kleinen Todes» stellen, anschließend sollte ich zusammen mit dem Lama Mingyar Dondup andere Lamaklöster besuchen und schließlich noch bei den Leichenzerlegern studieren. Da Letztere aufgrund ihres Gewerbes einer niederen Kaste angehörten, übergab mir der Dalai Lama ein Schreiben, das bestätigte, dass ich trotz meines Ranges als Lama mit ihnen verkehren dürfe. Er bat darin die Leichenzerleger, man möge mich «bestmöglich unterstützen, die Geheimnisse des Körpers zu erforschen, die Todesursache zu ergründen und mir jeden Leichnam oder Einzelteile zum Zwecke des Studiums zur Verfügung zu stellen». Das war es also!

Bevor ich fortfahre und mehr über unsere Bestattungsmethode berichte, ist es vielleicht angebracht, noch etwas über die in Tibet herrschende Einstellung zum Tod im Allgemeinen zu sagen. Unsere Sichtweise unterscheidet sich grundlegend von der westlichen. Für uns ist der physische Körper nichts anderes als eine «Hülle», ein materielles Kleid für den unsterblichen Geist (oder die Seele). Für uns ist ein toter Körper weniger wert als ein altes, abgetragenes Gewand. Wenn ein Mensch unter normalen Umständen stirbt, das heißt, wenn er nicht durch eine plötzliche und unerwartete Gewalteinwirkung stirbt, verläuft der Sterbeprozess unserer Ansicht nach folgendermaßen: Der Körper ist krank, geschwächt und für den Geist so unangenehm geworden, dass keine weiteren Lektionen mehr gelernt werden können. Es ist daher an der Zeit, den Körper abzulegen. Schritt für Schritt zieht sich der Geist aus dem Körper zurück und verbleibt schließlich außerhalb des physischen Körpers. Der Geist- oder Seelenkörper hat exakt dieselbe Form wie der physische Körper, und eine hellsichtige Person, die anwesend ist, kann diesen Geistkörper ganz klar erkennen. Im Augenblick des Todes wird die Schnur zwischen dem physischen Körper und dem Geistkörper, (die sogenannte «Silberschnur», wie sie auch in der christlichen Bibel erwähnt wird), immer dünner und löst sich schließlich auf, woraufhin der Geist davonzieht. Der Tod tritt ein und damit gleichzeitig die Geburt in ein neues Leben. Diese «Schnur» ist vergleichbar mit der Nabelschnur eines neugeborenen Kindes, die durchtrennt wird, um dem Kind den Beginn einer getrennten Existenz zu ermöglichen. Im Augenblick des Todes erlischt die Leuchtkraft des Lebens um den Kopf herum. Auch dieses Leuchten kann von einem Hellseher gesehen werden. In der christlichen Bibel wird es als «die Goldene Schale» oder «der Goldene Krug» bezeichnet. Ich bin zwar kein Christ und nicht so vertraut mit der Bibel, doch ein Zitat daraus ist mir bekannt, das lautet: «Ehe denn die Silberne Schnur zerreißet und der Goldene Krug zerbricht.»

Drei Tage, so sagt man, benötigt der Körper, um zu sterben, bis sich sämtliche physischen Tätigkeiten eingestellt haben und der Geist, die Seele oder das Ich völlig von seiner physischen Hülle befreit ist.

Wir glauben, dass sich während des Lebens eines Körpers ein ätherisches Ebenbild bildet. Dieses «Ebenbild», dieser Ätherkörper, kann zu einem Spukgeist werden. Vermutlich hat jeder schon einmal in ein starkes Licht geblickt und beim Wegblicken das Licht immer noch gesehen. Wir glauben, dass das Leben elektrischen Ursprungs ist und ein Energiefeld darstellt. Nach dem Tod bleibt das ätherische Ebenbild zurück, ähnlich wie das Licht, das man immer noch sieht, nachdem man in eine starke Lichtquelle geblickt hat, oder, um einen elektrotechnischen Begriff zu verwenden, es gleicht einem starken Restmagnetfeld.

Wenn der Verstorbene zu Lebzeiten aus welchen Gründen auch immer sehr «stark» am Leben hing, dann ist dieser Ätherkörper ebenfalls sehr «stark» und es entsteht ein Spukgeist, der in seiner vertrauten Umgebung umhergeistert. Ein Geizhals mag eine solche Liebe zu seinem Geldbeutel entwickelt haben, dass er seine Gedanken nur darauf gerichtet hält. Bei seinem Tod könnten seine letzten Gedanken die Angst um sein Geld und die Frage sein, was wohl damit geschehen wird. Auf diese Weise erzeugt er im Augenblick des Todes Energie, die sein ätherisches Ebenbild verstärkt. Der glückliche Erbe seines Geldbeutels fühlt sich indes in den frühen Abendstunden etwas unwohl. Er spürt vielleicht, dass «der alte Geizhals» vermutlich wieder hinter seinem Geld her ist. Ja, er hat recht: Der Spukgeist des alten Geizhalses ist wahrscheinlich sehr verärgert, dass er mit seinen (Geist-)Händen nicht mehr an das Geld herankommt!

Der Mensch besteht grundlegend aus drei Körpern: dem physischen Körper, in dem der Geist oder die Seele die harten Lektionen des Lebens lernt; dem Äther- oder «Magnet»-Körper, den jeder von uns durch seine Lüste, Begierden und anderen starken Leidenschaften selbst erzeugt. Der dritte Körper ist der Geistkörper, die «unsterbliche Seele». Diese Sichtweise entspricht unserem lamaistischen Glauben und nicht unbedingt dem orthodoxen buddhistischen Glauben. Ein Mensch, der stirbt, muss drei Stadien durchlaufen: Sein physischer Körper muss zu Grabe getragen werden, sein Ätherkörper muss sich auflösen, und seiner Seele oder seinem Geist muss geholfen werden, den Weg in die geistige Welt zu finden. Auch die alten Ägypter glaubten an einen Ätherkörper, an eine Begleitung der Toten und an eine Seelenwelt. In Tibet wurde den Sterbenden geholfen, diesen Prozess zu durchlaufen. Der Adept dagegen braucht keine solche Hilfe, aber gewöhnliche Männer, Frauen und Trappas müssen während des gesamten Sterbeprozesses begleitet werden.

Es könnte vielleicht von Interesse sein, diesen Ablauf hier einmal zu beschreiben. Eines Tages rief mich der ehrenwerte Totenmeister zu sich und meinte: «Es ist an der Zeit, Lobsang, dass du die praktischen Methoden erlernst, eine Seele vom irdischen Dasein zu befreien. Heute darfst du mich begleiten.»

Wir gingen durch lange, abwärtsführende Gänge und stiegen über schlüpfrig-feuchte Stufen hinab in die Unterkünfte der Trappas. Dort lag in einem Krankenzimmer ein älterer Mönch, der sich dem Weg näherte, den wir alle einmal gehen müssen. Er hatte einen Schlaganfall erlitten und war sehr schwach. Während ich ihn beobachtete, nahmen seine Körperkräfte ab und die Farben seiner Aura verblassten. Er musste um jeden Preis bei Bewusstsein gehalten werden, bis es in ihm kein Leben mehr gab, um diesen Zustand aufrechtzuerhalten.

Der Lama, mit dem ich gekommen war, nahm behutsam die Hände des alten Mönches in die seinen. «Bald», sagte er, «wirst du von den Mühen des physischen Körpers erlöst sein, alter Mann. Achte auf meine Worte, auf dass du den leichten Weg wählen mögest. Deine Füße werden kalt, dein Leben schwindet, und du rückst der endgültigen Befreiung immer näher und näher. Beruhige dich, alter Mann, denn es gibt nichts zu fürchten. Das Leben weicht aus deinen Beinen, deine Sehkraft lässt nach, und die Kälte kriecht im Sog deines dahinschwindenden Lebens immer höher. Beruhige dich, alter Mann, denn es gibt am Entrinnen des Lebens, das in die Größere Wirklichkeit führt, nichts zu fürchten. Der Schatten der ewigen Nacht legt sich über deine Augen, und dein Atem röchelt in deiner Kehle. Die Zeit nähert sich, um deine Kehle von ihm zu befreien. Die Zeit der Erlösung deiner Seele naht, damit du dich an den Freuden der jenseitigen Welt erfreuen kannst. Beruhige dich, alter Mann. Die Stunde deiner Erlösung naht.»

Der Lama strich dem Sterbenden während der gesamten Zeit sanft vom Schlüsselbein bis zum Scheitel, um die Seele schmerzlos vom physischen Körper zu lösen. Dabei sprach er ständig zu ihm und erklärte, welche Hindernisse auf seinem Weg auftauchen könnten und wie er sie vermeiden sollte. Der Lama beschrieb ihm den Weg, den er nehmen musste, genauso, wie es die telepathischen Lamas, die bereits hinübergegangen waren und aus dem Jenseits Kontakt aufgenommen hatten, geschildert hatten.

«Dein Augenlicht ist erloschen, alter Mann. Deine Atmung setzt aus. Dein Körper erkaltet. Die Geräusche dieses Lebens werden von deinen Ohren nicht mehr gehört. Ruhe in Frieden, alter Mann. Der Tod ist jetzt eingetreten. Folge dem von uns beschriebenen Weg, und Frieden und Freude werden dich erwarten.»

Die streichenden Bewegungen wurden fortgesetzt, während die Aura des alten Mannes immer mehr verblasste und schließlich ganz erlosch. Plötzlich stieß der Lama einen scharfen, kraftvollen Laut aus, nach einem uralten Ritual, um die sich abmühende Seele endgültig vom Körper zu befreien. Über dem still daliegenden physischen Körper verdichtete sich die Lebensenergie zu einer wolkenartigen Masse, die sich drehte und wirbelte, so als wäre sie in einem Durcheinander. Allmählich formte sie sich zu einem rauchähnlichen Duplikat des physischen Körpers, das immer noch durch die «Silberschnur» mit ihm verbunden war. Nach und nach löste sich die Silberschnur auf, und wie bei einer Geburt die Nabelschnur eines Kindes durchtrennt wird, so wurde der alte Mann ins nächste Leben hineingeboren. Die Schnur wurde dünner, sie war nur noch ein Hauch und löste sich dann vollständig auf. Langsam, wie eine am Himmel dahintreibende Wolke oder wie eine Weihrauchwolke im Tempel, trieb die Gestalt davon. Der Lama setzte seine telepathischen Weisungen fort, um die Seele auf ihrer ersten Reiseetappe weiter zu begleiten.

«Du bist nun tot. Es gibt hier nichts mehr für dich. Die Verbindung mit dem physischen Körper ist abgebrochen. Du befindest dich im Bardo (Totenreich). Gehe deinen Weg, und wir gehen den unseren. Folge dem vorgeschriebenen Weg. Verlasse diese Welt der Illusion und gehe in die Größere Wirklichkeit ein. Du bist tot. Setze deinen Weg nun weiter fort.»

Die Weihrauchwolken drehten sich aufwärts und besänftigten die trübe Stimmung mit ihren friedvollen Schwingungen. In der Ferne waren Trommelwirbel zu hören. Von hoch oben, vom Dach des Lamaklosters, schmetterte eine tief klingende Trompete ihre Botschaft über die Landschaft hinweg. Aus den Korridoren drangen die Geräusche des regen Lebens herein: das Schlurfen von Filzstiefeln und das entfernte Brüllen eines Yaks. Doch hier, in diesem kleinen Raum, herrschte Stille – die Stille des Todes. Nur die telepathischen Weisungen des Lamas durchbrachen die Lautlosigkeit. Tod –

ein weiterer alter Mann war auf seinen langen Daseinsrunden weitergegangen. Vielleicht konnte er von seinen Lektionen dieses Lebens profitieren, aber er war dazu erkoren, weiterzumachen, bis er nach langen und vielen Mühen die Buddhaschaft erreicht.

Wir setzten den Toten vorschriftsmäßig in die Lotushaltung und ließen die Männer kommen, deren Aufgabe es war, den Leichnam herzurichten. Auch andere, die die telepathischen Weisungen an die scheidende Seele fortsetzten, wurden hinzugezogen. Drei Tage lang wurden diese Weisungen fortgeführt, wobei sich die Lamas in ihren Pflichten des Totengeleits abwechselten. Am Morgen des vierten Tages traf ein Ragyab ein. Er kam aus der Siedlung der Totenbeseitiger, von dort, wo die Lingkhorstraße nach Dechhen Dzong abzweigt. Mit seiner Ankunft beendeten die Lamas ihre Weisungen und übergaben den Leichnam dem Ragyab. Er bog den Körper, faltete ihn fest zu einem Ring und wickelte ihn in weißes Leinen ein. Mit einem leichten Schwung hob er das Bündel auf seine Schulter und machte sich auf den Weg. Draußen wartete ein Yak. Ohne zu zaudern, band er das weiße Bündel auf dessen Rücken fest, und sie machten sich auf den Weg. Am Leichenplatz angekommen, übergab der Totenträger sein Bündel den Leichenzerlegern. Dieser «Platz» lag in einem abgelegenen, öden Landstrich, der von riesigen Felsblöcken übersät war. Inmitten dieser Felsen befand sich eine große, flache Steinplatte, die selbst für den größten Leichnam ausreichend Platz bot. An jeder Ecke der Steinplatte war ein Loch, in das man Pfosten getrieben hatte. Eine weitere Felsenplatte wies Mulden auf, die etwa halb so tief wie die Hauptplatte waren.

Der tote Körper wurde auf die Felsplatte gelegt. Das Leinen entfernt und die Arme und Beine an die vier Pfosten gebunden. Dann nahm der Leichenzerleger sein langes Messer und schnitt den Körper auf. Er führte lange und tiefe Schnitte aus, sodass er die Fleischstreifen vom Körper ablösen konnte. Anschließend wurden die Arme und Beine abgetrennt und zerschnitten. Zuletzt schnitt er den Kopf ab und öffnete ihn.

Schon beim ersten Anblick des Leichenzerlegers kamen die Geier vom Himmel herabgesegelt und setzten sich, wie Zuschauer auf einer Freilichtbühne, geduldig ringsum auf die Felsen. Unter diesen Vögeln herrschte eine strenge Rangordnung, und jeder Versuch eines Vermessenen, vor dem Ranghöchsten zu landen, hatte ein gnadenloses Übereinanderherfallen zur Folge.

Inzwischen hatte der Leichenzerleger den Rumpf des Körpers geöffnet. Er griff mit den Händen in die Körperhöhle hinein und holte zuerst das Herz heraus. Bei dessen Anblick flatterte der älteste Geier schwerfällig auf den Boden und watschelte herbei, um sich das Herz aus seiner ausgestreckten Hand zu holen. Der nächste in der Rangordnung kam heruntergeflogen, um sich die Leber zu holen, der sich damit zurückzog und wieder auf einen Felsen flog, um sie zu fressen. Die Nieren und die Eingeweide wurden zerlegt und den ranghöchsten Vögeln überlassen. Dann wurden die Fleischstreifen geschnitten und an die anderen verteilt. Ein Vogel kam nochmals zurück, um sich noch die eine Hälfte des Hirns zu holen und vielleicht ein Auge, und ein anderer flatterte noch einmal herab, um sich ein weiteres schmackhaftes Stück zu sichern. In erstaunlich kurzer Zeit waren alle inneren Organe und das Fleisch aufgezehrt. Auf der Felsenplatte blieben nichts als die blanken Knochen zurück. Diese wurden von den Leichenzerlegern wie Anfeuerholz in kleine Stücke zerhackt und in die Vertiefungen der anderen Felsenplatte geschüttet, wo sie mit schweren Rammeisen fein zerstoßen wurden. Die Vögel fraßen dann auch das noch auf.

Diese Leichenzerleger waren sehr erfahrene Berufsleute, die ihren Beruf mit Stolz ausübten. Aus persönlichem Interesse untersuchten sie alle Organe, um die Todesursache zu ermitteln. Dank ihrer jahrelangen Erfahrung konnten sie dies mit bemerkenswerter Leichtigkeit tun. Obwohl sie nicht dazu verpflichtet waren, folgten sie der Tradition, die Ursache der Erkrankung zu ergründen, die «die Seele veranlasst hat, diesen physischen Körper zu verlassen». Ob eine Person vergiftet worden war – sei es zufällig oder vorsätzlich – die Fakten kamen schnell ans Licht. Ihre Fachkenntnisse erwiesen sich als großer Vorteil für mich, als ich unter ihnen studierte. Ich gewann bald eine sehr große Fertigkeit im Sezieren von Leichen.

Der oberste Leichenzerleger stand oft neben mir und wies mich auf interessante Besonderheiten hin: «Dieser Mann hier, ehrwürdiger Lama, ist an einem Herzinfarkt gestorben. Sehen Sie, wenn wir diese Arterie, die zum Herzen führt, öffnen – ja, genau hier –, sehen Sie das Blutgerinnsel, das die Blutzufuhr blockiert hat.» Oder er sagte: «Sehen Sie diese Frau, ehrwürdiger Lama, ihr Aussehen ist etwas eigenartig; möglicherweise stimmt etwas mit einer Drüse nicht. Schneiden wir sie heraus und untersuchen sie.» Es dauerte eine Weile, bis er die Drüse herausgeschnitten hatte, dann sagte er: «Hier haben wir es. Jetzt wollen wir sie öffnen. Ja, sehen Sie, da ist ein Tumor.»

So ging das weiter, Tag für Tag. Die Männer waren stolz darauf, mir alles zu zeigen, was sie wussten. Sie wussten, dass ich auf Geheiß des Erhabenen bei ihnen studierte. Wenn ich nicht gerade anwesend war und ein Leichnam von besonderem Interesse zu sein schien, dann legten sie ihn beiseite, bis ich wiederkam. Auf diese Weise konnte ich Hunderte von Leichen sezieren und untersuchen und wurde dadurch später ein guter Chirurg. Diese Ausbildung war eine weit bessere Methode als die in den Seziersälen eines Krankenhauses, wo sich die Medizinstudenten die Leichen teilen mussten. Ich bin überzeugt, dass ich bei den Leichenzerlegern mehr über Anatomie lernte als später im Praktikum an einer voll ausgestatteten medizinischen Hochschule.

In Tibet können Verstorbene nicht in der Erde bestattet werden, da der Arbeitsaufwand viel zu groß wäre. Der Boden besteht hauptsächlich aus Felsgestein, über dem nur eine sehr dünne Humusschicht liegt. Aus wirtschaftlichen Gründen ist auch eine Einäscherung nicht möglich, da Holz in Tibet rar ist. Um Leichen zu verbrennen, müsste Holz aus Indien importiert und über das Gebirge auf den Rücken von Yaks transportiert werden, was enorme Kosten verursachen würde. Wasserbestattungen waren ebenfalls nicht erlaubt. Die toten Körper einfach in die Flüsse zu werfen, hätte zur Folge gehabt, dass sie das zum Leben benötigte Trinkwasser verschmutzten. Daher bleibt uns nur die Luftbestattung, bei der, wie beschrieben, die Vögel das Fleisch und die Knochen verzehren. Unsere Bestattungsmethode unterscheidet sich in zwei wesentlichen Punkten von der westlichen Praxis: Im Westen werden die Toten begraben, und anstelle der Vögel fressen die Würmer die Überreste. Der zweite Unterschied besteht darin, dass im Westen die Todesursache oft mitsamt dem Körper zu Grabe getragen wird. Niemand weiß mit Sicherheit, ob die auf dem Totenschein angegebene Todesursache wirklich korrekt ist. Unsere Leichenzerleger hingegen vergewissern sich immer, woran eine Person gestorben ist!

Jede Person, die in Tibet stirbt, wird auf diese Weise «beigesetzt», mit Ausnahme der höchsten Lamas, die als anerkannte Inkarnationen gelten. Diese werden einbalsamiert und in einen Sarg mit einer Frontscheibe aus Glas gelegt, wo sie in einem Tempel besichtigt werden können, oder sie werden einbalsamiert und in Gold gehüllt. Diese letztere Verfahrenstechnik war höchst interessant, und ich habe an solchen Vorbereitungen mehrmals teilgenommen. Gewisse Amerikaner, die meine Berichte darüber gelesen haben, wollten nicht glauben, dass wir dazu wirklich Gold verwenden. Sie meinten, das würde «sogar die Kunstfertigkeit der Amerikaner übersteigen»! Richtig! Bei uns werden keine Massenproduktionswaren hergestellt, sondern nur individuelle Einzelstücke, so wie das nur ein Kunsthandwerker kann. Wir können in Tibet keine Uhr zum Preis von einem Dollar herstellen, aber wir können Verstorbene in Gold hüllen.

Eines Abends wurde ich zu unserem Abt gerufen. Er sagte: «Ein Lama, eine Wiedergeburt aus einer früheren Existenz, wird bald seinen physischen Körper verlassen. Er befindet sich derzeit im Wildrosenzaun-Lamakloster. Ich möchte, dass du dort anwesend bist, um der sakralen Konservierung seines Körpers beizuwohnen.»

Also musste ich mich einmal mehr dem Ungemach des Sattels stellen und nach Sera reiten. Als ich im Lamakloster ankam, führte man mich in die Kammer des alten Abtes. Seine aurischen Farben waren nahezu erloschen, und etwa eine Stunde später verließ er den physischen Körper und wechselte in die geistige Welt. Da er ein Abt war und ein gelehrter Mann, musste ihm der Weg durch das Bardo nicht gezeigt werden, noch brauchten wir bei ihm die üblichen drei Tage abzuwarten. Nur in dieser einen Nacht saß sein toter Körper noch in der Lotushaltung, während Lamas an seiner Seite die Totenwache hielten.

Am Morgen, bei Tagesanbruch, marschierten wir in einer feierlichen Prozession mit ihm durch das Hauptgebäude des Lamaklosters, weiter in den Tempel und durch eine wenig benutzte Tür hinunter in die unteren, geheimen Gänge. Vor mir trugen zwei Lamas den Leichnam auf einer Tragbahre. Er saß immer noch in der Lotushaltung. Hinter mir sangen die Mönche mit ihren tiefen Stimmen, und wenn sie ihren Gesang unterbrachen, folgte das feine Geklingel einer Silberglocke in der Stille. Wir trugen unsere roten Roben und darüber unsere gelben Stolen. Das Licht der Butterlampen und der Schein der flackernden Fackeln warfen unsere tanzenden Schatten in unheimlicher Vergrößerung an die Wände. Wir stiegen immer tiefer hinunter, hinunter in die geheimen Katakomben des Lamaklosters. Schließlich erreichten wir, fünfzehn oder zwanzig Meter tiefer, eine versiegelte Steintür. Wir betraten den Raum, der eiskalt war. Hier setzten die Lamas die Bahre mit dem Leichnam vorsichtig ab, woraufhin alle weggingen, bis auf drei Lamas und mich. Hunderte von Butterlampen wurden angezündet und verbreiteten ein grelles, gelbes Licht.

Nun wurde der Leichnam entkleidet und sorgfältig gewaschen. Durch die normalen Körperöffnungen wurden die inneren Organe entnommen, in Gefäße gelegt und sorgfältig versiegelt. Das Körperinnere wurde gründlich ausgespült, getrocknet und mit einer speziellen Art von Lack behandelt. Dieser bildete im Inneren des Körpers eine harte Kruste, sodass die Körperform erhalten blieb, wie sie zu Lebzeiten war. Sobald der Lack getrocknet und hart geworden war, wurde der gesamte Körperhohlraum mit größter Vorsicht ausgefüllt und ausgepolstert, um eine Verformung zu vermeiden. Weitere Lackschichten wurden aufgetragen, bis das gesamte Füllmaterial damit durchtränkt war und nach dem Aushärten im Körperinneren für eine stabile Festigkeit sorgte. Auch die gesamte Körperoberfläche wurde mit Lack überzogen und zum Trocknen gelassen. Auf die gehärtete Oberfläche wurde eine «Peeling Lösung» aufgetragen, sodass die hauchdünnen Seidenstoffbahnen, die nun aufgeklebt wurden, später ohne Schaden wieder entfernt werden konnten. Schließlich wurden die Seidenstofflagen als ausreichend erachtet. Es wurde noch mehr Lack (einer anderen Art) aufgetragen, und nun war der Leichnam für die nächste Vorbereitungsphase bereit. Einen Tag und eine Nacht lang verblieb er so, damit er vollständig trocknen konnte. Nach Ablauf dieser Zeit kehrten wir in den Raum zurück und fanden den Körper völlig steif und beinhart in der Lotushaltung vor. Wir trugen ihn in einer Prozession hinunter zum Einbalsamierungs-Brennofen, der so gebaut war, dass die Hitze der Feuerung außen an den Wänden entlangzirkulierte und den Innenraum gleichmäßig erhitzte.

Der Boden des Brennraumes war dick mit einer besonderen Pulverschicht bedeckt. Wir setzten den Leichnam in die Mitte. Unterhalb, im Feuerungsraum, bereiteten die Mönche sich bereits vor, die Öfen in Betrieb zu setzen. Mit größter Sorgfalt füllten wir den gesamten Brennraum dicht mit einer Mischung aus Salz, das aus einer bestimmten Region Tibets stammte, sowie Kräutern und Mineralien auf. Als der ganze Raum vom Boden bis zur Decke vollständig aufgefüllt war, verließen wir hintereinander den Seitengang. Die Türe zum Brennraum wurde geschlossen und mit dem Siegel des

Lamaklosters versehen. Dann wurden die Öfen angeheizt. Bald war das Prasseln des Holzes zu hören und das Zischen der brennenden Butter, während sich die Flammen langsam ausbreiteten. Nachdem die Öfen gut brannten, hielten die Mönche das Feuer mit Yakdung und vergorener Butter eine ganze Woche lang in Gang. Eine ganze Woche lang brannte unterhalb im Feuerungsraum das Feuer in den Öfen und stieß ununterbrochen heiße Luft durch die hohlen Wände der Einbalsamierungskammer. Am siebten Tag wurde kein Brennmaterial mehr nachgelegt, und das Feuer erlosch allmählich. Die dicken Mauern knackten und knarrten, während sie sich abkühlten. Schließlich war auch der Seitengang wieder kühl genug und begehbar. Drei volle Tage ließen wir alles ruhen, bis der Brennraum wieder die normale Temperatur erreicht hatte.

Am elften Tag nach der Versiegelung wurde das große Siegel aufgebrochen und die Tür geöffnet. Ganze Heerscharen von Mönchen scharrten im Wechsel mit den Händen das erhärtete Material heraus. Man verwendete keine Werkzeuge, um den einbalsamierten Körper nicht zu beschädigen. Ganze zwei Tage lang zerdrückten die Mönche mit den Händen das verhärtete Salzgemisch und entfernten es. Zuletzt war der Raum leer – außer dem eingehüllten Körper, der ganz still in der Mitte in der Lotushaltung dasaß. Behutsam hoben wir ihn auf und trugen ihn in den anderen Raum zurück, wo wir im Licht der Butterlampen mehr sehen konnten.

Nun lösten wir die Umwicklungen der Seidenbahnen wieder ab, eine nach der anderen, bis nur noch der Körper selbst übrigblieb. Die Konservierung war gelungen, allerdings war der Körper jetzt deutlich dunkler. Man hätte meinen können, der Körper würde nur schlafen und im nächsten Augenblick wieder aufwachen. Die Körperform blieb so, wie sie zu Lebzeiten war; sie war nicht geschrumpft. Einmal mehr wurde der nackte, tote Körper mit Lack überzogen, und dann begannen die Goldschmiede mit ihrer Arbeit. Diese Kunsthandwerker besaßen eine außerordentliche und unübertreffliche Fertigkeit – Männer, die Gold auf totem Gewebe anlegen konnten. Sie arbeiteten langsam und legten Schicht um Schicht ganz dünnes, weiches

Blattgold an, das außerhalb von Tibet ein Vermögen wert ist. Hier hat es nur den Wert als heiliges Metall – ein Metall, das unbestechlich ist und daher den endgültigen Seelenzustand des Menschen symbolisiert.

Die Goldschmiede-Priester arbeiteten mit äußerster Sorgfalt. Sie achteten beim Anlegen des Goldes auf jedes noch so kleine Detail, sodass sie nach Beendigung ihrer Arbeit als Zeugnis ihrer Handwerkskunst eine goldene Personengestalt hinterließen, die genau so aussah wie zu Lebzeiten, mit jeder Falte und Runzel. Der Körper, nun schwer durch das Gold, wurde in die Halle der Inkarnationen getragen und dort, wie die anderen, auf einen goldenen Thron gesetzt. In dieser Halle befanden sich auch Personen aus allerfrühesten Zeiten. Sie saßen in Reih und Glied da und beobachteten, wie ernste Richter, mit halbgeschlossenen Augen, die Fehltritte und Schwächen der heutigen Generation. Wir sprachen hier nur im Flüsterton und gingen vorsichtig umher, um die lebenden Toten nicht zu stören. Zu einem dieser vergoldeten Körper fühlte ich mich besonders hingezogen – ich war fasziniert von ihm und eine seltsame Kraft hielt mich dort fest. Er schien mich mit einem allwissenden Lächeln anzusehen. In diesem Augenblick berührte mich jemand sanft am Arm, sodass ich beinahe erschrak.

«Dieser warst du, Lobsang, in deiner letzten Inkarnation. Wir dachten, du würdest ihn erkennen.» Mein Mentor führte mich zur nächsten goldenen Gestalt und sagte: «Und dieser hier war ich.»

Schweigend und beide tief bewegt verließen wir die Halle. Die Tür wurde hinter uns geschlossen und wieder versiegelt.

Ich durfte später noch oft diese Halle aufsuchen und die in Gold gehüllten Personen studieren. Manchmal ging ich allein dorthin und saß meditierend vor ihnen. Jede einzelne einbalsamierte Person besaß eine niedergeschriebene Lebensgeschichte, die ich mit großem Interesse las. Hier erfuhr ich auch die Lebensgeschichte meines gegenwärtigen Mentors, dem Lama Mingyar Dondup: die Geschichte seines Wirkens in der Vergangenheit, eine Zusammenfassung seines Charakters und seiner Fähigkeiten, die Würden und Ehrungen, die ihm zuteilwurden, und schließlich die Umstände seines Ablebens.

Hier befand sich auch meine eigene vergangene Lebensgeschichte, die ich ebenfalls mit großer Aufmerksamkeit studierte. Achtundneunzig goldene Gestalten saßen in dieser Halle, einer verborgenen, in den Felsen gehauenen Kammer mit einer gut getarnten Tür. Hier lag die Geschichte Tibets vor mir, meinte ich damals. Doch die noch frühere Geschichte Tibets sollte ich erst später erfahren.

Kapitel 17
Letzte Weihe

Nachdem ich etwa ein halbes Dutzend Mal bei Einbalsamierungen in den verschiedenen Lamaklöstern dabei gewesen war, rief mich eines Tages der amtsführende Abt vom Chakpori zu sich.

«Mein Freund», sagte er, «auf direkte Weisung des Erhabenen sollst du zum Abt ernannt werden. Du kannst, wie du es erbeten hast – genau wie dein Mentor – weiterhin als ‹Lama› angesprochen werden. Ich überbringe dir hier lediglich die Botschaft des Erhabenen.»

So hatte ich als anerkannte Inkarnation nun wieder den Rang inne, den ich vor ungefähr sechshundert Jahren hatte, als ich die Erde verließ. Das Rad des Lebens hatte eine ganze Umdrehung vollzogen.

Einige Zeit später betrat ein alter Lama mein Zimmer und sagte, ich müsse mich nun der Zeremonie des Kleinen Todes unterziehen. «Denn solange du die Pforte des Todes nicht durchschritten hast und zurückgekehrt bist, mein Sohn, kannst du nicht wirklich wissen, dass es keinen Tod ‹gibt›. Dein Studium im Astralreisen hat dich schon weit gebracht, aber diese Astralreise wird dich noch viel, viel weiter führen – über die Bereiche des Lebens hinaus und in die Vergangenheit unseres Landes.»

Die dazu erforderlichen Vorbereitungen waren sehr hart und langwierig. Drei Monate lang führte ich ein streng überwachtes Leben. Spezielle Gerichte aus entsetzlich schmeckenden Kräutern kamen als unangenehme Beigaben zu meinen täglichen Mahlzeiten hinzu. Man riet mir, meine Gedanken «nur auf das, was rein und heilig ist» zu richten – als ob man in einem Lamakloster viel Wahl hätte! Sogar die Menge Tsampa und Tee musste ich verringern. Strenge Entsagung, strikte Disziplin und viele, viele Stunden Meditation wurden von mir abverlangt.

Endlich, nach drei Monaten, teilten mir die Astrologen mit, dass die Zeit nun gekommen sei und die Zeichen günstig stünden. Vierundzwanzig Stunden lang fastete ich, bis ich mich so leer fühlte wie eine Tempeltrommel. Dann wurde ich über jene verborgenen Stufen und Gänge tief unter den Potala hinabgeführt. Wir stiegen immer weiter hinab. Alle anderen hielten brennende Fackeln in den Händen, ich nichts. Durch diese Gänge war ich früher schon einmal hinuntergegangen. Zuletzt erreichten wir das Ende des Ganges. Wir standen vor einer massiven Felswand, doch bei unserem Näherkommen rückte ein ganzer Steinblock zur Seite. Dahinter kam ein weiterer Tunnel zum Vorschein – ein dunkler, enger Pfad, der nach verbrauchter Luft, Gewürzen und Weihrauch roch. Nach ein paar weiteren Metern wurden wir von einer schweren, mit Gold beschlagenen Tür aufgehalten. Als man sie langsam öffnete, ertönte ein protestierendes Knarren, das widerhallte und erneut widerhallte, so als wäre der Raum riesengroß. Hier wurden die Fackeln gelöscht und die Butterlampen angezündet. Wir gingen geradeaus weiter in einen verborgenen Tempel, der vor langer, langer Zeit durch vulkanische Eruptionen im massiven Felsgestein entstanden war. Durch diese Höhlengänge floss einst flüssige Lava zum Krater eines feuerspeienden Vulkans. Und heute schreiten winzige Menschen durch diese Gänge und meinten, sie seien Götter. Aber jetzt, dachte ich, müssen wir uns auf die bevorstehende Aufgabe konzentrieren – denn hier befand sich der «Tempel des geheimen Wissens».

Drei Äbte führten mich hinein. Die anderen Lamas der Gefolgschaft waren in der Dunkelheit verschwunden, wie sich auflösende Traumerinnerungen. Drei runzelige, betagte Äbte, die freudig ihrer Abberufung in die himmlischen Gefilde entgegensahen und vielleicht die größten, erfahrensten Metaphysiker auf der ganzen Welt waren, waren bereit, mir meine letzte Initiationsprüfung abzunehmen. Jeder von ihnen trug in der rechten Hand eine Butterlampe und in der linken einen dicken, glimmenden Weihrauchstab. Die Kälte hier war intensiv, eine fremdartige Kälte, die nicht von dieser Erde zu stammen schien. Die Stille war abgrundtief, und selbst das leiseste Geräusch hob diese Stille noch mehr hervor. Unsere Filzstiefel waren nicht zu hören. Wir hätten so etwas wie dahingleitende Geister sein können. Ein schwaches Rascheln ging von den safrangelben Brokatroben der Äbte aus. Zu meinem Entsetzen fing mein ganzer Körper an zu prickeln und zu erschauern. Meine Hände leuchteten auf, als hätte man ihnen eine neue Aura hinzugefügt. Auch die Äbte schienen zu leuchten. Die Luft hier war sehr, sehr trocken, und die Reibung unserer Roben hatte eine elektrostatische Ladung erzeugt. Einer der Äbte reichte mir einen kurzen Goldstab und flüsterte: «Halte ihn in der linken Hand und ziehe ihn beim Gehen an der Wand entlang. So wird dein Unbehagen vergehen.» Ich tat es, und bei der ersten Entladung der gespeicherten Energie wäre ich beinahe aus meinen Stiefeln gefahren. Danach fühlte ich mich wieder ganz normal.

Eine Butterlampe nach der anderen flammte auf, entzündet von unsichtbaren Händen. Mit dem zunehmenden flackernden gelben Licht sah ich riesige, mit Gold überzogene Figuren. Einige von ihnen waren halb unter ungeschliffenen Edelsteinen begraben. Ein Buddha ragte im Dämmerlicht auf, so riesig, dass das Licht nur bis zu seiner Hüfte reichte. Andere Gestalten waren nur schemenhaft zu erkennen: darunter Darstellungen von Teufeln, die Repräsentanten der Lüste, und Abbildungen von Lebensprüfungen, denen sich der Mensch stellen muss, bevor er die Erkenntnis des Selbst erreicht.

Wir näherten uns einer Wand, auf der ein beinahe fünf Meter großes «Rad des Lebens» gemalt war. Im flackernden Licht schien es sich zu drehen, und es fühlte sich an, als würden die Sinne mitspielen. Wir gingen weiter, bis ich mir sicher war, dass wir gleich gegen den Felsen stoßen würden. Doch der führende Abt verschwand plötzlich. Was ich für einen dunklen Schatten gehalten hatte, entpuppte sich als eine gut verborgene Tür. Dieser Eingang gab einen weiteren Pfad frei, der noch weiter und weiter hinabführte – ein schmaler, steiler, gewundener Pfad, der die Dunkelheit durch das schwache Leuchten der Butterlampen, die die Äbte trugen, noch tiefer erscheinen ließ. Wir ertasteten unseren Weg, schwankten, stolperten und rutschten manchmal ein wenig. Die Luft war schwer und drückend. Es fühlte sich an, als würde das ganze Gewicht der Erde auf uns lasten. Mir war, als stießen wir ins Herz der Welt vor. Nach einer letzten Biegung des gewundenen Pfades öffnete sich vor uns eine Kaverne, die vor Gold nur so glänzte. Goldadern durchzogen die Felswände, und es gab ganze Klumpen davon: abwechselnd eine Goldschicht, dann eine Felsschicht, gefolgt von einer weiteren Goldschicht, und so weiter. Hoch oben über uns leuchtete das Gold wie Sterne am dunklen Nachthimmel, als das schwache Licht der Lampen auf die glänzenden Stellen traf und sie zurückstrahlten.

In der Mitte der Kaverne stand ein schwarz-glänzendes Haus. Ein Haus, das aussah, als wäre es aus poliertem Ebenholz erbaut. Merkwürdige Symbole und geometrische Figuren zogen sich entlang der Wände, ähnlich denen, die ich an den Tunnelwänden auf dem Weg zum unterirdischen See gesehen hatte. Wir gingen auf das Haus zu und traten durch das hohe, breite Tor ein. Im Inneren standen drei schwarze Steinsärge, die seltsam graviert und gekennzeichnet waren. Sie hatten keinen Deckel. Ich spähte hinein, doch beim Anblick ihres Inhalts hielt ich den Atem an und fühlte mich plötzlich der Ohnmacht nahe.

«Mein Sohn», sagte der leitende Abt mit kräftiger Stimme, «sieh sie dir an. Einst waren sie die Götter unseres Landes, in den Tagen, bevor die Berge entstanden. Sie schritten durch unser Land, als die Meere noch unsere Küsten umspülten und andere Sterne am Himmel standen. Sieh sie dir an, denn niemand außer den Eingeweihten hat sie je gesehen.»

Ich schaute erneut hin, fasziniert und ehrfürchtig. Vor uns lagen drei goldene Gestalten, nackt. Zwei Männer und eine Frau. Jede Falte und jeder Gesichtszug waren getreu in Gold nachgebildet. Aber erst ihre Größen! Die Frau, so wie sie dalag, war an die drei Meter groß, und der größere der beiden Männer war weit über vier Meter. Ihre Köpfe waren groß und liefen nach oben hin leicht konisch zu. Ihre Kiefern waren schmal. Der Mund war klein und wies dünne Lippen auf. Die Nase war lang und schmal, während die Augenstellung gerade und die Augen tief in den Augenhöhlen lagen. Diese Gestalten sahen nicht wie tot aus – sie wirkten eher wie Schlafende. Wir bewegten uns leise und sprachen nur im Flüsterton, als würden wir fürchten, sie könnten aufwachen. Auf einer Seite entdeckte ich einen Grabdeckel, auf dem der Sternenhimmel eingraviert war – doch die abgebildeten Sterne kamen mir seltsam vor! Durch mein Astrologiestudium war ich mit dem nächtlichen Himmel vertraut, aber dieser hier sah völlig anders aus.

Der älteste Abt wandte sich an mich und sagte: «Du bist im Begriff, ein Eingeweihter zu werden, der die Vergangenheit sehen wird und Wissen über die Zukunft erhält. Die Belastung wird sehr groß sein. Viele sterben dabei, und viele scheitern. Hier kommt keiner lebend heraus, wenn er die Prüfung nicht besteht. Bist du bereit und willens?»

Ich bestätigte, dass ich bereit war. Die Äbte führten mich zu einer Steinplatte zwischen zwei Särgen. Hier setzte ich mich nach ihrer Anweisung in die Lotushaltung, mit überkreuzten Beinen, mit geradem Rücken und nach oben gerichteten Handflächen.

Vier Weihrauchstäbchen wurden angezündet – eines für jeden Sarg und eines für meine Steinplatte. Jeder der Äbte nahm eine Butterlampe in die Hand, worauf sie hintereinander hinausgingen. Als die schwere schwarze Tür hinter ihnen ins Schloss fiel, war ich allein mit den Körpern der uralten Toten. Die Zeit verging, während ich auf meiner Steinplatte meditierte. Die Butterlampe, die ich getragen hatte, zischte und ging aus. Einige Augenblicke lang glühte ihr Docht noch rot und verbreitete den Geruch von verbranntem Tuch, bevor er endgültig erlosch.

Ich legte mich auf die Steinplatte und führte die speziellen Atemübungen aus, die man mich schon seit Jahren gelehrt hatte. Die Stille und die Dunkelheit waren erdrückend. Es war wahrlich eine Grabesruhe.

Urplötzlich wurde mein Körper steif und starr. Meine Glieder wurden gefühllos und eiskalt. Ich hatte das Gefühl, ich würde sterben – sterben in dieser uralten Grabstätte, mehr als hundert Meter tief unter dem Sonnenlicht. Ein heftiger, erschütternder Ruck durchfuhr mich. Ich hatte den nicht hörbaren Eindruck eines eigentümlichen Raschelns und Knarrens, als würde altes Leder auseinandergefaltet. Nach und nach durchflutete ein blasses blaues Licht die Gruft, ähnlich dem Mondschein auf einem hohen Gebirgspass. Ich spürte ein sanftes Hin- und Herschaukeln, ein Aufsteigen und Fallen. Einen Augenblick lang hätte ich mir vorstellen können, ich befände mich einmal mehr in einem Drachen und schwankte am Ende des Seiles hin und her. Dann wurde mir gewahr, dass ich über meinem physischen Körper schwebte, und mit diesem Gewahrwerden kam Bewegung auf. Wie eine Rauchwolke trieb ich auf einem nicht spürbaren Wind dahin. Über meinem Kopf sah ich ein goldenes Leuchten, wie eine Schale. Von meiner Mitte aus führte eine silberblaue Schnur herab. Sie pulsierte vor Leben und glühte vor Lebenskraft.

Ich blickte auf meinen physischen Körper hinab, der nun dalag wie ein Leichnam mitten unter Leichnamen. Ganz langsam wurden mir die kleinen Unterschiede zwischen meinem Körper und denen der Riesengestalten bewusst. Sie zu studieren war spannend. Ich dachte an die kleinlichen Eitelkeiten der heutigen Menschheit und fragte mich, wie die Materialisten das Vorhandensein dieser Riesengestalten wohl erklären würden. Ich dachte …, doch dann wurde ich mir gewahr, dass «etwas» meine Gedanken störte. Ich schien nicht mehr allein zu sein. Gesprächsfetzen erreichten mich, und Bruchstücke von unausgesprochenen Gedanken. Konfuse Bilder begannen vor meinem geistigen Auge aufzutauchen. Irgendwo in der Ferne schien jemand eine große, tiefklingende Glocke zu läuten. Das Läuten kam rasch näher, bis es schließlich in meinem Kopf zu explodieren schien und ich farbige Lichttropfen und Blitze in unbekannten Farben sah. Mein Astralkörper wurde hin und her geworfen und wie ein Blatt in einem Wintersturm fortgetrieben. Vorbeihuschende rotglühende Schmerzstöße durchfuhren mein Bewusstsein. Ich fühlte mich alleine und einsam, wie ein Heimatloser in einem wankenden Universum. Schwarzer Nebel senkte sich auf mich herab, und mit ihm eine Ruhe, die nicht von dieser Welt war.

Langsam verzog sich die mich umhüllende tiefschwarze Finsternis. Von irgendwoher hörte ich das Brausen des Meeres und das zischende Rasseln von Kies unter den Wellen. Ich konnte die salzige Luft riechen und den Duft von Seetang. Das alles war mir vertraut. Gemächlich drehte ich mich auf dem sonnendurchwärmten Sand auf den Rücken und schaute zu den Palmen hinauf. Doch ein Teil von mir sagte: Du hast das Meer doch noch nie gesehen und auch von Palmen hast du noch nie gehört! Aus einer nahen Grotte drang Gelächter zu mir herüber. Die Stimmen wurden lauter, als eine fröhliche Schar sonnengebräunter Menschen in mein Sichtfeld trat. Riesen! Lauter Riesen! Alle! Ich blickte an mir hinunter und stellte fest, dass auch ich ein «Riese» war. In meine astrale Wahrnehmung drang die Eingebung: «Vor unzähligen Jahrhunderten kreiste die Erde näher an der Sonne und in die entgegengesetzte Richtung. Die Tage waren kürzer und wärmer. Große Zivilisationen entstanden, und die Menschen wussten damals mehr, als sie heute wissen. Aus dem Weltraum tauchte ein wandernder Planet auf und kollidierte mit der Erde. Diese wurde aus ihrer Umlaufbahn geworfen und drehte sich fortan in die entgegengesetzte Richtung. Starke Winde kamen auf und peitschten über die Meere, die unter der veränderten Anziehungskraft ganze Länder überschwemmten. Es kam weltweit zu Überschwemmungen. Erdbeben erschütterten die Erde. Ganze Landstriche versanken in den Meeren, während andere aus dem Wasser aufstiegen. Das warme, schöne Land, das Tibet einst war, hörte auf, ein Küstenort zu sein, und erhob sich um drei bis viertausend Meter über den Meeresspiegel. Mächtige

Berge tauchten rund um das Land auf und spien glühende Lava. In den Höhen der Gebirge öffneten sich tiefe Felsspalten, kleine Enklaven, in denen Überreste der Flora und Fauna vergangener Zeitalter weiterlebten.»

Es gäbe noch viel darüber zu berichten. Doch dieses Buch reicht dafür nicht aus, und manche Erlebnisse meiner «Astral-Initiation» sind mir viel zu heilig und zu persönlich, um sie zu veröffentlichen.

Einige Zeit später spürte ich, wie das Sehvermögen abnahm. Es wurde dunkel. Nach und nach verließ mich sowohl das astrale wie auch das physische Bewusstsein. Etwas später wurde ich mir gewahr, dass mir unangenehm «kalt» war – kalt vom Liegen auf der Steinplatte in der Dunkelheit in der eiskalten Gruft. In meinem Kopf schienen mich Gedanken zu durchforschen. «Ja, er ist zu uns zurückgekehrt. Wir kommen!» Minuten vergingen und ein schwacher Lichtschein näherte sich mir. Butterlampen. Die drei alten Äbte.

«Du hast deine Sache gut gemacht, mein Sohn. Drei Tage hast du hier gelegen. Nun hast du es erlebt. Du starbst – und lebtest.»

Steif erhob ich mich und schwankte vor Schwäche und Hunger. Ich begab mich aus der Grabkammer, die ich nie vergessen werde, und wieder hinauf durch die eisige Luft der anderen Gänge. Ich war schwach vor Hunger und überwältigt von allem, was ich gesehen und erlebt hatte. Nachdem ich gegessen und getrunken hatte, legte ich mich an diesem Abend schlafen und wusste, dass ich Tibet bald verlassen müsste. Wie vorhergesagt würde ich in diese merkwürdigen, fremden Länder reisen. Und heute kann ich sagen, dass sie noch merkwürdiger sind, als ich es je für möglich gehalten hätte!

Kapitel 18
Abschied von Tibet

Ein paar Tage später, als mein Mentor und ich am Fluss des Glücks saßen, kam ein Reiter im Galopp herangeritten. Er blickte suchend zu uns hinüber und erkannte den Lama Mingyar Dondup. Mit einem abrupten Ruck brachte er das Pferd zum Stehen, sodass die Hufe Staub aufwirbelten.

«Ich habe eine Botschaft von Seiner Heiligkeit, die ich dem Lama Lobsang Rampa überbringen muss.»

Er griff in seine Brusttasche und holte ein längliches Päckchen hervor, das in die allgemein bekannte seidene Ehrenschärpe gewickelt war. Mit einer dreimaligen Niederwerfung überreichte er es mir, ging dann einige Schritte rückwärts, bestieg sein Pferd und galoppierte davon.

Ich war nun viel selbstsicherer geworden. Die Geschehnisse unter dem Potala hatten mein Selbstbewusstsein gestärkt. Ich löste die Umwicklung, öffnete den Brief und las die Botschaft, bevor ich ihn meinem Mentor und Freund, dem Lama Mingyar Dondup, überreichte.

«Ich soll morgen früh den Erhabenen im Juwelen Park aufsuchen. Du sollst auch hinkommen.»

«Man sollte normalerweise über die Äußerungen unseres erhabenen Landesbeschützers keine Vermutungen anstellen, Lobsang, aber ich habe das

Gefühl, dass du bald nach China abreisen wirst. Und ich, ich sagte es dir ja bereits, ich werde bald in die himmlischen Gefilde zurückkehren. Also machen wir das Beste aus diesem heutigen Tag und der kurzen Zeit, die uns noch bleibt.»

Am Morgen gingen mein Mentor und ich zusammen den gewohnten Pfad den Hügel hinab zum Juwelen Park. Wir überquerten die Straße und begaben uns durch das Haupttor. Neben mir ging mein Mentor und uns beide bewegte der Gedanke, dass dies vielleicht das letzte Mal war, wo wir diesen Weg gemeinsam gingen. Vielleicht drückte sich dies viel zu stark in meinem Gesicht aus, denn als ich mit dem Dalai Lama allein war, sagte er: «Die Zeit des Abschiednehmens, die Zeit, in der man neue Wege einschlägt, ist immer hart, schwer und leidvoll. Hier, in diesem Pavillon, saß ich damals stundenlang und meditierte, um zu ergründen, was bei einer Besetzung unseres Landes das Richtige wäre: hierzubleiben oder es zu verlassen. Das eine wie das andere verursacht Leiden für einige. Dein Weg, Lobsang, liegt klar vor dir. Es ist kein leichter Weg, für niemanden. Familie, Freunde, Heimat – all das muss zurückgelassen werden. Der Weg, der vor dir liegt, beinhaltet, wie man dir bereits gesagt hat, Mühsale, Folter, Missverständnisse und Unglauben – nichts davon ist angenehm. Die Methoden der Fremden sind seltsam und für uns unverständlich. Ich sagte es dir bereits früher schon einmal: Sie glauben nur an das, was sie selbst tun, und nur das, was sie in ihren wissenschaftlichen Labors überprüfen können, halten sie für richtig. Doch die größte aller Wissenschaften, die Wissenschaft des Überselbsts, lassen sie unangetastet. Das ist dein Weg. Der Weg, den du gewählt hast, bevor du in dieses Leben kamst. Ich habe veranlasst, dass du nach Ablauf von fünf Tagen nach China abreist.»

Fünf Tage! Fünf Tage! Ich hatte erwartet, in fünf Wochen. Als mein Mentor und ich unseren heimatlichen Berg wieder hinaufstiegen, wechselten wir kein Wort, bis wir innerhalb der Tempelmauern waren.

«Du wirst deine Eltern aufsuchen müssen, Lobsang. Ich werde einen Boten hinschicken.»

Eltern? Der Lama Mingyar Dondup war für mich mehr gewesen als Vater und Mutter zusammen. Und bald würde er dieses Leben verlassen, noch bevor ich in wenigen Jahren nach Tibet heimkehrte. Alles, was ich dann noch von ihm sähe, wäre seine in Gold gehüllte Gestalt in der Halle der Inkarnationen – abgelegt, wie eine alte Robe, für die der Träger keine Verwendung mehr hat.

Fünf Tage! Geschäftige Tage. Aus dem Potalamuseum brachte man mir neue westliche Kleider, die ich anprobieren sollte. Nicht etwa, dass ich sie in China tragen sollte, nein, meine Lamaroben wären dort viel besser am Platz, sondern damit die anderen sehen konnten, wie ich darin aussah. Oh, dieser Anzug! Enge Stoffröhren, die meine Beine so eng umschlossen, dass ich mich kaum zu bücken wagte. Nun wusste ich, warum die Menschen im Westen nicht in der Lotushaltung sitzen konnten: Ihre Kleider waren viel zu eng. Ich dachte, diese engen Röhrenhosen wären bestimmt «mein Untergang». Sie zogen mir noch so etwas wie ein weißes Hemd über, und um meinen Hals legten sie ein dickes Band, das sie fest anzogen, als wollten sie mich strangulieren. Darüber kleideten sie mich ein in ein kurzes Stoffstück mit Aufnähern, die sich öffnen ließen und in denen der Mann aus dem Westen, wie sie sagten, seine Dinge verwahrte – statt, wie wir es taten, in der Robe.

Doch das Schlimmste sollte noch kommen. Über die Füße zogen sie mir dicke, schwere «Handschuhe» und banden sie mit schwarzen Schnüren fest, die an den Enden mit Metall eingefasst waren. Die Bettler, die bei uns auf Händen und Knien rund um die Lingkhorstraße krochen, benutzten manchmal ähnliche Dinge an ihren Händen, aber sie waren zumindest klug genug, ihre Füße in gute tibetische Filzstiefel zu stecken. Ich fühlte mich wie ein Behinderter. So würde ich niemals nach China reisen können. Dann setzten sie mir einen schwarzen, umgedrehten Topf mit einem Rand rundherum auf den Kopf. Man erklärte mir, dass ich nun den Freizeitanzug eines westlichen Herrn trüge. Es schien mir, dass diese Kleidung wirklich nur für die Freizeit gedacht sein konnte, denn sicher erwartete niemand von ihnen, in diesem Aufzug irgendeine vernünftige Arbeit zu verrichten!

Am dritten Tag suchte ich mein früheres Zuhause wieder auf. Allein und zu Fuß, so wie ich einst von dort weggegangen war. Doch dieses Mal ging ich als Lama und als Abt dorthin. Mein Vater und meine Mutter waren zu Hause und erwarteten mich. Dieses Mal war ich ein geehrter Gast. An jenem Abend betrat ich abermals das Arbeitszimmer meines Vaters, um meinen Namen und Rang in das Familienbuch einzutragen. Dann kehrte ich, wieder zu Fuß, in das Lamakloster zurück, das so lange mein Zuhause gewesen war.

Die zwei restlichen Tage vergingen schnell.

Am Abend des letzten Tages begab ich mich noch einmal zum Dalai Lama, um mich von ihm zu verabschieden, und von ihm seinen Segen zu empfangen. Mein Herz war schwer, als ich Abschied von ihm nahm. Wir wussten beide, dass ich ihn das nächste Mal erst nach seinem Tode wiedersehen würde.

Am Morgen, beim ersten Tageslicht, brach ich mit meinen Begleitern auf. Langsam und widerwillig. Einmal mehr war ich heimatlos, ging an fremde Orte und musste alles von Neuem lernen. Als wir den hohen Bergpass erreichten, schauten wir zurück und warfen einen letzten, langen Blick auf die Heilige Stadt Lhasa, wo auf dem Dach des Potala ein einsamer Drachen im Wind segelte.

Die Erzählung von Lobsang Rampa wird fortgesetzt in: *Ein Arzt aus Lhasa.*

Index